TOI + MOI
SEULS CONTRE TOUS

Volume 3

Du même auteur aux

Éditions A Addictives

Cent facettes de Mr Diamonds – volumes 1 et 2
Toi + Moi – volumes 1 à 3
Coffret *Toi + Moi*
Toi + Moi. L'intégrale
Call me Baby – volumes 1 et 2
Call me Bitch
Bliss. Le faux journal d'une vraie romantique – volumes 1 et 2
Jeux interdits
Jeux insolents
Fallait pas me chercher ! – volumes 1 et 2

Avec Felicity Stuart
Love me if you can
Kiss me if you can

EMMA M. GREEN

TOI + MOI
SEULS CONTRE TOUS

Volume 3

Éditions Addictives

TABLE

La saga *Toi + moi* est composée de 3 volumes : *L'un contre l'autre* et *Envers et contre tout*, racontant l'histoire d'Alma et Vadim adultes. Le volume 3, *Seuls contre tous*, est le prequel, narrant la rencontre d'Alma et Vadim, 12 ans auparavant.

« Bouche-toi les oreilles fort fort fort…
Tu entends comme je t'aime ? »
Jeux d'enfants

I

LA PREMIÈRE FOIS

1

LE PREMIER PAS

– Alma Lancaster et Vadim Arcadi.

La voix rocailleuse, pleine de tabac et de whisky, égrenait les noms des binômes formés pour le projet du premier semestre. Assise au premier rang, j'écoutais religieusement Mr Abrams, qui était aussi impressionnant à voir qu'à entendre – même si son fort accent américain me demandait encore quelques efforts pour le comprendre. Sa veste en velours côtelé avait dû être luxueuse avant de finir sans forme, sans couleur et toute râpée aux coudes. Son visage marqué et fatigué gardait les souvenirs d'une beauté passée. Mais à l'annonce de cette sentence, j'ai dû détacher mes yeux du quadragénaire dont je m'étais déjà fait un mentor… pour regarder vers le fond de la classe. Là où s'asseyait toujours Vadim Arcadi. Ou plutôt là où il se balançait sur sa chaise en regardant dehors depuis le début de l'année scolaire. Lui aussi a détourné ses yeux du paysage qui semblait tant l'absorber, pour me chercher du regard. Pendant que les autres étudiants de la classe se levaient pour se donner des accolades, se frapper les poings comme le font tous les jeunes américains ou râler du binôme qui venait de leur être attribué, Vadim me détaillait de ses yeux gris délavés. Un regard impossible à soutenir. Qui contenait tout le sex-appeal de ce bourreau des cœurs de la fac, mais aussi tout le mépris qu'il avait pour les filles comme moi. Les Françaises. Les gosses de riches. Ceux qui n'ont pas besoin d'une bourse. Ceux qui font une fac de cinéma comme on va en colonie de vacances. Il devait déjà me détester. Et je me demandais déjà comment on pourrait jamais s'entendre. Ou juste se parler.

– Aucune réclamation, aucun changement de binôme, aucune plainte, je ne veux rien entendre. Vous n'êtes plus au lycée, vous allez apprendre à travailler ensemble. Vous ne ferez jamais rien tout seul dans ce monde de fous. Et vous n'êtes pas associés par hasard. Rien n'est jamais dû au hasard ! Vous vouliez faire du cinéma ? Faites-en. À n'importe quelle condition.

– Mais monsieur… a tenté Nicki Scott, l'archétype de la blonde californienne, en geignant.

– Silence ! Vous avez une heure pour décider d'un sujet de court-métrage et me le présenter. Mettez-y vos tripes, mettez-y votre vie. Écoutez, négociez, tranchez. Ne vous laissez pas écraser. Imposez vos idées. Si elles sont bonnes. Sinon, cherchez encore. Compris ? Fini les jérémiades, Scott, au travail !

– Oui, monsieur Abrams, cède Nicki dans un sourire minaudeur, prouvant qu'elle accepte son sort.

Leonard Abrams, artiste raté mais prof charismatique. Signe distinctif: a mis toute la classe à ses pieds en moins d'un mois.

– Arcadi, Lancaster, il faut que je vous prenne par la main ou vous allez attendre que l'autre fasse le premier pas ? Allez, Roméo et Juliette, bougez-vous. Une heure ! *Time is money !*

Vadim, piqué au vif, bascule sa chaise vers l'avant, fait claquer bruyamment les pieds métalliques sur le carrelage et se lève enfin pour se diriger d'un pas traînant vers le premier rang, sans quitter le prof du regard. Aucun d'eux n'est décidé à baisser les yeux. Et je préférerais disparaître qu'être le trophée de ce combat de coqs perdu d'avance. Mais Abrams abandonne le premier, sûrement pressé de sortir pour aller fumer. Vadim s'affale en soupirant sur la chaise libre à côté de moi et s'enfonce à nouveau dans son Perfecto au cuir usé. Un silence pesant s'installe, empli d'électricité. Je cherche une phrase intelligente à prononcer, mais je suis absorbée par son profil à la fois enfantin et viril. La finesse de ses traits, le grain de sa peau claire hâlée par l'été californien, son nez droit et légèrement arrogant, ses lèvres pleines délicatement ourlées sauf à l'endroit où une petite cicatrice lui fendille la bouche, et cette masse de cheveux bruns ondulés en bataille, qui contraste avec son visage d'ange. Sous ses longs cils bruns, ses yeux toujours dans le vague sont d'un gris si clair qu'ils semblent parfois transparents. Mais ils sont sombres quand il les tourne vers moi, les sourcils froncés par la contrariété.

– Bon la Française, j'ai fait le premier pas, c'est ton tour.
– Moi c'est Alma.
– Je sais très bien comment tu t'appelles, Alma Lancaster.
– Alors je préférerais que tu utilises mon prénom, Vadim Arcadi.
– Et moi je préférerais bosser seul. Mais on n'a pas toujours ce qu'on veut dans la vie. Ah oui, sauf toi peut-être, Lancaster, me lance-t-il en prenant un air pincé et en imitant l'accent de la reine d'Angleterre.

J'ai beau parler anglais couramment, l'accent british hérité de mon père fait toujours de moi une étrangère. Ici, aux États-Unis. J'hésite entre rire et me vexer, ne trouve rien à répondre et croise à ce moment-là le regard amusé de ma copine Clémentine, française pure souche qui se fout éperdument de son mauvais accent. Comme de beaucoup d'autres choses. Elle a dû percevoir avant moi la tension physique qui règne dans mon binôme, en plus de notre petite joute verbale qui n'augure rien de bon. Cinq phrases échangées et nos deux mondes s'entrechoquent déjà. Il me provoque et je marche. Mais plus que ça. Il m'intrigue et je ne sais pas pourquoi. Il m'amuse et me donne envie de creuser. Il me défie et me donne envie de lui plaire. Il m'attire mais me donne envie de fuir.

C'est la première fois que je vois Vadim Arcadi sortir de sa réserve de beau brun ténébreux pour faire un trait d'humour. C'est d'ailleurs la première fois qu'il m'adresse la parole et je ne crois pas l'avoir déjà vu parler à qui que ce soit. Sauf pour défier les profs qui ont essayé tant bien que mal d'asseoir leur autorité sur lui. Et sauf avec toutes les filles du campus qui ont succombé à ses charmes, mais à qui il n'a apparemment rien promis. Tout se sait ici…

Depuis un mois, la rumeur dit que ce grand solitaire ne partage jamais son lit plus d'une nuit avec la même personne. Mais qu'il n'a aucun mal à attirer les plus belles filles de l'université jusqu'à sa garçonnière du coin de la rue. Il ne s'encombre pas non plus d'amis, à peine quelques connaissances dont il accepte la compagnie. Contrairement à beaucoup d'entre nous, il n'a pas besoin d'être entouré pour exister. Les garçons de la fac le craignent ou font semblant de le mépriser pour ne pas avoir à s'y confronter. Quant à la gente féminine, elle se distingue en trois groupes quand il s'agit d'Arcadi. Les chagrines, dépitées, qui lui courent après pour obtenir à nouveau ses faveurs et qu'il éconduit poliment, avec le même numéro de charme qui les a fait craquer et les laissera encore plus accrochées. Les groupies audacieuses qui espèrent attirer son attention et qu'il fait semblant d'ignorer jusqu'à jeter son dévolu sur l'une d'elles, en toute discrétion. Et les timides, comme moi, qui n'ont jamais osé lui parler. Soit parce qu'elles auraient trop peur d'être rejetées en un clin d'œil. Soit parce qu'il ne fait pas partie de leur monde et que leur éducation les empêche de franchir cette ligne jaune. Je fais partie de ce dernier groupe. Ou peut-être des deux derniers.

Je ne veux même pas le savoir…

Évidemment que j'avais déjà remarqué Vadim Arcadi. À 18 ans et après une vie déjà bien remplie par les nombreux voyages et déménagements de mes parents, je ne crois pas avoir déjà vu un garçon à la beauté si singulière. Si beaucoup de jeunes mâles de cet âge aiment jouer les rebelles, Vadim n'a rien de commun avec eux. Il semble habité. Il joue les cancres, mais sa passion pour le cinéma dépasse sans aucune mesure toutes les nôtres réunies. Et dans cette université de Californie où la plupart des étudiants viennent d'un milieu aisé, il dénote, sans s'en plaindre ni essayer de le cacher. On ne sait pas grand-chose de lui mais tout le monde a deviné qu'il avait déjà été bien abîmé par la vie. Il vit seul, sèche régulièrement les cours pour des activités dont on ignore tout, conduit un pick-up délabré qui n'a même pas le charme des vieilles voitures américaines, et a pour seule famille un grand Noir musclé qui lui rend régulièrement visite sur le campus, sous les regards étonnés. Vadim Arcadi a tout pour attiser la curiosité. Et il a, sans le savoir, tout pour attiser la jalousie des adolescents d'ici, à la vie trop lisse et trop bien rangée.

J'ignore comment Vadim a appris que j'étais moitié anglaise moitié française. Il n'est pas du genre à se renseigner. Ou alors tout aussi discrètement qu'il mène sa mystérieuse vie. Et je ne suis pas du genre à étaler la mienne. À ce moment, la discrétion est peut-être notre seul point commun. Il y a encore deux mois, je vivais dans un quartier huppé de Paris avec ma famille. Grâce à ma mention « très bien » au bac, j'ai obtenu de mes parents un an de sursis. Faire du cinéma est pour moi un rêve. Pour eux, c'est une lubie. Ils ont pourtant accepté de me payer la meilleure université de cinéma, celle de Los Angeles. On fait les choses bien ou on ne les fait pas, c'est l'un des grands principes des Lancaster. Mon père en a profité pour saisir une opportunité professionnelle en Californie, parfaite pour sa carrière, et mon frère pouvait poursuivre son cursus universitaire en langue anglaise, parfait pour son avenir. Comme ça faisait quelques années que nous n'avions pas changé d'endroit, ma mère et ma sœur ont suivi avec joie.

Nous avons donc tous déménagé cet été. Mon père Edward, cet aristocrate anglais devenu magnat de l'immobilier. Il possède des agences un peu partout en Europe et aux États-Unis et s'est tissé un réseau d'amis aux quatre coins du monde, qui lui ouvrent à peu près toutes les portes. Le genre de chef de famille peu présent et pourtant très influent. Aimant mais exigeant. Le genre que vous ne voulez pas décevoir. Aussi loin que je m'en souvienne, j'ai toujours eu à cœur de lui plaire.

J'admire mon père autant que je le crains.

Ma mère, la bourgeoise française dans toute sa splendeur, aux goûts de luxe et à l'amour débordant, femme au foyer qui suit son mari où qu'il aille depuis une vingtaine d'années, soutenant avec enthousiasme ses projets les plus fous, subissant son absence en échange du confort de vie qu'il lui offre. C'est une épouse dévouée. Une maman poule. Un pilier de l'ombre qui tient la famille à bout de bras, résout les conflits, apaise les chagrins et se sacrifie au bonheur de chacun.

J'aime ma mère autant que je la plains.

Mon frère aîné Basile, qui suit les traces de mon père et n'a, à 20 ans, aucun souci à se faire pour son avenir. Ce qui lui laisse tout son temps libre pour pourrir la vie des autres entre deux cours de marketing dont il croit déjà tout savoir. Mais qui n'a pas encore pris le temps de trouver qui il était, à part le fils de bonne famille qu'on attend de lui.

Mon grand frère m'agace autant qu'il m'attendrit.

Et ma petite sœur Lily, 12 ans, l'enfant qu'ils ont eu sur le tard parce que ma mère s'ennuyait et que mon père avait cru bon de prouver à sa femme qu'il l'aimait, malgré tout, et tenait à cette famille plus qu'à ses affaires. Ce bébé a surpris les Lancaster plus qu'ils ne l'auraient jamais imaginé. Différente en tout point de son frère et de sa sœur. Indisciplinée, casse-cou, artiste dans l'âme et libre dans sa tête, indifférente aux pressions familiales, avec un goût du bonheur inné lui coulant dans les veines. Le vilain petit canard au charme fou qui obtient toujours tout.

Ma sœur me fatigue autant que je l'envie.

J'ai donc un an, pas un jour de plus, pour prouver à mes parents que je suis faite pour travailler dans le cinéma, que je pourrai me faire une place, un nom dans cette industrie.

Que je suis capable de mieux que des films de mariages ou de fêtes de Noël que je monte depuis que j'ai reçu en cadeau ma première caméra. Une année scolaire avant que mon père me renvoie en France pour apprendre un « vrai » métier. Ou que ma mère me conseille d'épouser un jeune homme qui subviendra à mes besoins sans que j'aie besoin de me trouver une autre carrière que celle de femme et mère. Non merci.

Comment Vadim Arcadi pourrait me trouver intéressante si je peux moi-même dépeindre un tableau aussi cliché de ma vie ?

– Tu n'aimes pas qu'on te juge, mais c'est exactement ce que tu es en train de faire avec moi, pas vrai ? Tu ne me connais pas, lancé-je à Vadim sur le ton de la provocation, essayant pour la première fois de soutenir son regard hostile.

– Et qui te dit que j'ai envie de te connaître ?

– Tu vas en tout cas devoir travailler avec moi. Que ça te plaise ou pas.

– Peut-être que ça pourrait me plaire, Lancaster. Ça dépend de toi.

– Je m'appelle toujours Alma. Et qu'est-ce que je suis supposée faire ?

– Déjà, on se tire de là ! Je ne peux pas bosser dans ce brouhaha. Regarde-les, tout excités à l'idée de faire du cinéma comme les grands. Ils veulent juste plaire à Abrams. Et ta copine française qui nous scrute comme deux bêtes de foire. Je ne supporte pas ça.

– Tu ne fais jamais rien comme les autres et tu voudrais

qu'on ne te regarde pas ? Ça va, vous arrivez à cohabiter, tes contradictions et toi ?

– Bon, on n'a plus que trois quarts d'heure, là. Alma, tu viens ou pas ?

Vadim est déjà sur le seuil de la porte, son sac à dos presque vide pendant au bout de ses longs doigts, ses yeux limpides me défiant de quitter la salle de cours sur le champ. Toujours assise sur ma chaise, j'hésite à me lever pendant ce qui me paraît être une éternité, jusqu'à ce que Clémentine vienne se coller derrière moi, m'entourer de ses bras et me chuchoter à l'oreille :

– Fonce ! Tu attends quoi ?

– Je ne sais pas. La permission ?

– Tu as la mienne. Allez, file avant qu'il en ait marre. Et appelle-moi ce soir !

– Ce soir ? Qu'est-ce tu racontes ? Je serai là au retour du prof !

– C'est ça, on verra, conclut-elle dans un sourire plein de malice, en me poussant vers la sortie.

Clémentine est ma meilleure amie, mon âme sœur, ma jumelle. C'est moi en version rousse, avec un peu plus de formes et bien moins de limites. C'est ma doublure aventureuse. Mon filet de sécurité. Le petit diable sur mon épaule qui me dit toujours de foncer. Et le petit ange toujours prêt à me ramasser. Toutes les deux, on se connaît depuis la maternelle et on a fait toute notre scolarité dans la même classe, à la même table, assises côte à côte, même les années où nous sommes partis vivre à l'étranger. À un moment, j'ai bien cru que ma famille allait l'adopter tant elle passait de temps chez nous et tant ses parents, divorcés et très occupés, semblaient se faire à cette idée… Au lycée, il nous a fallu prendre les mêmes options pour ne pas être séparées. Elle l'a fait sans rechigner. Après le bac, c'est le cœur serré que j'ai dû lui annoncer que mes parents acceptaient de m'envoyer à L.A. Elle m'a répondu avec toute sa fraîcheur et sa spontanéité, mais le plus sérieusement du monde : « Ok, on part quand ? »

Avec Clémentine D'Aragon : jamais de problème, que des solutions. C'est son dicton favori. Et c'est tout naturellement qu'elle m'a suivie aussi dans cette aventure californienne, après l'accord de ses parents, qui ont confié leur fille unique aux miens, les yeux fermés. Clem a préféré prendre une petite chambre d'étudiante sur le campus plutôt que vivre avec nous, officiellement « pour nous laisser notre intimité » – ce qui est à l'opposé de ce à quoi elle nous a habitués toutes ces années. Officieusement pour avoir son indépendance. Elle aime sans doute les Lancaster plus que sa propre famille, mais elle sait garder ses distances. On pourrait la croire intéressée, superficielle, mais elle est incroyablement maligne. Elle se sort toujours de situations impossibles et a pour seule ambition de vivre au jour le jour, de prendre ce qu'il y a à prendre sans s'attirer d'ennuis.

D'ailleurs, le cinéma ne l'intéresse pas plus que ça. Disons, pas beaucoup plus que le reste. Ma meilleure amie n'aime pas grand-chose. Ou plutôt elle aime tout, mais à petite dose.

Elle n'a pas vraiment de passion, mais une sacrée faculté d'adaptation. Où qu'elle aille, elle se fond dans le décor, elle se fait des amis et se retrouve toujours comme un poisson dans l'eau tandis qu'au même moment de mon côté je suis encore en train de me demander si je vais faire le grand saut. De toute façon, Clémentine a toujours un coup d'avance. Elle ne sait pas où elle va, mais elle sait qu'elle y arrivera.

J'adore ça chez elle. Et aussi plein d'autres choses. Qu'on nous prenne pour des sœurs parce qu'on a toutes les deux des taches de rousseur. Qu'elle râle parce que sa peau de rousse ne bronze pas alors que la mienne est dorée dès le début de l'été. Qu'elle chante, toujours aussi faux, mais quand même deux fois plus fort que tout le monde. Qu'elle passe des heures à éplucher le contenu de son assiette sous le regard vexé de ma mère, parce qu'elle ne supporte pas la peau des tomates cuites. Qu'elle jure qu'elle n'aura jamais d'enfant, mais le fait en chuchotant parce qu'elle a peur d'être punie et d'avoir deux paires de jumeaux. Qu'elle se plaigne de ses quatre ou cinq kilos en trop tout en finissant mes frites. Et qu'elle me dise que je suis trop bête pour voir que je suis belle.

Je crois que je suis aussi jalouse d'elle qu'elle l'est de moi… La clé de l'amitié?

Quand je regarde mes cheveux châtains, trop longs et sans vraie coupe, elle voit une crinière sauvage et naturelle. Quand je regarde mes joues pleines de petite fille, elle voit un visage de poupée aux pommettes marquées. Quand je regarde mes lèvres fines et claires, pas assez pulpeuses, elle y voit une bouche bien dessinée, à croquer. Quand je me trouve trop grande, trop sèche face à ses formes voluptueuses, elle me répond que même ma silhouette a la classe. Et elle m'assure que mes yeux sont vert olive tirant sur l'asperge. Coïncidence ou pas: ses deux légumes préférés.

Il n'y a pas de meilleure amie qu'elle et c'est moi qui l'ai trouvée!

– Tu es où, là, Alma? me lance Vadim en faisant claquer ses doigts devant mon regard dans le vague.

– Hein, quoi?

– Je ne sais pas où tu es mais tu n'es pas avec moi.

– Si, si, je pensais à... Tu disais quoi?

– Retourne en cours si tu n'as pas envie d'être là.

– Ça va, je suis là! Tu crois que je vais me mettre à pleurer parce qu'on est assis dans l'herbe au lieu d'être en cours, monsieur Rebelle? Bosser ici ou là-bas, c'est pareil.

– Alors tu peux dire à ta main droite d'arrêter d'arracher toute l'herbe autour de toi...

Je lâche la poignée d'herbes coupées qui me filent entre les doigts et tapote le sol frais de ma paume, comme si ça pouvait aider à reconstituer la pelouse. Je déplie mes jambes pour essayer de me détendre, mais la vérité, c'est que je ne sais pas ce que je fais là. Que je ne sais pas comment lui parler. Ni même comment m'y prendre pour le regarder. Je ne sais pas non plus ce qu'on va pouvoir présenter à M. Abrams dans quarante minutes... Je m'allonge sur un coude, manque de tomber à la renverse grâce à ma légendaire maladresse, renonce et me redresse, repliant mes jambes en tailleur et me mettant à triturer mes lacets.

– Ta main droite recommence. Tu ne lâches jamais prise, hein ? Qu'est-ce qu'il y a ? se moque gentiment Vadim.

– Mais rien, je t'ai dit !

– Si, tu es tendue, préoccupée, je n'aime pas ça. Ça me met mal à l'aise.

– J'ai un petit ami, tu sais ? Timothy.

– Je sais. Tim Wallace, le capitaine des basketteurs. C'est fou d'être aussi grand et aussi insignifiant à la fois. Mais vous allez très bien ensemble, tous les deux.

– Il est grand oui. Au moins une tête de plus que toi. Et il ne ferait pas partie de l'équipe universitaire s'il était si bête que ça. Mais vous allez très bien ensemble, toi et tes préjugés.

J'ai rencontré Timothy Wallace par l'intermédiaire de nos familles respectives, avant même la rentrée, peu après qu'on se soit installés à proximité de l'université. Nos pères ont déjà travaillé ensemble par le passé et ma mère n'est jamais contre un dîner pour sociabiliser. C'était aussi l'occasion de me présenter un autre étudiant qui m'aiderait à m'intégrer. Et beau garçon, de surcroît. Sain, sportif et musclé, et l'éducation qui va avec. Mon frère archi-protecteur pensait aussi sans doute qu'un *boyfriend* de 2 mètres de haut serait l'idéal pour me défendre… Ou me surveiller de près, au choix. Depuis qu'il est majeur, Basile croit être devenu un homme et pire, il croit parfois qu'il peut être mon second père. Après deux soirées, l'une chez les Lancaster, l'autre chez les Wallace, Tim a eu la gentillesse de me faire faire le tour du campus désert au mois d'août en compagnie de Clémentine. Puis il m'a enfin invitée officiellement à sortir en tête à tête. Une séance de cinéma et une balade en voiture plus tard, il m'a déposée devant chez moi et m'a embrassée pour la première fois. Quatre rendez-vous, le protocole était largement respecté.

En réalité, Timothy plaisait plus à Clémentine qu'à moi, mais elle ne me l'a avoué qu'après et a vite trouvé de quoi se consoler. Je crois que je l'aime bien : Tim est un gentil garçon, doux, prévenant, joyeux, très populaire à la fac et entouré de nombreux amis. Depuis un peu plus d'un mois, nous passons de bons moments, quand j'ai froid il me prête son Teddy trop grand pour moi, et il embrasse divinement bien. Rien d'autre à signaler pour le moment. Je n'ai pas envie de tomber amoureuse – et je ne crois pas pouvoir dire que ça me soit jamais arrivé. Les idylles me conviennent bien, je n'ai pas la personnalité passionnée de Clémentine et je veux me consacrer à mes études. Rendre mes parents fiers de moi. Réussir. Me trouver un avenir.

Le bourrage de crâne à la sauce Lancaster a bien marché sur moi...

– Alors, quel sujet tu voudrais traiter ? relance mon partenaire impatient. Un sportif de haut niveau qui se blesse bêtement la veille de la finale ? Il doit se faire amputer, sa vie est ruinée, il prend de la drogue et devient un déchet de la société parce qu'il ne sait rien faire d'autre que jouer à la baballe ?

– Très drôle. Ou un pseudo-artiste maudit qui croit que porter un blouson de cuir et sécher les cours fait de lui un gros dur mais qui chouine comme un gamin quand il n'a pas le binôme qui lui convient ? réponds-je en le toisant du menton.

– Ah non, mieux ! Une jeune fille vivant dans une prison dorée, qu'on veut marier de force mais qui est éperdument amoureuse de son beau professeur de vingt ans de plus qu'elle, qui la larguera le jour où elle sera déshéritée ? renchérit Vadim, fier de lui.

– Non, attends ! Le type qui n'aime personne mais se retrouve à payer dix pensions alimentaires à même pas 20 ans, après avoir mis enceintes toutes les filles qui étaient d'accord pour s'allonger à côté de lui, juste parce qu'il se sentait seul la nuit.

– Tu parles de ce que tu ne connais pas, Lancaster.

– Et tu parles pour ne rien dire, Arcadi. On n'a toujours pas trouvé de sujet.

– Hey Alma, qu'est-ce que tu fais là ?

La voix de Timothy interrompt notre conversation et je me lève précipitamment pour aller l'embrasser puis saluer ses copains qui gravitent autour de lui. Mon petit ami glisse son immense bras autour de mes épaules et continue son interrogatoire en fixant Vadim, resté assis dans l'herbe.

– Vous n'avez pas cours ?

– Si, si, on doit y retourner dans une demi-heure. On cherchait un thème pour notre projet du premier semestre.

– Et ils ne vous donnent pas de salle de classe dans le cursus cinéma ? blague Tim pour amuser la galerie.

– Tu sais que les étudiants sont des citoyens libres de circuler dans ce beau pays qu'est l'Amérique ? lui rétorque Vadim avec un sourire forcé.

– Arcadi, Arcadi… ça ne sonne pas très américain, ça, si ? C'est sûr que ça doit être plus sympa que la Pologne, ici.

– Je suis d'origine russe. Et je suis né aux États-Unis. Mais c'est gentil à toi de t'en préoccuper, Wallace.

Tout le monde s'appelle par son nom de famille, ici. Même entre amis. J'ai arrêté de m'en formaliser. Mais le ton que ces deux-là emploient n'a rien de cordial. Au mieux dédaigneux, au pire explosif. Je sens le danger s'approcher… Timothy resserre son étreinte autour de moi en ignorant sciemment la dernière remarque de Vadim.

– Bon, si tu n'as rien à faire de ta prochaine demi-heure, on allait manger un morceau avec les gars, tu viens ?

– J'aimerais bien, mais je ne sais pas si j'aurai le temps, Tim.

– Il faut qu'on bosse, Alma, intervient mon binôme.

– Tu permets ? Je parlais à ma copine, rugit mon basketteur de plus en plus nerveux.

Ma tête oscille de l'un à l'autre comme si j'assistais à un match de tennis en accéléré. Incapable de prendre une décision, je souris bêtement, caressant la main de Tim mais regardant Vadim dans les yeux pour y trouver une solution. Ce qu'il fait à ma place. Il se lève nonchalamment, ramasse son sac et passe sa main dans ses boucles folles, d'où tombe un brin d'herbe.

– Laisse tomber Lancaster. Si tu n'as pas envie de t'investir, on peut travailler chacun dans notre coin. Tu pourras dire à Abrams que toutes les idées viennent de toi. Ou que tu veux changer de binôme. Pour ce que j'en ai à faire.

2

LE GOÛT DU RISQUE

Vadim n'est pas revenu. Personne ne se balance sur la chaise du fond de la classe et celle à côté de moi est désespérément vide. Tous les étudiants sont assis par binômes : les excités, les boudeurs, les satisfaits, les querelleurs, les renfrognés, les chahuteurs, tous fiévreux après cette heure d'intense réflexion. J'ai passé la moitié de la mienne à affronter mon partenaire puis la seconde à me demander où il était et ce que j'allais bien pouvoir présenter au prof. Il règne un joyeux chaos dans la salle de cours quand M. Abrams fait à nouveau son apparition traînant derrière lui des effluves écœurants de café et de tabac froid. Ces vapeurs suffisent à faire taire la foule, à moins que ce ne soit l'aura du professeur. Cette écrasante présence renforce encore un peu mon malaise et mon appréhension. Je fixe nerveusement la porte et prie pour qu'elle s'ouvre sur un Vadim maussade grommelant une phrase inaudible en guise d'excuse pour son retard. Mais rien, pas un bruit ni un mouvement, même pas quelques lointains pas dans le couloir pour me laisser espérer. Juste le silence des étudiants zélés, pressés d'être interrogés, et celui du professeur ménageant le suspense, nous jaugeant d'un œil curieux et volontairement cruel.

On va tous se ramasser, moi la première, et je n'aurai même pas d'allié pour faire front… Merci Arcadi !

Abrams commence son tour de tables par l'improbable duo Lee-McPherson, qui essuie les plâtres mais ne s'en sort pas si mal. « Il y a de l'idée mais pas de fond, creusez. » Le binôme Scott-Perkins est coupé dans son élan à cause des minauderies de Nicki. « Battre des cils n'est pas un thème. Moins de manières, plus de matière ! » Clémentine s'en sort presque avec les honneurs après avoir laissé parler sa partenaire de jeu, la brillante Hannah Goldberg, cinq ans de plus que nous et déjà surnommée Spielberg par toute la promo. « D'Aragon, vous brillez par votre absence, ce n'est déjà pas si mal ! » Les exposés et les sentences s'enchaînent tandis que je me liquéfie, cherchant au mieux une idée lumineuse, au pire une excuse valable.

Ma grand-mère n'a pas pu mourir entre tout à l'heure et maintenant…

Quand tous les étudiants sont passés par la case Abrams, je me recroqueville sur ma chaise, furieuse de la lâcheté de Vadim, déçue par lui, par moi et mortifiée à l'idée de décevoir. Mais alors que Clémentine m'adresse un regard qui se veut encourageant, le prof saute mon tour, sans que cela n'ait échappé à personne, enchaînant par un monologue vibrant sur l'inspiration. La sonnerie salvatrice retentit. Mes camarades, assommés d'admiration, prennent tout leur temps pour quitter les lieux et j'en profite pour me faufiler vers la sortie. La voix rocailleuse m'arrête net :

– Lancaster, pas si vite.

Est-il possible qu'il n'ait pas remarqué que j'avais sursauté ?

– Je n'aime pas vous voir rendre copie blanche, mais j'aime encore moins vous voir partir comme une voleuse. Soyez franche ! Arcadi vous a mis des bâtons dans les roues ? Il refuse de travailler avec vous ?

– Non, non, monsieur. On n'a pas réussi à se mettre d'accord, c'est tout. Mais on y travaille.

– Oh, il vous a envoyée toute seule au front. Quel gentleman !

– Il a eu un imprévu. Quelque chose d'important à faire.

– Et je n'aime pas non plus vous voir me mentir. Pourquoi le couvrir ? Lancaster, je mets ça sur le dos de votre éducation, mais vous n'avez pas à défendre la veuve et l'orphelin. Vous ne lui devez rien. Arrêtez de vous sacrifier. Sortez de l'ombre. Croyez-moi, vous êtes brillante mais éteinte !

– Je suis désolée, monsieur.

– Et arrêtez d'être désolée, bon sang ! Vous vous excusez d'exister ! Je vous ai attribué ce binôme pour vous révéler.

Je sais que vous êtes à la hauteur. Votre regard respire l'intelligence. Votre créativité, votre finesse, tout votre potentiel crève les yeux. Il n'y a que vous qui ne le voyez pas. Mais si vous ne le laissez pas sortir, il va vous ronger de l'intérieur, vous tuer à petit feu. Ce n'est pas parce que vous êtes la fille Lancaster que vous avez atterri ici. Le film de votre candidature était inouï.

– Merci, monsieur.

– Alma ! Vous comprenez ce que je vous dis ? Appelez-moi Leonard. La politesse est réservée aux enfants et aux vieillards. Exprimez-vous ! Libérez-vous ! Je veux que vous releviez ce défi. Vous allez vous affirmer, vous imposer, dompter Arcadi. Car c'est lui, votre plus grand défi. Pas ce court-métrage. Pas ce diplôme. Même pas la fierté de votre père. Il s'agit de votre vie.

– Mais je ne sais pas comment faire… réponds-je, la gorge serrée et des larmes plein les yeux.

– Laissez Vadim Arcadi vous secouer. Vous renverser. Remettre en question tout ce que vous croyez. Et quand vous ne saurez plus rien, pas même comment vous vous appelez, vous pourrez exister. Je veux que toute votre vie, vous soyez bouleversée comme vous l'êtes maintenant. Bouleversée et bouleversante.

– Je vais essayer, mons… Je veux essayer.

– Voilà mon numéro personnel. Appelez-moi si rien ne va. Ce sera le meilleur moment. Vous n'avez pas idée de ce qui vous attend. Devenir qui vous êtes vraiment. Ça, Arcadi l'a déjà compris. Il ira loin. Et vous aussi, si vous vous décidez enfin à prendre le bon chemin !

Je ne sais pas si cet homme est un pauvre fou qui divague ou un être supérieur qui me fait toucher du doigt la vérité. Je ne sais pas s'il m'a cernée ou s'il est juste en train de me draguer. Je ne sais pas si Vadim Arcadi peut à ce point me changer, ni même si j'ai envie que ça arrive. J'aime ma vie comme elle est. Je crois. Mais tous ces possibles me donnent le vertige. Je voudrais sortir de la pièce, courir, hurler de toutes mes forces au milieu du campus, me vider les poumons et la tête. Que les doutes s'arrêtent. Au lieu de ça, M. Abrams me reconduit à la porte et en soupirant, sans doute exténué par son délire, me fait sortir.

Je retrouve l'air frais et ai encore du mal à croire à ce que je viens d'entendre. Clémentine me saute dessus et me ramène violemment à la réalité.

– C'est quoi cette tête ? Le prof t'a passé un savon ?
– Oui, quelque chose comme ça.
– On s'en fout ! J'ai un truc pour toi !
– Ah ?
– Tu ne veux pas savoir ce que c'est ?
– C'est quoi ?
– T'es nulle ! Allez Alma, supplie-moi, quoi !
– …
– Ça vient de ton Roméo.
– Hein, comment ça ? Qu'est-ce que c'est ? Pourquoi tu… ?
– Ah ben voilà ! Tiens. Il te cherchait. Il m'a donné ça pour toi.

Si personne ne te tient en laisse ce soir, on pourrait tout recommencer. Essayer. Rejoins-moi au Sunset. 22 h.
V.

J'ai relu ce message une bonne dizaine de fois dans ma tête. Autant pour déchiffrer l'écriture illisible de Vadim que pour m'assurer de son contenu. C'est une invitation. Griffonnée à la va-vite, de la main d'un gaucher contrarié ou d'un élève de CP, sur un morceau de feuille déchirée. Un rendez-vous ? Non, il n'aurait jamais osé le confier à Clémentine. À 18 ans, les meilleures amies n'ont pas de secret l'une pour l'autre. Une réunion de travail ? Mais pourquoi au Sunset Café, un lieu bruyant, animé, très fréquenté par les étudiants de la fac ? Alors un défi ? Pour que l'on me voie avec lui. Pour que Tim n'ait pas gagné la partie. Mais alors pourquoi avoir plié ce papier en tout petit, comme s'il recelait le plus inavouable des secrets ? Vadim Arcadi aurait-il honte de faire un pas de plus vers moi ? De donner une nouvelle chance à la fille des beaux quartiers, après avoir été publiquement humilié par son petit ami ? Je me balance d'un pied sur l'autre, impatiente, perplexe, angoissée, sans quitter le message des yeux.

– Alors, qu'est-ce qu'il te dit ? me presse Clémentine, qui a déjà fait preuve d'une patience incommensurable.

– Qu'il est d'accord pour travailler avec moi.

– C'est tout ?! C'est bien la peine de faire tous ces mystères !

– Ce soir. À 22 heures au Sunset.

– Ah, là, ça m'intéresse ! Tu vas y aller ?

– Tim et ses parents viennent dîner à la maison ce soir,

réponds-je d'une voix robotique.

– Mais ils habitent là ou quoi ? Les Wallace dînent chez vous trois fois par semaine !

– Presque. Les lundi et jeudi soirs normalement.

– Annule, Alma ! Dis-leur que tu ne peux pas cette fois !

– Oui, et que j'ai rendez-vous dans un bar à 10 heures du soir pour faire mes devoirs avec un inconnu.

– C'est pourtant la vérité !

– Oui, comme s'ils allaient me croire…

– Et ben cherche autre chose !

– De toute façon je n'ai pas le droit de sortir en semaine. Il n'y a pas de solution.

– On va en trouver une ! Il nous reste tout l'après-midi.

– Franchement, tu as déjà annulé un dîner des Lancaster, Clem ? Tu vois, même toi !

– Tais-toi, tu m'empêches de réfléchir ! me rétorque-t-elle en pleine ébullition.

– Tu peux réfléchir en marchant ? On va être en retard au cours suivant.

– Attends, je n'ai rien avalé depuis hier soir, je vais tomber dans les pommes si on ne mange pas avant !

– Je t'ai vue engloutir deux Twix à onze heures. Tu as encore du chocolat sur le menton.

– Faux ! J'ai partagé avec Andrew ! Il m'en a demandé un petit bout et il a avalé toute la barre d'un coup ! Ah, ce mec me dégoûte !

– Laisse tomber. Cette journée est la pire de toute l'année.

– Oui, surtout quand on est en pleine crise d'hypoglycémie.

Ma meilleure amie et moi passons le reste de la journée à chuchoter en cours pour échafauder des plans. Clem a appelé ça « L'Opération russe ». Très discret. Nous n'avons rien trouvé de concluant mais cela a au moins réussi à me faire sourire. Mais pas à me sortir ce rendez-vous de la tête. Ni Vadim Arcadi. Je n'ai même pas son numéro de téléphone pour le prévenir de mon absence. Lui poser un lapin serait encore pire que décliner son invitation : à coup sûr, il le prendra comme un affront et notre binôme explosera définitivement.

Est-ce que ce ne serait pas la solution à tous mes problèmes ? Abrams m'a ordonné de vivre ! Pas de laisser la vie décider pour moi…

Le dernier cours terminé, je raccompagne Clémentine jusqu'à sa chambre d'étudiante, faisant traîner au maximum le moment où je dois rentrer chez moi et me préparer pour ce dîner. De lassitude, je m'écroule sur son lit. Je n'ai pas vraiment l'habitude de telles journées éprouvantes et riches en émotions… mes dix-huit premières années s'étant écoulées en toute quiétude, sans accroc dans le parcours, sans passion dévorante ni même une infime crise d'adolescence. Une vie lisse. Comme moi.

La crinière rousse entre dans mon champ de vision alors que je fixais le plafond : mon amie vient de sauter à genoux sur le lit en hurlant à deux centimètres de mon visage.

– Je sais !

– Mes tympans !

– J'ai trouvé ! Écoute ça : tu vas à ce dîner, tu ne changes rien à tes habitudes. Puis je t'appelle vers moins dix, paniquée, en pleurs, à moitié hystérique.

– Pour ça je te fais confiance, dis-je en jouant avec l'une de ses mèches. Et après ?

– Grosse déprime, chagrin d'amour, seule au monde. Qui vient me consoler dans ces cas-là ? Ma meilleure copine à la vie à la mort ! Tu dois venir sur le champ pour me remonter le moral. Parce que je n'ai personne d'autre ici, aux États-Unis. Je n'ai que toi, tu vois.

– J'ai compris ! Respire !

– Non mais ça se tient ! En vrai, tu viendrais, non ?

– À tous les coups, mon père va vouloir m'accompagner en voiture.

– Tu lui diras que je suis trop mal, que je ne veux voir personne à part toi. Vous habitez à même pas dix minutes à pied d'ici.

– On peut toujours essayer. Mais tu joueras vraiment la scène, hein ! Avec des larmes, des cris, du maquillage qui coule, comme tu sais faire. Au cas où ça foire et que j'arrive accompagnée.

– Euh… Et comment je sais quand je dois commencer ma comédie ?

– Quand on sera là, grosse maligne !

– Ah oui, pas bête.

– S'il me faut disons une heure pour te consoler, j'aurai le temps de faire le trajet jusqu'au Sunset Café, rester une demi-heure avec Vadim et rentrer…

– Une demi-heure c'est même très long si vous ne perdez

pas de temps à vous parler, glousse Clémentine, encore plus excitée que moi.

Je me relève et saute sur mes pieds, les jambes soudain légères et ma lassitude envolée. Je dépose un long bisou bruyant sur la joue de Clem et l'abandonne dans sa chambre.

Mon père n'a eu aucun mal à trouver notre maison de Los Angeles, un mois avant que nous atterrissions ici. Il a passé quelques coups de fil, a fait un premier aller-retour depuis Paris pour une journée de visites puis un second avec ma mère pour lui montrer cette villa. « Coup de cœur assuré » comme il le dit souvent à ses clients. Une heure après, nous avions notre nouveau chez nous. Que je n'ai découvert qu'à notre arrivée aux États-Unis cet été. Cette villa luxueuse est située tout près de la fac, l'idéal pour Basile et moi. Elle se trouve dans le quartier chic de Westwood, l'idéal pour mon père. Et elle était déjà entièrement meublée et décorée dans un style classique, l'idéal pour ma mère ! Nous avons tous adhéré. Seule Lily l'a trouvée « trop beige ». Murs blanc cassé dans toutes les pièces, moquette crème à l'étage des chambres, grande cuisine familiale avec des dizaines de placards blancs et un îlot central en bois clair, immense salon aux canapés et fauteuils drapés couleur sable et cheminée en marbre taupe sur un parquet de chêne. Les rideaux et les coussins ont été choisis par maman en lin écru « pour apporter de la lumière ». Mais elle a beaucoup hésité avec le coloris coquille d'œuf. Les six chambres et les trois salles de bains sont dans les mêmes tons, à l'exception de celle de Lily « customisée » par ses soins. Le « foncé » a été réservé à la grande terrasse à l'arrière de la maison : mobilier de jardin en rotin chocolat, énormes pots de fleur en terre cuite rouille et dalles de bois exotique tout autour de la piscine. Cette maison fait la fierté de ma mère qui est une fan de déco et de luxe à la française, mais elle joue toujours les modestes lorsque les Wallace s'extasient poliment.

Ils sont arrivés à l'heure, comme toujours, avec Timothy et leur second fils Matthew, pâle copie du premier qui ne sait pas marcher sans traîner des pieds. Il a 14 ans et des vues sur ma petite sœur de 12, mais les hommes Lancaster veillent au grain et Lily sait très bien se montrer hostile, voire carrément peste. Nous avons pris l'apéritif sur la terrasse pour profiter des températures agréables de l'automne californien, puis sommes passés à table tous les neuf, pendant que je surveillais ma montre du coin de l'œil. Tim a plusieurs fois complimenté ma robe sans manches bleu marine et je me suis demandé si je n'en avais pas trop fait, à la fois pour le coup de théâtre de tout à l'heure et le rendez-vous d'après qui n'en est peut-être même pas un. Nous attaquons le dessert quand je vois l'aiguille de la grande horloge du salon se rapprocher de l'heure convenue pour le coup de fil. J'essaie de maîtriser mes gestes de nervosité, sans succès. Mon petit ami me fait discrètement du pied sous la table et ma jambe agitée de soubresauts lui envoie de mauvais signaux : il me rend un sourire coquin, enamouré. L'appel de Clémentine me fait quasiment sursauter et je décroche sous l'œil désapprobateur de mon père.

– Nous sommes à table, Alma, ça peut attendre !

– Non, Clem a un problème, sinon elle ne m'appellerait pas à cette heure-ci.

Mince ! Est-ce que ça semble trop… téléphoné ?

Je raccroche rapidement, débite mon mensonge à une vitesse folle pour m'en débarrasser, et ma tension nerveuse liée au fait même de leur mentir effrontément doit aider à rendre la scène plus crédible. Ma mère semble désolée pour moi comme pour mon amie.

– Vous m'excusez, je ne peux pas la laisser passer la nuit toute seule dans cet état ! dis-je en me levant précipitamment.

– Dis-lui de venir nous rejoindre, elle peut dormir ici, propose gentiment mon père.

– Papa, elle n'a pas envie de voir du monde, encore moins des adultes. Je fais juste l'aller-retour et je repars quand elle se sent un peu mieux.

– Timothy va t'accompagner ! lance M. Wallace en adressant un regard pressant à son fils.

Mince ! Je ne l'attendais pas, celle-là…

– Ce n'est pas la peine, c'est tout près. Finissez tranquillement de dîner, je serai de retour dans une heure maximum.

– Tu es sûre Alma ? Ça ne me dérange pas !

– Tim, c'est adorable. Mais tu connais Clémentine, elle n'a

envie de voir personne quand elle se met dans des états comme ça.

Mince ! J'en fais trop... C'est trop gros... Personne ne me croit.

– Alors dépêche-toi. Et prends un gilet, il doit faire frais à cette heure-là, conclut ma mère, inquiète pour moi autant que pour la bonne marche de son dîner.
– Et regarde avant de traverser, Alma, et ne parle pas aux inconnus, reprend Lily en imitant maman.

La tablée sourit et les deux mères de famille se lancent dans une discussion sur les inquiétudes de parents et les difficultés à couper le cordon. J'en profite pour m'éclipser après avoir déposé un baiser sur la joue de Timothy qui m'a l'air un tout petit peu suspicieux. Mais moins que mon frère qui me fixe en plissant les yeux pour essayer de me coincer.

Je marche rapidement dans la rue, n'en revenant pas d'avoir réussi mon coup, et je me mets à courir dès que la maison n'est plus en vue. Sur le chemin du Sunset, je rappelle Clémentine pour lui raconter la scène, tout essoufflée. Hystérique, elle me crie qu'elle est fière de moi et me donne ses ultimes conseils pour la réussite de « L'Opération russe ». Je retrouve Vadim accoudé au comptoir du café et, grisée par toute cette excitation, vais taper sans réfléchir sur son épaule recouverte de cuir. Il fait volte-face, ses boucles brunes volant au-dessus de sa tête.

– Pile à l'heure, Lancaster ! On t'a laissée sortir ?

– Je peux repartir, si tu comptes me parler comme ça toute la soirée !

– Ok, ok, content que tu sois venu. Je ne pensais pas que tu le ferais.

– Qu'est-ce que tu voulais me dire ?

– « Toute la soirée », ça veut dire que tu as la permission de minuit ? On va s'asseoir ? Qu'est-ce que tu veux boire ?

– En réalité, j'ai quarante-cinq minutes devant moi.

– Quarante-cinq ?! Tu te fous de moi ?

– En fait non, il doit me rester trente minutes, si je compte le trajet du retour.

– Tu es juste venue me dire que tu ne pouvais pas venir en gros, soupire-t-il, déçu.

– Je suis venue ! J'ai fait ce que j'ai pu. Et c'est toi qui avais quelque chose à me dire, je crois.

– Oh, la petite fille modèle a fait le mur ? reprend-il, cette fois sur un ton moqueur.

– Bon, qu'est-ce que tu veux, Arcadi ? Tu t'ennuyais ? Tu n'avais pas de rencard pour la soirée ? Ou alors tu avais juste envie de m'humilier ?

– Je voulais qu'on puisse discuter. Sans ton garde du corps baraqué. Sans ta copine fouineuse. Sans que ce soit parce qu'Abrams l'a demandé.

– M. Abrams pense qu'on forme une bonne équipe. Qu'on peut se tirer vers le haut, si seulement on…

– Mais je me fous de ce qu'il pense ! C'est un gros raté qui croit que je suis son fils spirituel et qui veut vivre à travers moi. Et toi, il veut juste te sauter.

– Donc c'est aussi ce que tu veux ?!

Je ne sais pas ce qui m'a pris. Vadim Arcadi fait de moi une fille que je ne connais pas. Insolente, effrontée. Qui parle de sexe sans même savoir ce que c'est. Mais je suis vite rattrapée par ma nature timide et le rouge me monte aux joues. Vadim semble aussi troublé, à moins qu'il cherche une nouvelle pique à m'envoyer.

– S'il ne nous reste que trente minutes, avoue que ça va faire court, me répond-il amusé.

– Prétentieux ! On vient déjà de gaspiller cinq minutes. Je ne vais pas tarder.

– Ou alors tu ne fais pas ce qu'on attend de toi, pour une fois…

– C'est ton nouveau hobby, me lancer des défis ?

– Oui. Tu n'es pas cap de découcher cette nuit !

– Non, c'est surtout que je n'en ai pas envie.

– Même si je m'appelais Timothy Wallace ?

– Tim ne proposerait jamais un truc pareil. Il me raccompagnerait chez moi pour que je sois pile à l'heure.

– Si je te dépose en voiture, ça te fait gagner le temps du trajet, pas vrai ?

– Tu ne me feras pas monter dans ta poubelle.

– Parce qu'elle n'est pas assez bien pour toi ou parce que tu as peur de ce qui pourrait t'arriver ?

– Qu'est-ce qui te fait croire que j'ai peur de toi, Arcadi ?

– Oh non, je crois que c'est de toi dont tu as peur, Lancaster. De ce que tu pourrais avoir envie de faire. D'ailleurs, pourquoi tu n'es toujours pas partie ?

J'entrevois pour la première fois son sourire renversant de séducteur. Je ne sais pas si je suis flattée d'y avoir droit ou agacée qu'il me réserve le même numéro de charme qu'à toutes les autres. Mais je crois enfin comprendre pourquoi aucune n'a pu lui résister. Il est déroutant. Beau à tomber. Jamais à court de repartie. Ses yeux gris et brillants respirent la pureté, mais son regard est plein de dangers. Et il est difficile de ne pas être happée par la petite cicatrice blanche qui s'étire sur sa lèvre inférieure quand il sourit.

– Ok, tu me ramènes. Au moins si tu conduis, je n'aurai plus à regarder ton air arrogant et sûr de soi. Mais pas de détour, pas le coup de la panne, on va droit chez moi.

– Tu sais, ma poubelle ne se maîtrise pas comme ça, avec elle on n'est jamais sûrs de rien.

– Tu sais, mon garde du corps non plus ne se maîtrise pas toujours très bien…

Depuis deux heures, nous parlons à bâtons rompus de la fac, des cours, beaucoup de ma vie, un peu de la sienne, des autres étudiants de la promo, ceux qu'il déteste et ceux qu'il tolère, d'Abrams et du projet que nous n'avons toujours pas trouvé, des films qu'il a aimés et de mes références qu'il trouve nulles, clichées. Depuis deux heures, je lui dis que je dois rentrer et je serre dans ma main le téléphone qui affiche des dizaines d'appels manqués et plusieurs messages sur mon répondeur : de mes parents, de mon frère, de Tim, de Clémentine. Mon portable continue à vibrer au creux de ma paume, éclairant par intermittence l'habitacle du pick-up plongé dans l'obscurité. Vadim s'en amuse et me défie encore de rester. Je lui raconte le stratagème monté avec ma meilleure amie : il n'en finit plus de rire. Je fais semblant de m'offusquer. Depuis deux heures, j'ai tout oublié. Mon père qui va me massacrer, ma mère qui doit être morte d'inquiétude, mon petit ami sûrement furieux. Je ne connaissais pas la saveur de la liberté, le frisson de l'interdit bravé, mais je perçois que j'y ai déjà pris goût et qu'il y aura un prix à payer. Je descends finalement de la voiture, garée à quelques maisons de chez moi. Je fais le tour pour me poster devant la vitre ouverte de mon chauffeur. Je joue nerveusement avec un bouton de mon gilet. J'ai un mal fou à le quitter.

– Ce fut les trente minutes les plus longues de l'éternité ! me lance Vadim en souriant.

– Désolée de t'avoir fait passer une si mauvaise soirée…

– L'enfer ! Un vrai calvaire ! Je suis bien content que ça s'arrête, ironise-t-il toujours.

– Pareil. Je crois que je te déteste. Encore pire que ce que je pensais.

– Tant mieux. On n'aura pas à se taper un deuxième rencart.

– Non, aucune chance.

– Parfait. À demain Lancaster.

– Bonne nuit, Arcadi.

Par la vitre, il saisit un bord de mon gilet et attire mon visage près du sien. Mon cœur tambourine dans ma poitrine et mes jambes me supportent à peine. Sa bouche se colle à mon oreille pour murmurer : « Pas cap de refaire ça demain soir ? » Il me pose un baiser sur la joue, me lâche puis démarre sans attendre ma réponse. J'arrive chez moi avec une bonne heure de retard. Mes parents sont là. La voix de mon père résonne déjà dans toute la villa. L'heure que je viens de passer vaut tous les sales quarts d'heure du monde. Bizarrement, je n'ai pas peur.

3

LE TEMPS S'EST ARRÊTÉ

Je n'ai jamais eu une conversation aussi longue, aussi profonde avec mes parents qu'hier soir. Quand mon père a eu fini d'exprimer sa colère et ma mère son angoisse, ils se sont radoucis. J'ai pu leur expliquer que je n'avais pas vu le temps passer et que j'étais désolée de les avoir inquiétés. Mais aussi que j'avais besoin de plus de liberté. Que j'avais toujours été une fille raisonnable, digne de leur confiance et qu'il était grand temps qu'ils me laissent avoir 18 ans. Pas 12. J'ignore où j'ai puisé toute cette audace, toute cette énergie.

Vadim Arcadi…

J'ai continué à leur parler de mon sentiment de ne pas exister autrement qu'avec eux, chez eux, à travers eux, et de mes envies de m'émanciper. Un tout petit peu. Ils ont eu l'air déboussolé. Mais étrangement compréhensifs. J'en ai profité pour leur redire que je les aimais, qu'ils étaient de merveilleux parents, que je ne voulais pas les décevoir, mais qu'ils devaient me laisser grandir s'ils voulaient que je devienne quelqu'un. Jamais je ne me serais crue capable d'être aussi téméraire face à ceux qui me sont si chers. Et je n'ai pas ressenti une once de culpabilité. Ils ont fini par me donner raison, à plusieurs conditions : que je me consacre en priorité à mes études, que je réponde systématiquement au téléphone et que je ne trahisse pas leur confiance.

Cette dernière promesse sera sans doute la plus difficile à honorer...

J'ai pourtant accepté le contrat, sûre de moi, et ils m'ont serrée dans leurs bras. Ma mère en larmes m'a affublée de petits noms enfantins, pour me faire enrager ou bien pour faire le deuil du bébé que je ne suis plus. Mon père tout sourire m'a dit qu'il était fier de moi et du « quelqu'un » que j'étais déjà. Je suis allée me coucher, le cœur léger, la tête pleine d'images et de folles pensées.

Ce matin, je suis arrivée à la fac en avance, avec trois objectifs à réaliser : me faire pardonner mon retard auprès de Tim à qui je n'ai pas pu dire au revoir hier soir, croiser Vadim pour m'assurer que je n'ai pas rêvé cette soirée et trouver Clémentine pour tout lui raconter. Je ne sais pas dans quel ordre. C'est mon petit ami que je rencontre en premier sur le campus, le visage fermé. Il est aussi blond que Vadim est brun, aussi solaire que l'autre est ténébreux, aussi inoffensif qu'Arcadi semble dangereux. Je me jette à son cou pour lui faire passer son air soucieux. Il me rend mon baiser tout en me demandant des explications et, rassuré, retrouve sa joie de vivre en même temps que sa fierté. Je suis toujours lovée dans ses bras immenses quand Vadim passe par là et nous bouscule légèrement avec son sac à dos à l'épaule. Timothy ne tarde pas à répondre à cette provocation.

– Tu comptes t'excuser, Arcadi ?

– De quoi ? Ah, je ne vous avais même pas vus. Désolé mon pote.

– Mon quoi ? C'est ça, fais le malin avec moi !

– Je viens de dire que j'étais désolé. Tu sais que c'est synonyme de s'excuser ?

– Tire-toi ! Tu ne vois pas qu'on est occupés, là ?

– Je vois ça. Alma, profites-en pour lui expliquer le mot « synonyme ».

– Il va falloir que je te casse combien de dents pour que tu décroches ton sale sourire de ta face ?

– C'est à Alma que je parlais. À moins qu'elle n'ait pas le droit de répondre quand elle est avec toi ?

– Casse-toi, je t'ai dit ! répond Tim en haussant la voix, signe qu'il commence à perdre son sang-froid.

– T'as changé d'avis pour mes dents ? le provoque à nouveau Vadim, toujours aussi souriant.

– Ça va, tous les deux, stop, dis-je sans trop de conviction.

– Oh, Wallace, t'as vu ça, elle a parlé sans ta permission ! continue Vadim, infatigable.

– Arcadi, c'est quoi ton problème ? rétorque Tim en bombant le torse, mais toujours sans me lâcher.

Vadim s'approche lentement, mi-menaçant mi-amusé, levant un menton arrogant vers mon petit ami, clairement pour le défier. Tim lui fait face et avance à son tour, très énervé mais pas du tout impressionné. À cet instant, mon binôme glisse discrètement un minuscule bout de papier au creux de ma main libre puis repart à reculons en envoyant une dernière pique :

– À une prochaine, Wallace. Je te laisse remettre ta langue dans sa bouche, ça t'évitera de dire des conneries.

J'empêche Timothy de lui courir après et fourre rapidement le morceau de papier dans la poche de mon jean. Il me faudra attendre un passage aux toilettes pour le déplier nerveusement et y déchiffrer les pattes de mouche anarchiques de Vadim :

Même lieu, même heure, ce soir. Mais ce n'est pas un deuxième rencart.

La formule me fait sourire et j'hésite à jeter le message dans le tourbillon de la chasse d'eau. Finalement, je le replie soigneusement et le range à sa place, un frisson d'excitation mêlé de peur parcourant ma nuque au même moment. Je sors précipitamment des toilettes et fonce à travers le campus pour rejoindre mon prochain cours et mettre enfin la main sur Clémentine.

– J'y crois pas ! Il n'y a qu'à toi que ça arrive, des trucs comme ça. On dirait une comédie romantique *made in Hollywood* !

– Oui, autant dire un navet.

– Mais non ! Tu sais, au ciné, la fille couche avec le *bad-boy* mais elle finit toujours par épouser le gentil garçon. Au moins tu connais la fin.

– Je ne vais coucher avec personne et encore moins épouser qui que ce soit !

– Ah, donc le sexe est plus probable… Tu es déjà mordue, Alma !

– De qui ?

– Devine ! hurle Clem en plein cours.

– Chut ! Ça fait quinze ans que je te connais et tu ne sais toujours pas chuchoter…

– Lancaster, D'Aragon, je ne retiens personne prisonnier, ici. Si ça ne vous intéresse pas, vous pouvez sortir, nous lance M. Abrams qui n'est visiblement pas dans un bon jour.

– Désolée monsieur, c'était moi, s'excuse Clémentine dans un sourire.

– Est-ce que j'ai l'air d'un flic ? Je me fous que vous vous dénonciez. Tout comme je me fous que vous séchiez les cours. Mais Lancaster, vous direz à votre binôme qu'il est en train de foutre son année en l'air. Enfin bon, ce n'est pas moi qui paie vos frais de scolarité. D'Aragon, on peut reprendre ou vous avez encore des cris à pousser ?

– Je crois que ça va aller, répond ma meilleure amie au bord du fou rire.

Vadim n'a pas remis les pieds à la fac de la journée. Je n'ai toujours pas de projet de fin de semestre à présenter, je n'ai toujours pas réalisé mon troisième objectif du jour et toujours rien décidé pour ce soir. Après les cours, Clem et moi allons traîner un peu au Sunset avec les basketteurs. À sa demande, puisqu'elle s'est entichée de Cassius Banks, un grand noir sympa avec des petites dreadlocks qui gigotent tout le temps. « Les muscles les plus saillants de l'équipe et les plus belles fesses », selon elle. Des débardeurs beaucoup trop larges et des baggies portés beaucoup trop bas, selon moi.

Aujourd'hui, assise à côté de mon petit ami, je n'arrive pas à entrer dans les discussions. Le programme des prochains matchs de la saison, les exploits des pom-pom-girls et les dernières baskets surpuissantes me laissent indifférente. Même les ragots sur le coach sortant avec une joueuse de l'équipe féminine ne parviennent pas à capter mon attention. Et la nouvelle voiture toutes options de Timothy ne m'évoque rien, à part la poubelle de Vadim Arcadi. Tout me ramène à lui.

Pourquoi il n'a même pas de lumière au plafond de son pick-up ? Est-ce que ça fait partie intégrante du piège ?

Je reste là, à balancer mes jambes dans le vide et à les écouter débattre sans participer. De loin, j'observe Clémentine qui joue avec les tresses de Cassius, pas insensible à son manège. De temps en temps, je sens la main de Tim qui me caresse le dos, le flanc et se rapproche discrètement de mon sein. Mais n'y reste jamais longtemps.

Pourquoi j'ai laissé Vadim tirer sur mon gilet alors que je savais ce qu'il risquait de faire ?

Les conversations vont bon train, tournant en boucle sur les sujets de toujours : le sport, l'argent, la mode et les histoires de cœur. Je ne me souviens pas que ça m'ait déjà dérangée jusque-là. Je crois même avoir été plutôt fière d'être la petite amie du capitaine, du meilleur joueur, du plus mignon et du plus convoité. Fière qu'il m'ait choisie, heureuse de pouvoir m'intégrer, sereine à l'idée d'avoir quelqu'un pour me protéger, pour me cajoler.

Pourquoi faut-il que deux heures enfermée dans une voiture à refaire le monde rendent tout le reste superficiel, fade, sans intérêt ?

Au bout d'un moment qui me paraît une éternité, je m'ennuie. Je me demande ce que je fais là. Je ne me sens pas à ma place. Je me lève et je vais tirer Clem par le bras pour qu'elle m'accompagne aux toilettes du café.

– Bon, on a qu'à dire qu'on se fait un ciné entre filles, ce soir, lâché-je sans réfléchir.
– Ah, tu t'es décidée !
– Je crois… J'en ai marre d'être là, on y va ?
– Tu plaisantes ! Cassius Banks est à ça de m'embrasser, dit-elle en mimant une toute petite chose avec ses doigts.
– Je crois qu'il t'aime bien. Ses dreads s'agitent quand il te regarde.
– Qu'est-ce que tu crois ! Bientôt tu ne seras plus la seule

à avoir des rendez-vous secrets ! Ok pour ce soir, mais tu m'appelles après !

Mes parents n'ont rien trouvé à redire à cette séance de cinéma avec ma meilleure amie déprimée : ils profitent du dîner familial pour me demander de ses nouvelles et réclamer de la voir plus souvent, s'étonnent de moins m'entendre parler du professeur que j'admire tant et m'interrogent au sujet de mes études. Je me surprends à ne pas leur parler du projet de court-métrage et encore moins de l'identité de mon binôme. J'évoque plutôt le nouveau petit ami de Clémentine, la voiture flambant neuve de Timothy et les dernières phrases cultes de Mr Abrams. Après quelques chaudes recommandations et un passage par la salle de bains, je peux enfin quitter la maison. Mon frère ne me rate pas. Le contraire aurait été étonnant :

– Tu avais vraiment besoin de te changer et de te remaquiller pour aller voir ta copine ? Tu sais qu'il fait noir dans une salle de ciné ?

– Tu sais que certains humains sur cette terre mettent autre chose qu'un jean et un pull bleu marine ? Et que tu as le droit de te trouver un autre loisir que faire chier le monde, Basile ?

– Ton langage, Alma ! crie ma mère depuis le canapé du salon, levant le nez de son énorme roman. Et prends un pull, il fait très frais pour la saison.

– À tout à l'heure, m'man, ne m'attends pas pour aller te coucher.

– Minuit, Alma, pas une minute de plus, ajoute mon père

pour la dixième fois.

– Je sais, je serai là, soupiré-je en ouvrant la lourde porte. Bonne nuit papa.

J'adresse un ultime signe de tête à Georgia, notre gouvernante adorée depuis des années, qui s'apprête à aller se coucher. C'est sur son clin d'œil chaleureux que je ferme la porte de chez moi. Enfin libre !

Je suis en avance au rendez-vous, cette fois. Vadim n'est pas encore là. Le Sunset Café a commencé à se vider, mais je vérifie quand même qu'aucune tête connue n'est dans les parages. Je n'ai rien à cacher : je préférerais juste éviter que Timothy apprenne mes activités tardives avec mon camarade de classe qu'il exècre le plus. Mon binôme franchit la porte, pile à l'heure, accompagné d'un Latino d'à peu près notre âge. Ils ne m'ont pas vue et m'obligent à aller à leur rencontre alors qu'ils s'assoient à une table du fond.

– Salut. Je ne savais pas qu'on serait trois, lancé-je, un peu plus agressive que je ne l'aurais voulu.

– Salut Alma. Je ne savais pas si tu viendrais. Je te présente Felix Alonso, un ami de longue date. Il ne reste pas.

L'ami en question me salue à peine du menton, préférant me détailler sous toutes les coutures sans prendre la peine de faire la conversation. Sans, non plus, avoir l'air de partir. Il n'est pas très grand, ni beau ni laid mais pas dépourvu de charme, il a le teint mat et les traits virils, les cheveux bruns coupés ras, un visage marqué et un fin collier de barbe qui fait le tour de sa mâchoire. Ses yeux sont aussi noirs que ceux de Vadim sont clairs. Et si Arcadi a des airs de mauvais garçon, ce Felix a l'attirail complet du *bad-boy*. Affalé sur sa chaise, jambes écartées dans un pantalon beige trop grand pour lui, pouce rentré dans la ceinture et tatouage délavé qui dépasse de son sweat à capuche pour s'enrouler dans son cou. S'il ne me faisait pas un tout petit peu peur, je lui dirais que son cure-dents coincé à la commissure les lèvres est « too much », voire complètement ridicule.

– Bon, Fe, tu t'arraches ?
– Oui, j'ai compris.
– Je te vois demain, l'encourage Vadim avec un clin d'œil.
– Je compte sur toi. Salut mec.

Les deux copains se serrent les doigts puis les poings avant de se donner une accolade et le Latino s'en va d'une démarche traînante et chaloupée. Typique.

– Il n'adresse pas la parole aux filles, ton ami ?
– Seulement à celles qui lui plaisent, rigole Vadim.
– Il a de la conversation, je dois rater quelque chose !
– Tu n'es pas venue pour discuter avec lui, si ?
– Alors, c'était qui ?
– Felix Alonso, je te l'ai dit.
– Mais qui pour toi ? Tu fais exprès ou quoi ?
– Copain d'enfance. Mon plus vieil ami. Un des seuls, en fait. Il est un peu effrayant comme ça, mais c'est un type bien.
– C'est un cliché ambulant ! lâché-je enfin.

– Ça vous fait un point commun ! me rétorque Vadim en éclatant de rire.

Je lui lance une tape sur le bras et me mets à rire aussi, ne trouvant aucune repartie. J'essaie d'enchaîner rapidement.

– Pourquoi tu pensais que je ne viendrais pas ?

– Parce que ça fait deux soirs de suite que tu dois trouver un mensonge pour Papa Lancaster. Et pour Tim Wallace !

– Le premier ne sait pas que tu existes, le second ne me dicte pas ma conduite.

– Grande nouvelle !

– Ce n'est pas un rencart, tu l'as dit. Je n'ai pas à lui demander la permission de voir un ami.

– Alors, il me déteste ?

– Il s'en fout. Tu peux te trouver un autre bouc émissaire.

– Dommage, on s'amusait bien… Tu veux boire quoi ?

– Je n'ai pas envie de rester là.

– Ah oui ? Toi, tu as pris goût à ma poubelle… Tu dois rentrer à quelle heure, cette fois ?

– Minuit.

– Incroyable, se moque Vadim en forçant le trait.

– Tais-toi ! On va où ?

– Ça nous laisse le temps d'aller voir l'océan. Santa Monica ? C'est assez chic pour toi ?

– Toi, moi, ton pick-up, la route 66 : ça ferait un très mauvais film.

– C'est pour ça que je te l'ai proposé. On y va ?

Les quinze minutes de route qui nous séparent de la baie de Santa Monica se passent dans le silence le plus total. À l'exception de la musique crachotée par l'autoradio. Peut-être que je suis en train de réaliser que cette balade anodine ne l'est pas tant que ça, que cette voiture me fait franchir de nouvelles limites à chaque kilomètre avalé. Peut-être que Vadim pense simplement à autre chose. À chaque feu rouge, son regard se perd dans le vague et je dois parfois lui dire « Vert ! » pour qu'il pense à redémarrer. Il conduit avec le coude gauche posé sur le rebord de la vitre et sa main qui décoiffe et recoiffe ses cheveux ondulés. J'essaie de ne pas me focaliser sur sa beauté, mais j'ai l'impression de la redécouvrir à chaque fois que je le regarde. Je n'ai jamais vu de cils aussi longs chez un garçon. De lèvre aussi bien dessinée sur un visage aussi viril. Il a quelque chose de parfait caché dans toutes ses imperfections.

Une fois la voiture garée, nous marchons jusqu'à la jetée sur pilotis qui surplombe la plage et l'océan. Il y a encore quelques promeneurs, surtout des couples d'amoureux qui déambulent lentement sur le large pont de bois. Nous faisons un court arrêt pour commander deux sodas, Vadim ajoute un sachet de Skittles et paye pour moi. La nuit est maintenant franchement tombée et les pêcheurs ont déserté la fin de la jetée où ils s'installent toujours. Nous nous accoudons côte à côte à la rambarde usée, toujours sans parler. Les lumières fluo de la grande roue se reflètent dans l'eau, le panorama sur l'océan Pacifique est magnifique. Le vent marin me fait frissonner, je regrette vraiment de ne pas avoir pris de pull. Mon acolyte jette un bonbon dans sa bouche avant de me tendre le paquet et brise enfin le silence.

– Tu sais que c'est là qu'ils ont tourné certaines scènes de *Titanic* ? Et de *Forrest Gump* aussi. Quand ils s'achètent un crevettier avec son copain de guerre, le Noir un peu idiot, là.

– Bubba. J'adore ce film.

– Tu l'as vu plus de fois que Titanic ? commence déjà à se moquer Vadim.

– Une fois chacun. Toi aussi, au moins.

– Je ne les trouve nuls ni l'un ni l'autre.

– Arcadi, qu'est-ce qui te prend ?! Tu aimes des choses, maintenant ?

– J'aime l'océan. J'aime bien les simples d'esprit, je les envie. Et j'adore les Skittles !

Je me décide à glisser les doigts dans le paquet de bonbons toujours tendu vers moi, mais je n'arrive à en attraper aucun. Je soupçonne Vadim de serrer le poing pour m'en empêcher. Il me regarde me débattre, je le regarde me ridiculiser et le drame se produit. J'enfonce brutalement ma main dans la sienne à travers le papier, il lâche prise et les bonbons colorés volent dans tous les sens avant de tomber dans l'eau.

– Tu l'as lâché ! crié-je, impuissante et honteuse de ma maladresse.

– Tu l'as fait tomber !

– C'est ce que tu voulais !

– Au moins j'ai pu en manger un. Ça va aller, avec la paille, ou bien tu veux que je tienne ton gobelet ? ironise-t-il.

– Je ne sais pas ce qui me retient de te le jeter au visage.

– Je ne sais pas non plus. Cap ? me lance-t-il sur un air de défi.

J'hésite un quart de seconde. Un quart de seconde de trop. Il m'a vue renoncer et passe déjà à autre chose.

– Alors, Tom Hanks ou Leonardo DiCaprio ?

– Hanks, sans hésiter.

– Il a au moins quarante-cinq ans ! Tu te taperais ce vieillard ?! s'indigne-t-il, toujours en riant.

– Tu n'avais pas précisé pour quoi faire.

– Remarque, tu te taperais bien Abrams, c'est cohérent !

– N'importe quoi. Il ne faut regarder que Vadim Arcadi pour que tu ne penses pas qu'on veuille se taper la terre entière ?

– Ah, tu veux te taper Vadim Arcadi, aussi ? dit-il en plissant les yeux, faussement innocent.

– Jamais de la vie !

– Alors, plutôt mourir ou coucher avec Abrams ?

– Mourir… Non, en fait je vais prendre Abrams, ça ne doit pas être si terrible que ça.

– Je te trouve bien indulgente. Mourir ou épouser Timothy Wallace ?

– Très malin ! Mourir ou sortir avec Hannah Goldberg ? tenté-je à mon tour.

– Tuez-moi sur le champ ! clame-t-il en tirant sur son pull gris pour laisser apparaître la peau nue à l'endroit de son cœur.

– Clémentine D'Aragon ou Nicki Scott ? continué-je pour

détacher mes yeux de son torse nu, imberbe, dont je peux deviner les muscles.

– Nicki pour une nuit, Clémentine pour la vie. Mais je préfère mourir quand même.

Nous continuons ainsi une partie de la soirée, faisant des choix improbables entre la peste et le choléra, défiant l'autre sur ses points faibles, parlant de sexe à tout va et débattant parfois sur le cinéma quand le terrain devient trop glissant. Malgré nos divergences, on trouve un terrain d'entente avec *Bienvenue à Gattaca* comme chef-d'œuvre de ces dix dernières années. Je n'en reviens pas qu'il trouve *La Ligne verte* moyen, *Sur la route de Madison* nul et *Danse avec les loups* cliché. « Des films pour fillettes. »

– Bon, ça c'est carrément cliché, mais comme tu claques des dents, je peux te passer mon blouson, si tu veux.

– Plutôt mourir !

– Haha. J'aimerais vraiment bien voir Alma Lancaster en Perfecto, juste une fois. Même pas cap !

Son regard me lance un énième défi et je suis sauvée par la sonnerie de mon portable. Je le cherche maladroitement au fond de mon sac, les mains engourdies par le froid et décroche in extremis.

– Alma, il est minuit vingt. J'espère que tu es en chemin.

– Oui, papa, j'allais t'appeler.

Le stress m'envahit. Je masque le combiné de ma main pour prévenir Vadim que c'est un appel de mon père. Il regarde rapidement sa montre et se tape le front dans un geste exagéré. Puis il me murmure « Reste… » pendant que mon cerveau s'allume, carbure, tourne à toute allure. Vadim continue ses chuchotements, de plus en plus bruyants, se plantant face à moi, me suppliant des yeux, me défiant encore avec sa rengaine entêtante : « Reste, reste, reste, reste… ».

– Alma, tu es là ? Tout va bien ?

– Oui ! Enfin non. Clémentine a fait un malaise en sortant du cinéma. Mais là, ça va. Je l'ai raccompagnée et…

Vadim entame une danse de la victoire, marchant et sautillant autour de moi comme un Sioux au ralenti, changeant son refrain pour « Elle reste, elle reste, elle reste ! » et ne chuchotant plus du tout. Je le fais taire en plaquant ma main sur sa bouche. Il s'immobilise, les mains en l'air, à mi-chemin entre le petit garçon pris en flagrant délit de bêtise et le voyou en état d'arrestation.

– C'est elle que j'entends derrière ? Elle a vu un médecin ? Tu as besoin que je vienne, Alma ?

– Non, non, elle délire un peu mais ça va aller. Elle a dû manger quelque chose qui n'est pas passé. Mais tu sais comment elle est quand elle est déprimée. Ça ne te dérange pas si je reste avec elle ? Elle me prêtera des affaires pour demain. Je n'ai pas le cœur de la laisser toute seule…

– Alma, je sais ce que Clémentine représente pour toi, mais ce n'est pas ce qui était prévu dans le contrat.

– L'intoxication alimentaire n'était pas vraiment prévue au programme non plus… Papa, je suis dans sa chambre au campus, je ne risque rien, je passe la nuit avec ma meilleure amie comme je l'ai fait des milliers de fois. Rien de plus.

– Tu m'appelles n'importe quand s'il y a un problème. Et demain matin à la première heure pour me dire que tout va bien.

– Promis. Je t'aime papa. Bonne nuit.

Je raccroche et retire lentement ma main de la bouche de Vadim qui n'a toujours pas bougé d'un centimètre. Mon cœur essaie de sortir de ma poitrine. Je ne sais pas si c'est le mensonge à mon père ou la vérité que je ne veux pas regarder en face. Je ne sais pas si c'est l'exploit que je viens de réaliser ou tout ce qu'il implique. Ou juste ce premier contact physique.

– Menteuse professionnelle ! Tu me surprendras toujours, Lancaster ! Toute la nuit, hein ? !

– Je te préviens, je ne dors pas sur la plage, ni dans ta voiture. Je meurs de froid.

– Alors on va chez moi. Mais seulement si tu mets mon blouson, dit-il en commençant à l'enlever.

– Et tu as intérêt à me laisser ton lit, réponds-je pour tenter de maîtriser la situation qui m'échappe complètement.

– Pas de problème. Du moment que j'y suis aussi.

– Dans tes rêves !

Je profite du trajet en voiture pour appeler Clémentine et la prévenir de la tournure des événements. Autant pour assurer mes arrières que pour entendre une voix familière. J'ai besoin de savoir que je ne suis pas en train de faire une énorme connerie : tout ce que je récolte sont ses cris hystériques, ses rires nerveux. Elle est encore plus excitée que moi. Et plus effrayée à la fois.

J'atterris dans le studio de Vadim Arcadi, que la rumeur avait décrit comme une garçonnière infâme. Je découvre un petit appartement bien aménagé, canapé-lit replié, bureau rangé, vaisselle en train de sécher à côté de l'évier, énorme collection de DVD classés par année. Je m'accroupis pour les étudier, les yeux écarquillés. Mon hôte me propose même de me faire du thé pour me réchauffer, en se moquant de mes origines anglaises au passage. Sans doute sa façon de me mettre à l'aise. Je ne sais pas quoi faire de moi et finis par me pelotonner à un bout du canapé, cachant mes mains gelées dans les manches trop longues du Perfecto, que j'ai finalement accepté de porter. Mes yeux tombent sur trois photos alignées à la verticale sur le mur : un couple enlacé, beau à tomber, le même couple avec un petit garçon de deux ou trois ans que je devine être Vadim, puis un portrait de la famille agrandie d'un nouveau bébé.

– Tu ressembles beaucoup à ton père, lancé-je en direction de la petite cuisine ouverte sur la pièce principale.

– Il paraît. Je ne m'en souviens plus. Ce sont les seules photos que j'ai d'eux.

– Ils sont… ?

– Morts ? Oui, il y a des années. Pas longtemps après la photo du bas.

– Et le bébé ?
– Mon frère, je ne le connais pas.

Vadim est revenu avec deux mugs brûlants, s'est assis par terre, adossé au canapé, et a continué à répondre à mes questions du bout des lèvres. J'ai appris des bribes de son passé, celles qu'il a bien voulu me révéler : son père Volodia, russe émigré aux États-Unis, remarqué pour sa « belle gueule » et devenu comédien un peu par hasard. Son coup de foudre pour une jeune actrice américaine montante des années 1970, Jane Howard, qui a craqué sur son accent slave. Leur mariage précipité parce qu'elle était enceinte. Leur carrière montante et leur passion amoureuse stoppées nettes trois ans plus tard. J'ignore comment ils sont morts. Je n'ai pas osé demander. Puis la séparation d'avec son frère, l'orphelinat, les familles d'accueil, qui ne l'ont jamais gardé bien longtemps parce qu'il était un enfant intenable. Impossible à aimer. Sa rencontre avec Felix, l'autre cas désespéré que personne ne voulait adopter. Leur éducateur, Keith Johnson, qui les suit depuis l'adolescence. Le seul qui ait su les comprendre, les cadrer, le seul à qui ils fassent confiance. Et qui leur a sauvé la mise plus d'une fois.

Il y avait de l'émotion dans sa voix. Mais pas de tristesse. Plutôt une rage contenue, une colère sourde, de la lassitude aussi. Jamais je n'aurais cru Vadim Arcadi capable de se dévoiler avec tant de sincérité. Jamais je n'aurais imaginé qu'on ait pu vivre en vingt ans autant de vies. Jamais je n'aurais cru être amenée à voir sous son air tour à tour arrogant, indifférent, provocant, des blessures d'enfance toujours pas refermées. Je ne sais pas comment c'est arrivé, mais je suis maintenant allongée sur le ventre, mes doigts emmêlés dans les boucles brunes de Vadim, qui, toujours assis par terre, a renversé sa tête en arrière sur le bord du canapé. Il lève de temps en temps les yeux vers moi pour me lancer des piques ou m'interdire d'avoir pitié. Je le fais taire en plaquant ma main sur sa bouche, qu'il s'empresse de mordre gentiment et je dois le supplier d'arrêter. Alors que je voudrais qu'il n'arrête jamais. Une étrange sensation me parcourt, comme d'infimes ailes de papillon voletant dans mon ventre. Je n'ai plus froid. Mais le contact de la bouche de Vadim sur ma paume me donne la chair de poule. Je le laisse pourtant jouer avec ma main, l'embrasser, la mordiller. Et je me laisse glisser doucement dans le cocon de mon désir naissant.

Je ne crois pas m'être déjà sentie aussi bien.

– Vadim ?
– Hmm ?
– Non, rien.
– Si, dis.
– Cette nuit va devoir s'arrêter, hein ? soufflé-je d'une petite voix déçue.
– Je crois qu'on est déjà le matin. Viens, on va voir, murmure-t-il en se levant et en gardant ma main dans la sienne.

Nous nous approchons lentement de la fenêtre qui donne sur la rue, écartant chacun un pan des rideaux tirés. Le jour se lève à peine, les lampadaires nocturnes sont encore allumés. Cette lumière jaune nous fait plisser les yeux. En même temps, nous laissons retomber les rideaux pour nous plonger à nouveau dans la douce obscurité.

– On pourrait faire comme si c'était encore la nuit, chuchote-t-il à nouveau, resserrant ses doigts autour de ma main.

– On pourrait faire comme si je n'étais pas Alma Lancaster et que tu n'étais pas Vadim Arcadi.

– Qu'est-ce que ça changerait ?

– Je ne serais pas aussi timide, tu ne serais pas aussi fier et… je ne sais pas.

– Tu sais.

– Peut-être que l'un de nous deux ferait le premier pas, lâché-je dans un soupir.

– C'est moi qui l'ai fait la première fois, rappelle-toi.

– Mais c'est Abrams qui t'y a forcé, ris-je en baissant les yeux.

– Je ne veux pas que tu sois quelqu'un d'autre qu'Alma, répond-il en me faisant face.

– Et je ne veux personne d'autre que toi.

Je me hisse sur la pointe des pieds, mue par je ne sais quelle force surnaturelle, et viens poser mes lèvres sur les siennes. Mes yeux se ferment alors que Vadim approche sa main de ma joue, entrouvrant la bouche pour m'embrasser comme personne ne l'a jamais fait. Nos langues se frôlent, nos lèvres se découvrent, s'entremêlent de plus belle, presque au ralenti. Je glisse à nouveau mes doigts dans ses cheveux soyeux, son corps se collant au mien et ses deux mains agrippant mon visage. Nos bouches se séparent pour mieux se retrouver, comme aimantées, comme si elles étaient faites l'une pour l'autre. Je perds la tête, le sol se met à tourner sous mes pieds. Le temps semble s'être enfin arrêté. Ce baiser dure une éternité. Le plus doux, le plus fou, le plus profond des baisers.

Faites que cette nuit ne finisse jamais. Plutôt mourir qu'arrêter de l'embrasser.

4

LE GRAND SAUT

Au petit matin, j'ai quitté l'appartement de Vadim en m'arrachant presque à ses bras. J'aurais pu y rester toute ma vie. Mais le jour se levait et la vraie vie reprenait. Je n'ai jamais ressenti ça. Ne faire qu'un, tous les deux dans une bulle. Ou plutôt dans un tourbillon. Ce baiser si profond, ce désir si puissant… Cette bulle si fragile qu'elle aurait pu exploser à tout moment. Ce garçon est un véritable aimant. Une bombe à retardement. Il m'a fait perdre la tête, perdre le contrôle, perdre tous mes repères. Et surtout, il m'a fait faire le premier pas. Moi, Alma, j'ai embrassé Vadim Arcadi.

Et encore, je me suis retenue des heures de ne pas me jeter sur lui.

En dansant plus qu'en marchant, je suis allée faire un saut chez Clémentine avant le début des cours. Prendre une douche, lui piquer des fringues et surtout lui raconter la nuit surréaliste que je viens de passer. Pour la célébrer. J'ai besoin de crier avec elle en sautant sur son lit. Mais aussi j'ai besoin de la rendre plus réelle. J'ai besoin de la raconter.

Une nuit trop belle pour être vraie… Est-ce que je l'ai rêvée ?

Bizarrement, à la lumière criarde du jour, dans la petite chambre d'étudiante de ma meilleure amie encore ensommeillée, mon euphorie retombe comme un soufflé. C'est le malaise qui m'envahit. Mes mots ne suffisent pas à décrire ce qui est arrivé, ce que j'ai ressenti et la réaction de Clem, bouche bée, commence à me faire réaliser. J'avais presque oublié que j'avais un petit ami. Je ne voulais pas tromper Tim, ça ne m'est jamais arrivé. Je crois que je n'y ai simplement pas pensé. Soudain j'ai peur, peur d'être cette fille-là. Je ne connais pas cette Alma qui embrasse un autre garçon, qui ne dort pas de la nuit, qui découche en mentant à ses parents. À ces idées qui se bousculent dans ma tête, mes oreilles se mettent à bourdonner, mes jambes à trembler.

Peut-être le manque de sommeil ?

En fait, je meurs de peur. Peur que toute la fac sache ce que j'ai fait. Peur qu'on me renvoie en France. Peur de ne plus jamais revoir Vadim. Peur de moi. Peur de lui. J'étais sur un nuage, la chute est violente.

C'est en traînant des pieds que j'arrive sur le campus, dans le jean trop grand de Clémentine et son vieux pull noir, fin et tout étiré, dans lequel je peux me cacher. Ma copine a retrouvé son sourire et son énergie après un verre de jus d'orange et la fin d'un paquet de cookies. Elle me donne le bras et me répète à l'oreille comme le gourou d'une secte que tout va bien se passer. Que c'est génial, que rien de mieux ne pouvait m'arriver. Que c'est mon rêve américain à moi. En juste un peu plus russe.

Nous rejoignons les autres devant la salle de M. Abrams, apparemment en retard.

Évidemment, il fallait qu'on ait cours avec lui juste ce matin. Pff, merci le destin !

J'aperçois Vadim au milieu des étudiants, un peu plus grand en taille, un peu à l'écart, tellement différent. Nos regards se croisent mais rien ne se passe. Pas un sourire, un clin d'œil, pas un signe. Pas même un infime mouvement du menton en ma direction. Rien.

Comment une chose aussi infime que « rien » peut me crever le cœur à ce point ?

Vadim détourne les yeux et semble scruter l'horizon, le visage fermé et l'air soucieux. Son air mystérieux, ténébreux, qui m'a tant séduite hier, m'agace au plus haut point ce matin.

Il ne peut pas être juste normal ? Seulement une fois ?

Je continue à l'observer discrètement, me cachant derrière la tignasse rousse de Clem qui sait pertinemment ce que je suis en train de faire et qui a la bonne idée de ne pas m'en empêcher. Elle me regarde tirer nerveusement sur les manches de son pull et grimace de temps en temps, redoutant le moment où je vais le trouer. Je vois enfin s'approcher celui que Vadim guettait sûrement des yeux. Et je comprends mieux son air soucieux en reconnaissant celui qu'il m'a décrit comme son éducateur. Keith, je crois. Un grand noir baraqué dont les muscles ont l'air de vouloir exploser sous son tee-shirt blanc. Il a pourtant des traits fins, un regard doux et une démarche lente. Il a l'air plus rassurant qu'effrayant, il sourit presque, mais Vadim, lui, n'a pas l'air d'avoir envie de rigoler. Ils se saluent sans effusion et se lancent dans une conversation. Enfin, c'est Keith qui parle, mon binôme se contente de hocher la tête. Une bonne centaine de fois. L'éducateur note quelque chose sur un petit carnet sorti de sa poche et repart après avoir donné une tape sur l'épaule de Vadim.

– Regarde-moi un peu ce fessier, s'extasie Clem qui n'a pas pu s'empêcher de se retourner.

Je ne l'écoute pas, Vadim fonce droit sur moi.

– Qu'est-ce que tu regardes ?
– Rien. Toi. Ça va ?
– Mouais. J'ai raté un rendez-vous avec « Black Mama » hier soir. Pas contente du tout. Je me suis fait gronder, me dit-il en prenant un faux air penaud.
– Désolée. Je ne savais pas.

– Comment tu aurais pu le savoir ? répond-il en haussant les épaules.
– Tu aurais pu me le dire, on aurait…
– Pour quoi faire ? Ça ne te concerne pas, Lancaster.

Je me décompose, sa froideur me poignarde en plein cœur. Je pensais naïvement que cette nuit l'avait autant bouleversé que moi. Il fait comme si elle n'avait jamais eu lieu. Il a dû vivre ça des dizaines de fois, avec des dizaines d'autres filles. Je suis tombée dans le piège. Il voulait juste me faire craquer. J'étais son petit challenge de la soirée.

Comment ai-je pu être aussi bête ? Je le déteste…

Clémentine vole à mon secours :

– Et tu ne veux pas me le présenter, ton « Black Mama » ? J'espère qu'il a un autre nom que ça. Plus viril, quoi.

Vadim ne lui répond pas, M. Abrams arrive, sa veste chiffonnée sous le bras, en maugréant une histoire de place de parking.

– Entrez ! Vite ! J'espère que vous n'allez pas me faire perdre mon temps comme ces abrutis. Vous avez intérêt à être brillants, aujourd'hui !

M. Abrams nous regarde nous asseoir, trépignant d'impatience et tombe sur le premier bouc émissaire venu. La cible idéale.

Non, pas lui. Pas aujourd'hui...

– Arcadi, nous vous remercions tous chaleureusement de nous faire le privilège de votre présence ce matin. Vous n'aviez rien de mieux à faire ? Je ne veux même pas le savoir. Venez plutôt nous parler de votre projet de court-métrage. Allez, debout, et attrapez votre binôme au passage. Si elle croit qu'elle peut disparaître juste en baissant la tête...

– En fait, ça ne sert à rien qu'on se lève, le coupe Vadim. On n'a pas trouvé de sujet.

– Rien ? Rien du tout ? Pas une seule idée n'est sortie de vos pauvres cerveaux ? lance Abrams en élevant la voix.

– Si, j'ai mes idées. Elle a les siennes. Mais rien en commun, répond Vadim en le regardant droit dans les yeux.

– Mais écoutez-le, ce pauvre jeune homme brimé dans sa créativité. Tellement différent qu'il ne peut pas vivre avec les autres. Tellement fier de ses idées qu'il refuse de les partager. Tellement égoïste qu'il ne laisse pas les autres s'exprimer. Vous n'êtes pas un artiste maudit, Arcadi ! Enlevez-vous ça de la tête. Vous êtes un bon à rien, persuadé d'avoir raison, incapable de vous remettre en question ! Vous jouez les victimes parce que vous n'avez pas le courage d'être autre chose !

– Qu'est-ce qui vous permet de dire ça ? Vous ne savez rien de moi, fulmine Vadim.

– Je sais une chose, Arcadi : vous n'avez pas de sujet parce que vous n'avez rien à raconter. Rien à part les petits travers de votre petite personne. Ouvrez-vous au monde, nom d'un chien ! Ouvrez-vous aux autres ! Lancaster a tout à vous apprendre ! Si seulement vous acceptiez de la laisser faire.

Si vous regardiez un peu moins votre nombril, vous verriez ce qu'elle peut vous apporter. Son intelligence, son regard, sa subtilité! C'est autre chose que votre personnage tellement stéréotypé!

– Vas-y, Alma, redis-lui tes brillantes idées, riposte Vadim, son sourire moqueur à la bouche, ses yeux gris me fusillant pour me défier.

– Je ne sais pas, elles n'étaient pas bonnes je crois, bredouillé-je d'une toute petite voix.

C'est tout? Mais réagis, Alma! Fais quelque chose! Parle!

– Et comment pourrait-il en être autrement? reprend le prof en hurlant. Vous n'êtes pas avec elle, vous êtes contre elle, imbécile! Nourrissez-vous de son talent, de son innocence, au lieu de les rejeter!

– Parce qu'elle est avec moi, elle, peut-être?! Elle me regarde comme une bête sauvage… dit-il, en me fixant, cette fois.

– C'est exactement ce que vous êtes, l'interrompt Abrams.

Vadim me regarde toujours. Ou plutôt, ses yeux me transpercent. Je voudrais en dire plus. Le soutenir, prendre sa défense. M'opposer à Abrams, couper court à son délire. Mais je reste tétanisée, incapable d'agir ou de parler. De sa place du fond, Vadim se passe la main dans les cheveux, ramasse son sac, traverse la salle de son allure fière, presque nonchalante, il sort et claque bruyamment la porte. Un silence de mort s'abat sur la classe. Tous les yeux sont braqués sur moi.

J'ai envie de pleurer.

J'ai passé le reste du cours à regarder mes pieds, fuyant le regard du prof, à la fois désolé pour moi et très satisfait de lui. Sa petite performance théâtrale a fait oublier son retard, taire ses élèves et gagner un point de plus dans leur estime. Si je peux lui reconnaître le courage d'avoir tenu tête au rebelle ingérable de la classe, il m'a aussi humiliée au passage avec ses éloges exagérés et son favoritisme un poil déplacé. Pour le reste de l'année, je ne serai plus seulement Alma Lancaster, la gosse de riches franco-british, mais aussi la chouchoute soumise et sans personnalité, et pire, l'objet de désir d'un quadragénaire dérangé. Je ne sais pas comment je vais m'en remettre.

Je ne sais pas comment Vadim Arcadi pourra m'adresser la parole après ça.

Je suis un zombie pour le reste de la journée à la fac, traînée par Clémentine qui essaie de me remonter le moral comme elle peut. Et qui m'offre un milk-shake au Sunset Café qui m'écœure rien qu'à le regarder. Je ne vois même pas arriver Timothy et trois de ses copains basketteurs jusqu'à ce que Clem m'assène un violent coup de coude dans les côtes. Je manque de tomber de mon tabouret et me rattrape de justesse, faisant valdinguer le verre de lait sucré sur la table. Le pull de ma copine est ruiné et je sens le liquide froid imprégner mon jean, formant une auréole blanchâtre sur le haut de ma cuisse. Je pousse un soupir las, impuissant, je n'ai même pas la force de bouger, de râler.

Je voudrais juste rentrer me coucher…

C'est Tim qui vient à ma rescousse avec un petit tas de serviettes en papier et un sourire plein de tendresse. Il est affectueux, prévenant, et je ne suis pas loin de me mettre à pleurer. Parce que je suis épuisée. Et parce que je ne supporte pas qu'il me touche, qu'il me console, qu'il s'attendrisse de ma maladresse. Parce qu'il m'aime comme je suis alors que l'autre me déteste pour ce que je ne suis pas. Parce qu'il est si doux et Vadim Arcadi si dur. Parce que je sens le piège du mauvais garçon se refermer sur moi. Et parce que le gentil essaie de m'embrasser et que je ne peux pas lui rendre son baiser.

Je saute de mon siège et pars en courant, les plantant au milieu du café. Timothy, Clémentine, Cassius et les autres, incrédules. Ma course effrénée me mène tout droit là où je ne devrais pas aller, l'endroit de tous mes pêchés. Passés et à venir. Je le sais mais rien ne pourrait m'en empêcher. Je dois le voir, lui parler. Mais Vadim n'est pas chez lui. Les lumières sont éteintes à sa fenêtre, il ne répond pas à la sonnette, aucun bruit derrière la porte de son studio. Je fais les cent pas sur le trottoir, songeant à rentrer chez moi, me ravisant, changeant d'avis encore dix fois avant d'apercevoir au coin de la rue la silhouette élancée surmontée de sa masse de cheveux ondulés. Le soir commence à tomber, mais je le reconnaîtrais même dans la nuit la plus noire. Il n'est pas seul, son copain Felix se tient voûté à ses côtés. À moins qu'il fréquente d'autres Latinos au crâne rasé et à la barbe bien dessinée. Je m'approche discrètement, à moitié dissimulée par le large tronc d'un arbre.

J'ai l'impression que les deux garçons pourraient entendre mon cœur tambouriner dans ma poitrine. Vadim tend à Felix ce qui me semble être une liasse de billets enroulés, en regardant de tous les côtés. Il se rapproche pour lui donner une accolade et, au dernier moment, glisse son petit paquet dans la poche ventrale du sweat de son copain. Il se dirige enfin seul vers la porte de son immeuble et je reste cachée, mon pouls cognant de plus belle.

– Tu ferais un très mauvais flic, Alma Lancaster.

– …

Comme si ne rien répondre allait me faire disparaître…

– Je t'ai vue depuis le début, dit-il en se tournant dans ma direction.

– Je ne me cachais pas, réponds-je en apparaissant lentement.

– Ah, tu essayais de grimper à l'arbre ? Ça aurait pu être drôle, vu ton adresse légendaire, lance-t-il en fixant l'énorme tache sur mon jean. Qu'est-ce que tu as encore fait tomber ?

– En quoi ça t'intéresse ?

– Tu as raison, ça ne m'intéresse pas. Ce n'est pas moi qui attends en bas de chez toi, dit-il en haussant les épaules et en rentrant dans son immeuble.

J'hésite une seconde et me lance à sa poursuite dans les escaliers. Il est déjà rentré dans son studio quand j'arrive sur le palier. Je prends une grande inspiration, rabats mes cheveux d'un côté, lance ma main pour toquer à la porte, mais elle s'ouvre avant même que je ne l'atteigne, sur un Vadim moqueur, provocateur, plus beau que jamais. Pendant une seconde, j'ai envie de le frapper. Puis, déjà, je ne pense plus qu'à l'embrasser.

– Je peux vous aider ?

– Oui, je cherche mon binôme, Vadim Arcadi. Je ne le retrouve pas depuis ce matin, très tôt.

– Connais pas, vous devez vous tromper.

– Mais si, un mec plutôt grand, brun, cheveux bouclés, il se passe toujours la main dedans quand il est gêné. Un peu comme vous, là.

– Je ne situe pas bien, quoi d'autre ? me demande-t-il en rangeant sa main dans sa poche.

– Un gars marrant mais pas tout le temps. Genre arrogant, sûr de lui, qui n'aime pas être contredit.

– Un gros con, quoi ?

– Non, plutôt très intelligent. Avec de la conversation, mais seulement la nuit, apparemment. Et qui embrasse comme un dieu, mais qui se transforme en diable quand le jour se lève.

Arcadi, touché !

Vadim se jette quasiment sur moi, une main derrière ma tête, ses lèvres entamant une danse voluptueuse sur les miennes. Son autre main vient se placer au creux de mes reins et il plaque mon corps tendu contre le sien. Je réprime un frisson et m'abandonne à ce doux tourbillon, c'est trop bon !

Lancaster, coulée !

Je manque de défaillir, mais il s'arrête, vite, trop vite, et recule à l'intérieur de son appartement, ses doigts s'agitant dans ses ondulations.

– Alma, je pourrais passer la nuit à t'embrasser. Mais où ça va nous mener ? On est tellement différents. On ne se supporte pas les trois-quarts du temps.

– Pas cap de me laisser entrer ?

Il s'efface, me laissant le champ libre. Il reste planté au milieu du salon alors que je retrouve spontanément ma place sur le canapé. Mon mug vide de la veille n'a pas bougé. Je ne sais pas par où commencer.

– Je n'aurais pas dû laisser M. Abrams t'accuser pour le projet. Je suis désolée. Maintenant, on est obligés de trouver un sujet.

– Obligés ? Je ne lui dois rien et je ne lui ferai sûrement pas ce plaisir.

– Alors on va lui donner raison ? Tu vas rester l'artiste maudit qui n'a rien à raconter et moi la petite préférée qu'il va draguer devant toute la classe ?

– Ah, tu l'admets enfin !

– Si tu veux. Donc on va le laisser nous humilier toute l'année pour se faire mousser ?

– Je n'y foutrai plus les pieds !

– C'est de la lâcheté, Vadim !

– Qui a été lâche en me laissant porter le chapeau pour nous deux, ce matin ?

– Qui a été lâche en faisant comme s'il ne me connaissait pas, ce matin ?

– Ok, un partout.

– Mais non, je me fous du score ! Pourquoi tu fais ça ? Ça ne compte pas ? Il n'y a rien qui compte, pour toi ? dis-je d'une voix que je ne voulais pas si plaintive.

– Tu as un mec, Alma. Je ne suis pas le numéro deux, moi. Et je ne peux même pas être le numéro un, on ne se ressemble pas, il n'y a rien qui va.

– Ça allait très bien cette nuit, mieux que très bien…

– Si tu veux savoir, je ne t'ai pas reconnue non plus ce matin. Déjà, tu es partie comme une voleuse. Comme si tu avais honte ou je ne sais pas quoi.

– Non, je suis allée me changer chez Clémentine avant les cours !

– Justement, tu as mis d'autres fringues pour qu'on ne sache pas que tu as dormi chez moi. Tu n'assumes pas, ça me tue, ça !

– On est trop différents parce que j'aime porter des vêtements propres ? C'est ça ton argument ? !

– Ensuite tu m'as épié de loin comme si j'étais l'ennemi numéro un.

– Non, j'attendais que tu arrêtes de faire semblant de ne pas me connaître !

– Tu sais que les gens normaux viennent simplement se dire bonjour, en général ?

– Tu n'avais qu'à venir, toi !

– Alors c'est toujours à moi de tout faire, hein ? Tu es tellement habituée à te faire servir, Lancaster…

– Arrête de m'appeler comme ça ! Et c'est moi qui t'ai embrassé en premier, hier !

– Tu n'étais pas obligée de le faire…

– J'en avais envie ! Pourquoi on compte encore les points ?

– Parce que c'est perdu d'avance avec toi, soupire-t-il.

– Mais Vadim, ça ne doit pas forcément être un combat !

– Peut-être pas pour toi. Mais c'est ce que j'ai fait toute ma vie, me battre !

– Eh bien arrête, dis-je en approchant ma main de ses cheveux.

– C'est trop facile, ça, fait-il en reculant sa tête pour que je ne l'atteigne pas. Je me suis battu tout seul ce matin en cours. L'autre s'acharnait sur moi et tu n'as même pas levé le petit doigt. Même avec toi, il allait trop loin et tu n'as pas réagi. Tu as peur de tout ! Peur de moi, peur de lui ! Je ne supporte pas ça.

– Moi aussi, je dois me battre, figure-toi. Avec moi-même ! Je dois lutter contre ma timidité, mon émotivité, contre toute mon éducation. Tu crois que c'est facile de parler quand on ne t'a appris qu'à te taire ? Je ne sais même pas comment on fait pour crier !

– Ben là, tu cries un peu. Mais sur moi.

– Oui, parce qu'il n'y a que toi qui me fais cet effet-là, Vadim ! J'aimerais avoir ton courage, ta force, ton audace, c'est tout ce que j'aime chez toi. Mais je ne sais pas ! Apprends-moi !

– Pourquoi tu pleures ? Tu vois, tu as toujours peur, Alma,

dit-il d'une voix plus tendre.

– Je n'ai pas peur de toi, réponds-je en reniflant. J'ai peur d'aimer ça. J'ai peur de t'aimer, toi…

– Au moins, ça nous fait un point commun…

Il a dit quoi ?! Vadim Arcadi pourrait m'aimer, MOI ?!

Il se passe la main dans la nuque en soupirant, se décoiffe, se frotte les yeux, hésite, tourne en rond dans son salon et se lance enfin.

– Je ne sais pas comment faire avec toi. Moi aussi, j'ai adoré cette nuit. J'ai eu l'impression d'apercevoir la vraie Alma. Pas la petite fille bien élevée qui se cache derrière son papa. Celle qui m'a envoyé balader la première fois qu'on s'est parlé. Celle qui me tient tête. Celle qui refuse mon blouson même quand elle a froid. Celle qui n'est jamais d'accord avec moi. Celle qui me pose seulement les bonnes questions et à qui je réponds. Celle qui m'embrasse quand je ne m'y attends pas. Je ne veux pas que tu changes. Je veux juste que tu sois vraiment toi. Comme hier : obstinée, fougueuse, téméraire…

Je ne le laisse pas finir. Je bondis du canapé pour me pendre à son cou, plonger mes mains dans ses cheveux, enfouir mon visage dans le sien. L'embrasser comme la première fois. Non, plus fort. L'embrasser encore. Comme si ma vie en dépendait. Personne n'a jamais dépeint un tel portrait de moi. Personne n'a vu cette Alma-là. Je ne veux plus qu'il prononce un seul autre mot, je veux juste qu'il me serre, je veux l'embrasser jusqu'à l'asphyxier, je voudrais me fondre dans son corps pour qu'on ne fasse plus qu'un. Ce n'est même pas du courage. C'est la seule chose à faire. Être tout contre lui pour qu'on arrête, enfin, d'être l'un contre l'autre.

Il me rend mon baiser, plus fougueusement que jamais, et le tourbillon nous emporte. Un désir fulgurant m'enveloppe, me pénètre par tous les pores de la peau. L'embrasser n'est plus assez. J'ai envie de le dévorer. La force qui nous aimante me dépasse complètement. Je ne réponds plus de rien.

Mes mains s'introduisent sous son tee-shirt et le contact de sa peau chaude, si douce, m'électrise. Je ne sais plus comment m'arrêter. Je ne veux pas. Je l'embrasse dans le cou, m'enivrant de son odeur divine. Ses mains à lui tâtonnent, sur mes hanches, ma taille, dans mon dos, près de mes fesses, reviennent sur mon visage, dégagent mes cheveux. Il quitte ma bouche pour me regarder et chuchote, essoufflé :

– Alma…
– Ne t'arrête pas.
– Tu es sûre ?
– C'est la première fois.
– Je ne veux pas que… Tu n'as rien à me prouver.
– J'en ai envie.
– Tu as peur ?
– Non. J'ai envie de toi. Tellement envie de toi.

Je n'ai jamais prononcé ces mots-là... Je n'ai jamais rêvé ça comme ça... Mais je n'ai jamais été aussi sûre de moi.

Quand Vadim m'embrasse à nouveau, il n'hésite plus. Ses gestes sont lents, doux, sensuels mais sûrs. Ses doigts parcourent mes joues, effleurent mes lèvres, descendent le long de mon cou, frôlent mes seins à travers le fin tissu, remontent, repartent vers mon ventre et s'immiscent enfin sous mon pull. Ma peau frissonne à ce contact pendant que ses mains continuent leur lente conquête. Je les sens qui explorent la courbe de mes reins, dessinent ma colonne vertébrale, franchissent le col de mon pull pour ressortir en empoignant ma nuque. Et il m'embrasse de plus belle, d'un baiser si profond qui attise mon désir. Sa lenteur est un délice autant qu'une torture. Je ne sais pas combien de temps je vais pouvoir tenir. Mais qu'est-ce que je pourrais faire d'autre que me laisser guider ?

– J'enlève quelque chose en premier ? me murmure-t-il à l'oreille.
– Oui, mais n'arrête jamais de m'embrasser.

Il fait passer son tee-shirt par-dessus sa tête, ne quittant ma bouche qu'une seconde avant de revenir s'y aimanter. Mes mains s'aventurent sur son torse, son ventre. Sa peau est douce et imberbe comme celle d'un bébé, à l'exception d'une ligne brune qui descend sous son nombril et va mourir derrière la ceinture de son jean. Cette pensée me donne le tournis.

– À ton tour ? demande-t-il comme pour avoir ma permission.

J'arrête de l'embrasser pour amener ses mains sur mes hanches, commençant à rouler mon pull pour lui. Je me perds dans ses yeux gris pendant qu'il le remonte le long de mes côtes dans une langueur infinie. Il le laisse tomber à côté de moi et voyant que je tremble – de peur ou de froid, je ne sais pas –, il m'enveloppe de ses grands bras. Il dégage mes cheveux et joue maintenant avec les bretelles de mon soutien-gorge lilas. Il les fait glisser le long de mes épaules tout en déposant des baisers dans mon cou, sur mes clavicules, et son souffle chaud me donne la chair de poule. J'attrape ses lèvres qui me manquaient déjà et me colle à lui pendant que deux de ses doigts dégrafent mon soutien-gorge le plus facilement du monde. Il échoue à mes pieds et je sens mes seins frôler sa peau. Une sensation inouïe. Une chaleur m'envahit. Les mains de Vadim s'aventurent sur mon décolleté, tournent et retournent autour de mes seins avant que la pulpe de ses doigts atteigne mes tétons, les effleure. Ils durcissent contre ses pouces experts et je m'entends gémir de plaisir pendant que mon bas-ventre fourmille. J'imite Vadim pour répondre à cette poussée de désir, passant mes mains fébriles sur ses pectoraux dessinés à la perfection.

– Encore ? m'interroge-t-il doucement.
– À toi, réponds-je, prudente.
– Non, ensemble.

Dieu que j'aime ce mot, quand il est prononcé par lui.

Il colle son front contre le mien, nos nez se touchent, nos respirations se mêlent, nos bouches se quémandent. Il se met à me caresser les fesses avant de passer une main entre mes jambes. Le contact de la couture de mon jean sous la pression de sa paume embrase mon intimité. Ses doigts habiles défont mon premier bouton tandis que les miens, tremblants, font connaissance avec la bosse naissante de son pantalon. Ce n'est pas la première fois que je vois ou perçois « ça », mais c'est bien la toute première fois que j'ai tant envie de le découvrir, le voir, le toucher, le sentir. Je défais à mon tour son bouton et descends lentement sa braguette pendant qu'il fait céder chacun des autres boutons de mon jean.

Vadim quitte mon champ de vision : il s'accroupit pour faire glisser le tissu le long de mes jambes. Au fur et à mesure, il embrasse mes cuisses, mes mollets, mes chevilles et dégage finalement mes pieds. Je prends appui sur ses larges épaules pour ne pas tomber puis passe une main dans ses cheveux bouclés. Il se redresse, s'agenouille devant moi et me tend son beau visage, je n'ai jamais vu de regard aussi tendre, aussi profond, son air est le plus parfait mélange de désir, de patience, de sensualité et de bienveillance. Je fais glisser mes doigts sur son front, ses sourcils, la ligne de son nez, la courbe de ses lèvres, incapable de le quitter des yeux. Il approche sa bouche de mon ventre et dépose un baiser sur ma peau, juste au-dessus de ma culotte, puis un autre sur le tissu, juste à l'endroit où mon désir est né.

Il me fait chavirer.

– On se débarrasse de ça tout de suite ? dit-il en passant son index sous la couture près de ma hanche.
– Oui, fais vite. Mais ne regarde pas.
– Alma, je veux tout voir de toi.

Ses mains adroites font descendre ma culotte jusqu'au sol, il me soulève les pieds un par un pour m'en débarrasser et me regarde d'en bas. Nue pour la première fois.

– Tu n'imagines pas à quel point tu es belle.

Ses mots me donnent des ailes.

– Et toi ? Tu es beau tout nu ? lancé-je dans un sourire.
– Je ne sais pas. Pas autant que toi.
– Montre-moi…

Il se redresse, enlève son jean et prend la pose comme un modèle lingerie.

Il est tellement sexy.

– Et ça ? dis-je en fixant son boxer gris moulant.
– Tu ne l'aimes pas ?
– Je ne l'aime pas sur toi, en ce moment.
– Aide-moi, me défie-t-il en guidant ma main vers l'élastique.

Nos doigts se mêlent sur ses hanches, entre le tissu et la peau, et nous nous retrouvons nus au milieu du salon, face à face, à quelques centimètres l'un de l'autre. Je le détaille, sa silhouette à la fois solide et élancée, ses abdominaux dessinés, les muscles de ses cuisses, sa peau qui ressemble à de la soie dans l'obscurité. Et son sexe érigé, que je ne me lasse pas de regarder. J'en ai oublié ma propre nudité. Les battements de mon cœur font palpiter mon corps tout entier.

– Maintenant, on est à égalité, chuchote-t-il pour briser le silence.
– Tout est beau chez toi.

Dans un sourire à tomber, à la fois flatté et gêné, il me prend dans ses bras. Nos peaux s'aimantent à nouveau. Je sens son érection contre mon ventre et mon désir grimpe en flèche alors qu'il m'embrasse, encore et encore, me pressant contre son corps. Mes mains découvrent ses fesses, fermes et bombées, plus parfaites encore que je ne les avais imaginées.

Et maintenant ? Fais le premier pas, Vadim, je n'y arriverai pas. Pas celui-là. Pas pour ma première fois.

Comme s'il m'avait entendue, Vadim fait un pas en avant, me faisant reculer, puis un deuxième, ses jambes nues frottant contre les miennes. Il me penche doucement vers l'arrière, me fixant de ses yeux clairs, encore un peu plus et nous nous écrasons finalement sur le canapé, toujours enlacés. Nos éclats de rire résonnent dans le petit appartement silencieux. Il enfouit son visage dans mes cheveux, soudainement timide, presque fragile, et je le serre contre moi aussi fort que je peux. À mes sensations charnelles se mêle un élan de tendresse d'une intensité folle. Une affection débordante, un bond dans mon cœur, presque une douleur.

Ne pas penser, ne pas réfléchir, ne pas analyser. Alors ce serait ça, l'amour ? Alma, j'ai dit NE PAS !

Vadim m'interrompt en m'embrassant langoureusement dans le cou, ses lèvres puis sa langue dessinant des courbes abstraites sur chaque millimètre de ma peau, le lobe de mon oreille, la commissure de mes lèvres, ma gorge, ma poitrine, la naissance de mes seins. Sa respiration chaude sur les traces humides laissées par sa bouche me fait frissonner. Je m'enfonce à nouveau dans une douce torpeur, caressant son dos, sa nuque, ses fesses pendant que ses mains se joignent aussi à la partie. Allongé sur moi, il m'explore, me découvre, suivant les lignes de ma taille, remontant le long de mes côtes, massant délicatement mes seins, faisant glisser mes tétons entre deux de ses doigts. Quand ils pointent vers lui, il les titille encore du bout du nez, avant d'y passer la langue et de les envelopper de ses lèvres. Mes gémissements de plaisir l'encouragent et il se fait plus vorace, décuplant mon excitation. Je m'embrase un peu plus à chacun de ses baisers descendant sur mon ventre, autour de mon nombril, plus bas encore.

J'ignorais que le désir pouvait atteindre ces sommets.

Mon clitoris est presque douloureux quand il rencontre pour la première fois la bouche voluptueuse de Vadim, dont je sens le souffle saccadé s'infiltrer dans mon intimité. Il m'interroge de son regard perçant, presque implorant, comme si je pouvais dire non à de si divines sensations. Pour toute réponse, je plonge mes doigts dans ses ondulations brunes et vois son visage s'enfoncer entre mes cuisses. Sa langue déploie des trésors d'imagination pour me rendre folle.

J'ignorais qu'on pouvait seulement faire ça.
Ressentir ça.

Ses lèvres avides continuent leur indécent manège, je ne sais plus ce que je fais, où je suis, jusqu'où je vais. Tout mon corps se tend, ma tête roule en arrière, mes reins se cambrent, mon bassin tremble au rythme de ses assauts, mes mains s'agrippent à ses cheveux. Il écarte doucement mes jambes et vient reposer ses doigts sur mes seins déjà sensibles, repoussant mon plaisir toujours plus loin. Sa bouche me dévore encore, je pars, je m'élève, je ne touche plus terre. Un tourbillon m'emporte, j'ai peur de tomber, de ne plus rien maîtriser. Mais Vadim me serre, m'étreint et je m'envole entre ses mains, entre ses lèvres folles, planant pendant un long instant, m'abandonnant complètement à ce vertige fulgurant.

Mon tout nouvel amant revient s'allonger sur moi, pose délicatement sa tête sur ma poitrine soulevée par ma respiration essoufflée, comme s'il voulait empêcher mon cœur d'exploser. Il glisse ses bras autour de ma taille, je passe les miens autour de son cou, enfouissant mon nez dans ses cheveux soyeux, m'enivrant de son odeur, fermant les yeux pour marquer à jamais ce souvenir charnel dans ma mémoire. Nous restons ainsi enlacés un long moment sur le canapé, sans parler, sans bouger.

J'ignorais que le bonheur parfait existait.

L'incendie de mon intimité enfin apaisé, je retrouve mes esprits. Mauvaise idée. Un doute m'assaille, une question me brûle les lèvres. Et me fait briser le silence.

– Et toi ?

– Quoi, moi ?

– Je ne sais pas si je saurais te faire ça. Sûrement pas. Pas comme ça…

– Je ne te demande rien, Alma, dit-il en me caressant le bras.

– Si, dis-moi. Tu voudrais quoi ?

– Je veux ça, rien que ça, soupire-t-il en resserrant son étreinte autour de moi.

– Moi, je veux plus. Je veux tout. Je te veux toi, toi, toi ! m'écrié-je en roulant sur lui et en déposant mille baisers sur son torse, ses joues, sa bouche.

Nous tourneboulons encore sur le canapé trop étroit, riant et chahutant, emmêlant nos jambes et nos bras, avant de tomber dans un bruit sourd sur le parquet froid. Vadim a placé sa main sous ma tête et amorti le choc avec son bras. Son assurance, sa façon de me protéger, de penser d'abord à moi, il n'y a rien qui me fasse plus de bien. Il me transporte, loin de tous mes doutes et toutes mes questions, il m'attire inexorablement vers lui. Je prends son visage entre mes mains, approche lentement mes lèvres et l'embrasse comme si c'était la première fois. Nos langues se mélangent, je n'ai jamais rien goûté d'aussi bon. Je fais durer ce baiser jusqu'à ne plus pouvoir respirer. Jusqu'à sentir ce nouveau désir m'envahir.

Son érection grandit contre ma cuisse et je me surprends à aimer cette sensation. À m'en sentir flattée. Je voudrais le toucher, je n'ose pas. Je me contente de presser mes mains sur ses fesses pour mieux percevoir sa dureté. L'étincelle se produit, là, juste au creux de mon ventre, comme une infime douleur qu'il me faut soulager. Mon bassin se colle au sien, à la recherche du remède, et ondule légèrement pour mieux l'épouser. Ce contact, le poids de son corps allongé sur moi, ne font que rendre mon désir plus violent, plus impatient. Vadim use et abuse de ces délicieux frottements, son torse agaçant le bout de mes seins, son pubis roulant contre le mien. Je me sens partir à nouveau. Je ne veux pas. Je ne veux pas jouir sans lui, vivre ça seule. Je veux l'emmener avec moi.

Je glisse une main téméraire entre nos deux ventres aimantés jusqu'à rencontrer son sexe si dur… et si doux à la fois. Mes doigts le frôlent, le contournent, reviennent s'y poser. Je ne suis pas sûre de savoir quoi faire. Et la force de mon désir m'empêche de réfléchir. La main de Vadim s'immisce aussi entre nous, mais dans des gestes sensuels et sûrs. Je sens mon intimité humide devenir soudainement avide. Et le premier doigt qu'il introduit en moi me fait pousser le plus long des soupirs. Son pouce joue avec mon clitoris pendant qu'il continue ses caresses exquises. Les miennes se font plus précises. Je l'entends soupirer près de mon oreille, j'essaie de m'empêcher de gémir pendant qu'il me mordille le cou, suçote mon lobe. Il me rend folle. Mon corps en veut encore. Ma bouche ne sait pas comment le demander. Le supplier.

– Quand tu es prête… murmure-t-il, essoufflé.

– Viens ! est la seule réponse que je peux lui donner.

– Je dois juste faire ça, m'explique-t-il en tendant le bras au-dessus de ma tête.

Dans une petite boîte posée par terre, près du canapé, je l'entends saisir ce que je devine être un préservatif. Déchirer l'emballage, l'enfiler d'une main, tandis que l'autre reprend sa place sur mon sexe délaissé. Je ne peux plus attendre. J'ai l'impression d'imploser. Vadim s'allonge entre mes jambes, entoure mon visage de ses mains, caresse longuement mes cheveux, s'approche pour m'embrasser :

– Redis-le moi, Alma.

– Viens ! Vadim, viens !

Ses lèvres chaudes, entrouvertes, se posent sur les miennes et il introduit sa langue en même temps que son sexe s'enfonce lentement en moi. Je peux sentir chaque millimètre m'envahir. Cette sensation unique et vertigineuse me remplit d'une puissante chaleur, d'un plaisir inouï. Il n'y a rien de meilleur au monde. Et rien n'a plus d'importance que son corps se mouvant sur le mien, que mon corps s'abandonnant au sien. Pendant de longues, très longues minutes, nous ne faisons qu'un, dans un tourbillon charnel, indescriptible. Mon intimité brûlante se consume, toute ma peau vibre, je ne retiens plus rien, ni aucun gémissement ni aucune pudeur. La passion m'emporte et je suis prise de tremblements incontrôlables, le souffle coupé, le corps cabré. Il me semble que je vais mourir. Je m'accroche à Vadim, l'implore de ne plus bouger, de me serrer, de me posséder. Il m'étreint en me regardant jouir, libérant son propre plaisir, cueillant de sa bouche la larme qui roule sur ma joue. Je sombre dans ses bras. Après, je ne m'en souviens pas.

Juste ça. Vadim Arcadi est contre moi. Tout contre.

5

LE DÉBUT DE LA FIN

Atterrissage d'urgence.

Sur le court trajet à pied qui me mène du studio de Vadim à la maison familiale, j'ai à peine le temps de descendre de mon nuage. C'est la panique à bord. Non seulement j'ai découché pour le deuxième soir de suite, non seulement je n'ai pas prévenu mes parents, non seulement mon téléphone n'a plus de batterie et doit saturer de messages énervés, paniqués, horrifiés, non seulement nous sommes samedi matin et je ne peux même pas aller me cacher à la fac pour la journée, mais en plus… je l'ai fait. Pour la première fois. La plus belle, la plus folle des premières fois. Mieux que je ne l'aie jamais imaginée. Mieux encore que je n'aurais jamais pu la rêver.

Je me sens différente.

Tout le monde va voir que quelque chose a changé !

J'ai l'impression que ma bouche est toujours gonflée de tous ces baisers échangés. Mes longs cheveux lisses sont encore pleins de nœuds que mes doigts n'arrivent pas à démêler. Mes yeux étaient encore brillants, vitreux, la dernière fois que je me suis regardée dans le petit miroir de la salle de bains. Quand Vadim, torse nu, si beau, m'embrassait encore dans le cou pour m'empêcher de partir. Je chasse cette image paradisiaque de mes pensées pour me concentrer sur le quart d'heure infernal que je vais passer. Qui pourrait bien être le pire de toute ma vie.

Avoir l'air normal. Avoir l'air désolé, fatigué, mais normal. Une petite fille honteuse de sa petite bêtise. Pas une jeune fille honteuse – mais comblée – de sa première fois. Mon Dieu. Cette pensée me fait rougir à nouveau, je peux le sentir jusqu'à mes oreilles en feu. Je me donne encore quelques secondes pour me recomposer un visage avant de glisser ma clé dans la lourde porte de la villa. Notre gouvernante, Georgia, m'accueille en me serrant dans ses bras. Je ne sais pas si c'est parce qu'elle est soulagée de me voir enfin arriver ou terrifiée de ce qui va bientôt m'arriver.

Ma mère est assise sur les trois petites marches qui mènent de l'entrée au salon.

Danger. En dix-huit années, je n'ai jamais vu ma mère s'asseoir dans un escalier.

Elle bondit pour venir à ma rencontre en hurlant « Edward » d'une voix stridente. En attendant mon père, elle hésite elle aussi entre me câliner et me gifler sur le champ.

Ce qu'elle n'a jamais fait non plus en dix-huit ans.

J'entends mon père avant de pouvoir le voir. Il crie et jure en anglais, comme à chaque fois qu'il est hors de lui. Sa langue natale lui revient proportionnellement aussi fort que son énervement est grand. Dans le débit de mots qu'il me crache presque au visage en me pointant du doigt, puis en marchant en long et en large les mains croisées au sommet du crâne, puis en revenant à nouveau vers moi, je perçois quelques expressions clés : « morts d'inquiétude », « totalement irresponsable », « trahi notre confiance », « assumer tes responsabilités », « rameuter tout le quartier », « pas dormi de la nuit », « ta pauvre mère », « appeler la police » et pour finir « donner des explications ». Pendant le silence qui suit apparaissent Basile et Lily, qui ont sagement attendu la fin de l'orage pour se montrer. Et pour assister au dénouement du spectacle. Mon frère, tendu, les mains dans les poches, se rangeant du côté des adultes avec son air de reproche. Ma sœur, nerveuse, se mordant la lèvre, hésitant entre le fou-rire et la crise de larmes.

– Je suis désolée. Vraiment. Je ne voulais pas vous inquiéter. J'ai passé la nuit avec Tim. Je savais que vous diriez non si je vous demandais la permission.

Non, je n'ai rien trouvé de mieux...

Nouveau silence. Ma mère se porte la main au cœur, Basile lève les yeux au ciel et Lily tente de m'envoyer un message indéchiffrable avec les siens. Mon père reste imperturbable et reprend sur un ton monocorde, ce qui est très mauvais signe.

– Timothy nous a appelés. Inquiet lui aussi. Il a essayé de te joindre toute la nuit.

Mauvais choix.

– Alma, pourquoi tu nous mens ? ajoute ma mère. Je croyais vous avoir inculqué des valeurs. À toi, ton frère, ta sœur. Pourquoi tu nous fais ça ?

Non pas ça, pas le chantage affectif…

– Parce que je n'ose pas vous le dire. Vous aimez Tim plus que moi. Je ne l'aime pas ! J'ai envie de le quitter et je sais que vous désapprouverez.

– Mais Alma, c'est ton choix ! continue ma mère, presque indignée par mon accusation.

– Non, c'est le vôtre ! C'est vous qui me l'avez présenté, vous me l'avez imposé ! réponds-je en commençant à pleurer.

– Retourner la situation ne te sauvera pas, Alma, renchérit mon père, froid et déterminé. Et ça ne nous dit pas où tu étais toute la nuit. La vérité, cette fois !

– Chez Clémentine ! Où vous voulez que je sois ? Elle était aussi déprimée que moi alors on a passé la nuit à parler, à se consoler. Elle m'a promis que ça irait, que vous comprendriez…

– Et pourquoi elle ne répond pas à son téléphone, bon sang ?! s'agace à nouveau mon père.

– Ma chérie, c'est d'avoir tant pleuré qui te donne cette mine sens dessus dessous ? commence à s'attendrir ma mère en tendant une main vers ma joue.

Si tu savais, Maman…

– Mais alors quoi ? Dis-nous ! Tu es… homosexuelle ?

– Hahaha, s'exclame enfin Lily en pouffant au fond de la pièce. Génial, ça manquait à notre famille, ça !

– N'importe quoi, soupire Basile devenu blême.

– Alma, ce serait un choc à encaisser mais nous t'aimerons comme tu es. N'est-ce pas Edward ?

– Mais maman, ce n'est pas ça. Pas du tout. Je suis juste… fatiguée de tout ce que vous attendez de moi. C'est trop. Je voudrais faire mes propres choix.

– Et ça commence par apprendre à faire des choix sensés, Alma. Tu es privée de sorties pendant une semaine. Tu vas en cours, tu rentres des cours, point. Pas de café, pas de cinéma, rien. Si Clémentine veut te voir, elle viendra ici. Et plus de mensonges. Tu dors là TOUTES les nuits. On en reparlera samedi prochain.

La sentence de mon père est tombée. Je cours m'enfermer dans ma chambre, presque soulagée. Mon incroyable nuit valait bien une semaine de punition. Elle en valait tellement plus… Et ces restrictions ne m'empêcheront pas de voir Vadim à la fac. Seulement de le voir ailleurs. Seul. En fait… c'est l'horreur ! Il faut que je lui parle. J'allume l'ordinateur sur mon bureau et cherche au fond de ma poche le petit bout de papier sur lequel il a griffonné son numéro de portable, son adresse mail et son pseudo juste avant que je parte. Je démarre une session sur la messagerie instantanée que tout le monde utilise mais dont je ne me sers quasiment jamais. C'est Clémentine qui me saute dessus en premier.

Clemy : Hey, tu es là ? Mais tu étais où ? Avec lui ?!

Alma_83 : Oui… Merci de ne pas avoir répondu à ton téléphone. Mes parents ont dû te harceler. Désolée…

Clemy : Tu sais qu'ils ont appelé les flics ?! Et tu n'as pas répondu non plus à ton portable de toute la nuit ! Tu as eu mes messages ?

Alma_83 : Plus de batterie. Faut que j'aille le brancher.

Clemy : Ok, mais après tu me racontes tout…

Une nouvelle fenêtre s'ouvre et clignote sur mon écran. Mon cœur bat au même rythme que les clignotements.

Arcadius : Tu as accès à Internet, c'est qu'ils ne t'ont pas mise au couvent :)

Alma_83 : Pas encore. Mais je ne pourrai pas sortir du week-end. Et pas beaucoup plus cette semaine, seulement pour les cours.

Arcadius : Ok.

Alma_83 : Ok ? !!!

Qu'est-ce qu'il me fait, là ?

Arcadius : Oui, tant pis. C'est la vie.

Mais à quoi il joue ?

Alma_83 : Je vois. Je ne sais pas qui vous êtes, Arcadius, mais passez-moi Vadim Arcadi, celui de cette nuit.

Arcadius : C'est moi… Qu'est-ce que tu veux que je te dise, Alma ?

Il ne va quand même pas me refaire le coup ?

Alma_83 : Que je te manque déjà ? Que tu t'es inquiété pour moi ? Que tu te demandes comment on va pouvoir se voir avant sept interminables jours ?

Arcadius : On se verra lundi en cours.

Alma_83 : Et ça te suffit ?

Il se fout de moi, là !

Arcadius : Non, j'ai hâte de voir Timothy Wallace aussi. Et ton frère pour chapoter tout ça. Ah, et Abrams, je l'avais oublié celui-là.

Ok, il n'est pas si indifférent que ça…

Alma_83 : Je parlerai à Tim, lundi…

Arcadius : Je m'en fous, tu ne m'as rien promis.

Alma_83 : Et toi non plus, c'est ça ?

Arcadius : Ce n'est pas ce que j'ai écrit.

Alma_83 : Tu l'as sous-entendu tellement fort que je t'imagine déjà en train de faire une petite croix supplémentaire sur ton tableau de chasse et de penser à ta prochaine proie.

Arcadius : Alors tu n'as rien compris. Tu ne sais toujours pas qui je suis.

Alma_83 : Dis-le-moi, vas-y !

Arcadius : Non, je ne suis pas livré avec un mode d'emploi.

Alma_83 : Vadim, tu sais ce que j'ai risqué pour passer la nuit avec toi ? On ne joue plus, là ! Tu réalises ce que je t'ai donné, moi ?

Des larmes m'embuent les yeux. Il ne me répond pas. Il doit être en train de préparer sa petite phrase magique qui lui rendra sa liberté. L'ultime phase de son piège à filles. Dans lequel je suis tombée comme la pire des idiotes.

Je me hais. Je le hais.

Arcadius : Oui. Et je ne sais pas comment je vais pouvoir passer la prochaine nuit sans toi.

Je l'aime…

Alma_83 : Viens chez moi ! Si mes parents ne me laissent pas sortir, toi tu peux entrer. Ils seront contents de rencontrer mon binôme de travail. On pourra bosser sur notre projet. Dans ma chambre… Ou faire autre chose… Ils n'entreront pas. Il faut juste que tu acceptes de leur parler cinq minutes. Pour avoir plusieurs heures avec moi. Dis oui, Vadim.

Arcadius : Non, Alma. Tu ne peux pas me demander ça.

Alma_83 : Mais pourquoi ?

Arcadius : Tu sais très bien pourquoi ! Ils vont me détester à la seconde où je vais entrer. Je n'appartiens pas à votre monde, je n'ai rien à y faire.

Alma_83 : Mais c'est aussi mon monde. Ça ne t'intéresse pas ?

Arcadius : Tu m'intéresses, toi ! Pas la famille Lancaster. Pas votre somptueuse villa, vos manières. Vos domestiques qui vont me regarder de travers. Et après quoi ? Tu vas me demander de m'habiller comme ton frère ?

Alma_83 : J'ai bien mis ton Perfecto, moi ! Tu serais très beau en blazer bleu marine…

Arcadius : Je ne sais même pas ce que c'est.

Alma_83 : Menteur ! Tu as juste peur…

Arcadius : Tu vois, ça n'arrive pas qu'à toi…

Quoi ? Il a peur, LUI ? Et il me le dit, à MOI ?

Alma_83 : Vadim Arcadi, cap ou pas cap de venir chez moi ? Demain, à 15 heures. Tu connais le chemin. Tenue correcte exigée.

Arcadius : Hors de question. Tu vois, tu commences déjà à vouloir me changer.

Alma_83 : Ok, viens tout nu !

Arcadius : Seulement si tu l'es aussi quand j'arrive…

Alma_83 : À demain, Vadim.

Arcadius : Non, Alma, attends…

Alma_83 : Si tu tiens à moi, tu viendras.

Je me déconnecte sans attendre sa réponse. Je me retrouve face à mon ordinateur, presque essoufflée par l'excitation, l'audace qu'il m'a fallu pour le défier puis lui « raccrocher au nez ». Je l'imagine dans son studio, en train de bouillir ou de bouder, au choix. Les doigts perdus au milieu de ses boucles. Je souris rien qu'à l'idée de le revoir faire ça. Je tremble à l'idée qu'il ne vienne pas. Et je suis complètement folle d'avoir organisé ça. Mon père, ma mère, face à Vadim l'indocile, l'impoli, l'ingérable. Ses cheveux en bataille. Son vieux blouson, ses chaussures usées, jamais attachées. Son vieux pick-up déglingué. Sa façon de parler, toujours dans la provocation, l'esprit de contradiction. Sa façon de regarder, comme s'il vous jugeait sans vous connaître ou pire, qu'il vous avait déjà cerné. C'est vrai, mes parents vont sûrement détester ça. Et la comparaison avec Timothy sera terrible. Vadim les détestera aussi, il ne voudra plus jamais remettre les pieds ici.

Alma Lancaster, spécialiste des mauvaises idées. Maître dans l'art de creuser sa propre tombe. Tant pis. C'est la seule solution pour le revoir avant lundi.

Ce samedi a été le plus long de toute ma vie. J'ai pourtant tout fait pour remplir ma journée et m'empêcher de penser. Passé des heures à tout raconter à Clémentine, enfin, presque tout. Demandé la permission à mes parents qui ont vite accepté cette invitation, ravis de constater que je ne prends pas leurs conseils à la légère. Changé mes draps, deux fois.

Première housse de couette rose bonbon – trop « petite fille » –, deuxième choix à carreaux beiges et blancs – trop « pur » –, avant d'opter pour les pois gris et bleus, qui se marieront si bien avec ses yeux. Caché les quelques peluches qui traînaient encore dans ma chambre, enlevé certains posters de films collés sur mon mur et que Vadim déteste. Ils ne me plaisaient plus vraiment, de toute façon. Essayé environ quinze tenues, de la robe trop moulante qui allait éveiller les soupçons au jean-tee-shirt qui faisait vraiment « dimanche à la maison ». Je me laisse encore deux options pour demain matin : pantalon noir et haut rouge, sexy mais un peu criard – le choix de Clémentine –, jupe en jean et polo blanc, mignon mais un peu sage – le choix de ma mère, sans aucun doute, même si je ne lui ai surtout pas demandé.

Mais ce dimanche matin, rien ne va. Mes cheveux sont ternes et plats et la queue-de-cheval que je suis obligée de me faire me donne l'air d'une joueuse de tennis. J'ai fait une tache de sauce tomate sur mon polo au déjeuner et je ne sais pas par quoi le remplacer. Ma chambre est trop bien rangée, mon lit a l'air trop fait, il semble crier : « Sautez-moi dessus ! » Lily est excitée comme une puce de cette visite impromptue et me suit partout en gloussant et en parlant de mon « nouvel amoureux ». Basile râle et me demande déjà de ne pas faire de bruit parce qu'il doit vraiment réviser, lui. Et surtout, je ne sais même pas si Vadim va finalement venir. Je n'ai aucune nouvelle de lui depuis hier soir et il n'a pas répondu à mes deux textos de ce matin.

Soit il est assez malin pour me faire mariner... Soit il va me poser un lapin et c'est le pire des crétins.

À 15h05, la sonnette me fait bondir le cœur dans la poitrine. Je sors de ma chambre et essaie de ne pas courir dans les escaliers, mais ma petite sœur me rattrape et me dépasse. J'ai déjà envie de la tuer. Georgia ouvre à Vadim qui lui répond poliment et lui serre la main, un geste que personne ne lui fait jamais et qui lui fait plaisir autant qu'il m'attendrit. Je le regarde en descendant : un peu gêné mais sublime dans un jean brut et un tee-shirt bordeaux bien coupé. Il a ses chaussures fatiguées, mais les lacets sont attachés. Il porte son Perfecto à la main. Il a fait un effort, j'en suis sûre. Mais pas trop, juste ce qu'il faut pour ne pas en avoir l'air. Je fonds avant même qu'on ait échangé un seul mot.

Arrivée jusqu'à lui, j'hésite sur la façon de lui dire bonjour, m'approche, recule, dans une sorte de danse ridicule, puis décide de ne rien faire. J'introduis Lily, qui se dandine à côté de moi et n'attendait que ça, puis le conduit jusqu'au salon où sont installés mes parents, occupés, silencieux. Je commence à parler en français puis passe à l'anglais pour que mon invité puisse comprendre.

– Je vous présente Vadim Arcadi, on travaille ensemble sur un projet de court-métrage pour la fin du semestre. Le cours de Mr Abrams.

– Bonjour, dit-il en faisant un signe de la main sans s'approcher.

– Bonjour jeune homme, répond mon père en se levant

pour venir lui serrer la main. C'est de quelle origine, le prénom Vadim ?

– C'est slave. Diminutif de Vladimir. Mon père était russe. Enfin, il l'est toujours.

Ça commence bien...

– Heureuse de vous rencontrer, intervient ma mère en se levant à son tour pour le saluer et couper court au malaise. Vous avez une double culture aussi, alors ? Nous faisons cohabiter la France et l'Angleterre sous le même toit depuis trente ans, ce n'est pas facile tous les jours ! ajoute-t-elle en riant.

– J'imagine que ce doit être très dur, répond Vadim sur un ton à peine ironique, en parcourant le salon bourgeois du regard.

Il n'a pas pu s'en empêcher...

Mon père fronce les sourcils et change volontairement de sujet.

– Alors, de quoi va parler votre film ?

– C'est ce qu'on va décider aujourd'hui. On doit présenter notre thème à Mr Abrams lundi, dis-je dans un sourire un peu forcé.

– Alma nous parle de ce professeur tous les jours ! Il doit être un type brillant pour enseigner à l'université de L.A. ! continue mon père.

Terrain glissant…

– Je pense qu'il serait plutôt réalisateur s'il avait le choix. Ou le talent, rétorque Vadim, insolent.

– Eh bien, vous avez déjà compris une chose : le talent ne suffit pas toujours à faire une belle carrière. C'est pour ça qu'il faut travailler dur !

– Oui p'pa, d'ailleurs on va s'y mettre ! essayé-je pour clore la discussion.

– On peut aussi faire de belles choses sans forcément vouloir une « belle » carrière. Ou une belle maison, une belle réussite, répond Vadim en insistant trois fois sur l'adjectif.

Mais pourquoi faut-il qu'il lance un débat, là, maintenant ?!

Mon père n'a pas l'habitude qu'on remette en cause ses grandes phrases, encore moins qu'on lui tienne tête. Ses sourcils sont maintenant tendus au milieu de son front.

– Mon garçon, croyez-moi, il faut rêver les choses en grand si vous voulez en réaliser une toute petite partie. Vous êtes jeune, idéaliste, mais je vous assure qu'il n'y a rien de désagréable à bien gagner sa vie.

– Et je vous assure que tout le monde ne voit pas la vie comme ça. Mais c'est votre droit.

Arrêtez-le ! Bâillonnez-le !

Je tire Vadim par la manche pour le guider vers les escaliers en lançant à mes parents interloqués :

– On a du boulot, on refera le monde une autre fois !

Lily glousse toujours et mime silencieusement avec ses lèvres : « Je l'adore ! » Ce qui n'échappe à absolument personne. Nous montons les escaliers en silence, passons devant la chambre grande ouverte de Basile qui ne lève même pas le nez de ses bouquins pour dire bonjour et nous enfermons dans la mienne. Enfin seuls. Je me laisse glisser contre la porte fermée, m'assois sur la moquette et pousse un soupir de soulagement.

– Ça ne s'est pas si mal passé, hein ? m'interroge Vadim sur son ton provocateur favori.

– Tu étais vraiment obligé de leur envoyer dans les dents leur déco, leur maison, leur argent ?

– Je ne supporte pas les gens qui se plaignent alors qu'ils ont tout. Ou qui croient tout savoir justement parce qu'ils ont tout.

– Ok, mon père est riche. Et on en profite tous. Mais il a travaillé pour ça ! Tu voudrais qu'il le cache, qu'il en ait honte ?

– Je voudrais juste que les « richards » ne se prennent pas pour les rois du monde parce qu'ils ont réussi un truc dans leur vie.

– Écoute-toi, tu as vingt ans et tu es déjà aigri !

– C'était une mauvaise idée, Alma, je devrais y aller.

– Tu viens d'arriver ! dis-je, scandalisée.

– Oui, et j'ai déjà envie de partir. Je ne me sens pas à ma place, pas le bienvenu, pas…

– Tu les as quasiment agressés et tu voudrais qu'ils t'ouvrent les bras pour t'embrasser ?

– Non, j'aurais aimé que toi tu m'embrasses.

Mon cœur rate un battement.

– C'est trop demander ? ajoute-t-il en s'affalant à côté de moi contre la porte.

Mon cœur s'affole.

Je penche la tête pour approcher mes lèvres, mais reste sciemment à un centimètre de sa bouche. Je sens son souffle chaud, son odeur enivrante, la peau douce de son bras nu touchant la mienne.

Mon cœur va exploser.

Nous nous défions du regard, aucun de nous deux ne veut être le premier à craquer. Il s'humecte les lèvres et réussit à me faire baisser les yeux sur sa langue qui disparaît aussitôt. Je fixe sa petite cicatrice. Nos respirations s'accélèrent. Il brise le silence dans un murmure rauque, viril, à tomber :

– Si je fais ça, tu ne sais pas ce que je pourrai te faire après…

– Tout ce que tu veux.

Vadim se jette sur moi, me renversant sur la moquette beige en m'embrassant passionnément. Nous roulons à même le sol, nous empoignant les cheveux, les hanches, les fesses. Quelques secondes plus tard, nos vêtements volent. Ma chambre d'adolescente devient le théâtre d'une scène qu'elle ne pensait jamais voir. Fougueuse et interdite. Brûlante et silencieuse. Nos corps se retrouvent, se mélangent, fusionnent et succombent dans le plus grand secret. Je m'abandonne dans ses bras de longues minutes plus tard, savourant cette extase nouvelle, précipitée, sauvage.

La moquette m'a brûlé la peau mais je ne bouge pas. Nos nudités s'exposent au grand jour, mais je ne bouge toujours pas. Mon frère est juste de l'autre côté de la porte, ma sœur et mes parents un étage plus bas, sous le même toit, mais je ne bougerai pour rien au monde. Une seule pensée m'obsède : comment ai-je pu vivre avant de connaître ça ? Avant de le connaître lui ? Qu'est-ce que j'ai aimé dans la vie avant Vadim Arcadi ?

– Alma, ouvre !

Basile tambourine à la porte de ma chambre. Mon cœur fait un nouveau bond dans ma poitrine pendant que Vadim bondit sur ses pieds et enfile son jean. Il part à la recherche de son tee-shirt tout en me lançant ma jupe, mon débardeur et une chaussette qui n'est même pas à moi. Je sautille dans tous les sens, manquant de tomber deux ou trois fois, me rhabillant en oubliant les sous-vêtements. Vadim les fait disparaître sous le lit et me pousse vers la porte, toujours martelée par les coups de mon frère. Pendant une seconde, j'admire son sang-froid, son efficacité, sa parfaite maîtrise de la situation. Puis je me demande s'il a souvent été surpris en « flagrant délit » pour faire tout ça avec une telle facilité.

Il s'installe à mon bureau comme s'il y avait toujours été et j'ouvre enfin la porte en me lissant les cheveux des doigts. Le visage de Basile est déformé, écarlate, furieux.

– Putain, pourquoi c'était si long ?! Viens voir ça ! Et toi, là-bas, tu ne bouges pas !

Il me tire violemment par le bras. Vadim se lève quand même et nous suit dans la chambre de mon frère. L'écran de son ordinateur affiche un e-mail contenant une photo sombre, un peu floue, mais où je nous reconnais nettement. Lui contre moi, debout, à moitié nus. Au milieu du salon où nous avons passé la nuit… et fait ce que nous avons fait. Sous le cliché, une légende en gras :

Surveille ta sœur. Honte à la famille Lancaster.

J'ai à peine le temps de me retourner pour voir le visage décomposé de Vadim. Le poing de Basile vient s'y écraser, pourtant c'est moi qui suis sonnée.

II

CAP OU PAS CAP ?

6

TOUT PLAQUER

– Vadim, ça va ?! Mais Basile, tu es malade ou quoi ?!

– Alma, tu vois ce que je vois ?! Mais regarde ! hurle mon frère à travers sa chambre en pointant l'écran de son ordinateur du doigt.

– Tu n'étais pas obligé de le frapper, espèce de taré !

– Je viens de recevoir une photo de ma sœur à moitié déshabillée et je ne dois pas le frapper ? Je devrais le tuer, oui ! Je vais le tuer ! enrage-t-il en se jetant à nouveau sur Vadim.

Je m'interpose comme je peux entre les deux garçons aux corps lourds et aux muscles tendus. Mon frère aîné est plutôt fluet, grand et sec, mais sa rage en fait une boule de nerfs prête à exploser. Vadim a quelques centimètres de plus, des biceps bien plus gros et une carrure deux fois plus large, mais il semble à moitié paralysé. Par le choc de l'image, par le coup qu'il a reçu ou peut-être par le respect qu'il doit à un Lancaster sous son toit. Je ne sais pas. Je vois bien qu'il se retient. Quand il réussit enfin à empoigner Basile et l'immobiliser, leurs voix se mélangent dans un désordre bruyant d'insultes et de menaces presque incompréhensibles. Le tee-shirt de Vadim enserré dans mon poing et mon autre main essayant de se poser sur la bouche de mon frère pour le faire taire, je continue à faire barrage de mon corps frêle pour les séparer.

Complètement inutile. Et parfaitement ridicule.

Mon père accourt à l'étage et fait irruption dans la chambre, suivi de près par une Lily surexcitée puis par ma mère essoufflée.

– Qu'est-ce que c'est que tous ces cris ?

– Ce n'est rien, monsieur. Un petit différend entre votre fils et moi. Vous savez, la passion du cinéma… lance Vadim sans attendre, en lâchant mon frère et en se plaçant discrètement devant l'ordinateur allumé.

– Basile, tu vas me faire le plaisir de respecter notre invité et de te faire entendre avec des arguments plutôt qu'avec des cris de bête sauvage, gronde mon père, sourcils froncés en direction de son fils aîné.

– Enfin, les garçons, vous êtes trop grands pour ces enfantillages, tempère doucement ma mère.

– Ben quoi ? Allez, un peu d'action ! s'amuse Lily en faisant courir son regard de l'un à l'autre et en sautant sur place.

– Tout va bien, on va baisser d'un ton, désolée de vous avoir dérangés, bredouillé-je en me rapprochant de Basile pour l'empêcher de commettre l'irréparable.

Mes yeux le supplient de garder ce secret pour lui. Tout mon visage se crispe pour implorer son indulgence. Je mets dans mon regard tout l'amour d'une sœur, toutes les promesses qu'on a pu se faire et tous nos souvenirs d'enfance capables d'acheter son silence. Mon frère arrange son col de polo retroussé dans la bagarre, tire sur son pull froissé et parle enfin. Mon cœur est prêt à exploser.

– C'est bon, je me suis emporté. Rien de grave.

Je suis persuadée qu'il n'a pas cédé pour me faire plaisir ou me protéger. Il a juste été vexé par les reproches de mon père et a voulu lui prouver qu'il pouvait se comporter en adulte. Être un homme, un vrai. C'est-à-dire, selon le code Lancaster : un cérébral aux bonnes manières et au discours qui fait mouche, capable de se maîtriser, de ne jamais s'abaisser au niveau de ses adversaires impulsifs et sans cerveau. Comme Vadim Arcadi.

Vadim Arcadi qui vient de me sauver la vie. Et qui sourit de toutes ses dents à mes parents en train de s'éclipser, et qui en rajoute une ultime couche en donnant une tape amicale sur l'épaule de Basile.

Je ne sais pas si c'était nécessaire…

– Merci monsieur Lancaster ! dit-il dans un français à l'accent exagéré, toujours entre la fausse gratitude et la vraie insolence.

– Ce n'est pas pour toi que je l'ai fait, Arcadi. Maintenant tu vas arrêter de faire le malin et tu vas t'expliquer.

– Je n'ai aucune explication à donner.

– Tu peux répéter ? s'énerve à nouveau mon frère.

– Sérieusement, je ne peux pas l'expliquer.

– C'est bien chez toi, là ?!

– Oui.

– Et tu vas me dire que tu ne sais pas comment c'est arrivé ?

– La photo a été prise depuis la rue, pas dans mon appart, Sherlock.

– Je serais toi, je changerais de ton, James Dean !

– Ou bien quoi ? Tu vas m'en coller un autre ? Ou appeler ton père pour lui raconter ? Ou tous tes copains pour me tabasser ? Tu ne peux pas balancer un truc comme ça sur ta sœur.

– Si j'ai reçu la photo par mail, elle a peut-être déjà fait le tour du campus, abruti !

– Ou peut-être pas. Vu la légende, celui qui t'a envoyé ça te connaît toi, imbécile. « Surveille ta sœur », ça n'a rien à voir avec moi.

– « Honte à la famille Lancaster », ça concerne qui, à ton avis ? Tu saisis le message, Arcadi ? C'est la honte d'être vu avec toi. Aucune fille normale ne pourrait vouloir de toi.

– Ce n'est pas ce que pense Alma, je crois.

– Ah, vous vous êtes souvenus que j'étais là ! interviens-je enfin, passablement agacée par leur petite joute verbale.

– Et toi, tu ne sais pas non plus comment tu as atterri chez lui en pleine nuit ? Comment tu t'es retrouvée à moitié à poil devant sa fenêtre ?

– Ça ne te regarde pas, Basile.

– Apparemment si, Alma ! colère mon frère.

– Mais c'est quoi, votre problème ? Pourquoi aucun de vous deux ne cherche à savoir qui a pu prendre cette foutue photo ? Qui a pu savoir que j'étais là. En train de faire ça…

– C'est simple, à qui vous l'avez dit ? Que vous alliez chez lui, prononce-t-il avec un air de dégoût.

– Personne, répond Vadim du tac au tac.

– Clémentine savait, rectifié-je aussitôt. Mais elle ne ferait jamais ça.

Et Felix Alonso était là juste avant… Le dire à haute voix reviendrait à trahir Vadim devant mon frère. Je ne peux pas lui faire ça.

– Alors qui ? reprend Basile les dents serrées.

Vadim me fixe intensément. Je sais qu'il lit dans mes pensées. Ou qu'il les a devancées. Je sais que nous pensons à la même chose en ce moment, en tout cas à la même personne. Nous n'avons pas besoin de nous parler. Je devine qu'il m'est reconnaissant de ne pas en parler. Et je devine aussi qu'il est déjà en train de me reprocher d'y avoir juste pensé.

– Il se fait tard, je vais y aller.
– Quoi ?
– Je t'appelle, Alma.

Je le regarde, hébétée, aller ramasser son Perfecto dans ma chambre puis dévaler les escaliers. Je l'entends saluer poliment Georgia et claquer la lourde porte de la villa. Envolé.

J'ai guetté un signe sur mon portable toute la soirée. J'ai laissé Basile me faire la morale et inventer des scénarios rocambolesques sur l'affaire de la photo volée. J'ai écourté le dîner du dimanche soir en famille, après avoir été assaillie de questions sur mon nouveau camarade de classe. Et sur mes « projets » avec Timothy Wallace. Et je suis retournée m'enfermer dans ma chambre, officiellement pour réviser mes cours, officieusement pour pouvoir être seule. Réfléchir. Repenser à la venue de Vadim dans mon monde. Venue qui a si mal commencé. Qui s'est prolongée en rêve éveillé sur la moquette. Et qui a tourné au fiasco, même si le pire a sans doute été évité. Repenser à cette folle nuit passée ensemble dans son studio. Cette nuit qui aurait pu être la plus belle de ma vie s'il n'y avait pas eu cette histoire de photo. Et le départ précipité de Vadim. Je suis mortifiée. Il n'est même pas de mon côté.

Arcadius : Alma, tu es là ?

La fenêtre clignote au milieu de mon écran alors que je suis connectée en « masquée » à la messagerie instantanée.

Alma_83 : Je ne sais pas. Toi, en tout cas, ça fait longtemps que tu es parti.

Mes doigts tapent tout seuls. Je voudrais qu'il me rassure, qu'il revienne, qu'il me prenne dans ses bras. Pourtant, je n'arrive à lui écrire que des reproches, je ne pense qu'à sa fuite, à sa lâcheté.

Arcadius : Il valait mieux que je parte.

Alma_83 : Oui, c'était tellement plus facile…

Arcadius : Non. Une minute de plus et tu allais prononcer le prénom de Felix. Je ne l'aurais pas supporté. Ton frère aurait jubilé et on n'aurait jamais plus pu lui enlever cette idée de la tête !

Alma_83 : Tu es prêt à tout pour protéger ton copain ! Mais moi ?

Arcadius : Ce n'est pas lui Alma. Ça ne peut pas être lui.

Alma_83 : Mais il était là ! Juste avant qu'on aille chez toi. Il n'y a que lui qui savait !

Arcadius : C'est mon meilleur ami, je lui fais confiance. Mais ça, c'est quelque chose que tu ne connais pas…

Alma_83 : Je devrais te faire confiance alors que tu me laisses en plan à la première difficulté ? C'est moi sur cette photo, Vadim ! Moi qui suis à moitié nue. Mon frère qu'on vient d'humilier !

Arcadius : Alors il avait raison. Tu as honte d'être vue avec moi.

Alma_83 : Oui ! J'ai honte d'être vue en train de coucher avec toi ! C'est si difficile à comprendre ?

Arcadius : Non… Je voulais tellement que ce soit parfait… Cette nuit-là… Putain, si j'attrape le mec qui a fait ça !

Mon cœur se soulève. Tous ces points de suspension qui en disent long.

Alma_83 : Merci de me dire ça. Enfin.

Arcadius : Alma…

Alma_83 : Quoi ?

Arcadius : Rien. Je ne suis pas l'enfoiré que tu crois…

Alma_83 : Toi non, mais ton copain Felix…

J'ajoute un smiley pour remettre discrètement le sujet sur le tapis. Quand Vadim Arcadi s'adoucit, je ne veux pas en perdre une miette. Il y a tant de choses que j'aimerais qu'il me dise…

Arcadius : Mais pourquoi il ferait ça ?

Alma_83 : Parce qu'il me déteste, depuis le premier jour où il m'a vue. Parce que je suis une gosse de riches et tout ce qu'il n'aime pas. Et parce que je lui vole son meilleur ami, parce que tu ne seras plus là pour lui si tu es avec moi.

Arcadius : Alma, je suis avec toi ? On est ensemble ? Merde, on est quoi, toi et moi ?

Question piège !

Alma_83 : On est… Je ne sais pas. Toi + moi ?

Arcadius : Toi + moi + Tim. Il y a quelqu'un en trop, là.

Alma_83 : Tim et moi, c'est presque terminé. Je suis sûre qu'il le sait. Il faut juste que j'arrive à lui parler. Demain. Promis. Juste toi + moi.

Arcadius : Et je vais m'occuper de ce paparazzi.

Alma_83 : Tu penses à qui ?

Arcadius : J'ai quelques idées, on a peut-être été suivis. Par Timothy s'il avait des doutes sur tes mensonges ? Par un de ses potes qui voulait juste venir me dire de rester à distance et qui t'a trouvée là. Ou Abrams, sinon ? Imagine : il voulait me faire un sermon, il se pointe chez moi et il tombe sur toi. Il aime ce qu'il voit, il photographie. Et puis il a peur que tu lui échappes, il envoie ça à ton frère pour qu'il te remette sur le droit chemin. Et que tu n'aies d'yeux que pour lui à nouveau.

Alma_83 : N'importe quoi ! Il m'aime bien, il m'a prise sous son aile, c'est tout.

Arcadius : Tu ne sais pas l'effet que tu as sur lui, Alma.

Alma_83 : Quel effet j'ai sur toi ?

Arcadius : Vaut mieux que tu ne le saches pas non plus…

Encore des points de suspension. Encore des problèmes avec mon rythme cardiaque.

Alma_83 : Ou sinon quoi ?

Arcadius : Il faut que j'y aille. Bonne nuit, Alma :)

Alma_83 : Non, attends !

Arcadius : Je vais penser à toi…

Encore envolé.

Vadim s'est déconnecté sans me laisser le temps de répondre. Sans me laisser le temps de respirer. D'absorber cette dernière phrase. Et de réaliser que mon cœur s'est arrêté.

C'est grave, docteur?

Dimanche soir: je ne le reverrai pas avant... lundi. À peu près une éternité. Je vais penser à lui à ne pas pouvoir en dormir de la nuit.

À la fac, ce lundi matin, j'arrive sur le campus en rasant les murs. J'observe les regards, pour voir si j'y trouve quelque chose de différent. Une trace de la photo compromettante dans des airs moqueurs, suspicieux, réprobateurs, vicieux... Rien. Je pars à la recherche de Timothy avant le début des cours. Vite. Avant qu'on lui parle, qu'il apprenne la rumeur. Avant de ne plus avoir le courage de lui parler. Lui apprendre ce que j'ai décidé.

Tim encaisse sans broncher. Son regard est dur, noir. Il a un mouvement de recul quand je tente de lui toucher le bras pour l'apaiser. Il n'a pas prononcé un mot depuis que j'ai commencé le discours que j'avais répété dans ma tête. C'est moi, pas lui. Besoin de liberté. De me retrouver. Pas à ma place. Rester amis. Il sort enfin de son silence pour prononcer la phrase que je redoutais le plus.

– C'est Vadim Arcadi ?

– Mais non, Tim, c'est…

– Ne me prends pas pour un con, Alma. Il paraît qu'il était chez toi hier, m'interrompt-il froidement.

– Oui, c'est mon binôme de travail. Je ne te l'ai jamais caché.

– Tu m'as caché que tu l'avais invité.

– Tu vois, c'est ça que je ne peux plus supporter. Tu me surveilles, tu m'étouffes. Je dois toujours me justifier.

– Je te surveille parce que tu fais n'importe quoi ! Tu sèches les cours, tu rentres tard, tu me mens, tu dors on ne sait où. Tu ne t'habilles plus comme avant. Même ta façon de parler a changé.

– Tu racontes n'importe quoi parce que tu es énervé et vexé. Tim, je suis désolée, je ne voulais pas te blesser.

– J'en ai rien à faire, j'allais rompre avec toi de toute façon. Tu crois que j'ai envie d'avoir une copine qui se comporte comme ça ? Je passe pour quoi, moi ? Tout le campus parle dans ton dos. Tu sais ce qui se dit sur toi ?

– Je m'en fous, j'en ai marre de ces gamineries ! Vous pouvez tous dire ce que vous voulez. Vous n'avez rien d'autre dans vos vies.

La photo me revient en mémoire. Comme un flash, terrible, comme si elle était affichée en poster géant à l'entrée de la fac. Qui sait ? Qui l'a vue ? Qui l'a prise ?

– Réfléchis bien, Alma. Aux conséquences de tes actes. Sur toi mais sur ta famille aussi.

– Tu es pire que mon père et mon frère réunis. Vous

essayez de me dicter ma conduite, de me mettre la pression, de m'enfermer !

– Oui, parce que tu as changé depuis que tu traînes avec « lui », répond Timothy en crachant ce dernier mot comme s'il lui brûlait la langue.

– Peut-être que j'ai envie de changer !

– Écoute-moi bien, Alma, dit-il un ton plus bas, en s'approchant de moi et en m'empoignant le bras. Si j'apprends qu'il se passe quelque chose entre vous, si j'entends des choses qui ne me plaisent pas…

– Lâche-la, résonne une voix derrière moi.

Cette voix. Sa voix. Un mélange de nonchalance et de virilité. Grave et douce. Chaude et posée. Une voix qui n'a pas besoin de crier pour se faire entendre. Une voix qui n'a peur de rien.

Une voix qui vole à mon secours.

– Qu'est-ce que tu veux, toi ? rétorque Tim agressivement en me tenant toujours le bras.

– Je te l'ai dit. Lâche-la, Wallace, répète Vadim toujours aussi calme.

– C'est une menace Arcadi ? Tu préfères que je mette mes mains sur toi ?

– Oui, bonne idée. On pourrait se serrer dans les bras.

– Ou je pourrais te défigurer pour ne plus voir ta sale face dans les parages.

– Ça ne changerait rien au fait qu'Alma ne veut plus voir la tienne. Donc tu vas être un gentil garçon et la lâcher.

Mais je comprends, mon pote, se faire larguer, c'est difficile à avaler. Surtout quand on croit qu'on est un mec populaire, irrésistible, tout ça. Et quand on a un cerveau atrophié comme toi, forcément, ça donne envie de cogner. Mais prends un adversaire à ta taille, Musclor, on va plus s'amuser.

Timothy devient un peu plus rouge à chaque mot prononcé par Vadim. Je voudrais qu'il arrête, mais je ne peux pas m'empêcher de ressentir une pointe d'admiration, de fierté. Et de peur aussi, en voyant une veine gonfler sur le front de Tim et ses zygomatiques prêts à exploser.

– Fais gaffe, Wallace, tu deviens moche quand tu es énervé. Moi je dis ça, c'est pour toi. Si tu veux te retrouver une copine, quoi.

Cette fois, Tim ne le laisse pas continuer. Il se jette sur Vadim comme un bélier, enfonçant son crâne dans le Perfecto usé qui fait un maigre bouclier. Les deux garçons roulent par terre et un cercle de curieux se forme presque immédiatement autour d'eux. Certains tentent des approches pour les séparer, les basketteurs hurlent des encouragements débiles à leur capitaine, les filles se cachent les yeux mais profitent quand même du spectacle derrière leurs doigts entrouverts. Je regarde autour de moi à la recherche d'un gars assez costaud et pas trop idiot qui pourrait les arrêter. La lutte est violente, mais ils sont trop occupés à essayer de s'empoigner pour se donner de vrais coups. Je me rassure comme je peux en voyant le visage indemne de Vadim sous ses boucles folles. J'essaie de crier « stop », mais personne ne m'entend. Clémentine ouvre de grands yeux à côté de moi en me chuchotant à l'oreille : « Tu as tellement de chance, ils se battent pour toi… »

Keith Charles fait irruption dans le cercle, ceinture Vadim à la taille et le soulève du sol pour l'emmener quelques mètres plus loin. L'éducateur a une force de titan et un aplomb impressionnant. Clem en reste bouche bée. La petite foule se disperse, Tim se relève, aidé par ses copains, et lance un pathétique « Je n'en ai pas fini avec toi, Arcadi ! » Je reste plantée là avec ma meilleure amie, entendant des bribes de conversation entre Keith, furieux, et Vadim qui se tient les côtes, se rhabille et affiche son insupportable sourire en coin.

Son sourire si sexy…

– Tu es en train de reprendre un mauvais chemin, Vadim. Je ne serai pas toujours là pour t'éviter les ennuis. Grandis ! Tu te concentres sur tes études et tu ne te fais pas renvoyer, c'est tout. Je ne t'ai pas obtenu cette bourse pour rien ! Et tu te tiens aussi à distance de ton super copain, je sais qu'il est à nouveau dans le coin. Là, j'ai un rendez-vous, mais je repasse te voir demain. On rediscutera de ça. Tiens-toi à carreaux jusque-là. Compris ?

Vadim se passe la main dans les cheveux et regarde Keith s'en aller, suivi des yeux par une Clémentine envoûtée.

– Tu baves un peu, D'Aragon ! dit-il en se frottant le menton du doigt pour se moquer de ma copine.

– Il est tellement canon, répond-elle, songeuse, en le cherchant encore du regard.

– C'est bon, il est parti, remets-toi, ajouté-je, un peu agacée qu'on dévie du vrai sujet. On peut discuter ?

– Oui, je vous laisse, je peux encore le rattraper ! lance Clem, davantage pour nous laisser seuls que pour courir après son fantasme tout en muscles.

Quoi que... elle en serait bien capable.

– C'est de Felix, qu'il parlait ?

– Hein, qui ?

– Keith. C'est Felix qu'il te demande d'éviter ? Pourquoi ?

– Pour rien. C'est son travail de surveiller mes fréquentations. Il veut son salaire à la fin du mois, tu vois.

– Je suis sûre que tu me caches des choses.

– Eh, on ne peut pas plutôt parler de ma superbe victoire contre un géant de deux mètres, de mon courage et de mes blessures de guerre ? Du fait que j'ai pris ta défense comme un preux chevalier et que tu serais fière de moi ou un truc comme ça ? dit Vadim en riant, le torse bombé et le regard fier attendant un compliment.

– Tu as de la terre dans les cheveux. Ton jean est déchiré. Tu as fait exprès de le provoquer et maintenant tu fais exprès de changer de sujet pour ne pas répondre à mes questions.

– Tu es chiante, Alma Lancaster. Jamais contente. Et j'ai envie de t'embrasser.

Alerte ! Je vais fondre dans 5, 4, 3, 2, 1…

– Pas avant de m'avoir expliqué.

– Expliqué quoi ? Il te tenait le bras, je ne supporte pas qu'on s'en prenne à plus faible que soi.

– Expliqué pour Keith ! Qu'est-ce qu'il a peur que tu fasses avec Felix ?

– Tu l'as quitté, hein ? Je n'ai pas fait tout ça pour rien ?

– Vadim ! crié-je de frustration.

– Alma ! crie-t-il pour m'imiter.

Il m'arrache un sourire. S'approche et passe ses bras autour de moi. Avance son visage près du mien et s'arrête à un centimètre de mes lèvres pour chuchoter :

– Alors ça y est ? C'est toi + moi ?

Ne pas craquer…

– Si ça doit être toi + moi, tu dois me parler. Parfois, j'ai l'impression que je ne te connais pas.

– C'est mon passé tout ça.

– Ça me fait peur…

– Tu ne devrais pas. Je ne fais jamais les mêmes erreurs deux fois.

– Mais quelles erreurs ? Quel passé ? Tu me reproches d'appartenir à mon petit monde parfait, mais tu refuses de sortir du tien. Ou de m'y laisser entrer.

Vadim soupire, desserre son emprise et recule d'un pas. Son visage a changé. Son beau visage qui me souriait, qui me provoquait, me faisait frissonner il y a quelques secondes, est maintenant dur et fermé. Encore plus beau, peut-être. Mais tellement loin de moi.

– Je crois que je n'ai plus envie de t'embrasser.

Il part. De sa démarche lente mais déterminée. Il est en train de m'échapper et je ne le retiens pas. Il s'est battu pour moi et je le lui ai reproché au lieu de le remercier. J'ai quitté mon petit ami pour lui et je ne l'ai même pas laissé m'embrasser.

Pauvre idiote...

7

TOUT TENTER

Vadim n'a pas mis les pieds à la fac aujourd'hui. Ni hier. Ni avant-hier. Pas plus qu'il n'a répondu à mes appels, mes textos ou mes mails. Pas plus qu'il ne s'est connecté à la messagerie instantanée. Il a simplement l'air d'avoir disparu de la surface de la terre. On est jeudi soir : la dernière fois que je l'ai vu remonte à lundi matin. La dernière fois que je lui ai parlé. La dernière fois que je ne l'ai pas embrassé.

En cours, je n'ai même pas tenté de justifier son absence auprès d'Abrams ou des autres professeurs. J'ai essayé de travailler de mon côté, mais sans lui je suis incapable d'avancer sur notre projet de court-métrage. Je n'ai même pas la tête à bavarder avec Clémentine et à glousser en chuchotant comme au bon vieux temps. J'ai pourtant accepté d'aller boire un café avec elle au Sunset après les cours. Juste pour ne pas rentrer et devoir affronter les questions de mon père devant mon air attristé, la paranoïa de mon frère sur l'affaire de la photo volée ou l'insistance de ma mère pour que je mange plus de deux fourchettes au dîner.

Je voudrais être seule…

D'après ma meilleure amie, sortir et me montrer en public est aussi le meilleur moyen de prouver à Timothy que je ne me morfonds pas depuis notre rupture, que ma vie continue sans lui et que ses menaces ne m'ont pas effrayée. La vérité, c'est qu'en le quittant, j'ai aussi perdu tous ses copains, qui font bloc avec lui, tout ce qui constituait ma vie sociale, tout ce qui me donnait une contenance quand je ne savais pas quoi faire de mon corps maladroit, tout ce qui occupait mon esprit quand je ne pensais pas à Vadim Arcadi.

Je me sens si seule…

– Je suis là, moi ! dit Clem en passant sa main sous mon bras pour me donner du courage devant la porte du café. Il faut que tu aies l'air hyper heureuse, tu vas finir par y croire toi-même.

– Hmm, je ne vois pas comment.

– Dis-moi un truc, n'importe quoi. Je vais rire hyper fort pour que les gens croient qu'on s'éclate.

– Non.

– Mais si, ça va être hyper cool. On rentre, on rit comme des folles, toutes les têtes vont se retourner.

– Hyper non.

– Ha ha ha ! s'exclame ma copine. Je n'ai même pas eu à me forcer. Tu es drôle quand tu es triste. Viens, on va s'asseoir au fond.

Quelques regards se sont effectivement braqués sur nous. Pas vraiment envieux ou fascinés de notre duo théâtral, plutôt embarrassés, moqueurs, voire carrément méprisants. Tim a dû bien faire son travail de sape. Dans la petite foule du jeudi soir au Sunset, deux yeux gris limpides me foudroient sur place. Ils sont là : ces yeux brillants dont j'avais presque oublié la clarté. Ces yeux perçants qui m'envoient des éclairs de provocation. Ces yeux que j'aime tant et qui me délaissent pour se poser sur la pom-pom girl assise en face d'eux.

– Oh l'enfoiré, il est avec une autre fille !

– J'ai vu.

– Ne le regarde pas, Alma. Il n'attend que ça. Retourne-toi !

– Qu'est-ce qu'il est en train de faire, là ? Tu vois ?

– Il discute avec sa greluche. Je crois que c'est Britney Spears, comment elle s'appelle déjà ?

– Presque. Brittany Smith. Elle est dans l'équipe des *cheerleaders*. Elle est toujours au top des pyramides pendant les matchs de basket.

– Elle est au top de la vulgarité, ouais ! Elle a du rouge à lèvres sur les dents et elle rigole comme une dinde.

– Comme toi tout à l'heure ?

– Non mais attends, on voit son shorty qui dépasse de sa mini-jupe ! Ce n'est même pas une jupe, ça, c'est une ceinture ! Tu crois que c'est légal en Californie ?

– C'est bon, Clem ! Je vois bien le tableau, ça va aller.

– Franchement, elle est blonde, elle a une bouche pulpeuse, mais elle n'est pas du tout jolie. Cent fois moins que toi. Mille fois !

– Je ne te crois pas, mais merci quand même…

– Qu'est-ce qu'elle a de grandes dents ! Ça ne peut pas être légal non plus, des dents comme ça !

– Bon, on y va ?

– Tu rigoles ! On reste là, tu vas aller draguer un mec, toi aussi !

– Jamais de la vie !

– Les filles, voilà deux limonades, nous dit la serveuse en ajoutant un clin d'œil. C'est offert par le jeune homme, là-bas. Le grand brun bouclé. Et il voulait aussi que je vous donne ça.

Elle repart en trottinant après avoir posé une serviette en papier pliée en quatre sur notre table. Je l'ouvre et tente de déchiffrer les lettres noires qui ont bavé.

– Tu lis la même chose que moi ? demandé-je à Clémentine en commençant à sentir mon pouls s'emballer.

– Fais voir ! « Pas cap de… venir… je ne sais pas quoi… ton verre à la… je ne sais pas quoi… de Britt. »

– Tu es nulle ! Il veut que j'aille lui jeter mon verre à la figure.

– Ce mec est dingue !

– Je crois bien…

– Il te regarde, Alma, ne te retourne pas ! Ben voilà, tu te retournes, tu ne m'écoutes pas !

À l'autre bout du café, Vadim me lance son regard plein de défi et son fameux sourire en coin. Détestable. Irrésistible. J'ai plutôt envie de me lever pour aller le gifler. Ou l'embrasser.

– Fais-le !
– Je ne sais pas.
– Fais-le, je te dis ! C'est juste dommage que Tim ne soit pas là pour voir ça. Allez ! Va !
– Je crois que je vais le faire.
– Tu peux le faire, Alma !
– Je vais le faire ! Je te jure que je vais le faire !
– Je te regarde ! Vise les dents !

Je traverse le café bondé, mon verre de limonade à la main, je me concentre pour ne pas le renverser avant d'être arrivée. Je marque un temps d'arrêt devant Brittany, qui me regarde, étonnée de ma présence, attendant que je parle et me souriant de toutes ses dents. Sans le savoir, elle m'a donné le top départ. Je lance timidement ma main et lui jette au visage une petite quantité de mon soda. C'est le maximum que j'ai pu faire. Mais c'est bien assez pour la faire se lever et crier des insultes en argot américain. Pendant qu'elle se tamponne le visage avec une serviette, Vadim se lève à son tour, un sourire surpris sur les lèvres qui se transforme bientôt en un rire triomphal. Il pose ses deux mains sur mes joues et m'embrasse à pleine bouche au milieu du Sunset.

Cette fois, tout le monde nous regarde. Je le sais, mais je ne le vois pas. Je me laisse glisser dans ce tourbillon de chaleur, de fougue et de folie. Je m'échappe enfin de ses lèvres pour lui murmurer :

– Ce n'est pas trop tôt, Arcadi.
– Tu m'étonneras toujours, Lancaster.

Je lis de la fierté dans les yeux de Vadim. Et si elle me transporte, elle me rappelle aussi mon geste insensé. Quelque chose que je n'aurais jamais osé faire avant. Que je n'ai pu faire pour personne d'autre que lui. Mon audace retombe instantanément et je sens mes joues chauffer.

– Désolée, Brittany. Ce n'était pas contre toi.
– Ouais, c'est ça ! me répond la pom-pom girl, qui ne sourit plus du tout.
– Je t'invite, Britt. Pour excuser la maladresse d'Alma. Elle ne contrôle pas toujours ses gestes… en rajoute Vadim.
– Vous êtes aussi tarés l'un que l'autre ! Tiens, c'est ce que je te dois.

La blonde furieuse sort de son sac une petite liasse de billets qu'elle fait claquer sur la table avant de tourner les talons. Vadim les fourre rapidement dans sa poche et la regarde s'éloigner en se passant une main dans les cheveux.

– C'était quoi, ça ?
– Rien.
– Vadim, ne recommence pas.

– Mais rien d'important, juste une petite affaire entre elle et moi.
– Ok, tu m'expliques ou je m'en vais ?
– Alma…

Je me dirige droit vers Clémentine pour ramasser mes affaires et partir. Il me rattrape par le bras et me chuchote à l'oreille :

– 20 heures ce soir, devant chez moi. Je t'emmène au resto et je te dis tout.

Il est 19 heures passées quand je rentre à la maison. Il me reste moins d'une heure pour trouver une bonne raison de sortir un soir de semaine et ne pas dîner avec mes parents.

– Comment c'était, les cours ? questionne ma mère pour faire la conversation.
– Ton Mr Abrams est toujours aussi éloquent ? ajoute mon père.

Je crois qu'il fait une petite fixette sur mon prof principal. Comme sur tous les hommes qui risqueraient d'avoir plus de charisme que lui. Edward Lancaster n'aime pas la concurrence, mais en fait, il en a besoin : le challenge ne l'intéresse que pour prouver – se prouver à lui-même – qu'il est toujours le meilleur. Il a transmis ce gène à Basile mais à aucune de ses deux filles. J'ai plutôt hérité de la ruse discrète de ma mère et de ses talents de manipulatrice.

– Oui, il est impressionnant, je l'admire beaucoup, réponds-je en forçant le trait. Il cherchait un assistant aujourd'hui parmi ses étudiants et je me suis portée volontaire.

Le mensonge m'est venu tout seul. Je ne sais pas encore ce que je vais en faire, mais ça me permettra au moins de prouver que je m'investis dans mes études, comme ils me l'ont demandé. Et ça pourrait bien m'aider à justifier certaines absences…

– Très bonne initiative, ma fille ! me félicite mon père. C'est comme ça que tu apprendras, en fréquentant les plus grands.

– Jamais entendu parler de ça, une assistante de prof ! intervient Basile que je n'avais même pas vu arriver dans le salon.

– Tu es qui, toi ? Le doyen de la fac ? Tu sais tout ce qui se passe dans tous les cursus ? rétorqué-je à mon frère avant qu'il n'aille plus loin.

– Et ça consiste en quoi, alors ?

Improvisation…

– Tu devrais arrêter le marketing et faire flic, Basile, dis-je pour gagner du temps. Tu as un grand avenir dans l'interrogatoire. Tu ne veux pas me frapper avec un bottin pour voir ?

– Personne ne va frapper personne, coupe ma mère en levant les yeux au ciel.

Action !

– En fait, mon assistanat commence ce soir. Je dois aller chez lui pour classer des dossiers, trier des bandes et visionner des extraits de films qu'il veut nous passer demain.

– Ah ben, ça va bien t'aider à devenir réalisatrice, ça ! Tu vas lui laver son linge aussi ?

– Mais qu'est-ce que tu y connais, toi ? Après, je pourrai l'accompagner à certains événements, mais je dois commencer par les petites tâches et lui prouver que je suis à la hauteur. L'aider à préparer les cours, prendre des notes quand il a des idées, faire tout ce qu'il n'a pas le temps de faire.

– C'est un artiste, il y a toujours un travailleur de l'ombre pour régler la vie des hommes brillants, acquiesce ma mère en souriant à son mari.

– Et même si c'est juste pour être sa secrétaire, ça ne peut qu'aider ta carrière d'être dans ses petits papiers, confirme mon père en ignorant sa femme.

– J'aimerais bien être secrétaire, moi ! commente Lily en mimant avec ses doigts une dactylo tapant à l'ordinateur et se tenant très droite.

– Non, toi tu seras l'artiste et il y aura un homme à ton service, se moque tendrement mon père en serrant sa petite dernière dans ses bras.

– À quelle heure tu pars, Alma, on a le temps de dîner avant ? Georgia a presque fini le repas.

– Non, maman, je dois y être à 20 heures, il faut que j'aille me préparer.

– Je vais t'accompagner en voiture, sœurette. Je sais où Abrams vit sur le campus.

– Tu es serviable, toi, maintenant ? Ce n'est pas la peine… frérot !

– Si. Je préfère qu'il voie que je suis là pour lui rappeler qu'il n'a pas tous les droits… Il est louche ce type, dit Basile à l'intention de mes parents.

– Pff, comme si Mr Abrams pouvait avoir peur de toi, répliqué-je pour essayer de le vexer.

– Vous êtes fatigants, tous les deux. C'est entendu comme ça, on n'en parle plus, conclut mon père avant d'aller vaquer à ses occupations.

Décomposition…

Mon frère jubile, je peux le voir à son regard fier et son sourire narquois. Je suis certaine qu'il ne me croit pas. Et qu'il pense avoir réussi à me piéger.

Réflexion…

Soit je lui dis toute la vérité une fois dans la voiture, je pleure toutes les larmes de mon corps et je croise les doigts pour qu'il accepte de jouer le jeu avec moi. Ce qui n'arrivera jamais. Soit j'annonce à mes parents que la séance est annulée et à Vadim que je ne peux pas venir. Ce qu'il ne me pardonnera jamais. Soit je dis toute la vérité à mon prof et je prie pour qu'il me couvre, au nom de notre relation privilégiée ou même légèrement ambiguë. De toute façon, je suis coincée, c'est ma dernière carte à jouer. Ça ne me coûte rien d'essayer.

Ça ne me coûte rien, à part un effort surhumain pour l'appeler et m'inviter chez lui, et risquer la plus grande honte de toute ma vie. De mon portable, enfermée dans ma chambre, je compose le numéro qu'il m'avait griffonné sur un petit bout de papier. Les sonneries durent et une voix rocailleuse me répond in extremis. J'essaie de parler tout bas.

– Bonsoir Mr Abrams, c'est Alma Lancaster. Je ne veux pas vous déranger, mais vous m'aviez dit que je pouvais vous appeler. N'importe quand.

– Vous avez bien fait, grogne-t-il en se raclant la gorge. Qu'est-ce que je peux faire pour vous, Alma ?

– Ça va peut-être vous sembler bizarre, mais… commencé-je d'une toute petite voix sans finir ma phrase. Je ne vous embêterai pas longtemps, mais je n'ai vraiment pas le choix, sinon je ferais autrement. Enfin voilà, je m'excuse d'avance. J'aurais besoin d'un petit service.

– Je vous écoute, Alma. Allez droit au but, pour une fois.

– Venir chez vous, en fait. Maintenant.

– Hmm, hmm… Je peux vous demander pourquoi ?

– …

– Vous êtes toujours là ? Ne me dites pas que vous êtes en train de pleurer !

– Non, non. Je préférerais vous expliquer en personne plutôt qu'au téléphone.

– Très bien, je vous attends.

– Ah oui ! Et mon frère sera là. J'aimerais mieux qu'il ne reste pas…

– Je vois.

Moins de trente minutes plus tard, je pénètre dans l'antre enfumé de Leonard Abrams qui m'a comprise à demi-mot et qui expédie Basile sans ménagement. Mon frère déconfit se fait claquer la porte au nez.

À mon tour de jubiler… Enfin pas longtemps.

Mon professeur écrase sa cigarette dans un cendrier plein à ras bord et me regarde par-dessus ses fines lunettes en métal. Je n'avais jamais remarqué que ses yeux étaient bleus. Il a des airs de Sean Penn avec son visage grave, toujours soucieux, ses sourcils qui se rejoignent et lui plissent le front, ses lèvres fines qui forment un arc de cercle vers le bas comme si tout avait mauvais goût. Comme si la vie entière le dégoûtait. Il a les joues creusées de ces hommes qui se nourrissent essentiellement de tabac et de café. Une légère barbe piquante, qui n'a pas encore trois jours et qui n'est même pas là pour faire joli. Mr Abrams se fout éperdument d'être séduisant. Je ne sais même pas s'il le sait. Il n'est pas très grand, pas très épais, mais il prend une place folle rien qu'en étant là, sans bouger ni parler. Son aura occupe tout l'espace. Et je me fais toute petite, assise au bord du vieux fauteuil en cuir ocre qu'il m'a indiqué. Il pense en silence, il attend des réponses et je ne trouve plus rien à inventer. Il ne me reste qu'à lui dire la vérité.

Je vais tellement me ridiculiser…

– J'ai dit que je devais vous voir pour pouvoir sortir ce soir. J'ai un rendez-vous à 20 heures.

– Vous êtes déjà en retard…

– Je sais. Tant pis.

– C’est Vadim Arcadi qui vous attend ?

– Comment vous le savez ?

– Je ne le savais pas. Maintenant oui. Qu’est-ce que vous avez raconté pour justifier de passer la soirée ici ? Je vais avoir des ennuis ?

– Non ! Bien sûr que non, dis-je, offusquée par ce qu’il sous-entend. Vous cherchiez un étudiant pour vous assister, je me suis proposée, c’est tout.

– C’est une excellente idée !

– Je vous demande pardon ?

– Je n’y avais jamais songé. Je vous engage.

– Mais Mr Abrams, je…

– J’imagine que ce ne sera pas la dernière fois que je vous servirai d’alibi. Je vous conseille de dire oui.

– Qu’est-ce que je devrai faire ? lancé-je un peu inquiète.

– Je ne sais pas encore. M’aider. On n’arrive à rien, tout seul dans la vie. Et vous l’avez enfin compris. Passez le bonjour à Arcadi.

– Je peux y aller ?

– Attendez. Hitch, viens ici ! C’est lui qui va décider.

Qu’est-ce qu’il me réserve encore… ? Faites que je sorte d’ici au plus vite !

– S’il se couche à vos pieds, vous êtes embauchée.

Une sorte de saucisse grassouillette montée sur de très courtes pattes arrive dans la pièce à une allure incroyablement lente, ses longues oreilles traînant sur le sol. Il renifle mes lacets puis le bas de mon pantalon, me regarde de ses yeux tristes aux paupières tombantes, pousse une sorte de grognement et s'affale de tout son long, comme s'il avait fourni le plus gros effort de son existence. Sa tête au poil brillant, tachée de marron et blanc, repose lourdement sur ma chaussure. Il s'endort presque instantanément. Ce chien se fond parfaitement dans le décor : mêmes couleurs que le mobilier, même faciès patibulaire que son maître, même voix rauque, même lassitude de la vie et même façon de s'imposer. De peser.

– Je vous présente Hitchcock, c'est un basset Hound. Il n'aime pas tellement les humains, mais moi je l'aime plus que mon propre fils. Depuis dix ans, c'est lui, mon fidèle assistant. Il a mérité un peu de repos, maintenant. Allez, partez, mais ne le réveillez pas. À demain, Alma.

8

TOUT ENTENDRE

Il est presque 20 h 45 quand j'arrive enfin devant chez Vadim, essoufflée, confuse. Je l'avais prévenu de mon retard par texto, mais il m'a apparemment vite remplacée. Felix lui fait face sur le trottoir qui longe son immeuble. Il est vêtu d'un ensemble bleu électrique entre le survêtement et le pyjama trop grand, d'une casquette blanche à large visière juste posée au sommet du crâne, par-dessus un bandana rouge noué autour de son front… Il semble tout droit sorti d'un clip de rap de mauvais goût. Une parodie de Jay-Z version latino. Il fait de grands gestes avec les bras, ses doigts croisés formant un signe qui doit vouloir dire « West Coast », face à un Vadim imperturbable, mollement adossé au mur qui jouxte sa porte d'entrée. Lui a l'air un peu plus élégant que d'habitude : jean gris et chemise noire à moitié rentrée dans le pantalon, les manches négligemment retroussées. Aucune trace de Perfecto. Ses dents blanches illuminent son beau visage dans la pénombre de la rue. Le tableau pourrait être parfait s'il n'y avait ce copain bizarre en train de gesticuler sur une musique hip-hop que lui seul entend.

Je m'approche lentement, espérant que Vadim m'aperçoive avant que j'aie besoin de m'annoncer. Mais c'est le pseudo-rappeur qui croise mon regard en premier et s'arrête net de danser.

– Tiens, *frenchie lady*, tu en as mis, du temps !
– Salut, *latin lover*, tu m'attendais ?

Pas sûre qu'il apprécie que je le suive dans le jeu des surnoms pourris. Mais la journée riche en émotions, le verre au visage de Brittany, le baiser fougueux en public, le stratagème pour évincer Basile et ma visite chez Abrams m'ont mise dans un état second.

– Non, je n'aime pas les filles qui se font désirer, répond Felix agacé par ma repartie.
– Désolée, Vadim. On peut y aller si tu veux.
– Je voulais aller en boîte, mais il m'a dit qu'on allait au resto, ça me va aussi, continue le Latino sur le ton de la provocation.
– Non, toi, tu vas en boîte et nous, on va au resto, intervient enfin Vadim pour remettre les choses au clair.
– Ok mec, je t'attends là-bas au cas où ta soirée tourne mal avec Miss Coincée. Si tu as envie de te faire consoler…

– Je crois que ça ira, Fe. T'inquiète pas pour moi.

– Tu veux qu'on t'attende au resto, au cas où tu te fasses refouler de la boîte à cause de tes fringues ? relancé-je sans pouvoir m'en empêcher.

– Bon, je crois que les présentations sont faites, ajoute Vadim, plutôt amusé de cette joute verbale.

– Emmène-la au Mac Do, mec, elle ne mérite pas le grand jeu.

– Ah oui, là c'est sûr que tu auras le droit de rentrer, continué-je sur ma lancée.

– Eh, Vadim, ils ne leur apprennent pas la politesse, normalement, aux gosses de bonne famille ?

– Eh, Felix, on ne t'a pas appris à parler directement aux gens, dans la rue ?

– Je préfère faire comme si tu n'étais pas là.

– C'est bien, vous progressez. Encore deux ou trois heures de conversation comme ça et vous devenez amis ! renchérit ironiquement Vadim.

– Non merci, je vais y aller. Tu as quelque chose pour moi, mec ?

Vadim glisse la main dans sa poche arrière de jean, en sort un petit paquet de dollars froissés qu'il tend à Felix sans essayer de le dissimuler.

Je n'aime toujours pas ça, mais je préfère qu'il ne me le cache pas.

Son bras pendant par-dessus mon épaule, mon grand brun m'a fait promettre de ne poser aucune question avant que l'on soit arrivés à son restaurant préféré. Et de ne donner l'adresse à personne pour que l'endroit reste préservé, c'est-à-dire inconnu des touristes, des étudiants et de leurs familles friquées. C'est la première fois que Vadim me témoigne de l'affection, autrement que dans son studio ou dans sa voiture, et il le fait d'une tout autre manière… Son geste me rend heureuse à un point qu'il ne peut même pas imaginer. Je ne sais pas comment y répondre, alors je prends le prétexte de vérifier s'il a encore de l'argent caché pour glisser ma main dans sa poche arrière, juste sur sa fesse. Il sourit. Je crois qu'il a l'air heureux aussi.

Dans une petite salle tamisée et presque déserte, nous commandons un steak pour lui et une salade ranch pour moi. L'ambiance entre nous est si sereine, pour une fois, que je pourrais rester là à me noyer dans ses yeux, sans manger ni parler. Je voudrais juste qu'il continue à me regarder comme ça, à me faire rire, à me taquiner, à me séduire, et je n'ai subitement plus du tout envie de ses explications, qui risquent de tout gâcher. Mais après avoir trinqué avec nos deux immenses verres de soda – sans même en renverser une goutte, bravo Alma ! – Vadim se lance.

– Tu es prête à tout entendre ?

– Je ne sais pas…

– C'est toi qui me l'as demandé !

– Je sais.

– Tu ne vas me répondre que deux mots à chaque fois ? Tu avais plus de conversation quand Felix était là ! Tu veux que je le rappelle ?

– Mauvaise idée ! Vas-y, je veux tout savoir.

– Je suis prêt à tout te dire, ou presque. Mais pas si tu me juges, pas si tu essaies de me faire changer de vie et pas si tu gardes cet air effrayé que tu avais la première fois que je t'ai parlé.

– Je n'ai pas peur ce soir et je n'avais pas peur la première fois non plus.

– Menteuse.

– C'est toi qui as peur, tu tournes autour du pot, tu fais tout ce que tu peux pour reculer ce moment !

– Peste.

– Tu ne vas me répondre qu'un mot à chaque fois ?

– Ok, un point pour toi. Alors j'y vais : Keith m'a obtenu une bourse pour que je puisse entrer à la fac de cinéma. Je fais des petits boulots pour payer le loyer de mon studio, c'est notre deal.

– Pourquoi tu n'as pas pris une chambre d'étudiant à la fac ?

– Parce que je ne veux pas être fliqué vingt-quatre heures sur vingt-quatre. J'ai besoin de mon indépendance. J'ai presque toujours été seul, j'ai un peu de mal avec la vie en communauté…

– Ok, jusque-là tout va bien.

– Mais il y a Felix. C'est mon copain de galère, on a passé notre enfance dans les mêmes foyers, à être séparés, à se retrouver. On n'a pas fait que des choses bien, mais il m'a toujours aidé. J'ai une dette envers lui et je ne peux pas le laisser tomber.

– Et il a besoin d'argent ?

– Il n'a rien, Alma !

– Pourquoi il ne vit pas avec toi ?

– Keith a refusé. Il ne veut pas qu'on recommence comme avant, qu'on se tire vers le bas. Ça fait aussi partie du contrat.

– Ok, alors pourquoi il ne travaille pas ?

– Il a un casier, c'est compliqué… Aux États-Unis, ton passé te suit toute ta vie !

– Je vois. Alors, c'est quoi tout ce trafic ?

– J'ai un autre genre de boulot. Sur le campus. Je me fais payer pour rendre des devoirs à la place d'autres étudiants. Des gosses de riches, comme toi.

– Je fais mes devoirs toute seule, moi.

– Disons des richards qui n'ont pas envie de bosser ou des imbéciles qui ont besoin d'améliorer leurs notes pour pouvoir jouer au basket.

– Je ne vois pas de qui tu parles, dis-je en souriant.

– Bref, ils me filent leur sujet, je leur fais une dissert', ils obtiennent un A et j'obtiens mon argent, ça s'arrête là.

– Combien ?

– Ça dépend des matières.

– Beaucoup ?

– Juste ce dont Felix a besoin pour vivre. Et moi pour pouvoir t'inviter au resto, ajoute-t-il avec un clin d'œil séducteur qui me foudroie.

– Tu sais que j'ai de l'argent, moi. Enfin, mes parents en ont. Plein. Je pourrais très bien payer ce resto, si ce n'est pas trop demander à un macho comme toi.

– Jamais de la vie.

– Bon, mais pour le reste. Il suffirait que je te donne mon argent de poche. Tu n'aurais plus besoin de faire ça.

– Alma, arrête. Je n'ai jamais rien demandé à personne,

jamais pris de l'argent qui n'était pas à moi ou que je n'avais pas mérité. Je me débrouille très bien tout seul. Et je ne veux rien te devoir.

– Et moi je ne veux pas qu'il t'arrive quelque chose. Qu'est-ce qui se passera si tu te fais prendre ?

– Ça n'arrivera pas. Personne n'a intérêt à ce que ça se sache, ni eux ni moi.

– Tu es tellement sûr de toi…

– Est-ce que j'ai le choix ? Écoute, je sais que ça te fait peur, mais je ne fais de mal à personne. Je me sers de la seule chose que je sais faire : réfléchir. J'écris des devoirs, je gagne un peu d'argent, je le donne à quelqu'un qui en a besoin : on ne va pas en prison pour ça !

– Ah, parce que tu voudrais une médaille, en plus ?

J'essaie de ne pas tomber dans le piège, mais il se referme déjà sur moi. Je suis touchée par sa générosité, son altruisme, son dévouement. Je tombe en admiration devant son esprit vif et brillant, dont il ne se vante même pas. À la fac, personne ne sait qu'il est capable d'avoir de si bonnes notes en un claquement de doigts. Il pourrait être un petit délinquant stupide, voleur ou dealer, juste dans le but de s'enrichir. À la place, il se sert de son intelligence pour faire réussir des étudiants feignants et pour aider son ami à survivre. Si c'était le scénario d'un film, je serais déjà en train de pleurer discrètement dans le noir face au grand écran. S'il incarnait un Oliver Twist des temps modernes, orphelin battant et malin, je serais déjà tombée amoureuse du héros. Si c'était du cinéma, je n'aurais pas peur : je le suivrais au bout du monde, je le soutiendrais, il me protégerait, il serait Clyde et moi sa Bonnie.

Si ce n'était pas la vraie vie...

– À quoi tu penses, Alma ?

– À rien. Enfin si, à tout ça.

– Je ne peux pas t'empêcher de t'inquiéter, mais je ne supporterais pas que tu aies pitié de moi. Je n'ai pas besoin de ton argent ou celui des Lancaster. Tu peux commander le dessert le plus cher de la carte ! dit-il en crânant. Ils ont des cheesecakes à tomber par terre.

– On partage alors, je n'ai déjà plus faim.

– Ok, mais je te préviens, je ne te fais pas manger moi-même comme ces horribles couples qui se croient romantiques, lance-t-il en commandant une part et deux cuillères.

– Je le trouvais plutôt romantique, ce dîner, moi. Promis, je ne dirai pas à Felix que tu m'as fait les yeux doux toute la soirée et que tu as essayé de m'impressionner avec le dessert à quinze dollars.

– La version officielle, c'est un menu Big Mac et un sundae pour deux ! répond-il dans un clin d'œil entendu.

– C'est noté. Je ne lui dirai pas non plus que tu as passé une heure à me faire des confidences en me caressant la main, continué-je pour garder l'ascendant.

– Je ne la caresse pas, je la réchauffe. Ce n'est pas de ma faute à moi si tu as tout le temps froid, fait-il en feignant l'innocence.

– Ce n'est pas de ma faute à moi si tu es un garçon tactile, tendre et qui n'assume pas.

– C'est l'effet Alma Lancaster, ça. On ne peut rien n'y faire, justifie-t-il en haussant les épaules.

« L'effet » Alma ? Il a dit ça en plaisantant, sûrement pour avoir le dernier mot, mais je ne peux pas m'empêcher de penser qu'il y a peut-être un fond de vérité et que je lui fais de l'effet. Qu'il n'est pas tout à fait le même quand il est avec moi. Et je n'en reviens pas.

– Bon, toujours pas un mot à Felix, mais j'ai quelque chose pour toi. Plus romantique, tu meurs !

– Arrête, tu me fais peur…

– Je me doute que tu as déjà eu tous les parfums du monde ou que tu pourrais avoir tous ceux que tu voudrais, mais ça, c'est un peu spécial, explique-t-il en posant un petit paquet sur la table à côté de ma main.

Je m'en empare doucement, défais fébrilement le paquet, qui semble provenir d'une boutique bio comme il y en a dans les quartiers chics de Los Angeles. Jamais je ne pensais qu'il oserait y mettre les pieds. Encore moins qu'il aurait l'idée de me faire un cadeau.

– C'est de l'essence de fleur d'oranger. Mon odeur préférée. J'ai fait au moins dix boutiques pour en trouver !

– Ça sent tellement bon, dis-je après avoir débouché le petit flacon et déposé une goutte au creux de mon oreille. Merci, je ne sais pas quoi dire.

– Je me contenterai d'un bisou, sourit-il en me tendant la joue.

J'approche mes lèvres de sa peau si douce et de son profil si bien dessiné, mais au dernier moment, Vadim tourne la tête et me vole un baiser. Sur la bouche. De surprise, je recule, mais il passe sa main derrière ma nuque et me retient pour continuer à m'embrasser. Je me laisse aller jusqu'à sentir le goût sucré sur sa langue et en redemande. Il embrasse mieux que personne.

– On y va ? souffle-t-il comme si ce baiser trop intense lui donnait d'autres idées.

– Je te suis, chuchoté-je en lui rendant un regard plein de désir.

– Attends, j'ai une idée. Je t'ai prouvé que je pouvais être un mec bien, t'emmener au restau, te parler sincèrement et même te révéler mes petits secrets. C'est à toi de faire quelque chose pour moi.

– D'accord. Qu'est-ce que tu veux ?

Il balaye du regard la salle de restaurant et une étincelle de défi s'allume dans ses yeux gris.

– Vadim, non, je ne vais jeter mon verre à la figure de personne !

– Mieux que ça, dit-il à voix basse en se rapprochant de moi. Cap de partir sans payer ?

– Non ! On n'est pas des voleurs !

– Cap ou pas cap, Lancaster ?

Ses prunelles brillantes m'envoient des éclairs. J'ai l'impression de jouer ma vie. Un refus et je le perds. Je déteste l'idée d'être si facilement influençable, mais lui dire non n'est pas une option. L'excitation commence à me gagner.

– Comment on s'y prend ? Je n'ai jamais fait ça, moi !

– À trois on y va. Tu te lèves tranquillement, tu marches vers la porte comme si on venait de payer l'addition. Tu ne regardes personne, tu ne me parles pas, tu ne te retournes pas, je serai juste derrière toi.

– Et après ?

– Tu verras. Prête ? Un, deux, trois…

Je suis les instructions, le ventre noué, le cœur affolé. Nous franchissons le seuil du restaurant, Vadim m'attrape par la main et se met à hurler.

– Cours, Alma, cours ! Le plus vite que tu peux ! Cours ! Ne t'arrête pas !

Main dans la main, nous longeons les trottoirs à toute allure en riant comme des fous. J'ai une montée d'adrénaline, une bouffée d'amour, quelque chose que je n'ai jamais ressenti auparavant. Dans notre course folle, nous avons pris la direction de chez moi. En arrivant devant ma villa, Vadim ralentit enfin, me soulève du sol et me fait voler dans ses bras. Je ris à ne plus pouvoir m'arrêter. Je n'ai pas encore repris mon souffle qu'il plonge sur moi pour m'embrasser. Nos rires essoufflés viennent mourir dans ce profond, ce passionné, ce merveilleux baiser.

Est-ce que j'ai déjà été aussi heureuse ?

Mes jambes flanchent, je manque de tomber, entraînant Vadim en arrière qui me rattrape, me fait valser et me plaque contre le portail. Il m'embrasse, encore et encore, il m'embrase en collant son corps contre le mien. Puis il s'arrête, sentant qu'il est en train de perdre le contrôle, et enfouit son visage dans mon cou pour reprendre ses esprits.

– Ce parfum te va tellement bien…

– Je me sens tellement bien. Toi, c'est toi qui me vas si bien. Toi + moi.

Vadim se redresse et pose son front sur le mien, ses mains glissant dans mon dos et se croisant sur mes reins.

– Alma, tu dois me promettre de ne rien dire. Ce que je t'ai avoué ce soir. Et tout le reste : Keith, Felix, mes parents qui sont morts. Personne ne doit savoir.

– Jamais. Je te le promets.

Nous nous serrons une dernière fois puis nous nous séparons enfin, nous arrachant difficilement l'un à l'autre sur ce maudit trottoir. La frontière entre nos deux mondes. Je le regarde s'éloigner dans la rue éclairée avant de me retourner vers la maison pour rentrer et j'aperçois Basile penché à la fenêtre du salon. Nos regards se croisent. Le sien ne dit rien, il est froid, dur, impénétrable. Je ne sais pas depuis combien de temps mon frère se tient là. J'ignore ce qu'il a vu, entendu. Mais cette nuit, il ne peut rien m'arriver. C'est l'effet Vadim Arcadi.

9

TOUT DIRE

Quand j'arrive à la fac, ce vendredi matin, j'ai le cœur léger, l'esprit effervescent et les jambes qui voudraient bien danser si je ne les obligeais pas à marcher normalement. J'ai envie de crier mon bonheur à la face du monde ! Un attroupement se forme devant l'un des bâtiments qui abritent des salles de cours. Dans la foule, j'aperçois les cheveux roux de Clémentine, puis la main qu'elle porte à sa bouche, comme si elle avait vu un fantôme… ou s'apprêtait à rendre son petit déjeuner. Timothy est là, aussi, entouré de sa bande de basketteurs, tous hilares, se donnant des coups de poing dans les épaules, comme s'ils ne pouvaient contenir leur excitation. Je tente une percée et me faufile entre les étudiants agglutinés pour découvrir ce qui les a attirés.

De grands tags noirs et dégoulinants ornent le mur gris : « Arcadi : *no family* » est le premier que j'arrive à déchiffrer. Il me fait l'effet d'un uppercut dans l'estomac. Je traduis dans ma tête un autre message écrit en anglais : « Enfant russe cherche parents » puis découvre « *I see dead people* », réplique culte du film *Sixième Sens*. Je demande à un total inconnu se tenant à côté de moi de m'expliquer certaines insultes en argot américain. Il me répond « bâtard », « orphelin », « fils de rien » et bien d'autres vulgarités encore. Mes yeux se troublent. Sonnée par ce que je lis, je ne vois pas Vadim arriver et distribuer des coups à tous ceux qui se trouvent sur son passage. Il vient écraser son poing dans le mur en béton et ne semble même pas ressentir la douleur. Il passe et repasse sa main écorchée dans ses cheveux fous, hurlant des « merde » et des « putain » sans pouvoir s'arrêter.

Quand ses yeux égarés croisent enfin les miens, il fonce droit sur moi, pointant son index aux phalanges ensanglantées et se mettant à crier plus fort encore.

– C'est toi ! Je te faisais confiance, Alma ! Comment j'ai pu être aussi con ! C'est à cause de toi, tout ça !

Vadim ne me laisse pas le temps de répondre et tourne les talons, fuyant en direction de la sortie. Je cours sur quelques mètres pour essayer de le rattraper, il dégage son bras que j'étais parvenue à toucher et m'arrête de ses yeux gris devenus noirs. Je reste plantée là, pétrifiée.

La petite foule réunie a assisté à la scène. Clémentine me rejoint pour passer ses bras autour de moi. Tim s'approche aussi, toujours suivi par ses toutous en jogging :

– Je t'avais prévenue Alma, voilà ce que ça fait de traîner avec les mauvais gars, me lance-t-il avec un sourire mi-compatissant mi-triomphant.
– Ferme-la, Wallace. Va promener tes clébards ailleurs, répond Clem plus remontée que jamais.

Ma meilleure amie me fait avancer en me soutenant par la taille et m'éloigne des basketteurs qui n'en finissent plus de jubiler. Après dix minutes passées aux toilettes des filles, j'ai pu sangloter sans que personne ne me voie. J'ai tout raconté à Clémentine, qui s'est chargée de me remonter le moral et de me faire retrouver un visage normal.

Qu'est-ce que je ferais sans elle ?

Vadim n'a répondu à aucun de mes cinq appels et j'hésite à sécher les cours pour aller le rejoindre ou juste m'enfermer dans ma chambre pour pleurer toute la journée. Clem me convainc d'aller seulement au cours d'Abrams pour éviter les ennuis et de partir juste après.

– Asseyez-vous ! On perd du temps ! Qu'est-ce que vous avez, ce matin ? Ce n'est quand même pas trois graffiti mal écrits qui vous mettent dans cet état ? Je suggère aux petits malins qui ont fait ça, s'ils sont parmi vous ou si vous les connaissez, d'ouvrir un dictionnaire avant de jouer les poètes urbains.

– Ce n'est pas nous, m'sieur, répond Nicki Scott pour essayer de se faire bien voir.

– Ce n'est pas nous, m'sieur, imite le prof en partant dans les aigus pour se moquer d'elle. Je pensais qu'on était à l'université, pas à la maternelle. Scott, prenez des feutres et allez me faire un beau dessin au fond de la classe pendant que je fais cours aux autres.

La blonde se renfrogne et le reste des étudiants pouffe ou grimace. Mr Abrams a réussi à clore le débat et à détourner notre attention, en humiliant au passage l'une de ses fans les plus inconditionnelles.

Un peu facile mais très efficace.

– J'ai une annonce à vous faire. J'ai embauché l'un de vous pour être mon assistant personnel au premier semestre. Il s'agit d'Alma Lancaster, mais les candidatures sont déjà ouvertes pour prendre sa place à la rentrée de janvier.

Ah bon ? Tant mieux, je serai plus vite débarrassée…

Clémentine ouvre de grands yeux et d'autres regards étonnés ou jaloux se braquent sur moi.

Je n'avais vraiment pas besoin de ça.

– Je vous donne congé pour la matinée, continue Abrams. Je veux que vous alliez au cinéma. Tous, sans exception. Vous allez voir n'importe quoi, ça m'est égal, même le film le plus nul de la semaine. Pour lundi matin, je veux une liste détaillée avec : un titre différent à donner au film, un acteur de remplacement pour chacun des rôles principaux, une critique générale sur les décors, les costumes, le montage et une autre proposition de musique pour le générique. Prenez-vous pour un producteur mécontent, exigeant. Vous avez investi un million de dollars et rien ne vous convient. Soyez durs, soyez injustes, soyez tyranniques ! Je veux que vous fassiez pleurer le réalisateur du film. Vous avez tout noté ? Parfait, déguerpissez !

Tout le monde sursaute après avoir bu ces paroles dans un état proche de l'hypnose. J'imite les autres, ramasse mes affaires, soulagée de pouvoir quitter la fac sur le champ et de voir mes camarades désormais excités par autre chose que les tags insultants sur le mur.

– Pas vous, Lancaster ! Ne vous sauvez pas. Tenir ses engagements est la mission première de tout bon assistant.

– Je ne savais pas que je commençais aujourd'hui. Qu'est-ce vous attendez de moi ?

– Que vous commenciez par retirer ce masque de chien battu, ça ne vous sied pas du tout. C'est un tel calvaire de travailler pour moi ? Vous savez ce que Nicki Scott serait prête à faire pour ça ?

– Je ne veux même pas l'imaginer, réponds-je en grimaçant de dégoût.

– Voilà, c'est mieux, j'ai au moins réussi à vous détendre. Maintenant, vous allez contacter Arcadi et lui dire ce que vous avez à lui dire. Que vous ne passiez pas la journée à ruminer, pleurnicher, cogiter : je veux que votre esprit soit à cent pour cent avec moi. Allez-y, je n'écoute pas.

– Les gens s'envoient des messages, maintenant. Ils ne sont pas obligés de s'appeler pour se parler.

– Parfait. Traitez-moi de vieux con si vous voulez, mais faites ce que vous avez à faire, et vite.

Je m'empare de mon portable et commence à rédiger un texto. J'écris, j'efface, je recommence, je ne sais pas comment formuler ma pensée et le regard d'Abrams penché sur mon téléphone ne m'aide pas à me concentrer.

[Vadim, je t'ai fait une promesse hier soir, je l'ai tenue. Je n'ai rien dit, je te le jure, je ne t'aurais jamais trahi.]

J'appuie sur « envoyer » après avoir relu une dernière fois. Ce n'est pas comme ça que je voulais le dire mais tout est là. Je relis encore mon message parti, je pense à tout ce que j'aurais pu ajouter, mais mon prof soupire déjà d'impatience. J'imagine qu'il n'est pas envisageable d'attendre une réponse. Je range mon portable dans ma poche et arbore un sourire forcé.

– Prête. À cent pour cent.

– Fantastique ! Nous allons chez moi, j'ai un bureau entier à ranger. Environ quinze ans à trier, classer, jeter, organiser. J'ai toujours rêvé de faire ça. Enfin, que quelqu'un le fasse pour moi.

Ce n'est pas si éloigné de ce que j'avais inventé pour mes parents... Mais c'est vraiment très éloigné du cinéma...

Enfermée entre ces quatre murs, assise par terre sur le parquet sombre face à des dizaines de rangées de dossiers, je ne suis pas très loin de pleurer. L'odeur de tabac froid me donne la nausée. Tout est marron ici : le sol, le bois de la bibliothèque, les tranches des vieux livres poussiéreux, les fauteuils en cuir tout usé, même les murs jaunis, anciennement blancs, tirent sur le beige foncé. Et même ce chien allongé à côté de moi est désespérément marron.

Pourquoi est-ce qu'il me regarde ? Pourquoi est-ce qu'il ne bouge pas ? Est-ce qu'il est encore vivant ? Qu'est-ce qu'il est moche avec ses gros yeux rouges et ses paupières tombantes ! Tu veux ma photo ?!

– Alma, ne faites pas attention à Hitchcock, me parvient la voix lointaine de Mr Abrams. Il aime bien fixer les gens, mais il ne vous dérangera pas. Faites comme s'il n'était pas là.

Le silence retombe, pesant. Je n'entends que les pas de mon professeur faisant craquer le parquet par endroits. J'ai l'impression d'être dans une maison hantée. Avec pour seul compagnon un basset à moitié empaillé. Je me contorsionne pour sortir mon téléphone de ma poche et vérifier ce que je sais déjà : Vadim ne m'a pas répondu. Je tente ma chance encore une fois.

[Ce n'est pas moi. Je n'ai parlé de ton secret à personne, je ne sais pas qui a pu faire ça, comment ces tags sont arrivés là. Il faut que tu me croies.]

Hitchcock se lève péniblement, fait quelques pas et vient se coller contre moi, s'affalant à nouveau dans un bruit sourd, mais cette fois en posant sa grosse tête sur ma cuisse.

– Non le chien, non ! Va coucher là-bas. Pars. Ah, mais tu baves ! Va-t'en, le chien, vas voir papa. Il est où papa ?

– Alma, vous parlez toute seule ou vous essayez d'apprendre le français à Hitch ? dit Abrams en surgissant dans le bureau. Il est très intelligent, mais il ne comprend que l'anglais pour l'instant. Et en lui parlant normalement, vous devriez avoir plus de succès.

Je caresse à contrecœur la longue oreille du chien, étalée sur mon jean. C'est doux et soyeux. Mais je ne suis toujours que moyennement rassurée et un tout petit peu dégoûtée.

– Il vous apprécie, en tout cas !

– C'est réciproque, monsieur, souris-je en priant pour que mon professeur ne sache pas traduire mon français.

– Ne vous laissez pas distraire, au boulot !

Après quatre heures d'étiquetage, six sacs poubelles, cinq cents éternuements dus à la poussière et sept nouveaux textos sans réponse de Vadim, Hitchcock est presque devenu mon meilleur ami. Le seul, en fait. Il m'a tenu chaud et semble avoir approuvé mon double classement chronologique et alphabétique. Dans sa grande bonté, Mr Abrams m'a offert un sandwich au cheddar et deux cafés. Il m'a raconté son parcours pendant une « petite pause » qui s'est longuement étirée. Il m'a parlé de cinéma avec toute sa passion, sa colère, son autodérision. Le temps d'une heure, il m'a presque fait oublier les graffiti. Et puis il a évoqué avec tristesse son couple déchiré, son fils – Caleb –, qui a à peu près l'âge de ses élèves et qu'il ne voit qu'un week-end sur deux, parfois sur trois ou quatre. Et je me suis souvenue qu'il y avait sur cette terre d'autres garçons que Vadim Arcadi. Et j'ai repensé qu'il n'y en avait aucun comme lui. J'ai prétexté une envie pressante pour m'enfermer dans les toilettes et envoyer l'ultime message. Celui que j'aurais dû envoyer depuis le début. Celui où est écrit ce que je n'ai jamais dit.

[Je ne sais pas ce que je dois faire pour que tu me croies. Alors je vais dire ça, tant pis si tu te moques de moi, si tu le répètes à toute la fac et si demain il y a des tags sur moi. Je t'aime, Vadim. Je suis vraiment, follement amoureuse de toi.]

Adossée contre le mur des toilettes au vilain papier peint brun – de quelle autre couleur ? – mon cœur bat à tout rompre. Dans ma poitrine, dans mes tempes, jusqu'au bout de mes doigts. Je n'en reviens pas. Quelqu'un d'autre a dû rédiger ce texto à ma place, ce n'est pas possible autrement. Je n'ai jamais dit ça à personne, je ne l'ai jamais écrit et surtout encore moins ressenti. S'il ne me répond pas, ma vie est finie. Mon portable vibre dans ma main et ce bourdonnement me remonte dans le bras. J'ouvre le message de réponse, ferme les yeux un instant avant de me décider à le lire.

[Prouve-le.]

– Alma, tout va bien ? Vous n'êtes pas prise en otage, vous savez. Hitchcock en aura le cœur brisé, mais vous pouvez rentrer chez vous.

Je ne suis pas sortie de ces toilettes : je m'en suis enfuie ! Je n'ai pas écouté les remerciements de Mr Abrams, pas répondu à ses mots d'esprit, je crois même ne pas lui avoir dit au revoir. Je me suis mise à courir sans me retourner, j'ai trébuché sur le chien endormi, me suis cogné la hanche contre un coin de table, mais j'ai continué, retrouvé l'air libre et foncé chez Clémentine. Mon amie, mon alliée, celle qui a toujours de bonnes idées.

– On ne peut pas faire ça, Clem !

– On ne peut faire que ça. On doit faire ça ! me lance-t-elle en tapant du pied comme à chaque fois qu'on ne veut pas l'écouter.

– Tu sais taguer, toi ?

– Non, mais si un abruti de la bande de Timothy a réussi, on peut le faire aussi.

– Si ça se trouve, c'est mon frère qui a fait ça…, dis-je, songeuse.

– On s'égare, là ! Concentre-toi, Alma ! C'est un tag qui vous a séparés, c'est un tag qui va vous réconcilier. Elle est brillante, cette idée ! Vadim va adorer.

– Oui, mais le gymnase, je ne suis pas sûre…

– C'est toi qui m'as dit que la porte de derrière n'était jamais fermée à clé ! Sortir avec Tim t'aura au moins servi à quelque chose. Tu connais un autre endroit sur le campus où on peut entrer en pleine nuit ?

– Non… reconnais-je, dépitée. Mais si le gardien fait sa ronde et qu'on se fait choper ?

– Le gymnase est hyper isolé, il va y passer une fois à tout casser. On ne fera pas de bruit, on n'allumera aucune lumière et tu feras venir Vadim quand on aura fini.

– On ne sait déjà pas taguer, alors dans le noir, ça va être un carnage !

– Ce que tu peux être négative, on dirait Basile ! Bon, je vais acheter deux bombes, il vaut mieux que ce soit moi. Je prends du rouge, hein ? Ouais, c'est plus romantique, un graffiti rouge. Toi tu rentres chez toi, tu dis à tes parents qu'on sort, comme chaque vendredi soir, et puis tu te changes. Tu as renversé quoi sur ton jean ? On dirait de la bave séchée. Bref, on se retrouve au gymnase à 21 heures. Si tu croises le gardien, tu siffles.

– Clem, il va m'entendre, si je siffle !

– Ah oui, non. Tu n'auras qu'à imiter le cri d'un oiseau, je saurai que c'est toi.

– Cui, cui, cui ? Non, je t'enverrai plutôt un texto.

– Voilà ! tu vois, quand tu veux. On forme une équipe de choc ! s'écrie Clémentine en tendant une main en l'air dans laquelle je suis censée taper.

– Tu te comportes comme un basketteur. Tu traînes trop avec Cassius Banks, toi…

– Ça y est, elle recommence à s'égarer, répond ma copine comme si je n'étais pas dans la même pièce qu'elle.

– Non. Ok ! Je suis hyper concentrée. 21 heures… gymnase… porte de derrière… cri d'oiseau. Tu es géniale, la meilleure des meilleures amies.

– Redis ça encore une fois… me lance Clémentine alors que je franchis la porte de sa chambre d'étudiante.

– À tout à l'heure !

Je me tiens debout dans le noir, au milieu du terrain de basket. Les grandes lettres rouges dégoulinent le long du mur : Vadim + Alma. Je n'ai rien trouvé de plus original à écrire et j'ai surtout convaincu Clem de ne pas ajouter un énorme cœur à côté. Le message que j'ai envoyé à Vadim pour lui donner rendez-vous ici date d'il y a quinze minutes. Il lui en faut à peine dix pour venir au gymnase depuis son studio. Je commence à avoir peur, froid. Et s'il ne venait pas ? Combien de temps suis-je supposée attendre avant de déclarer cette opération ratée ? Est-ce qu'une douche a suffi pour enlever toute trace de l'odeur d'Hitchcock ? Est-ce que cette robe noire ne fait pas un peu trop allumeuse ?

Stop, les questions ! Laissez-moi tranquille !

J'entends la porte de derrière s'ouvrir dans un cliquetis discret. Peut-être est-ce le gardien, qui aurait décidé de faire du zèle cette nuit ? Ou bien Clémentine, qui n'a pas réussi à rentrer chez elle, excitée comme elle était ? Je me précipite dans la petite guérite où se trouvent les interrupteurs commandant le terrain de basket. C'était le plan. Si c'est lui, j'allume. Sinon, je reste planquée là. Silhouette élancée, démarche nonchalante, blouson en cuir luisant dans l'obscurité…

– Alma ? appelle Vadim en tournant sur lui-même.

Mes doigts fébriles actionnent le bouton de l'éclairage. Je vois ses yeux se plisser sous l'effet de la lumière criarde. Il tourne encore, me cherchant du regard, puis tombe sur le graffiti. Il recule de quelques pas, fixe le mur. Son éclat de rire résonne dans le gymnase vide et vient percuter la vitre de la guérite. Il plonge sa main dans ses cheveux bouclés, je sors de ma cachette en courant et le rejoins au milieu du terrain.

– Alors, tu vois que j'étais cap.

Vadim se retourne vers moi, me soulève et me fait tourbillonner dans les airs en riant de plus belle avant de me reposer par terre. Il me serre contre lui, me sourit, me tend son visage sublime, heureux, renversant.

– Je t'aime, Alma. Tu n'as pas idée comme je t'aime.

« Je t'aime, Alma. Tu n'as pas idée comme je t'aime. » Vadim vient vraiment de me dire ça. Au milieu de ce gymnase vide et silencieux, son murmure ressemble à un cri. Il m'atteint en plein cœur. Je me jette dans ses bras pour ne pas avoir à répondre, pour ne pas me laisser submerger par l'émotion, ne pas me mettre à pleurer. Pas maintenant. Mon beau brun m'embrasse, doucement d'abord, puis me dévore. Ce n'est plus mon cœur que je ne contrôle pas, c'est mon corps. Un frémissement naît dans mon ventre, puis une lave brûlante parcourt mes veines. Je n'ai plus froid, je bouillonne à l'intérieur. Mon volcan s'éveille, gronde, s'énerve.

– On ferait mieux d'éteindre les lumières, chuchoté-je entre deux baisers.

– Ah bon, pour quoi faire ? me répond Vadim avec un sourire faussement innocent.

– Attrape-moi si tu peux, lui lancé-je d'un air malicieux.

– Qu'est-ce que je gagne si je t'attrape ?

– Tu verras ! crié-je en m'élançant.

Je traverse le terrain de basket en courant aussi vite que me le permet ma petite robe cintrée, fonçant vers la guérite où je m'étais tapie en l'attendant. Il ne tarde pas à me rattraper : j'abaisse le bouton de l'éclairage juste au moment où il me rejoint. La petite pièce est soudainement plongée dans le noir et il faut quelques secondes à nos yeux pour s'habituer à l'obscurité. Essoufflée, excitée, je cherche Vadim de la main et tombe sur son torse musclé. Ce contact me fige sur place. Il saisit mes doigts et les porte à sa bouche, les embrassant puis les glissant entre ses lèvres chaudes. Il les suçote et mon bouillonnement reprend à l'endroit exact où il est né quelques instants auparavant. Vadim claque la porte du pied et me plaque contre lui. Je le sens bouillir, lui aussi.

– Je t'ai eue, Alma Lancaster. Quelle est ma récompense ?

– Moi… murmuré-je en me levant sur la pointe des pieds pour passer mes bras autour de son cou.

Alors que je l'embrasse le plus langoureusement du monde, je sens ses mains caresser mes cuisses et faire remonter ma robe de quelques centimètres. Puis il les glisse sous le tissu, m'agrippe les fesses, me soulève et m'assied sur le comptoir qui se tient juste à côté de moi. Je ne l'ai jamais connu si impatient, si fiévreux, presque brutal. Je ne le voudrais pas autrement. Mon corps le réclame. Là, maintenant, urgemment.

Vadim Arcadi est ainsi. Provocateur, il vous force à vous rebeller. Tendre, il vous fait fondre en moins de temps qu'il faut pour le dire. Charmeur, il vous transforme en séductrice, aguicheuse, prête à tout pour l'obtenir. Prédateur, il fait de vous une tigresse déchaînée, sauvage, au désir animal. Vadim Arcadi fait de moi tout ce que je ne suis pas.

Assise face à lui, j'écarte les jambes pour l'attirer contre moi et me débats avec son tee-shirt, que je veux voir disparaître. Il lutte lui aussi avec ma robe étroite qu'il essaie de faire remonter le long de ma taille. Il la passe enfin par-dessus ma tête. Nos peaux nues s'aimantent. La sienne est soyeuse, chaude, tendue sur les muscles de ses bras, sur ses épaules et son dos. J'ai envie de le griffer. Je me retiens alors qu'il mord dans mon cou comme une bête affamée. Ses mains pressées massent mes seins à travers mon soutien-gorge, font claquer et tomber mes bretelles, descendent vers le lycra qui recouvre encore mon bas-ventre. Je sens la pulpe de ses doigts s'affairer contre le tissu humide de ma culotte. Je voudrais qu'elle disparaisse elle aussi. Qu'il la déchire comme dans les films. À la place, il glisse les doigts sous la couture et cette rencontre inespérée me fait lâcher un gémissement aigu. Mon désir s'embrase sous sa main experte. La mienne, malhabile, tente d'ouvrir le bouton de son jean, puis descend la braguette qui résiste, et se pose enfin sur son boxer tendu.

Vadim revient m'embrasser follement et, tout en glissant sa langue chaude entre mes lèvres, il introduit un doigt dans mon intimité serrée. Cette flèche empoisonnée me fait perdre pied. Je suis comme piégée, incapable de fuir, acceptant délicieusement mon sort. Je fais rouler son boxer sous ses fesses, ses fesses parfaitement rondes, fermes, à tomber. Son sexe en érection jaillit entre nous deux. Je le caresse sans trop savoir si je le fais bien, mais les grognements de son propriétaire m'incitent à continuer. Toujours aussi impatient, il me libère de ma culotte en me soulevant brusquement, revient poser une main sur mon clitoris gonflé qu'il presse sous sa paume. Son autre main fourrage dans la poche arrière de son jean d'où il sort un préservatif. Il déchire l'emballage avec les dents, s'occupe de le mettre, sans jamais cesser de s'occuper de moi.

– Je ne veux pas te presser, Alma, mais j'ai tellement envie de toi… soupire-t-il à mon oreille.
– Je n'attends que ça… dis-je sans me reconnaître.

Assise dans le noir sur ce petit comptoir, avec un soutien-gorge pour tout vêtement, j'ai debout face à moi le garçon le plus beau de la terre, le jean juste sous les fesses, et il me susurre les mots les plus excitants que j'aie jamais entendus. Je le désire plus que je ne l'aurais jamais cru possible. Je ne pense même plus, c'est mon corps qui parle. Qui pose mes mains sur ses reins pour lui suggérer d'approcher. Qui le fixe en me mordant la lèvre comme s'il était le fruit défendu dans lequel je m'apprête à croquer. Peu importe ce qu'il m'en coûte. Son regard ardent plongé dans le mien, il me devine, me comprend, s'avance lentement entre mes cuisses, comme un animal chasseur guettant le parfait moment pour fondre sur sa proie. Vadim me conquiert. Enfin. Son sexe, à la fois si dur et si doux, me pénètre une première fois, dans un mouvement sensuel qui me renverse. Puis ses mains viennent écarter mes jambes pour gagner du terrain, je les croise autour de ses hanches, m'agrippant à son cou, mes doigts plongés dans les boucles folles qui balayent sa nuque.

Mon amoureux redevient l'amant sauvage qu'il a tenté un instant de maîtriser. Son désir enflammé vient réveiller encore un peu plus le volcan qui gronde dans mes profondeurs. Mes gémissements insensés résonnent dans le gymnase vide. Ses râles virils me répondent en écho. Je me consume à l'intérieur, mon plaisir grandissant à chaque nouvel élan. Je sens que je vais imploser et mes ongles se plantent dans la chair de ses fesses pour l'immobiliser. Mon corps en éruption tremble et s'agite, le sien se fige tout au fond de moi, il me serre pendant que je sombre, laissant la force de cet orgasme m'engloutir tout entière. Il jouit juste après moi, sa peau brûlante vibrant sous mes doigts. Nous restons là dans l'obscurité, imbriqués, incendiés, jusqu'à ce que l'un de nous puisse enfin parler.

– Alma, tu es toujours vivante ?
– Oui… Je crois. Comment tu fais ça ?
– Ça quoi ?

– Me faire jouir, à chaque fois. Être exactement comme je voudrais que tu sois.

– Ce n'est pas moi qui fais ça, Alma. C'est toi + moi. Ça ne s'explique pas, je crois.

– Alors je ne vais pas gâcher ce moment, hein ? En te demandant si c'était aussi comme ça avec les autres ?

– Non. Aux deux questions.

Je souris et m'enfouis contre son torse à l'odeur divine si masculine. Mes jambes fourmillent, ma bouche souffre d'avoir été tant embrassée, mon volcan intime ne parvient pas à s'éteindre. Étrange sensation de bien-être mêlée de douleurs, de plénitude et de vide intérieur. Je lui ai tout donné. Il m'a possédée, presque dépossédée. Je plane en dehors de mon corps, je ne sais pas s'il m'appartient encore. Vadim, lui, a repris ses esprits. Retrouvé son air plein de défi.

– Je n'en ai pas fini avec toi, lance-t-il en remontant son jean autour de sa taille. À toi de m'attraper.

– Hmm… Quand je pourrai marcher.

– Non, maintenant ! D'ailleurs, tu n'auras pas besoin de ça, dit-il en dégrafant mon soutien-gorge noir et en le faisant valser au-dessus de sa tête. Prête ?

– J'aimerais bien, mais je ne peux pas bouger. J'ai les jambes en coton. Je crois que tu m'as jeté un sort.

– Bah voyons. Tu ferais tout ce que tu peux pour être portée comme une princesse, hein, Lancaster ?

– Mais je ne t'ai rien demandé, Arcadi !

Ni une ni deux, Vadim me soulève du comptoir, un bras sous mes genoux, l'autre autour de ma taille et me transporte nue comme un ver à travers le gymnase. Je me recroqueville dans ses bras, n'essayant même pas de me débattre pendant qu'il traverse le terrain de basket en courant.

Comment peut-il être aussi fort ? Comment puis-je être aussi nue ? Heureusement qu'il fait noir...

Dans sa course folle, il arpente les couloirs du gymnase, pousse quelques portes du pied, entre et ressort en lâchant des soupirs mécontents. Je n'ai aucune idée de ce qu'il cherche. Je m'accroche à son cou, observant ses cheveux ondulés battre au-dessus de sa tête au rythme de ses enjambées.

– Bon, il se décide, mon chevalier servant ? Je commence à avoir froid ! ironisé-je dans ses bras.

– Ah oui, toutes mes excuses, princesse Lancaster, je vous réchauffe dans un instant. Je cherche un endroit digne de votre rang.

– Cherchez mieux et surtout trouvez vite, Arcadius, je n'attendrai pas une minute de plus ! continué-je avec mon accent le plus chic.

– Là, ce sera parfait, dit-il en entrant dans les vestiaires des basketteurs.

Il a repéré un chariot rempli de serviettes de bain moelleuses et soigneusement pliées. Il m'y dépose délicatement et je m'enfonce dans le coton sentant bon la lessive.

– Ce nid douillet vous sied-il, ma princesse ?

Mon valet, debout face à moi, mime une révérence qui me fait sourire puis observe mon corps nu dans la pénombre. Son minois taquin change en une seconde. Il passe sa main sur ma joue puis dans mes cheveux, sourit en coin et me couve de son regard à la fois amoureux et sexy. Il se penche lentement pour m'embrasser. Torse nu dans son jean au bouton défait, ses cheveux bruns en bataille, les muscles dessinés sur son torse et la petite cicatrice sur sa lèvre ourlée : je ne peux pas lui résister. Ce baiser intense se prolonge et un feu se rallume dans mon corps à peine remis de ses émotions.

Vadim dépose de doux baisers dans mon cou, sur mes épaules, ma poitrine. Il se baisse pour atteindre mes seins. Ses lèvres s'arrêtent un instant sur mon téton, puis sur l'autre, et continuent leur lente descente au paradis. Il s'agenouille maintenant devant moi, qui suis toujours perchée sur mon chariot ouaté. Sa langue me chatouille le ventre, contourne mon nombril, se faufile plus bas, toujours plus bas. Quand il gagne mon intimité, je suis déjà en train de m'abandonner. Son souffle chaud s'insinue dans tous les pores de ma peau. Je n'ai plus qu'à plonger ma main dans ses boucles soyeuses et désordonnées, le laisser faire ce qu'il fait si divinement bien. Ce qu'il m'a déjà fait une fois, la toute première fois. Ce que je pourrais le laisser me faire un millier de fois tellement j'aime ça.

C'est comme si sa bouche avait appris par cœur mon mode d'emploi. Même moi, je ne le connais pas. Il s'immisce dans mes recoins secrets, dessine du bout de la langue une formule magique que lui seul connaît. Il imprime des mouvements lents autour de mon clitoris qu'il évite soigneusement. Ce manège me fait perdre la tête. Je gémis, il sourit. Je supplie, il s'amuse. J'ondule, il se retire… puis revient me dévorer, plus vite, plus fort. Sa bouche se fait avide et passionnée, sa langue devient curieuse, fonceuse. Elle s'infiltre dans ma féminité. Je suis prise au piège, mon bassin remue frénétiquement au rythme de ses assauts voraces. Mon amant fou, à genoux, me guide par les hanches, caresse mes cuisses, pétrit mes seins tendus vers lui. Je lutte pour ne pas perdre la tête. Je le regarde me déguster, m'avaler, son visage perdu entre mes cuisses, son regard brillant d'un désir insatiable, d'une détermination coquine, d'une sensualité à se damner. Quand mon plaisir se déchaîne, il m'empoigne les fesses et me presse contre ses lèvres expertes, m'empêchant de fuir l'inéluctable. Ma tête se renverse en arrière, mes jambes s'écartent malgré moi, ma bouche s'entrouvre et je halète. Mes doigts le décoiffent, je ne contrôle plus rien. Ma jouissance explose et dure, dure encore, m'inonde, me submerge, la langue de Vadim ne me quitte pas. Puis il m'entoure de ses bras et vient poser son visage contre mon ventre brûlant, secoué par mes ultimes soupirs de plaisir. Il sourit toujours.

– Quelque chose me dit que tu n'as plus froid, chuchote-t-il en levant ses yeux gris vers moi.

– Je meurs de chaud. Encore un sort que tu m'as jeté…

réponds-je en reprenant mon souffle.

– Cap de prendre une douche avec moi ? dit-il en sursautant comme si cette nouvelle idée venait juste de le frapper.

– Tu ne vas pas me laisser une seconde de répit, hein ? C'est ça, ton nouveau défi ?

– Alma, cap ou pas ?

Je n'ai pas le temps de répondre, qu'il me soulève à nouveau, cette fois en faisant basculer mon corps sur son épaule. Il me promène comme un vulgaire sac à patates, je bats des jambes pour l'en empêcher, essaie de crier, mais je suis prise d'un fou-rire nerveux. Il rit aussi, courant vers les douches et allumant l'eau qui nous arrose d'un jet glacial. Je hurle, il rit de plus belle, l'eau se réchauffe et devient brûlante. Il accepte enfin de me poser sur le carrelage froid, mes cheveux sont trempés, son jean est plaqué sur ses jambes musclées. Il se contorsionne et sautille pour essayer de l'enlever puis vient se coller à moi, nu et sublime, la peau toute ruisselante, les boucles mouillées qu'il agite comme un surfeur californien dans une pub pour shampooing. Je fonds littéralement.

– Je suppose que tu vas bientôt devoir rentrer ?

– Pas encore. Serre-moi.

– Je peux encore profiter de toi, alors… Retourne-toi, murmure-t-il à mon oreille.

Je m'exécute, faisant face au mur carrelé. Sous le jet puissant de la douche, Vadim se met à me masser les épaules, puis dégage mes cheveux pour m'embrasser dans la nuque, me mordiller l'oreille, pendant que ses mains caressent mes seins. L'une d'elle se fraie un chemin jusqu'à mon intimité. Toute l'eau du monde ne pourrait éteindre le feu qui se rallume en moi. Dans mon dos, je sens son sexe érigé frôler ma peau. Je ferme les yeux. J'ai chaud. Je crois que je ne vais pas rentrer tout de suite.

Peut-être jamais.

10

TOUT PERDRE

– Alma, décroche, putain ! Ça fait dix fois que je t'appelle ! Je suis au gymnase. Le match va commencer et ton putain de prénom est tagué sur le mur ! Avec celui de ton putain de petit copain. Toute la fac est là, on ne parle que de ça, j'espère que tu es fière de toi ! Cette fois, je ne pourrai pas te couvrir. Tu as quel âge, franchement ? Tu me fous la honte de ma vie, ils me regardent tous, dans les gradins ! Bref, des types de l'entretien sont en train de frotter pour le faire disparaître avant que les joueurs entrent sur le terrain, mais tout le monde a déjà pris des photos. Et Tim est furax, tu n'imagines même pas ! Tu es tarée ou quoi ? C'est fini pour toi ! Quand papa saura ça… Bref, rappelle-moi !

La voix de Basile hurle sur mon répondeur. J'écoute son message, allongée dans mon lit, encore à moitié endormie, la tête dans le coaltar. Mon corps endolori me rappelle ma demi-nuit magique avec Vadim. Nous avons « baptisé » tous les recoins du gymnase, puis nous avons ramassé nos vêtements et sommes partis en courant, sans nous retourner. Sans jeter un dernier regard au graffiti. Sans penser une seconde à ses conséquences. Je suis rentrée tard, me suis faufilée dans ma chambre sans faire de bruit et j'ai dormi comme un bébé.

Le réveil est brutal. Hargneux. Je plonge ma tête sous l'oreiller pour faire disparaître le message vocal de mon frère qui résonne dans mes oreilles. Me rendormir, ne pas penser, ne pas affronter cette journée, faire comme si rien de tout ça n'avait existé.

Sauf cette soirée.

– Alma !

Cette fois, c'est la voix paniquée de ma mère qui prononce mon prénom en tapant à la porte de ma chambre. Mon père ne s'embarrasse pas de tant de politesse et débarque comme un fou à côté de moi. Il fait valser ma couette et se met à hurler.

– Lève-toi !
– Doucement, Edward… essaie de tempérer ma mère.
– Devine qui nous avions au téléphone de si bon matin !

continue mon père pendant que je me redresse péniblement. Le directeur de l'université ! Un ami ! Celui qui t'a permis de rentrer à UCLA ! Et tu sais pourquoi il appelait ?!

– Non… mens-je du bout des lèvres en me frottant les yeux pour éviter de le regarder.

– Un graffiti, Alma ! Ton prénom et celui d'un certain Arcadi. En lettres rouges, dans le gymnase où a lieu un match de basket en ce moment même ! Tu réalises ?! crie-t-il encore un peu plus fort.

– Je sais, il y a déjà eu des tags à la fac, hier matin. Mais je n'ai rien à voir avec ça, papa.

– Tais-toi ! Tu t'expliqueras auprès du directeur. Nous sommes convoqués dans son bureau d'ici une demi-heure.

– Va t'habiller, on ne peut pas être en retard, intervient ma mère, toujours pragmatique.

– Je suis très déçu, Alma. J'espère que tu ne vas pas me faire regretter de t'avoir amenée ici. De nous avoir tous fait déménager aux États-Unis.

Mon père me lance son regard le plus ombrageux puis tourne les talons et claque la porte de ma chambre. Les larmes me montent aux yeux. Ma mère reste près de moi, la main sur la gorge, comme si elle avait du mal à respirer.

– Il est en colère. Il ne pense pas ce qu'il dit. Tout le monde était ravi de venir s'installer ici, ma chérie. Je suis certaine qu'il y a une très bonne explication et que tu n'es pas derrière tout ça. Hein, Alma ?

Elle se veut rassurante, mais je perçois une pointe de suspicion dans sa voix pendant qu'elle lisse mes cheveux du plat de la main. Sa petite fille discrète et bien élevée ne peut tout de même pas avoir commis un acte de vandalisme et vouloir se donner en spectacle devant toute la fac ! Elle ne l'imagine pas. Ma mère est par principe de mon côté. Mon père est, par orgueil, du côté de la réputation de son nom.

Et champion pour me faire culpabiliser.

En rentrant dans le luxueux bureau du directeur, je rase les murs, les yeux rivés sur mes chaussures. Noires, usées et délacées, celles de Vadim entrent dans mon champ de vision. Je lève la tête et l'aperçois, debout, les bras croisés, à côté de son éducateur. Mes parents et les autres adultes présents s'échangent des poignées de main cordiales, mon père se fend d'une petite blague pour détendre l'atmosphère et Vadim en profite pour retrousser sa manche et me montrer discrètement son avant-bras. Sur sa peau mate, de fines majuscules tremblantes tracées au stylo noir : « *Deny. Never happened. Love U.* » Il tire sur sa manche et m'adresse un infime clin d'œil, plein de passion et d'assurance, pendant que je traduis dans ma tête.

Nier en bloc. Ça n'est jamais arrivé. Je t'aime. IL M'AIME !

L'heure qui a suivi a ressemblé à une scène de théâtre, improvisée mais intense devant un public d'abord sceptique. Vadim en a fait des tonnes dans son rôle de voyou rebelle et solitaire, affirmant qu'il me déteste tellement – moi et toutes les filles de riches dans mon genre – que jamais il n'aurait pu taguer ou simplement envisager un truc pareil. Keith Johnson lui a fait les gros yeux et lui a demandé de témoigner un peu plus de respect aux Lancaster. J'ai confirmé sa version de notre relation imposée et subie dans le cadre du cours de Mr Abrams. J'en ai profité pour remercier le directeur de la chance qui m'a été donnée d'intégrer sa brillante université et en ai rajouté une couche sur les précieux enseignements dispensés à UCLA. Vadim a levé les yeux au ciel et soupiré de mes flagorneries. J'ai continué sur ma lancée et rappelé à toute l'assemblée qu'une fille « dans mon genre » – tout en envoyant un regard méprisant à mon binôme de travail – ne cherchait pas à s'attirer des ennuis mais uniquement à se consacrer à ses études. Vadim a enfoncé le clou en évoquant notre unique point commun – la passion du cinéma – face à nos milliers de points de désaccords. Puis il a discrètement fait glisser la conversation sur les éventuels auteurs du graffiti : des étudiants à l'esprit étroit, des sportifs limités et racistes, perturbés par notre improbable duo et incapables de mener des échanges virils sans la présence d'un ballon. Keith l'a repris encore une fois, ma mère a pouffé devant cet argumentaire bien tourné et le directeur, embarrassé par les remarques de Vadim, sans doute flatté par les miennes, a décidé d'écourter l'entrevue. Nous avons chacun écopé d'un avertissement et d'une consigne stricte : ne plus faire parler de nous jusqu'à la fin de l'année scolaire.

Sur le chemin du retour à la villa, je me remémorais nos mensonges et le regard profond de Vadim au moment de nous quitter : insolent et détestable aux yeux de ceux qui ignoraient tout de notre manège, provoquant et amoureux à mes yeux à moi, perdus dans les siens.

C'était si bon de le détester…

Mon père, qui a sûrement trouvé la sentence du directeur trop clémente, m'a punie pour le week-end et interdit de fréquenter Arcadi en dehors des heures de cours. Je me suis enfermée dans ma chambre pendant deux jours et n'en suis sortie que pour grignoter dans le frigo ou échanger quelques mots avec Lily, toute triste de l'ambiance tendue à la maison. Et pour comploter avec Georgia, ma complice de toujours, qui a accepté de m'aider pour faire livrer un cadeau par coursier, dans le plus grand secret, sans même me demander l'identité du destinataire. J'ai envoyé à Vadim un flacon de Paco Rabanne, mon parfum masculin préféré, pour répondre à sa fleur d'oranger et le remercier de nous avoir sauvé la vie dans ce bureau.

Arcadius : Merci pour ton cadeau. Tu trouves que je pue ?

La fenêtre apparaît sur l'écran de mon ordinateur portable, reposant sur mes jambes alors que, allongée sous la couette, je regardais un DVD que j'ai déjà vu trois fois.

Alma_83 : Non, je trouve que tu sentiras encore meilleur. Qu'est-ce tu fais ?

Arcadius : Un devoir d'anglais.

Alma_83 : Pour qui, cette fois ?

Arcadius : Tu ne veux pas le savoir. Toi, tu fais quoi dans ta cellule ? On t'a autorisé une promenade, au moins ?

Alma_83 : Même pas. Mais c'est une prison moderne, j'ai le droit aux DVD.

Arcadius : Laisse-moi deviner ! *Toy Story* ? *Les 101 Dalmatiens* ? *Mulan* ?

Alma_83 : Tu t'y connais vachement bien en dessins animés, une passion cachée ? Non, un peu plus proche de ce que je ressens en ce moment…

Arcadius : Hmm… *Mon beau-père et moi* ?

Alma_83 : C'est ta façon de me demander en mariage, ça ?

Arcadius : Ok, oublions Edward Lancaster ! *Coup de foudre à Notting Hill*, alors ?

Alma_83 : Ça pourrait… mais je ne suis pas d'humeur romantique, là.

Arcadius : Ok, j'ai trouvé : *Sexe Intentions* !

Alma_83 : Dans tes rêves, Arcadi ! Ça, c'est ce que toi, tu ressens en ce moment !

Arcadius : Démasqué… Bon, j'ai perdu, tu regardes quoi ?

Alma_83 : *Seul au monde*. C'est pathétique, hein ?

Arcadius : Ce qui commence à devenir pathétique, c'est ta passion pour Tom Hanks !

Alma_83 : Merci, je me sens encore plus seule, là.

Arcadius : Bon ok, j'avoue : tu me manques aussi… Mais tu sais, la prochaine fois, tu devrais peut-être taguer Toi + Moi plutôt que Vadim + Alma. Enfin, moi je dis ça…

Alma_83 : Merci pour le soutien. Vadim Arcadi, je vous décerne l'Oscar du meilleur petit ami !

Arcadius : J'ai dit que tu me manquais aussi ! C'est lundi, demain. On pourra…

Alma_83 : C'est toi qui m'as envoyé un mail à l'instant ?

Arcadius : Non, j'étais en train d'écrire une phrase, mademoiselle Mal-Élevée…

Alma_83 : Attends, je vais voir.

J'ouvre ma boîte de réception qui affiche un message non lu. Je ne connais pas l'adresse qui me l'envoie. Le mail est vide mais une photo se télécharge lentement. Très sombre. Puis la clarté d'un grain de peau apparaît. Mon corps nu, assis, se dessine sous mes yeux. Puis celui de Vadim, de dos, à genoux face à moi. Ma tête renversée en arrière. La sienne plongée entre mes cuisses.

Mon cœur s'affole, tambourine dans ma poitrine. Ma main droite hésite. Détruire ce mail. Détruire cet ordinateur de malheur. Détruire cette photo qui est en train de détruire ma vie. Encore. Je la transfère finalement à Vadim en quelques clics pendant que des larmes ruissellent sur mes joues.

Arcadius : Alma, c'est quoi ce bordel ?!

Alma_83 : Je viens de la recevoir.

Arcadius : Mais c'est qui, putain ?!

Alma_83 : Aucune idée. Il n'y a que Clémentine qui savait où j'étais. Tu l'as dit à qui ?

Arcadius : Personne ! Alors quelqu'un nous suit !

Alma_83 : Comment c'est possible, Vadim ? Qui nous veut du mal à ce point ? À quoi ça sert, ces photos ? Pourquoi ne nous laisse-t-on jamais tranquilles ?

Arcadius : Je n'en sais rien. Je te laisse, Alma. Faut que je sorte sinon je vais tout casser.

Alma_83 : Mais qu'est-ce que je fais, moi ?

Arcadius : Rien. Supprime le mail. N'en parle à personne. Je vais trouver le taré qui fait ça. Je te jure que je vais le trouver. On se voit demain.

Alma_83 : Vadim ?

Arcadius : Je sais que tu as peur, Alma. Je te ne laisserai jamais tomber. Celui qui veut te faire du mal va le regretter. Je deviens fou, là ! J'y vais.

***

Heureuse de retrouver ma liberté, ce lundi matin, heureuse de revoir Vadim, enfin, mais d'autres sentiments viennent me polluer l'esprit, me nouer l'estomac, me serrer le cœur. Je lutte contre mon envie de parler à Clem de la nouvelle photo anonyme, je scrute les regards des autres étudiants pour tenter de savoir qui serait au courant. Je crains le premier cours et les vannes de Mr Abrams, ou ses tentatives de me kidnapper pour une nouvelle journée d'assistanat – d'esclavage – enchaînée au basset malodorant. Je prends ma place habituelle au premier rang, mon binôme vient s'affaler sur la chaise à côté de moi, dans un tee-shirt blanc qui rend ses yeux gris limpides et qui dégage des effluves corsés de Paco Rabanne. Notes de cuir, de bois, de musc, la virilité incarnée, je ne m'étais pas trompée : mon amoureux et son parfum ne font qu'un. Je ne suis pas loin de chavirer.

Mr Abrams et ses sourcils renfrognés ne nous lâchent pas. Son regard semble contrarié, brumeux, déçu. Sa voix est encore plus rugueuse que d'habitude.

– Lancaster et Arcadi, votre mémorable collaboration prend fin aujourd'hui. Vous échangez avec le duo Lee-McPherson, et comme vous n'avez rien foutu, vous reprenez leurs idées de court-métrage, ça va de soit. Arcadi, bougez-vous, Elle McPherson vous attend.

– Je m'appelle Phoebe, monsieur, corrige la blondinette un poil flattée.

– Qu'est-ce que vous voulez que ça me fasse ? répond le prof, agacé. Et vous Bruce Lee, vous avez un prénom que vous souhaitez annoncer au monde entier ?

– Jude. C'est Jude Lee. Mais vous pouvez m'appeler comme vous voulez, consent timidement l'étudiant asiatique, ses petits yeux cachés sous un casque de cheveux raides et noirs.

– C'est trop gentil à vous. Allez, changez de place, on perd du temps ! Ce que les adolescents peuvent être lents de nos jours ! Lee, vous voyez quelque chose sous le rideau qui vous sert de chevelure ? Arcadi, arrêtez de traîner des pieds, du nerf !

Arrivé à mi-parcours, Vadim fait demi-tour et fonce droit sur moi. Il m'embrasse devant toute la classe. D'un baiser interminable, langoureux et passionné, sous les sifflets et les applaudissements des autres étudiants, trop contents de pouvoir relâcher la pression. Abrams nous hurle d'arrêter et nous menace d'une visite chez le directeur. Ce mot magique nous sépare, Vadim rejoint son nouveau binôme, un sourire triomphal sur le visage, pendant que je me rassieds, les joues empourprées et les lèvres encore humides de cet incroyable baiser. Le cours reprend, je me fais toute petite, me concentrant sur mes notes en louchant de temps en temps sur les feuilles soignées de mon nouvel acolyte. Une petite boule de papier froissé roule sur mon bureau, je n'ai pas vu d'où elle arrivait. Je la lisse discrètement sur ma cuisse, essayant de déchiffrer les pattes de mouche :

Ils peuvent essayer de nous séparer, personne ne m'empêchera jamais de te parler. Ni de t'embrasser. V

Je souris bêtement, retourne le petit papier chiffonné et rédige une réponse sous la table, à l'abri des regards.

Elle McPherson et Jude Law, on ne s'en sort pas si mal… Tu me manques déjà. A

Je regarde autour de moi, ignorant comment renvoyer mon petit mot au fond de la classe. À ma gauche, Andrew se penche et fait semblant de me tendre un stylo. Mais il ouvre la main pour recevoir ma boulette et la fait passer derrière lui. Soudainement, toute la classe est solidaire. La petite scène passionnée, la tentative de rébellion et le malaise d'Abrams ont rangé les autres à nos côtés. Je jubile intérieurement. Très vite, un nouveau papier froissé me parvient.

Ils ne peuvent rien contre Toi + Moi. Tu me rends dingue, Alma. Tu ne sais pas ce que je serais prêt à faire pour toi.

Des milliers de papillons tournoient dans mon ventre. Un bonheur violent éclate dans mon cœur. J'écris à Vadim que je l'aime, follement, inconditionnellement. Plus que Tom Hanks et Jude Law réunis. Sa réponse me revient en boomerang. Andrew et les autres sont devenus maîtres dans l'art de faire passer les petits mots enflammés. Ils s'y amusent presque autant que nous. La machine est huilée, la mutinerie couve. Je déplie, défroisse, déchiffre :

Pas cap de lever la main et le dire tout fort. Au prof. À toute la classe. Si tu m'aimes, t'es cap.

J'inspire profondément et des effluves de Paco Rabanne viennent me chatouiller les narines. Je m'en emplis les poumons, je me sens gonflée d'une assurance et d'une audace qui me donnent envie de hurler. Je me racle la gorge, lance mon bras en l'air comme si j'allais poser une question :

– Mr Abrams ?
– Quoi, Lancaster ?

Tous les visages se braquent sur moi puis vers la porte à laquelle on vient de frapper. Quatre policiers en uniforme font irruption dans la salle de cours.

– Vadim Arcadi, vous êtes en état d'arrestation. Vous avez le droit de garder le silence. Tout ce que vous direz pourra être utilisé contre vous. Vous avez le droit à un avocat. Si vous n'en avez pas les moyens, un avocat d'office pourra vous être accordé. Avez-vous compris ce que j'ai dit ?

Les policiers, aux voix calmes et aux gestes sûrs, le menottent et l'emmènent en l'attrapant sous les bras. Vadim se laisse faire, imperturbable, presque résigné. En partant, il a un dernier regard pour moi. Un regard sûr, appuyé, qui me dit de ne pas m'inquiéter. Mais dans lequel je décèle une lueur de vulnérabilité qui me tord le cœur. Mes lèvres articulent en silence ce que je m'apprêtais à crier.

III

PASSION CLANDESTINE

11

LA FAUTE À QUI ?

Où est Vadim ? Qu'est-ce qu'ils lui font ? Est-ce qu'ils l'ont interrogé pendant des heures sans le laisser dormir, boire ou manger ? Est-ce qu'ils l'ont jeté dans une cellule de prison en lui prenant tout ce qu'il avait ? Sa liberté, son portable et jusqu'à ses lacets. Est-ce qu'il est seul ? Est-ce qu'il a peur ? Ou bien est-ce qu'il se rebelle, quitte à aggraver son cas ? Qui lit les textos que je lui envoie et auxquels il ne répond pas ? Est-ce qu'il a un avocat ? Qui a-t-il choisi pour l'unique coup de téléphone auquel il a droit ? Keith ? Felix ? Qui prend soin de lui ?

Qui va prendre soin de moi ?

Je me sens si seule sans lui. Depuis quatre jours, je ne pense qu'à ça. Depuis quatre jours, presque cent heures, je ne fais rien d'autre. J'erre dans un état second, l'esprit rempli de questions. Le cœur vide de tout, vide de Vadim Arcadi. Depuis ce lundi matin où je l'ai vu disparaître, entouré par quatre policiers, mon monde est resté figé. Incapable de remettre les pieds à la fac, j'ai prétexté une grippe pour que mes parents m'autorisent à rester à la maison. Vu ce que j'ai réussi à dormir et à avaler, ma faiblesse physique et ma mine blafarde rendent ma maladie imaginaire parfaitement crédible.

Est-ce que lui, il va bien ?

Pendant ces quatre interminables jours, du fond de mon lit, j'ai rejoué la scène dans ma tête. Les messages que l'on s'envoyait en cachette, à l'aide des autres. L'arrestation en plein cours. Puis le silence dans la classe… C'est fou comme les sentiments ont l'air de déborder de ces petits papiers que j'ai tous précieusement gardés. Et que je ne cesse de relire pour m'assurer que tout ça existe encore. Et puis le dernier regard de Vadim, ce regard qui me hante, que j'essaie toujours de déchiffrer.

Qu'est-ce qu'il a fait ?

Comme si ce calvaire n'était pas assez insupportable, je dois aussi subir le regard inquiet de ma mère, qui pose le dos de sa main sur mon front chaque fois qu'elle me croise. Le regard fier et suffisant de Basile, qui me chuchote en jubilant « je t'avais prévenue » ou « il n'a que ce qu'il mérite », chaque fois qu'il en a l'occasion. Le regard triste de Lily qui vient s'asseoir au bout de mon lit pour me chatouiller les pieds et vérifier que ça ne me fait toujours pas rire. Le regard compatissant de Georgia, qui a sans doute compris ce qui se passe et essaie de me requinquer à coup de chocolats chauds apportés sur un plateau. Le regard désolé de Clémentine, qui est passée plusieurs fois me donner les cours à rattraper et me remonter le moral comme elle peut. Et le regard appuyé de mon père, qui a décidé que j'allais mieux et qu'il était temps que je retourne à la fac avant de décrocher complètement.

Je n'irai pas mieux tant que je ne saurai pas comment va Vadim.

Pourquoi je ne sais rien ? Pourquoi je n'ai aucune nouvelle ? S'il ne m'a toujours pas donné signe de vie, c'est qu'il n'est pas encore sorti de l'endroit où on le retient. Mais où ? Le commissariat ? La prison ? Est-ce que c'est vraiment si grave que ça ? Je n'ai même pas les coordonnées de Felix ou de Keith pour les appeler. Je n'ai aucun moyen d'entrer dans le monde de Vadim quand ce n'est pas lui qui m'ouvre la porte. Est-ce que je le connais vraiment si peu que ça ?

J'ai demandé à ma meilleure amie de passer me prendre ce vendredi matin. Je ne me sens pas capable d'arriver seule sur le campus et d'affronter la réalité. Tous ces étudiants qui ont assisté à la scène et qui n'ont dû parler que de ça depuis presque une semaine. Clémentine a passé son bras sous le mien et marche la tête haute, d'un pas décidé, prête à faire barrage de son corps face au premier qui tentera de m'approcher.

– Où tu te cachais, Lancaster ? Ils t'ont arrêtée, toi aussi ? lance une voix masculine derrière moi.

– Ne t'arrête pas, continue à avancer, me murmure Clem à l'oreille.

– Tu es allée apporter des oranges à Arcadi, au moins ? ajoute une autre voix venue d'un groupe de basketteurs rassemblés autour de Timothy.

– Ne réponds pas, Wallace n'attend que ça ! continue à m'encourager Clem.

– Il y a des visites conjugales au parloir ? renchérit un grand mec en mimant un geste obscène.

– Eh, Michael Jordan, va jouer à la balle si tu as besoin de te défouler, rétorque ma copine en continuant son chemin.

– On se tire, les gars, ordonne Tim en détournant les yeux comme s'il ne pouvait plus rien faire pour moi.

C'est tout ce que je lui demande…

Arrivée devant notre salle de cours, j'hésite à repartir en courant, mais Clémentine me tient toujours fermement.

– Le plus dur est passé, ça va aller, m'assure-t-elle toujours en chuchotant.

Mais les questions fusent et les remarques reprennent de plus belle. Un peu moins débiles, un peu plus bienveillantes, mais presque aussi difficiles à entendre.

– Alors, Arcadi est ressorti ?

– Tu l'as vu ? Tu lui as parlé ?

– Qu'est-ce que les flics lui voulaient ?

– Ça doit être grave pour qu'ils viennent le chercher jusqu'ici !

– Il va revenir en cours ? s'inquiète Phoebe McPherson, qui a perdu son binôme de travail dans l'histoire.

– J'ai toujours su que ce mec n'était pas clair, commente Nicki Scott en agitant ses cheveux blonds.

– Tu ne sais rien du tout, Barbie, la coupe ma meilleure amie légèrement à cran.

– Tu veux un bout de mon Twix ? propose Andrew Clark comme si c'était la solution à tous mes problèmes.

Clémentine accepte à ma place, plus pour changer de sujet que par gourmandise – quoi que…

– Tu diras à Arcadi que je suis avec lui, poursuit Andy qui s'est définitivement rangé de notre côté depuis l'affaire des petits papiers.

– Personne n'est avec personne et tout le monde s'occupe de ses affaires, intervient Mr Abrams, qui arrive au pas de course et nous fait entrer dans la salle.

Je m'assois au premier rang, bientôt rejointe par mon nouveau binôme, Jude Lee, qui me tend un sourire contrit. Je me surprends à regarder vers le fond de la classe. Pour vérifier que Vadim n'y est pas. Ou que personne n'a osé prendre sa place. Les larmes me montent aux yeux quand j'aperçois les deux pieds avant de la chaise bien à plat sur le carrelage.

Personne ne se balance en arrière. Personne ne me sourit en coin. Personne ne sent son parfum. Personne ne regarde par la fenêtre comme si un autre monde existait dehors, le monde de tous les possibles.

Est-ce que Vadim a une fenêtre, là où il est ?

– Alma, vous avez pu rattraper les cours de la semaine ? me demande Mr Abrams d'une voix douce.

– Oui, monsieur, Clémentine me les a donnés.

– Ah, il vaut mieux que je vous réexplique moi-même, alors, dit-il en fixant mon amie d'un air bête. Les autres, vous continuez à travailler sur vos story-boards, je veux tout valider avant la fin de la matinée. Ceux qui n'ont toujours pas de scénario définitif, il serait temps de s'y mettre. Il vous reste moins de trois mois pour le casting, le tournage et le montage. Si vous ne lui courez pas après, le cinéma ne vous attendra pas !

– Comment je fais, moi ? demande timidement Jude, un peu inquiet de se retrouver seul.

– Vous vous débrouillez, vous faites appel à un ami, vous vous plaignez à votre mère, ce n'est pas mon problème. Scott, fermez la bouche et mettez-vous au travail. Clark, le petit déjeuner, c'est avant les cours. Nourrissez-vous de votre passion plutôt que de vos cochonneries. Lancaster, venez par ici.

Je m'approche lentement du bureau du prof, qui se lève pour me laisser sa place et m'inviter à m'asseoir. Puis il se dirige vers le fond de la classe, sous le regard médusé des étudiants, s'empare de la chaise vide de Vadim et la rapporte à côté de moi. Il s'y assoit de profil, croise ses jambes et plonge ses yeux fatigués dans les miens en poussant un long soupir.

– Je sais parfaitement ce qui vous arrive, lance-t-il à voix basse. Vous vous sentez seule, démunie, abandonnée. Je me trompe ?

– Non, j'étais malade mais ça va mieux.

– Vous avez une mine affreuse. Le pauvre Bruce Lee ose à peine vous regarder, il doit avoir peur des fantômes, dit-il pour me faire sourire.

– Je ne l'ai pas beaucoup aidé sur notre projet, jusque-là.

– Pourquoi est-ce que vous fuyez le vrai sujet ? Même absent, Arcadi est partout. Vous avez observé les autres ? J'ai quasiment commis un crime contre l'humanité en allant prendre sa chaise.

– Oui, on devrait venir vous arrêter, vous aussi, réponds-je sans me laisser démonter, un sourire triste sur les lèvres.

– Vous avez retrouvé votre repartie, c'est un bon début. Alma, prenez le problème à l'envers : vous n'êtes pas seule, vous êtes libre, maintenant. Vous pouvez exister, créer. Pourquoi vous ne feriez pas un court-métrage sur ce que vous vivez ? Filmez le vide, la perte, le néant qui vous habite.

– Et Lee ?

– Il a déjà son sujet, c'est le sien, vous n'avez rien mis de vous là-dedans. Je veux que vous fassiez quelque chose qui vous ressemble. Je vous aiderai à rattraper votre retard. Pendant vos heures d'assistanat, désormais, on s'occupera de votre film. En attendant, chaque fois que vous ne saurez pas quoi faire de votre douleur, servez-vous-en. Décrivez-la, mettez-la en images, en musique, faites-en quelque chose de plus grand. Ce sera splendide, croyez-moi.

– J'imagine que je n'ai pas le choix… murmuré-je en essuyant les larmes sur mes joues.

– Vous imaginez bien. Au travail ! s'écrie soudainement Abrams en se levant avec fracas avant d'aller reposer la chaise de Vadim à sa place.

Les autres cours se sont succédé tout au long de la journée : histoire du cinéma, techniques de lumière et de son, atelier prise de vue, logistique et production. Mais pendant que je prenais des notes de façon robotique ou m'arrangeais pour ne participer à rien, je n'avais en tête que Vadim. Et le film que je pourrais faire sur lui. Ou plutôt sur son absence. Sur ma solitude, mes souvenirs, mes peurs, mes espoirs…

Il me manque tellement. Un projet de court-métrage : voilà tout ce qui me reste. Tout ce qui me raccroche à lui.

En quittant la fac, j'ai laissé Clémentine en grande conversation avec Hannah Goldberg, son binôme attitré, ou plutôt avec son frère aîné, qui vient régulièrement la chercher. Ma copine m'a interrogée du regard pour savoir si j'avais besoin d'elle, mais elle me suppliait plutôt de la laisser continuer à draguer tranquillement sa nouvelle proie inaccessible. Le texto qu'elle m'a envoyé un peu plus tard m'a appris qu'elle comptait se convertir au judaïsme, pour épouser Aaron Goldberg, lequel est presque d'accord.

J'ai décidé de faire un détour pour passer devant le studio de Vadim. Autant pour m'assurer qu'il n'y est toujours pas que pour me faire encore plus de mal. Et commencer mes repérages pour les images fantomatiques que j'aimerais tourner.

Pathétique. Abrams et ses maudites grandes idées. Vadim va bien finir par rentrer…

Dans sa rue, la fenêtre éclairée du premier étage me fait quasiment sursauter. Figée sur le trottoir, j'observe longuement l'immeuble pour m'en convaincre : la lumière provient bien de l'appartement que je connais. Celui où nous nous sommes embrassés pour la première fois. Celui où nous avons fait l'amour pour la première fois. Celui où nous avons été pris en photo, à notre insu, sûrement de l'endroit où je me trouve en ce moment même.

Effarée, paniquée, je ne pense même pas à bouger. Une avalanche de questions déboule dans mon esprit en état de choc. Quand Vadim est-il rentré ? S'il est chez lui, libre, pourquoi ne m'a-t-il pas encore appelée ? Pourquoi ne s'est-il pas rué chez moi, à la fac, n'importe où, pour me retrouver ? Mon cerveau refuse d'envisager les réponses. Mais il n'ordonne pas non plus à mon corps d'avancer, de marcher, de courir dans les escaliers et d'aller sonner à sa porte. Je reste là, paralysée, les yeux rivés sur cette fenêtre allumée où rien ne bouge. Je guette un mouvement, une ombre, un signe de vie. Rien. À la place, la lumière s'éteint. Nouveau sursaut. Mon premier réflexe est de vouloir aller me cacher. Mais mes jambes ne me répondent plus. Elles sont lourdes, immobiles, ancrées dans le sol, comme aspirées dans des sables mouvants. Seul mon cœur qui s'emballe me rappelle que je suis vivante. Toute autre force m'a quittée. Une silhouette sort par la porte de l'immeuble et mon pouls accélère encore. J'ai des fourmillements jusque dans le bout des doigts. Vadim s'est rasé la tête, je ne le reconnais même pas. Il traverse la rue et fonce droit sur moi.

– Qu'est-ce que tu fous là, toi ? Tu n'en as pas assez fait, tu crois ?

Je prends une gifle en plein visage. Mon sang irrigue enfin mon cerveau, j'écarquille les yeux, retrouve mes esprits. C'est Felix. Felix Alonso, ses cheveux ras, là devant moi. Je n'ai jamais été aussi écœurée de le voir apparaître. La réciproque semble vraie. Je suis à deux doigts de m'effondrer. Je me reprends juste à temps pour l'interroger.

– Où est Vadim ?
– Pas tes affaires. Dégage de là.
– Felix, parle-moi !
– Tu me donnes des ordres, maintenant, Lancaster ? Vadim s'est peut-être fait avoir par ton petit jeu de sainte-nitouche, mais ça ne marche pas avec moi. Écarte-toi de mon chemin, me crie le Latino en faisant un pas de plus dans ma direction.

– Mais de quoi tu parles ? réponds-je doucement, ma voix tremblante trahissant ma peur.
– C'est de ta faute, tout ça ! me crache-t-il au visage avant de me contourner.

Je le rattrape et pose ma main fébrile sur son bras.

– Felix, s'il te plaît ! Je deviens folle ! J'ai fait le tour de tous les commissariats de la ville pour essayer de le retrouver. J'ai besoin de savoir ! Qu'est-ce qu'il a fait ? Où il est ?
– C'est le moment où tu te mets à pleurer ? Tu peux chouiner tant que tu veux, Lancaster, ça ne l'aidera pas à sortir de là. Et je n'aurai jamais pitié de toi.
– Mais qu'est-ce que je peux faire ? me lamenté-je en retenant mes larmes.
– Rien, surtout, tu ne fais plus rien ! C'est à cause de toi s'il s'est fait prendre. Ce n'est plus le même, il a la tête ailleurs, il n'est plus aussi vigilant, ça ne serait jamais arrivé avant !
– Fait prendre ? Mais pour quoi ?
– Ça ne te regarde pas. Il a un casier, maintenant, tu vas le faire plonger. Et moi avec !
– Quoi ? C'est pour ça que tu vis chez lui ?
– Oui, tu es contente ? Je suis dans la merde, je n'ai plus rien si je n'ai pas Vadim ! hurle Felix en se brisant la voix.
– On est deux, alors, murmuré-je en laissant mes larmes couler.

Le petit brun au visage tendu, déformé par la rage, pousse un long soupir. Il me regarde un instant, se détourne, se passe la main sur le front, puis son pouce et son index viennent s'enfoncer dans ses yeux, comme pour s'empêcher de pleurer. Il rabat sa capuche sur son crâne rasé et me fait face à nouveau.

– Rentre chez toi, Lancaster. Et laisse-le tranquille. Vadim allait bien mieux avant toi, il avait réussi à s'en sortir, lui. Ne change pas tout à sa vie. Il a assez souffert comme ça.

J'observe Felix s'éloigner dans la rue, le pas traînant, ses grosses baskets blanches raclant le trottoir à un rythme régulier. Ce son me berce, les sables mouvants se referment autour de mes pieds pendant qu'un étau puissant m'enserre le cœur. Mes yeux embués se dirigent à nouveau vers la fenêtre du studio. Lumière éteinte. Lueur d'espoir envolée.

12

DIALOGUES DE SOURDS

– Alors, ce week-end ? me demande Clémentine en grimaçant face à ma tête défaite quand j'arrive sur le campus.

– Bof, réponds-je en haussant les épaules, mais en me forçant à sourire quand même.

– Moyen ou horrible ? Dis tout à tata Clem.

– Affreux, atroce, abominable, avoué-je finalement.

– Tu as bien eu le temps de réviser tes synonymes en tout cas, essaie-t-elle de blaguer. Pourquoi tu n'as pas voulu qu'on sorte ? Je t'aurais changé les idées…

– Pas envie. Tu as fait quoi, toi ?

– Je suis allée chez Hannah Goldberg pour bosser sur le court-métrage.

– Pour voir Aaron, ouais !

– Pff, j'avais mis mon jean de folie, tu sais, LE jean. Je pouvais à peine respirer, mais j'étais au top !

– Et alors, il a apprécié ?

– Il n'était même pas là, cet abruti !

J'éclate de rire. Clémentine raconte les histoires mieux que personne et il n'y a qu'elle pour me faire changer d'humeur en une phrase.

– Tu ne te convertis plus, alors ? Le judaïsme, c'est fini ?

– Oui, on oublie ! J'arrête les mecs, aussi. Je devrais peut-être m'acheter un chat. Je crois que je vais finir vieille fille, Alma.

– On va pouvoir monter un club… dis-je, songeuse, rattrapée par ma tristesse.

– Toujours aucune nouvelle de Vadim ?

– Non, ça fait pile une semaine. C'est lundi dernier qu'il s'est fait arrêter.

– Mais pourquoi ils ne le relâchent pas ? Il a tué une vieille dame ou quoi ?

– Je ne sais pas, soupiré-je bruyamment. J'ai croisé son pote Felix, vendredi. Il n'a rien voulu me dire. À part que c'était ma faute et que je devrais rester loin de lui.

– Tu sais… Enfin tu fais ce que tu veux… mais ce n'est peut-être pas une si mauvaise idée.

– Ah non ! pas toi, Clem, tu ne vas pas t'y mettre aussi.

– Mais non, Alonso raconte n'importe quoi, tu n'as rien à te reprocher, Alma. Mais si Vadim a fait quelque chose de grave, tu as vraiment envie de t'embarquer là-dedans ? Je veux dire, le côté rebelle, c'était sympa, sexy et tout, mais sortir avec un délinquant ?

– Un quoi ?!

– Les flics sont venus le chercher, il y a bien une raison ! insiste ma copine *drama queen* en levant ses paumes vers le ciel.

– Je suis sûre qu'il est innocent. Ou qu'il y a une bonne explication…

– En attendant, tu t'accroches à Arcadi alors qu'il y a des tas d'autres mecs à la fac, c'est tout ce que je dis.

– Aucun comme lui, murmuré-je, plus pour moi que pour Clem.

Je prends la défense de Vadim, mais les mots de ma meilleure amie me touchent en plein cœur. Et si elle disait vrai ? Et si mes parents, mon frère et même Timothy avaient raison depuis le début ? Mon esprit doute et me ramène quelques mois en arrière. Quand je ne connaissais pas Vadim, quand ma vie était simple et bien rangée – ennuyeuse mais pas effrayante comme aujourd'hui – quand mon petit ami était tout ce qu'il y a de plus sage et de plus rassurant. Comment en suis-je arrivée là ? À tomber amoureuse d'un garçon mystérieux, ingérable, irrésistible, pour qui j'ai menti, découché et même vandalisé un gymnase. Est-ce que je suis en train de devenir une délinquante comme lui ? Est-ce qu'on va en prison quand on échange des devoirs contre de l'argent ? Est-ce qu'il a fait des choses bien pires encore ? Est-ce que je devrais partir en courant ?

Clémentine me traîne au premier cours de la journée en enterrant la hache de guerre à sa façon :

– On n'est pas d'accord, mais je t'aime encore. Et je te soutiendrai jusqu'à la mort ! Eh, tu as vu, ça rime ! Je fais des vers sans le vouloir ! Ok, je quitte le cinéma, je m'inscris en poésie !

– Ça n'existe même pas, comme cursus.

– Ok, je quitte tout et je crée une université, avec que des matières marrantes. Poésie, corde à sauter, sieste, imitation de cris d'animaux.

– Ça s'appelle la maternelle, ça !

– Je n'ai pas fini ! Il y aura des cours de drague aussi, danse en sous-vêtements devant la glace et même dégustation de Twix, comme ça je suis sûre qu'Andrew Clark s'inscrira !

– Ça y est, tu es amoureuse, toi…

– Et toi, tu sais ce que tu es ? Tu es jalouse parce qu'il n'en propose qu'à moi, voilà ! Allez viens, on y va.

À la pause déjeuner, j'ai à peine le temps de sortir de la salle de cours que j'aperçois Felix, affalé sur un banc, dehors, esquissant un faux sourire quand mon regard croise le sien. L'air gêné, il se lève et avance lentement vers moi, la démarche entravée par son immense baggy blanc dont l'entrejambe lui arrive presque aux genoux.

– Salut Lancaster. On peut parler deux minutes ?

– Je t'écoute.

– Seul à seul, ce serait mieux. Si ta rouquine de copine peut aller faire un tour.

– Avec plaisir, Alonso ! répond amèrement Clémentine. Tu feras gaffe, t'as un crapaud qui te sort du caleçon.

– C'est une grenouille et c'est l'emblème de Porto Rico, gamine. Tu ne devrais pas regarder à cet endroit-là si tu ne supportes pas, la nargue Felix en se passant la main sur le bas du ventre.

– Et toi, tu devrais rendre son pantalon à ton grand frère, gamin ! rétorque Clem sans se laisser impressionner.

– Bon, qu'est-ce que tu voulais me dire ? le relancé-je pour mettre fin à leur débat stérile.

Le Latino attend que mon amie soit à bonne distance pour s'adoucir un peu. Son visage de gros dur devient peu à peu celui d'un enfant qui a fait une bêtise et qui ne sait pas comment s'excuser.

– Je crois que j'y ai été un peu fort avec toi, l'autre fois. Donc voilà, désolé.

– Ok… C'est tout ?

– Non. Vadim va être libéré, ils n'ont rien contre lui. Ou presque. Et il a donné un truc à Keith pour toi. Comme je suis un mec sympa, je suis venu te l'apporter.

Felix plonge dans sa large poche et en ressort un morceau de papier jaune plié en plusieurs fois. Il le tient devant mon visage, entre son index et son majeur. Je me jette dessus, mais il esquive en relevant la main au-dessus de ma tête.

– Et comme je suis aussi un mec curieux, je l'ai lu, forcément. Je pense que ça va te faire plaisir, poursuit-il, très fier de lui.

– Alors pourquoi tu ne me le donnes pas ?

– Parce que je suis un peu à sec, tu vois. Si tu pouvais faire un petit geste, pour le déplacement, quoi. Je n'étais pas obligé de venir jusqu'ici. D'ailleurs, je peux repartir si tu ne veux pas vraiment le lire.

– Tu me demandes de l'argent, c'est ça? chuchoté-je, ne croyant pas ce que je viens d'entendre.

– Tu comprends vite, quand tu veux, Alma. C'est juste pour me dépanner, Vadim te remboursera. Enfin pour ça, il faudrait que tu saches où le retrouver, quoi.

– Je n'ai presque rien sur moi.

– Combien?

– Vingt ou trente dollars, je crois.

– Ça ira.

Je suis vraiment en train d'acheter un message qui m'est adressé? Ce gars n'a peur de rien... Et moi j'ai peur de lui. Mais Vadim m'a écrit. Ses mots n'ont pas de prix.

Après notre échange discret, Felix part sans se retourner et je m'enfuis en courant vers les toilettes des filles. Je m'enferme et m'adosse contre la paroi froide pour découvrir enfin le contenu du billet. Mes doigts tremblent en dépliant le petit papier serré, j'ai la bouche sèche et mon cœur bat en accéléré. Les pattes de mouche sont plus illisibles que jamais. Est-ce qu'il était fébrile, lui aussi, en m'écrivant ces lignes?

Bientôt libre! Tellement pensé à toi. Semaine la plus longue de ma vie. Toi + Moi au Sunset, 20 h. Dis-moi que tu seras là. V.

J'ai attendu ça sept jours. Et je vais encore devoir patienter sept heures. Si peu et tant à la fois…

J'ai bien cru que les cours ne finiraient jamais. Et je suis arrivée dans ce café avec presque deux heures d'avance. Après négociations, jérémiades et moues de déception, Clémentine a accepté de ne pas m'accompagner. Seule, j'ai passé d'interminables minutes à observer les étudiants dans leur routine habituelle de fin de journée : grands verres de soda, grandes conversations, grands éclats de rire. Moi, je me fais toute petite, le front posé contre la fenêtre, les yeux rivés sur la rue par laquelle Vadim devrait bientôt arriver. Comment sera-t-il habillé ? Aura-t-il l'air différent ? Sera-t-il aussi beau, aussi grand ? Aussi effrayant ? J'ai l'impression de le rencontrer à nouveau pour la première fois. Nos retrouvailles me rendent tellement nerveuse que j'ai déjà joué cent fois la scène dans ma tête. Rester assise ou me lever ? Me taire ou dire quelque chose ? Mais quoi ? Me méfier ou m'abandonner ? En réalité, je meurs d'envie de me jeter sur lui. Mais je ne le ferai pas. Je meurs aussi de peur qu'il se jette sur moi. Et qu'il prenne ma pudeur pour de la froideur. Je déteste les effusions en public, les amoureux qui se donnent en spectacle. Et je déteste l'idée de me jeter à ses pieds alors que je ne sais toujours pas pourquoi il s'est fait arrêter. Et tout le monde va nous regarder…

Grande idée de me laisser deux heures pour penser !

Je m'étends sur la table devant moi, la tête entre les bras, pour stopper le flot de questions. Je reste ainsi de longues minutes, plongée dans le noir, coupée du monde et des bruits ambiants. Une main se pose sur mon crâne et se met à me caresser les cheveux. Je reconnais son odeur avant même de le voir ou d'entendre sa voix. Vadim est là. Je sors de ma léthargie et me redresse lentement, pendant qu'il s'assied sur la banquette à côté de moi. Sa main est sur mon visage maintenant, son pouce caressant doucement ma joue.

– Tu dormais ? murmure-t-il. C'est tout ce que ça te fait de me retrouver ?

Son regard gris est indéchiffrable. Triste et déçu ou plein de défi ? Il me sourit et le déclic se produit. Nos deux corps se rapprochent, fondent l'un sur l'autre, se serrent aussi fort qu'ils le peuvent. Lovée dans ses bras, je le respire, me charge de sa chaleur, de son énergie, de sa force de vie. Mais les quelques regards braqués sur nous me mettent mal à l'aise. Pourquoi a-t-il fallu qu'il me donne rendez-vous au Sunset ?

– Tu as un peu abusé du Paco Rabanne, dis-je en m'échappant de son étreinte.

– Et toi, tu as un peu abusé de Nicki Scott en mon absence, non ? Une semaine sans moi et tu te transformes en peste ? me provoque-t-il dans un sourire insolent.

– Une minute avec moi et je te déplais déjà ? réponds-je, vexée.

– Tu veux que je m'en aille, Alma ?

– Tu veux que je pleure, Vadim ?

– Pourquoi j'ai l'impression que tu n'as pas envie que je sois là ? lâche-t-il en fronçant les sourcils.

– Ça fait une semaine que j'attends ça… soupiré-je pour ma défense.

– Alors pourquoi tu me la joues mi-chaud mi-froid ?

Je ne sais pas. Qu'est-ce qui me prend de le rejeter alors que je ne veux que lui ? Pourquoi suis-je aussi méfiante, agressive, comme si je devais lui faire payer quelque chose ?

– Je n'imaginais pas nos retrouvailles comme ça, avoué-je en le regardant tristement. Et j'ai eu le temps d'y penser, crois-moi.

Et voilà, ça me reprend !

– Ok, je sais que ça a dû être dur pour toi. Je suis désolé. Tu m'as tellement manqué, dit-il en me prenant la main.

– Toi aussi, réponds-je en m'adoucissant un peu… et en masquant nos mains enlacées sous la table.

– Qu'est-ce que tu fais ?

– Rien, je ne veux pas que tout le monde nous regarde.

– On s'en fout, putain ! Je suis là, libre, avec toi, ils peuvent mater autant qu'ils veulent. Et s'ils ont un problème avec moi, qu'ils viennent me le dire ! crie-t-il à la cantonade.

– Chut, s'il te plaît, parle moins fort.

– Décidément, ça ne te réussit pas de passer sept jours sans moi. J'ai l'impression de retrouver la petite Lancaster coincée du début de l'année, sourit-il pour me provoquer à nouveau.

– Décidément, ça ne te réussit pas de passer sept jours en prison… Tu vas m'expliquer oui ou non ?

– Ils n'ont aucune preuve, ils étaient obligés de me laisser sortir. Je suis tranquille maintenant, je vais reprendre ma vie d'avant.

– Mais aucune preuve de quoi ? Pourquoi tu ne m'expliques pas ?

– Parce que ça n'a aucune importance, Alma. C'est déjà du passé. Tout ce qui compte, c'est nous. Je ne veux plus qu'on soit séparés, je ne le supporte pas. J'ai réalisé ça, là-bas. Je n'ai pensé qu'à ça. Toi + Moi, là, maintenant !

Vadim m'attrape le visage à deux mains et m'embrasse fougueusement. Mon premier réflexe est de le repousser. Et de regarder autour de moi : tous les étudiants du Sunset assistent au spectacle. Et mon Arcadi a sauté sur ses pieds, un air furieux lui traversant les yeux.

– Tu as honte de moi ? Tu veux me cacher, c'est ça ? Alors casse-toi ! Je n'ai pas de temps à perdre avec cette Alma-là. Je ne la connais pas ! Retourne dans ta petite vie et oublie-moi !

Effarée par la violence de ses mots, la rage dans son regard, je ramasse mon sac, glisse sur la banquette, bouscule Vadim sur mon passage et m'élance en courant vers la sortie. Je cours de plus belle dans la rue, en laissant les larmes ruisseler sur mes joues, ne pensant à rien d'autre qu'aller m'enfermer chez moi. Derrière la lourde porte, je tombe sur Georgia et m'effondre dans ses bras.

Je ne sais pas depuis combien de temps je pleure. Au moins plusieurs heures. Ni les mots réconfortants de ma *nanny* ni le coup de fil de Clémentine n'ont réussi à m'apaiser. Je continue à sangloter au fond de mon lit, refusant de laisser entrer ma mère ou même Lily. La nuit est tombée, toute la maison s'est endormie. Moi, je rejoue sur mon oreiller trempé la scène de nos retrouvailles, ressasse les phrases dures échangées, les reproches, les provocations qui dérapent, les rancœurs qui persistent, les piques envoyées qui auraient dû nous faire rire plutôt que nous éloigner. Et cette distance, douloureuse, incompréhensible : nos mains qui se cherchent et ne se trouvent pas, nos corps qui s'attirent mais se repoussent aussitôt, mes lèvres qui se refusent aux siennes, le fossé entre nous, impossible à combler, et tout ce temps perdu, impossible à rattraper.

Si, c'est possible… Tout est possible. C'est Vadim Arcadi qui me l'a appris.

Je m'essuie les yeux et saisis mon portable sur ma table de nuit. Je commence à rédiger un message et je ne peux plus m'arrêter.

[Je suis une peste coincée qui ne sait pas ce qu'elle veut. Tu es un voyou mal élevé qui met trop de parfum. Mais à deux, on arrivait à être quelqu'un de bien. C'est seuls, qu'on n'y arrive pas. Vadim, je ne veux plus passer une journée sans toi. J'ai eu si peur de te perdre… que j'en ai eu peur de te retrouver. Pardonne-moi. Est-ce que tu veux bien me provoquer encore ? M'embrasser et me serrer encore ? Je t'ai aimé tellement fort quand tu n'étais pas là. Je crois que je pourrais t'aimer encore plus si tu étais près de moi… A]

Sa réponse me parvient en moins de temps qu'il n'en faut pour le dire. Sous la couette, l'écran de mon téléphone illumine l'obscurité de ma grotte improvisée.

[C'est le texto le plus long de toute l'histoire des textos. V]

[C'est la réponse la plus nulle de toute l'histoire des réponses. A]

[Alors c'est fini, le mi-chaud mi-froid ? V]

[Oui. J'ai tellement froid sans toi. Viens me tenir chaud. Cap de passer la nuit chez moi ? De me rejoindre dans ma chambre, là, maintenant ? A]

[Si je me fais pincer, tu viens en prison avec moi. V]

[Où tu veux, pourvu qu'on soit ensemble. Je t'attendrai en bas. A]

Dix minutes plus tard, je me tiens sur le seuil de la villa, guettant l'arrivée de Vadim par la porte entrouverte. Georgia, qui a le sommeil si léger, m'a entendue descendre l'escalier et est venue me demander si tout allait bien. Elle a écouté mon mensonge et est retournée se coucher en m'adressant un clin d'œil entendu. Mon amoureux est apparu devant le portail et j'ai actionné l'ouverture électrique quelques secondes, juste le temps qu'il puisse se glisser à l'intérieur. La lumière automatique s'est allumée sur son passage, puis j'ai couru, en chaussettes, lui sauter dans les bras au milieu de l'allée. Il m'a embrassée et je ne l'ai pas repoussée. Ces retrouvailles-là ressemblent nettement plus à celles dont j'avais rêvé.

Seuls au monde, dans le froid, nos corps s'embrasent déjà. Nos bouches s'aimantent, nos mains se faufilent partout, nos bassins s'épousent, nos cheveux et nos doigts s'entremêlent, nos soupirs se mélangent, nos désirs fusionnent. Un peu trop.

– On devrait rentrer, non ? me susurre Vadim en reprenant son souffle.

– Viens, voyou. Montre-moi comment tu entres dans une maison sans faire de bruit, le défié-je en souriant.

Nous claquons la lourde porte de la villa le plus silencieusement possible – Vadim me demande de le laisser faire, rapport à ma délicatesse légendaire – et montons discrètement à l'étage. Dans ma tête, je remercie ma mère pour son amour de la moquette, qui nous facilite grandement les choses. Nous nous enfermons enfin dans ma chambre et restons un instant derrière la porte, le cœur battant, à l'affût du moindre bruit. Tout le monde semble dormir profondément. La nuit nous appartient. Je me retourne pour faire face à Vadim, attrape ses poignets et les emprisonne derrière son dos. Je m'approche de ses lèvres si parfaites, fais mine de l'embrasser et recule au dernier moment.

– Je vous arrête pour être entré par effraction, Vadim Arcadi.

– J'avoue tout, je suis le gentleman cambrioleur… et tu es la plus sexy des complices.

– J'espère que tu n'as rien volé sur ton passage, Arsène Lupin.

– Je vais te voler ton âme, Alma Lancaster…

Ma chambre d'adolescente est plongée dans une douce obscurité et le silence le plus total. Moi, j'ai plongé dans ses bras et ce baiser passionné me donne le tournis. Vadim s'arrête net et regarde autour de lui :

– Alma, tu es sûre de vouloir faire ça ? Ici ?

– Je rêve ou tu as peur, Vadim Arcadi ? le provoqué-je à voix basse, tout en passant mes mains sous son pull fin.

– Je n'ai pas peur pour moi, répond-il en glissant son index à la naissance de mon décolleté. Mais comment tu le vivras si ton père débarque et nous trouve là, en train de…

– En train de faire ça ? l'interromps-je en faisant disparaître son pull par-dessus sa tête.

– Ou ça, continue-t-il en m'attrapant brusquement les fesses.

– Je te préfère quand tu n'es pas raisonnable, ça, c'est mon rôle à moi.

– Alors ne me vole pas mon rôle de provocateur… allumeuse !

– Embrasse-moi.

– Hmm… Je ne crois pas, je n'aime pas trop qu'on me donne des ordres.

– Dépêche-toi, insisté-je en me rapprochant de son visage.

– Ou sinon quoi ?

– Ou je vais devoir te placer en garde à vue, t'enfermer dans cette pièce et appeler le commissaire Lancaster.

– Pitié, non, pas ça, grimace-t-il. Sous la torture, je serai obligé de lui avouer toutes les vilaines choses que j'ai faites à sa fille. Et toutes celles que j'ai envie de lui faire…

– J'en ai assez entendu, petit insolent, dis-je sur un ton coquin en lui croisant les mains dans le dos et en le faisant avancer jusqu'à mon bureau.

– C'est l'heure de la fouille corporelle ? me demande Vadim sans résister, un sourire naissant sur ses lèvres.

– Je ne ferais pas le malin si j'étais toi, poursuis-je en imitant les flics que j'ai pu voir dans les séries policières. Penche-toi en avant, mains à plat sur la table, jambes écartées, tu vas passer un sale quart d'heure, Arcadi. Ne bouge pas d'ici.

Il m'obéit pendant que je vais donner un tour de clé à la serrure de ma chambre. Je reviens au milieu de la pièce sombre, à peine éclairée par les lointains lampadaires de la rue. Je marque un temps d'arrêt pour l'admirer, de dos, torse nu : il est beau à tomber. Sa peau soyeuse, tendue sur ses larges épaules, les muscles de ses bras, la finesse de sa taille, le bombé de ses fesses dans ce jean qui lui va si bien. Je pourrais m'asseoir par terre et passer la nuit comme ça, à le regarder. Mais je préfère encore le fouiller, centimètre carré par centimètre carré. J'avance à pas feutrés sur la moquette et mes mains plongent d'abord dans ses ondulations en bataille.

– Je ne cache rien dans mes cheveux, vous savez… s'amuse-t-il en chuchotant.
– Je préfère vérifier. Fais-moi confiance, je ne vais oublier aucun recoin…

Mes doigts poursuivent leur recherche sur sa nuque, dans son dos, puis glisse à l'avant sur ses pectoraux si bien dessinés. Ils s'attardent un instant sur ses tétons.

– Je ne suis pas certain que ce soit très légal, comme procédé, se plaint Vadim en réprimant un frisson.
– Il fallait y penser avant d'être un mauvais garçon. Tais-toi, lui intimé-je en plantant mes ongles dans ses côtes.
– Ok, ok, je n'ai rien dit !

Je continue ma fouille en descendant vers son jean. Mes mains palpent son ventre, s'immiscent dans ses poches, reviennent sur sa braguette, s'arrêtent pour caresser la bosse qui se forme sous le tissu.

– Au moins, quelqu'un qui est content de me voir, murmuré-je en minaudant.
– Hmm, acquiesce Vadim en faisant celui qui n'a pas le droit de parler.

Je glisse le long de ses jambes musclées, ses cuisses fermes, ses mollets plus durs encore, j'en profite pour lui enlever ses chaussures délacées, une à une, et remonte faire une petite visite à son entrejambe. Au cas où j'aurais oublié quelque chose, je défais le premier bouton et m'aventure sous le jean. Vadim grogne puis saisit soudainement ma main baladeuse et se retourne pour me faire face.

– Ok, ce petit jeu a assez duré, agent Lancaster. Ce soir, ce sont les voyous qui prennent le pouvoir.

Il marche lentement pour me faire reculer, me dominant de toute sa hauteur, me défiant de son regard d'acier. Je bute contre le montant du lit et Vadim m'y pousse d'un doigt, avant de s'asseoir à califourchon sur moi. Ses mains se saisissent de mes poignets qu'il remonte au-dessus de ma tête et plaque contre le matelas.

– Cette fois, c'est toi ma prisonnière. Et tu as intérêt à te taire si tu ne veux pas alerter le commissaire, chuchote-t-il en visant du menton la porte fermée de ma chambre.

J'avais presque oublié que notre jeu de rôles avait lieu chez moi, sous mon toit, à proximité de mes parents, mon frère et ma sœur, dans le plus grand secret. L'interdit que je suis en train de braver ne fait qu'ajouter à mon excitation. La force de Vadim, la perfection de son torse viril, la beauté de son visage angélique et l'air dominateur qui traverse ses yeux : tout chez lui m'excite, ce soir plus que jamais.

– J'espère que tu abrégeras mon calvaire si je me laisse faire, lui soufflé-je à l'oreille.

– Aucune chance. Je vais te faire languir puis mourir d'impatience, aussi fort que moi pendant ces sept jours loin de toi. Tu ne pourras même pas crier pour me supplier.

Vadim jubile. Il me détaille puis entreprend de me déshabiller. Mais pas avec ses mains, qui maintiennent toujours les miennes. Avec sa bouche, qui embrasse mon cou, mes seins et repousse le tissu sur son chemin. Avec ses dents, qui font céder un à un les boutons de mon chemisier. Avec sa langue, qui fait glisser mes bretelles de soutien-gorge sur le côté et se fraie un chemin sur ma peau, atteignant mes tétons érigés. Je frissonne à ce contact velouté, humide, diabolique. Puis il descend vers mon nombril et ses incisives se remettent au travail pour défaire le nœud de mon pantalon en coton. Il mord dans la couture de ma culotte et tente de l'arracher comme un ogre affamé. En vain. Elle claque sur mon ventre et je lâche un premier gémissement que je ne voulais pas si bruyant.

Mes mains se débattent pour venir l'aider. Me débarrasser de tous ces vêtements, sur le champ ! Et les siens avec : sentir la chaleur de sa peau, libérer son sexe, apaiser le mien, qui se consume littéralement.

– Chut, pas de rébellion, Lancaster. Ou je serai encore plus sévère.

Vadim relève mes bras et les replace en croix sur l'oreiller. Son sourire fier et malicieux est presque carnassier. Jamais on ne m'a regardée avec tant de désir et d'intensité.

Sa bouche sensuelle m'appelle, si je ne peux pas le toucher, je veux au moins l'embrasser.

– Viens plus près, s'il te plaît, lâché-je dans un murmure étouffé.
– Encore un ordre ? dit-il en fronçant les sourcils et en faisant semblant de se fâcher.
– J'ai dit s'il te plaît !
– Ok, tu l'as cherché, je vais t'apprendre à te taire !

Mon amant faussement en colère fonce sur mon visage et emprisonne mes lèvres entre les siennes.

Gagné !

Pendant ce long baiser, sensuel et enflammé, le corps de Vadim s'écrase un peu plus sur moi et je ne peux empêcher mon bassin d'onduler. Malgré la barrière de nos vêtements, j'ai besoin de le sentir. Ces frottements délicieux me font gémir.

– C'est quoi, ça ? se redresse-t-il en sursautant.
– Ça quoi ?
– Chut, ce bruit-là, écoute ! m'ordonne-t-il en plaquant sa main sur ma bouche.

Je tends l'oreille et perçois de légers grattements derrière la porte de ma chambre.

– Vous avez un chat ?

– Non, on a une Lily qui croit qu'elle en est un. Elle fait ça depuis qu'elle est petite. C'est agaçant, hein ?

– Insupportable ! Va lui ouvrir avant qu'elle se mette à miauler !

– Ok, mais va te cacher avant qu'elle sorte les griffes !

Vadim disparaît sous mon lit d'un bond gracieux. Je me rhabille, je vais déverrouiller la porte et l'entrouvre à peine, juste de quoi passer la tête.

– Ça va, Alma ? J'ai entendu du bruit, chuchote ma petite sœur ensommeillée, en pyjama bleu ciel.

– Oui, juste un cauchemar, tout va bien.

– Pourquoi tu as fermé à clé ?

– Pour pouvoir cauchemarder tranquille. Va te recoucher !

– Pourquoi tu as une tête bizarre ?

– Et toi, pourquoi tu poses tant de questions ? File, il est tard !

– Tu me raconteras, demain ?

– Te raconter quoi, Lily ? soupiré-je, agacée.

– Ben, tu sais, ton cauchemar.

Elle tourne les talons sans attendre ma réponse. Impossible de savoir comment prendre sa dernière phrase. Est-ce que cette petite fille, qui déambule dans son pyjama Marge Simpson, cache une grande personne qui comprend tout ? Elle a 12 ans, l'innocence des enfants avec l'intelligence la plus brillante de toute la famille.

– Elle est marrante, ta sœur, sourit Vadim en sortant de sa cachette.

– On a parlé de mon père, maintenant Lily, tu veux qu'on discute de Basile ou bien on peut reprendre là où on en était ?

– Tu ne sais pas la chance que tu as d'avoir une famille, Alma. Même une comme celle-là.

– Ok, allonge-toi, tu as besoin de parler, me moqué-je en jouant les psys.

– Non, c'est toi qui t'allonges et moi qui t'ausculte. Je pense que ces petits gémissements que tu pousses cachent un vrai problème.

– Oui, et il est juste devant moi, dis-je en me pendant à son cou.

Tout en m'embrassant, Vadim me soulève du sol et m'étend délicatement sur le lit. Puis, prenant un air très sérieux qui le rend affreusement sexy, il s'agenouille à côté de moi, sur la moquette, et commence son examen. Ses doigts frais pianotent sur mon cou à la recherche d'une maladie rare, dessinent des cercles sur mes seins encore vêtus, descendent vers mon ventre, puis son oreille vient se coller contre ma poitrine.

– Ton cœur bat un peu trop vite, je crois.

– Toujours la même cause, docteur.

– Hmm, je vois, dit-il en soufflant sur ma peau qui s'électrise.

– Faites quelque chose !

– J'ai bien peur que mon traitement ne puisse rien pour votre rythme cardiaque, murmure-t-il en glissant sa main sous le tissu de ma culotte.

Je n'ai rien à répondre à ça. Aucune repartie, aucun mot d'esprit. Je suis déjà ailleurs, toute à mon désir. Vadim, lui, se consacre à mon plaisir. J'aime le regarder me caresser, découvrir le soin qu'il y met, la sensualité de ses gestes, la beauté de son visage habité, la lueur d'envie dans ses yeux gris et l'appétit qu'il a de moi, transparaissant de ses lèvres entrouvertes.

Ce garçon torse nu près de mon lit, je n'en reviens toujours pas qu'il soit là. Dans ma chambre, dans ma vie. Qu'il me veuille, moi. Qu'il me touche comme ça. Qu'il me quitte l'après-midi et qu'il me cajole la nuit qui suit. Quoi qu'il veuille, je le veux aussi. Je ne peux plus penser, je ne peux plus que me laisser aller, m'abandonner à ses mains expertes, le laisser me mener par le bout des doigts.

Vadim avait raison, mon pouls accélère au rythme de ses caresses, je peux le sentir dans mes tempes et jusqu'au creux de mon ventre. Sa bouche m'embrasse partout, sa main libre parcourt mon visage, lisse mes cheveux, me masse les seins, excite mes tétons durcis. Je soupire. Sa main diabolique poursuit sa danse inouïe contre mon clitoris. Je gémis. Je ne sais pas lequel de ses doigts s'infiltre dans mon intimité. Je perds pied. Mes doigts à moi disparaissent dans ses cheveux, s'y emmêlent et s'y accrochent quand une première vague m'emporte. Sa tête posée sur mon ventre, de profil, il me regarde jouir. Je plonge dans ses yeux quand l'orgasme me submerge. Silencieusement, indolemment, je me laisse couler, de plus en plus profond, dans cet océan de plaisir. Vadim me laisse reprendre mon souffle et revenir à la surface. Puis il s'allonge à côté de moi sur le lit.

– Je crois que j'aime mieux jouer au docteur qu'au gendarme et au voleur, dit-il dans un sourire provocateur.

– Et moi, j'aime mieux quand tu joues avec moi ! réponds-je en roulant sur lui.

Vadim me retourne à son tour. Nous nous débattons avec nos vêtements, pouffons, nous embrassons, roulons encore, rions en essayant de nous en empêcher. Nous nous retrouvons nus, enfin, sous ma couette. Une porte seulement me sépare de ma famille endormie. Je n'ai jamais été dans une situation aussi dangereuse. Et je n'ai jamais été aussi heureuse. Je crois pouvoir dire qu'il est heureux lui aussi, à la façon dont il m'embrasse, goulûment, passionnément, en inspirant à pleins poumons. Le corps de mon amant se rapproche et la température monte d'un cran. Nos mains bataillent pour se frayer un chemin vers les endroits inaccessibles. Nos caresses fébriles ne suffisent plus à contenir ce si puissant désir. Vadim part à la recherche d'un préservatif dans une poche de son jean échoué sur la moquette, il revient avec, l'air triomphant, se pavanant nu au beau milieu de ma chambre. Je craque. Il reprend sa place contre moi et je lui attrape les fesses pour l'immobiliser.

– Toi, tu ne vas plus nulle part !

– Ah, l'agent Lancaster est de retour ? Montre-moi un peu de quoi tu es capable…

À ce nouveau défi lancé, j'écarte les jambes et croise mes chevilles sur ses reins pour l'emprisonner. Il fait mine d'être impressionné mais reprend vite le contrôle des opérations. Je sens son érection frôler mon bas-ventre. D'une main audacieuse, je le guide jusqu'à moi, palpitant à l'avance de ce doux supplice. Vadim me pénètre d'un coup, remettant la douceur à plus tard. Je me cambre de cette percée brûlante et délicieuse. Il ressort et recommence son manège infernal, plusieurs fois, s'enfonçant dans mon intimité impatiente de le retrouver. Mon plaisir augmente au rythme de ses assauts, de plus en plus profonds, de plus en plus intenses. Il me guide par les hanches, je m'accroche à sa taille et me retiens de crier. Nos corps s'emballent, nous nous aimons à une allure folle, plus rien ne peut nous arrêter. Nous nous imbriquons, encore et encore, sans parler, sans gémir, seuls nos soupirs essoufflés se répondent en écho. L'orgasme me prend de court, déferlant, fracassant. Je mords dans l'épaule de Vadim pour le retenir, mais il me susurre des mots crus et s'enfouit dans mon cou. Quelques secondes plus tard, je m'abandonne à lui, lui à moi, nous étouffons nos cris dans un ultime baiser, qui n'en finit pas de durer.

Enlacés, face à face, la tendresse a retrouvé sa place. Mon amant est redevenu mon amoureux, mon rebelle au regard d'ange, mon éternel torturé qui a trouvé le repos, le cambrioleur à qui j'ai ouvert ma porte. Le temps d'une nuit secrète et presque magique.

– Finalement, je crois que je vais aimer venir chez toi.

Cette fois, c'est moi qui fais taire Vadim d'un doigt sur ses lèvres. Dans le couloir qui mène aux chambres, je reconnais la démarche pressée de ma mère et le bruit de ses chaussons sur la moquette. Je prie pour que ce soit juste une de ses insomnies et que notre corps-à-corps agité ne l'ait pas réveillée. Les pas s'éloignent. La maison se rendort. Mon amant, lui, trouve encore la force de faire le malin.

– C'était moins une.

Il n'est jamais aussi beau que quand il est insolent. Et dire que je vais devoir le laisser partir…

13

LE VRAI DU FAUX

« Pour vivre heureux, vivons cachés » ? Ce n'est pas comme si on avait le choix. Le directeur de la fac nous a à l'œil depuis l'affaire des tags. Basile me flique sur le campus depuis l'affaire des photos volées. Mes parents surveillent toujours mes fréquentations et Mr Abrams a séparé notre binôme. Depuis le retour de Vadim en cours, le prof ombrageux ne se contente pas de le regarder de travers, il me scrute aussi continuellement pour tenter de savoir si j'ai replongé et il me poursuit avec cette histoire de court-métrage censé mettre en scène ma douleur. Je joue le jeu, pour lui, n'adresse pas la parole à mon amoureux et continue d'avoir l'air terrassé par mon chagrin d'amour. Vadim me l'a d'abord reproché, avec sa moue boudeuse et son regard sombre qui me font craquer. Mais depuis notre nuit clandestine, chez moi, il commence à se faire à l'idée d'une histoire d'amour secrète. Nos corps-à-corps aussi torrides que silencieux, aussi interdits que passionnés, y sont sans doute pour quelque chose. Quant à lui, entre ses obligations de pointer tous les soirs chez Keith depuis sa libération, les visites impromptues de l'éducateur à son appartement et la consigne de se tenir à carreau : il n'a rien contre un peu de discrétion.

Du coup, le même scénario se répète à chaque fin de journée. Le dernier cours terminé, Vadim part devant pendant que je fais semblant de traîner un peu avec Clem, puis je le rejoins en cachette dans un de nos lieux de prédilection : un banc au fond d'un parc un peu excentré, les trois petites marches d'une place où les badauds pressés ne font que passer, un café désert où seuls quelques piliers de comptoir ont leurs habitudes. Mais ces endroits n'ont rien de triste ni rien de glauque. Ils sont le décor de nos débats enflammés et de nos silences habités, de nos regards amoureux, de nos baisers volés et de nos soupirs étouffés. Ils sont des mondes à part, des instants suspendus, des pages blanches que l'on n'en finit plus de remplir. À nous deux, on refait le monde, on arrête le temps. Parfois on invente des vies à ces gens qui marchent trop vite, qui parlent trop fort, qui boivent trop ou qui regardent dans le vide. Vadim leur imagine un passé, souvent désastreux, j'essaie de leur construire un avenir, un tout petit peu meilleur. On leur donne des voix, on leur fait dire tout et n'importe quoi. On interprète leurs gestes, on les dirige comme les acteurs anonymes des films qu'on ne réalisera jamais. On fait les gamins, on se croit importants, on rit et on s'emporte, on ne s'arrête plus. Jusqu'à ce que ce soit l'heure de rentrer. Alors on continue encore un peu, juste un dernier passant…

– Elle, là-bas en manteau noir, c'est l'ex-femme d'Abrams, commence Vadim en fixant cette quinqua bien habillée. Elle l'aimait vraiment, mais elle en a eu marre qu'il préfère mater les actrices à la télé que la regarder dans les yeux pendant le dîner. Alors un soir, elle lui a dit qu'elle le quittait, juste pour voir s'il allait se retourner.

– Ça a marché ? demandé-je, déjà attristée par cette nouvelle histoire si bien racontée.

– Oui, il l'a regardée. Avec ses petits yeux fatigués. Mais il n'a pas essayé de la retenir, parce qu'il ne voulait pas manquer la fin du film.

– Le salaud ! Alors elle est partie, elle s'est acheté un beau manteau et elle a réalisé que des hommes la regardaient, continué-je pour positiver.

– Mais surtout des poivrots en manque et des clochards qui espèrent une petite pièce.

– Il est nul ton film ! crié-je en lui tapant sur l'épaule.

– Vas-y, trouve un beau *happy end* comme tu les aimes, se moque-t-il.

– Regarde, elle prend son portable. C'est Abrams qui l'appelle : « Je n'arrive plus à regarder la télé depuis que tu n'es plus assise en face de moi. Reviens, mon amour, on dînera dehors, je n'aurai d'yeux que pour toi. », dis-je en prenant une voix d'homme.

– « Promis, j'arrête le cinéma ! » continue Vadim en imitant le timbre éraillé de notre prof. « Je vais donner des cours à la fac et je gagnerai assez pour t'offrir plein de nouveaux manteaux. Et puis comme ça, je pourrai observer mes petites étudiantes sans que tu me voies. »

– Mais non ! Pourquoi tu gâches toujours tout ? m'indigné-je en riant.

– Parce que l'amour, ça finit toujours mal, Alma, c'est comme ça, lâche Vadim sur un ton sérieux, presque résigné.

– Ça veut dire que tu me quitteras quand tu seras devenu un grand réalisateur entouré de sublimes actrices ?

– Oui. Si c'est Winona Ryder ou Kate Winslet, je serai obligé, me provoque-t-il de son sourire en coin.

– Je comprends, moi aussi je te quitterai pour elles, réponds-je pour ne pas tomber dans le piège.

– Ah, là ça m'intéresse ! On peut peut-être s'arranger, tu sais, je veux bien me partager, souffle-t-il, l'œil coquin.

– Dans tes rêves, Arcadi. Toi + moi + elle + elle, tu oublies.

Après m'avoir tendu son visage de petit garçon déçu par ce qu'on vient de lui refuser, il redevient un homme pour m'embrasser sans prévenir.

Il est tout pardonné.

– Qu'est-ce que tu veux pour ton anniversaire ? ajoute-t-il soudain en changeant de sujet.

– Comment tu sais ? m'étonné-je en ouvrant de grands yeux.

– Je sais tout, Lancaster, je vois tout, j'entends tout ! fait-il en jouant les mystérieux gourous.

– Ok, c'est Clémentine qui l'a crié sur tous les toits.

– Je crois que pas un étudiant de la fac ignore la date du 9 novembre 2001… Alors, qu'est-ce que tu voudrais ? Je suis nul en cadeaux !

– Hum… Je veux la vérité, toute la vérité, rien que la vérité. Pourquoi tu t'es fait arrêter, pourquoi tu as été libéré, ce que tu as fait, ce que tu n'as pas fait et tout ce que tu ne m'as pas dit.

– Ok. Mais demain. Ce sera ta journée, ton samedi. Tu pourras t'échapper de chez toi, tu crois ?

– Oui, après le déjeuner en famille. Mais je suis censée passer l'après-midi avec Clem. Je ne sais pas ce qu'elle me réserve…

– Quand tu as fini avec elle, tu m'appelles. Je te dirai tout. Mais tu dois me promettre d'essayer de comprendre, de ne pas me juger… dit Vadim en regardant ailleurs, l'air songeur.

– C'est normal que j'aie peur ? réponds-je doucement, effrayée par cette soudaine sincérité.

– Mais qu'est-ce qui ne te fait pas peur, Alma Lancaster ? se reprend-il, à nouveau moqueur.

– Il faut qu'on y aille, l'ignoré-je. Je ne sais pas toi, mais j'ai une grosse journée demain…

Pour mes dix-neuf ans, mes parents m'ont offert la caméra professionnelle Canon dont je rêvais. Un petit bijou de technologie que j'ai étrenné sur le champ, à l'épaule, en filmant Lily – prête à toutes les pitreries et chorégraphies improvisées pour obtenir le premier rôle. Ma petite sœur m'a apporté fièrement une robe importable qu'elle a dessinée et cousue elle-même, puis elle a fait la tête quand j'ai refusé de la mettre pour rejoindre Clémentine.

Et surtout Vadim…

Mon frère, lui, m'a annoncé qu'il m'offrirait son cadeau plus tard parce qu'il n'avait pas trouvé d'idée : il a récolté un regard chagriné de ma mère et une remarque acerbe de mon père sur son immaturité.

Et rien que ça, c'était un joli cadeau.

Quant à ma meilleure amie, elle m'a entraînée dans un après-midi relooking tous frais payés : séance shopping avec essayage de jupes fourreaux et bustiers en dentelle, d'où on est reparties avec un pull noir chacune – le même – boutonné dans le dos, qu'on s'est juré de ne jamais porter le même jour.

Avec D'Aragon, pas de problème, que des solutions !

Une manucure et un « maquillage de star » plus tard, je ne me reconnais déjà plus et je réussis à échapper au rendez-vous coiffeur en avançant l'argument Vadim. Clem ronchonne pour le principe puis me laisse partir, m'aidant même à effacer le trop-plein de rouge à lèvres et de fard à paupières doré qui me fait ressembler à un sapin de Noël surchargé.

– C'est pour moi que tu t'es maquillée comme Cindy Lauper ? me demande Vadim, venu me chercher en voiture à proximité du centre commercial.

– C'est un « maquillage de star » offert par Clémentine pour mon anniversaire, réponds-je en claquant la portière. Tu sais que certaines personnes font des cadeaux à d'autres, quand ils s'aiment ?

– C'est bon alors, je n'ai rien besoin de t'offrir ! me provoque-t-il, tout sourire.

– Il y a aussi une « coiffure de star » qui m'attend si je rattrape Clem, donne-moi une seule bonne raison de rester dans ce pick-up moisi !

– Bon anniversaire, Alma, se rattrape-t-il aussitôt en se penchant pour m'embrasser.

Ses lèvres me frôlent, timidement d'abord, je recule pour faire mine de bouder encore un peu, puis il mord brusquement dans ma lèvre inférieure. Je crie en gloussant, lui attrape le visage à deux mains et tente de lui mordre le lobe de l'oreille. Mais Vadim résiste et esquive mon attaque en éclatant de rire. Nous nous chamaillons comme deux enfants dans cette maudite voiture qui nous fait toujours le même effet.

– Si tu crois que je vais me contenter d'un bisou et d'une morsure comme cadeaux… râlé-je pour de faux en attachant ma ceinture.

– Vous les femmes, vous en voulez toujours plus. On va chez moi ? Keith ne passera pas, ce soir, je crois qu'il a un rencard.

– Vous les hommes, vous êtes tellement romantiques… soupiré-je en faisant semblant d'être déçue.

Bien sûr que je veux aller chez lui ! Qu'est-ce qu'il attend ?!

Mon chauffeur démarre enfin, direction son studio, et je ne peux m'empêcher de le regarder conduire, comme à chaque fois. Son avant-bras musclé, tendu sur le volant, son coude opposé contre la vitre, sa main agitée dans ses boucles et son sublime profil, viril et délicat, que je vais finir par connaître par cœur. De temps en temps, sa large paume vient se glisser sur ma cuisse, j'y superpose ma main minuscule et observe longuement ce tableau que j'aime tant. Parfois, mes doigts viennent lui caresser la nuque, je sais qu'il aime ça à sa façon d'incliner la tête pour que je continue. Je pourrais rouler ainsi, seule au monde avec lui dans son pick-up pourri, jusqu'à l'autre bout des États-Unis. Mais Vadim se gare déjà le long du trottoir : c'est l'heure de mon cadeau empoisonné. L'heure de vérité. La vérité que je lui ai supplié de me dire, mais que je ne suis pas certaine de vouloir entendre.

Mon amoureux, exceptionnellement galant, me laisse entrer devant lui. Son appartement est plongé dans une douce lumière. Dans le salon, des dizaines de petits photophores alignés sur le parquet forment mon prénom.

– Je n'en avais pas assez pour écrire « Bon anniversaire », murmure Vadim derrière moi.

Je me retourne et l'enlace, sans rien répondre, préférant utiliser ma bouche pour l'embrasser.

– Mais j'ai quelque chose d'autre pour toi, me chuchote-t-il entre deux baisers.

Il me guide vers la petite table basse, nous nous asseyons côte à côte sur le canapé. Je découvre trois Polaroid : j'ai à peine le temps de les regarder que des larmes embuent mes yeux. Je les fais disparaître d'un revers de la main et saisis les photos pour les étudier de plus près. Le banc où nous nous asseyons dans le parc, le mur à côté de la porte d'entrée du café, la dernière des marches sur la petite place où nous nous retrouvons souvent. Nos trois cachettes préférées. À chacun de ces endroits, la même inscription gravée, dans la pierre ou dans le bois : Toi + Moi.

– On pourra aller les voir si tu veux, c'est mieux qu'en photo. Enfin, quand tu auras arrêté de pleurer, me sourit-il en me caressant les cheveux.

Je serre les précieux clichés contre mon cœur et m'enfouis le visage dans son cou en souriant.

– C'est le plus beau cadeau que tu pouvais me faire.
– Je ne suis pas si nul, alors ? Et je n'ai pas oublié le dernier cadeau, ce que je dois te dire, si tu veux toujours l'entendre.
– Après ça, je peux tout entendre, dis-je doucement en regardant à nouveau les Polaroid.

Vadim s'enfonce dans le canapé et m'attire à lui. Ses grands bras se referment sur moi. Je me laisse aller contre son torse, glissant ma main autour de sa taille, sous son tee-shirt. Sa peau est douce et chaude, je suis dans un cocon de bonheur. Rien ne peut m'arriver.

– Felix faisait partie d'un gang portoricain, il y a quelques années de ça. Il voulait en sortir, mais ces mecs-là ne te laissent pas partir comme ça. Quand ils t'ont vu grandir, quand ils t'ont défendu, tu leur appartiens. Si tu veux ta liberté, tu dois la leur racheter. Et ce que donnait Fe n'était jamais assez. Tu sais, l'argent que je lui filais. C'était pour ça. Mais ça ne suffisait pas. Alors j'ai décidé de l'aider. Peut-être pas de la bonne manière, mais, crois-moi, il n'y en avait aucune autre. Ces gars te retrouvent partout où tu vas, quand tu as été l'un des leurs, même des années après, tu ne peux pas leur échapper. Bref, j'ai volé une voiture. Une grosse berline de luxe, la plus belle que j'ai pu trouver dans un quartier huppé. Avec Felix, on a déposé la bagnole devant le QG du gang et ils ont accepté. Ça veut dire que sa dette est payée. Il est libre.

– Vous êtes complètement tarés, dis-je en me blottissant un peu plus contre lui, comme pour me protéger. Mais donc c'est réglé, vous n'avez plus rien à voir avec eux ?

– Oui, le gang, c'est terminé. Mais la nuit où j'ai fait ça, une caméra de surveillance m'a filmé, devant la villa où la voiture était garée. C'est pour ça qu'ils sont venus m'arrêter. J'ai déconné, je ne me fais jamais prendre d'habitude.

– D'habitude ? m'indigné-je en me redressant. Voler des voitures de luxe, c'est ton… hobby ?

– Mais non, m'apaise Vadim en me serrant à nouveau contre lui. Je n'avais pas fait ça depuis des années. Et je ne le referai pas. Je me suis rangé.

– Alors pourquoi ils t'ont libéré si c'était toi sur la caméra ?

– Ça pouvait être moi ou n'importe qui d'autre. Il fait sombre sur les images, j'ai une capuche, on voit à peine mon visage. Les flics sont remontés jusqu'à moi parce que je suis dans leur fichier et que j'habite dans le coin, mais ils n'ont aucune preuve. Ils attendaient que j'avoue, c'est tout. Et Keith est intervenu, il m'a fourni un alibi pour cette nuit-là.

– Il a menti ? Ton éducateur ?

– Ça arrive. Il fait ce qu'il faut quand il sait qu'on veut s'en sortir. C'était ça ou la prison, Alma.

– Je n'en reviens pas…

– Je sais, mais il faut que tu me croies. C'est fini, les conneries. J'ai une bourse, je vais à la fac, je veux faire du cinéma. Et je t'ai toi.

Vadim me prend les photos des mains et les observe longuement. Il soupire puis m'adresse le plus fou, le plus irrésistible des sourires. Ses lèvres entrouvertes se rapprochent de mon visage, je ferme les yeux et le laisse faire. Quelques instants plus tard, les Polaroid gisent sur le parquet, recouverts par le tee-shirt en boule de mon amoureux. Assis face à face, nous nous embrassons avec passion, nous déshabillons avec urgence. Mais Vadim s'arrête net, ses mains redescendant le pull qu'il était en train de m'enlever.

– J'ai entendu un bruit. Je suis sûr que c'est le cliquetis d'un appareil photo, me dit-il à voix très basse. Ne bouge pas d'ici.

Torse nu, il se rue derrière le comptoir de la cuisine ouverte sur le salon.

– Putain, qu'est-ce que tu fous là ?

– Ha, ha, ha, vous en avez mis du temps ! À en venir aux choses sérieuses. Elle n'en finissait pas cette conversation. Très touchant, au fait. Ah, et joyeux anniversaire, Alma.

Felix apparaît, hilare, un appareil photo à la main. J'ai du mal à réaliser la situation jusqu'à ce que Vadim se précipite sur son copain et le colle au mur en hurlant.

– Ça te fait rire, en plus ? Tu viens chez moi, tu te planques et tu nous prends en photo ? C'est toi qui fais ça depuis le début ? Putain, après tout ce que j'ai fait pour toi ?

– Ça va, du calme, je voulais juste vous faire une blague !

– Tu te fous de ma gueule, Fe ?

– C'est un jetable, mec ! Regarde, c'est un foutu appareil jetable, je voulais juste vous faire rigoler. Me faire passer pour le taré qui vous suit.

– Dégage de chez moi.

– Déconne pas, Vadim, j'ai fait ça pour me marrer, c'est tout. Je savais que tu l'amenais ici pour son anniversaire, c'était juste histoire d'être de la fête. Surprise ! crie Felix en rigolant.

– Rends-moi la clé et barre-toi.

– Ok, ok, je vous laisse en amoureux. Mais tu me crois, hein ? C'était une putain de blague ! Tu me connais, je ne te ferais jamais ça. Allez, quoi !

Vadim libère le Latino, qui lisse ses vêtements froissés et se dirige vers la porte d'entrée, son sourire narquois toujours greffé au visage. Les deux copains échangent quelques mots que je n'entends pas, la porte claque et mon amoureux, toujours torse nu, revient s'asseoir sur le canapé.

– Je ne crois pas que ce soit lui, Alma.

– Quoi ? réponds-je en ouvrant de grands yeux.

– Le type qui nous a pris en photo depuis la rue ou dans le gymnase, il n'a pas pu le faire avec un appareil jetable.

– Felix était planqué derrière ton comptoir toute la soirée ! Il nous matait pendant qu'on…

– Je sais, m'interrompt Vadim. Mais ça lui ressemble, ce genre de blagues. C'est nul, mais c'est du Alonso tout craché. Si c'était lui, le vrai photographe, il ne se serait pas fait prendre aussi facilement. Il est plus intelligent que ça.

– Ce mec a failli t'envoyer en prison, il entre chez toi quand tu n'es pas là, il nous prend en photo en pleine action et tout ce que tu trouves à dire, c'est qu'il est intelligent ?

– Non, c'est un petit con. Mais ce n'est pas lui.

– Et tu vas me dire que ce n'est pas lui, non plus, qui m'a extorqué de l'argent en échange de ton message ?

– De quoi tu parles ? demande-t-il les sourcils froncés.

– Le petit papier que tu lui as demandé de me donner, quand tu as été libéré. Ça m'a coûté trente dollars de le récupérer. « Pour le déplacement », il a dit. C'est ça, ton super meilleur ami ?

Vadim ferme les yeux, baisse la tête et se passe la main dans le cou. Face à son silence, ma colère est décuplée. Je me lève, incapable de rester assise sur ce canapé à le regarder. Puis je me mets à ramasser mes affaires, pas capable non plus de rester plus longtemps dans cet appartement.

– Je lui parlerai, Alma. Et je te rembourserai. Ne t'en va pas, s'il te plaît.

– Je me fous de cet argent ! Mais pourquoi tu prends toujours sa défense ? Même quand il s'en prend à moi ? Même le jour de mon anniversaire ?

– Parce que je n'ai que lui ! C'est mon ami d'enfance, mon frère, ma seule famille ! Il n'est pas parfait, mais il est là pour moi.

– Moi aussi, je suis là ! Moi aussi, je pourrais être tout ce que tu as ! Mais tu le choisis, lui ! lancé-je à pleins poumons, des sanglots dans la voix.

– Non, je ne veux pas choisir ! Il y a lui, et il y a Toi + Moi ! Je l'ai gravé partout, dit-il en ramassant les Polaroid sur le parquet et en me les agitant sous les yeux.

Ma colère est partie, c'est le chagrin qui m'envahit. Au milieu du studio, j'enjambe Vadim et me retourne une dernière fois, avant de prendre la porte.

– Tu peux les ajouter à la collection de photos de Felix. Ça vous fera un bel album à regarder quand vous serez vieux. Vieux et seuls.

14

TOUS LES POSSIBLES

Ma-tu-ri-té. C'est le maître-mot de ce mois de novembre. J'ai 19 ans maintenant, il est grand temps que je maîtrise mes humeurs : mes larmes qui coulent sans que je leur demande, mes questions qui affluent sans que j'y réponde, ma confiance en moi qui se fait la malle aux plus mauvais moments, mes peurs de tout et surtout de rien, mes bouderies qui durent un peu trop longtemps… Me pourrir la vie, c'est fini !

Clémentine a bien fait son boulot de meilleure amie-psy.

La nouvelle Alma a pardonné à Vadim cet anniversaire à moitié raté – mais garde dans un coin de la tête une méfiance envers Felix… qui me le rend bien. La nouvelle Alma a décidé de mettre son énergie et sa rancœur ailleurs – dans le cinéma, sur les conseils avisés de Mr Abrams. Depuis plusieurs semaines, je filme Vadim dès que j'en ai l'occasion. Quand il repousse ma caméra de la main, quand il accepte de me parler, quand il fait comme si je n'étais pas là et même quand il ne me voit pas. Je filme aussi les lieux qui me sont chers, notre café et notre parc, notre marche et sa chaise vide en classe, son studio et ma chambre, les rues où l'on s'embrasse et les portes que l'on claque. Rien n'échappe à ma nouvelle caméra. Puis je me rends chez mon prof pendant mes heures d'assistanat qui sont presque devenues des cours particuliers.

Leonard Abrams est plus qu'un professeur. C'est un guide, qui commente mes images et m'aide à trier mes rushs. Un mentor, qui m'inspire des plans, des séquences, de nouveaux décors. Un deuxième père, qui m'encourage à tourner encore. Il aime ma vision des choses, ma « sensibilité, sans sensiblerie », j'admire son regard sur mon travail, sans concession. Je ne suis plus du tout mal à l'aise quand je me trouve dans la même pièce que lui. Je l'écoute me conseiller, je le laisse me complimenter, je lui permets de me secouer quand je n'arrive plus à avancer.

Et puis je le laisse parler, comme aujourd'hui, quand c'est un mauvais jour pour lui. Comme un samedi sur deux – ou sur trois – quand son fils lui rend visite pour le week-end, et que l'artiste brillant se transforme en père impuissant.

– Vous savez Alma, nos vies sont trop remplies, soupire-t-il en se penchant pour caresser la tête du basset assis à ses pieds. Remplies de trop de gens, de trop de choses inutiles. Il faut faire le vide pour voir l'essentiel. Sinon, l'essentiel s'en va avant que vous l'ayez vraiment regardé en face. Juste parce qu'il a toujours été là, à côté de vous, et que vous passiez sans le voir.

– Je n'ai rien compris, monsieur.

– Haha, je suis sûr que si, rigole-t-il en se grattant la tête.

– Votre fils n'est pas complètement parti, puisqu'il vient aujourd'hui.

– Il vient et il repart. Mais c'est tout ce que je mérite, j'aurais dû m'occuper de lui, petit. M'occuper de ma femme, de la vie qu'on avait et qui n'était pas si mal. Je n'avais pas besoin du reste. J'en avais juste envie.

– Votre vie d'aujourd'hui est bien, aussi, essayé-je pour lui remonter le moral.

– Assez parlé de moi, je radote ! Mais vous verrez, quand vous aurez fini ce court-métrage, vous réaliserez que vous n'avez pas besoin de Vadim Arcadi.

Je déglutis difficilement. Ce n'est pas la première fois qu'Abrams évoque la mauvaise influence que Vadim a sur moi et le trop d'importance que je lui accorde. Ce n'est pas la première fois non plus que je ravale mes réponses un peu trop impulsives. Je le laisse dire.

– Cet amour de jeunesse, c'est un leurre. Une petite histoire qui vous fait ressentir de grandes choses. De la passion, du chagrin, du désir. Lui ou un autre, l'important c'est de vibrer, de se sentir exister.

– Pourtant, c'est bien vous qui m'avez poussée vers lui au début de l'année.

– Non, Alma, je ne vous ai pas poussée vers Arcadi, je vous ai poussée à relever son défi. Et vous l'avez fait ! Vous l'avez haï, vous l'avez apprivoisé, vous l'avez séduit et vous vous êtes nourrie de lui. Mais n'oubliez pas l'essentiel. L'essentiel, c'est vous. Vous devez en sortir grandie, pas démolie.

Silencieusement, j'essaie de décrypter cet énième conseil énigmatique, cette petite leçon de vie dont Abrams a le secret. J'essaie surtout de ne pas lui répondre qu'il se trompe, que Vadim me tire vers le haut, chaque jour, malgré tous ses défauts. Que j'ai l'impression de vivre enfin, depuis qu'il est dans ma vie. Que je l'aime jusqu'à manquer d'air, parfois. Et que toujours, il m'insuffle sa force, son courage, sa folie. Vadim Arcadi me coupe le souffle. Vadim Arcadi m'inspire. Comment je pourrais respirer sans lui ?

Je note dans ma tête ces idées qui fusent pour mon court-métrage. Vadim est mon air. La sonnette retentit et me sort de mon petit moment de poésie solitaire.

– Caleb arrive. Vous restez un moment ?

– Je ne sais pas monsieur, je devrais vous laisser tous les deux.

– J'aimerais vous le présenter Alma, ça me ferait plaisir. Mon fils unique et ma meilleure étudiante : on touche à l'essentiel, me sourit-il dans un clin d'œil qui signifie que je ne peux pas refuser.

Un garçon très mince fait son apparition dans le salon aux tons marron. C'est la copie conforme de son père, avec vingt ou vingt-cinq ans de moins – et sans les ravages du tabac et du whisky. Ce Caleb a les traits juvéniles : des lèvres fines et roses, un petit nez presque absent, des yeux bleus en amande, plissés derrière une paire de lunettes qui lui va bien. Il a dû hériter de la myopie paternelle. Mais ce visage d'enfant affiche déjà la ride du lion des adultes soucieux. Il doit avoir une vingtaine d'années et il donne l'air d'avoir déjà vécu dix vies. Ses cheveux sont sans coupe, sans couleur, il se tient un peu voûté et marche lentement, en traînant les pieds, comme si chaque pas lui coûtait. À ses sourcils qu'il fronce souvent, comme le fait toujours Mr Abrams, à ses mâchoires serrées et sa moue excédée, je devine qu'il n'est pas très ravi d'être ici. Et encore moins de m'y trouver.

– Cal, je te présente Alma Lancaster, mon assistante et étudiante de première année. Alma, voici mon fils et son meilleur ami, le désespoir. Il l'emmène partout avec lui, on s'y habitue, vous verrez.

– Salut, enchantée ! me pressé-je de dire pour couper court à cette description.

– Salut… Tu le supportes alors que tu n'es même pas obligée ? me répond le fils d'un air incrédule et forcé.

– Ok, je vais y aller… dis-je en fixant mes pieds.

Sortir de cette maison de fous !

– Non, c'est moi qui m'efface, je laisse la place aux jeunes ! Faites connaissance, je vais sortir Hitchcock. Même s'il aime aussi peu cette promenade que moi.

– Papa, tout le monde se fout de l'avis de ce chien !

– Parfait, amusez-vous bien ! conclut hypocritement Abrams en tournant les talons.

– Vous vous parlez toujours comme ça ou c'est parce que je suis là ? interrogé-je mon nouvel ami imposé.

Droit au but. Rien trouvé de mieux pour briser ce silence gênant…

– La plupart du temps, on préfère ne pas se parler du tout.

– Je vois… marmonné-je pour ne pas le contredire.

– Il a l'air sympa comme ça, mais c'est tout le contraire, crois-moi.

– Je veux bien te croire. Ça ne doit pas être un père facile. J'en ai un corsé, moi aussi, dans un autre genre.

– Ah, enfin une étudiante qui n'est pas tombée dans le panneau du prof extraordinaire, s'étonne Caleb en m'adressant pour la première fois un regard.

– Il l'est. Mais il est aussi méprisant, tyrannique, cassant, lunatique…

– Et ça, c'est dans les bons jours !

Ah, il sait être drôle, aussi ?

– Il te fait souvent rencontrer ses étudiants ?

– Seulement quand c'est des filles. Et quand il pense qu'il pourra me caser avec l'une d'elles. Mais ne t'inquiète pas, tu n'es obligée de rien, tu auras des bonnes notes quand même. J'ai la même copine depuis trois ans, mon père ne peut pas la saquer.

– Ça me rappelle quelque chose. Il n'est pas un grand fan de mon copain non plus.

Mais pourquoi je me confie à lui ?

– C'est Arcadi, ton mec ? Il en parle souvent.

– Vraiment ?

– Oui, de lui, de toi et du gars qui mange tout le temps. Et de la blonde un peu stupide. D'un Chinois qui a trop de cheveux et d'une rousse marrante aussi.

– Je vois très bien, m'amusé-je en reliant les descriptions à mes copains de promo. Je n'en reviens pas qu'il te raconte tout ça.

– Il n'a que vous, tu sais. C'est un type seul et triste, vous êtes un peu sa famille. Par contre, il vous aime bien, mais il vous trouve nuls cette année. Mais qu'est-ce que tu veux, vous lui animez ses journées.

C'est comme ça que Caleb et moi, au fil des semaines et de ses visites, sommes devenus plus ou moins amis. Avec pour points communs un père compliqué, une histoire d'amour désapprouvée et une bande d'étudiants dont on peut facilement se moquer. Entre deux cours particuliers et deux caresses à Hitch, j'en ai appris un peu plus sur mon prof et Cal sur son père. Mr Abrams n'a rien fait pour nous rapprocher, se contentant de sourire en voyant son fils passer à l'improviste un peu plus souvent.

Avec tout ça, j'ai moins de temps à consacrer à Clémentine – qui ne se gène pas pour me le faire remarquer, et à Vadim, qui me le reproche parfois – tout en jurant qu'il n'est pas jaloux. Et j'adore qu'il le soit. Depuis l'apparition de Caleb, mon amoureux se fait plus séducteur et plus provocateur que jamais, mais aussi plus attentif, plus tendre quand nous nous voyons en coup de vent, plus passionné quand nous sommes en tête à tête dans l'une de nos cachettes.

Sa dernière idée de génie à la sauce Arcadi : organiser un dîner de la paix avec Felix, pour nous rapprocher, dîner auquel il a aussi convié Clémentine, pour apprendre à la connaître. Qu'est-ce qui m'a pris d'accepter ?

En arrivant chez Vadim, accompagnée de Clem, je continue à lui répéter que ce n'est pas une rencontre arrangée et elle me fait promettre pour la centième fois de ne pas la laisser seule avec le Latino pendant que je roucoulerai avec mon Russe. Sur le palier, nous tombons nez à nez avec Felix, qui a tout entendu et qui reluque ma copine des pieds à la tête avec un air gourmand et volontairement appuyé.

– Je compte jusqu'à trois et on part en courant, me souffle Clem entre les dents.

– Entrez, crie alors Vadim, qui vient d'ouvrir la porte. Vous êtes tous à l'heure, c'est déjà un exploit.

– Après vous, mesdemoiselles, se force le *bad boy* en nous laissant passer… et en profitant pour jeter un coup d'œil à nos fessiers respectifs.

– Ne commence pas, Fe, tu as promis ! entends-je Vadim soupirer.

– Ok, ok ! Alma, voilà les trente dollars que je te dois.

– Et... insiste Vadim en encourageant son copain.

– Et je m'excuse de t'avoir demandé de l'argent quand tu étais au plus mal, façon biche aux abois pendant que ton cerf en rut tournait en rond dans sa cage, rigole-t-il, fier de sa comparaison.

– C'est bien, tu as révisé tous les animaux de la forêt avant de venir, intervient Clémentine, agacée. Tu vas aussi compter jusqu'à dix pour nous impressionner ?

– Non, non, non, tout le monde se détend, on n'a même pas commencé à manger ! nous interrompt Vadim, à fond dans son rôle de médiateur. Je suis sûr qu'on va trouver plein de sujets de conversation.

– On commence par les tags du gymnase, le nouveau mec d'Alma ou les photos de vous à poil ? propose Felix, toujours aussi inspiré.

– Quel mec ? aboie Vadim.

– Quelles photos ? rugit Clem.

– D'accord, me lancé-je pour calmer les esprits. Caleb est juste le fils de Mr Abrams, je le croise de temps en temps chez lui, il est sympa, rien de plus, et surtout il a déjà une copine.

– Parce que célibataire, il t'intéresserait, tu avoues enfin ! me coupe Vadim avec son air plein de défi.

– Et ensuite, continué-je sans le quitter des yeux avant de m'adresser à Clémentine. Je ne t'en ai pas parlé, mais on a reçu des photos compromettantes, prises de Vadim et moi quand on… enfin tu vois. Deux photos volées. Envoyées dans des mails anonymes, une fois à Basile, une fois directement à moi. Et merci, Felix, d'avoir mis les pieds dans le plat.

– Ravie de l'apprendre par lui, peste ma meilleure amie, vexée de ma trahison.

– Il y a plein d'autres choses que je pourrais t'apprendre, chérie, la chauffe Felix avec son regard de *latin lover*.

– Toi, va réviser les animaux de la savane et ferme-la, Alonso.

Tout le monde éclate de rire et l'effet de sa repartie cinglante détend instantanément Clémentine. Elle repart de plus belle dans le vif du sujet.

– Mais alors c'est qui ? Quelqu'un qui vous suit et qui vous photographie, c'est tout, juste pour le plaisir ? Ou alors il réclame quelque chose ?

– Aucune idée, soupiré-je, dépitée.

– Il veut sûrement nous faire flipper, essayer de nous séparer, ajoute Vadim.

– Timothy ! s'écrie Clem en levant les bras. C'est évident, pour se venger du mec qui lui a pris son joujou !

– Non, c'est la honte pour lui d'envoyer des photos d'Alma avec un autre, ou alors il est complètement con, déduit Felix.

– Oui, donc ça pourrait être lui, rigole mon amoureux qui a retrouvé sa verve. Moi je penche pour Basile, il ne supporte pas de savoir sa sœur avec un mec comme moi. Ça salit l'image des Lancaster.

– Et il se serait envoyé un mail à lui-même ? s'interroge la jolie rousse à voix haute. Ça ne tient pas.

– Ça, ce serait malin, au moins !

– Donc non, ça ne peut pas être Basile… provoque encore Vadim pour répondre à son copain.

– On ne le saura peut-être jamais, désespéré-je à haute voix. Je veux juste qu'il n'y en ait pas d'autres. Plus de photos !

– Pour ça, il va falloir arrêter les lieux publics, les fenêtres, les rues… lance Clem en comptant sur ses doigts.

– La vie, quoi ! Autant vous quitter tout de suite, nous conseille le Latino en ricanant.

Vadim et moi échangeons un regard, imperturbable, de ceux qui veulent dire « ils peuvent toujours parler ». Un regard qui sourit, un regard qui s'en fout, un regard qui ne regarde que nous. De vanne en vanne, de pique en pique, la soirée a suivi son cours, notre quatuor improbable tissant des liens fragiles, s'entremêlant en une toile d'araignée inextricable. Felix qui picore dans l'assiette de Clémentine, Clémentine qui tape sur la main de Felix, lui qui tape sur l'épaule de Vadim, Vadim qui l'ignore pour me regarder encore. Clem et moi et nos souvenirs, les deux copains et leurs délires, nous formons une joyeuse bande. Quatre humains qui semblent oublier, le temps d'un dîner, qu'ils avaient tout pour ne jamais se rencontrer.

– J'ai cru qu'ils ne partiraient jamais, soufflé-je en m'écroulant sur le canapé.

– Attention, ça va être mon moment préféré…

– Quoi, être seul avec moi ? roucoulé-je déjà.

– Non, le moment où Alma Lancaster va reconnaître qu'elle s'est trompée et que cette soirée était une excellente idée ! dit Vadim en s'allongeant mollement à côté de moi, sa tête posée sur mes cuisses.

– Clem et Fe ne se sont même pas frappés, elle ne t'a pas trop jugé, ton pote ne m'a presque pas énervée… Je crois qu'on peut dire que c'était réussi. Je m'incline. Vous êtes un génie, Mr Arcadi.

– Redis-le encore ! jubile Vadim en fermant les yeux.

– Pousse-toi, pacha ! J'ai envie d'un thé.

– Il va falloir me passer sur le corps…

Aucun problème !

Mon amoureux, prévenant, est allé fermer la porte à clé, tirer les rideaux et éteindre la lumière. Le noir le plus total nous a servi de décor. Nous retrouver à tâtons a décuplé mes sensations. Ma peau tout entière a frémi sous ces mains invisibles, mon corps a vibré contre cet amant anonyme et tellement familier. Nous nous connaissons par cœur. Et nous nous redécouvrons à chaque fois, explorant ensemble de nouveaux plaisirs, inventant toujours d'autres façons de nous aimer. Vite et fort, tendrement pendant des heures, en riant ou en planant, follement, silencieusement, éperdument…

– Je n'aurais pas pu rêver mieux que toi, comme premier amant, lui avoué-je en chuchotant.

– Alors à quoi tu rêves, maintenant ? me répond-il en fuyant le compliment.

– Que tu arrêtes ton trafic de devoirs à la fac, essayé-je avec une moue implorante.

J'y pense tout le temps, je ne lui en parle jamais…

– Mais non, à quoi tu rêves pour toi !?

– Je ne sais pas… me marier ?

– Veto ! Trop cliché. Un truc vraiment fou, Alma ! Que tu rêverais de faire mais que tu n'oses pas.

– Alors… me faire tatouer !

– Je peux t'emmener te faire tatouer, là, maintenant ! grogne-t-il en m'envoyant balader. Non je te parle d'un grand rêve, ce que tu veux le plus au monde !

– Ok, avoir un enfant.

– Accepté. C'est sur ma liste aussi. Mais quelque chose de plus grand, de plus fou, un truc que tu veux absolument faire avant de mourir.

– Hmm… poser pour des photos sexy ? tenté-je, timidement.

– Ah ouais ? dit-il en se redressant et en ouvrant de grands yeux. Attends, il faut que je l'écrive quelque part !

– Non ! Oublie, je n'ai jamais dit ça !

– Si, je vais faire une liste ! dit-il en bondissant pour aller chercher de quoi noter. Dis tout ce qui te passe par la tête !

– Ok : sauter en parachute, nager avec un dauphin, voir une aurore boréale, aller en Australie, prendre un koala dans mes bras. À toi !

– Hmm… réaliser un film pour le cinéma, visiter la Russie, conduire une moto à 200 km/heure, surfer sur une vague gigantesque, apprendre le français, t'emmener voir un koala juste pour voir ta tête quand tu l'auras dans les bras, me sourit Vadim, tellement attendrissant. Encore !

– Être derrière toi en moto et hurler tellement j'aurai peur, voir ton film et être si fière dans la salle, aller en Russie avec toi même si j'ai tout le temps froid, avoir un élevage de koalas avec toi ! continué-je en riant.

– Haha, je t'aime, ne t'arrête pas !

– Avoir un enfant avec des cheveux bouclés comme les tiens, dis-je en glissant mes doigts dans ses ondulations.

– D'accord, mais il aura tes yeux verts.

– Et ta bouche parfaite, renchéris-je en l'embrassant.

– Moi je voudrais retrouver mon frère. Juste savoir ce qu'il est devenu.

– Oh, Vadim, c'est trop triste. Tu ne l'as jamais revu ?

– Pas depuis la mort de mes parents. Je le cherche depuis des années, je sais juste qu'il a été adopté.

– On va le trouver ! Je vais t'aider, moi… dis-je, les yeux mouillés.

– Ne sois pas triste ! Je t'interdis d'être triste. Dis-moi encore d'autres rêves, elle est trop courte, cette liste.

– Que mon père arrête de tromper ma mère. Et qu'elle arrête de faire comme si elle ne savait pas.

– Peut-être que ça leur convient comme ça ? me demande sincèrement Vadim.

– Si tu me fais ça, je te tue.

– Ok, j'ajoute à ma liste « rester vivant », rit-il de toutes ses dents.

– On n'aura jamais le temps de faire tout ça, hein ?

– Si, parce que je vais t'aimer cent ans.

Étendu sur le ventre, nu, le bout du stylo coincé entre les dents, Vadim étudie sa feuille, griffonnée dans tous les sens. Je viens m'allonger sur son dos et tente de déchiffrer ses pattes de mouche. Il a même dessiné un koala aux grandes oreilles et la petite tête bouclée d'un bébé. Je contemple nos rêves, songeuse, heureuse, un peu de la vie qui nous attend peut-être. Je n'ose même pas y croire. Mon amoureux, lui, se remet à écrire. Pour donner un titre à sa liste : « Tout ce qu'on va faire avant de mourir. » Il s'arrête, réfléchit un instant et ajoute tout en haut, en grosses lettres sur lesquelles il repasse dix fois : « Toi + Moi »

15

JOYEUX NOËL, ALMA

Clemy : Votre soirée s'est bien terminée ? Si tu vois ce que je veux dire.

Alma_83 : Plus que bien…

Clemy : Des détails !

Alma_83 : On a parlé avenir, voyages, carrières, même de l'enfant qu'on pourrait avoir, c'était incroyable ! Mais il ne veut pas se marier, je crois.

Clemy : Pas ces détails-là, on s'en fout ! C'est bien, quand vous le faites ? C'est comment ?

Alma_83 : Plus que bien…

Clemy : Ok, je peux me brosser pour les détails ! Allez, raconte, je suis trop jalouse !

Alma_83 : Je suis sûre que Felix se porterait volontaire pour te rappeler comment c'est…

Clemy : Merci mais non merci. Pas désespérée à ce point-là.

Alma_83 : Attends, Vadim vient de se connecter.

Clemy : Oui, donc j'ai le temps de lire l'intégrale des Rougon-Macquart et on se reparle après, c'est ça ?

Arcadius : Alma, ce taré a pris une nouvelle photo !

Clemy : Bah voilà, elle ne me répond déjà plus… Almaaaaaaa ?

Arcadius : Alma, tu es là ? Je viens de recevoir la photo par mail.

Clemy : Bon, je crois que j'existe plus… À plus !

Arcadius : Putain, réponds-moi !

Les fenêtres de la messagerie instantanée clignotent sur mon écran d'ordinateur. Je ne sais plus où donner de la tête, quoi lire, à qui répondre. La première phrase de Vadim m'a fait l'effet d'une bombe. Clémentine se déconnecte et je me décide enfin à réagir.

Alma_83 : Oui, je suis là.

Arcadius : Tu as lu ce que je viens d'écrire ?

Alma_83 : Oui, je ne sais pas si je veux voir la photo… C'est où ?

Arcadius : Chez toi. La nuit où je suis venu en cachette.

Alma_83 : Quoi ? C'est impossible, on n'était que tous les deux ! Oh non…

Arcadius : Quoi ?

Alma_83 : Ça veut dire que tu as raison… Basile.

Arcadius : Non, la photo est prise dehors, dans ton allée. Depuis la rue, encore. Ton frère dormait, il était dans sa chambre, non ?

Alma_83 : Oui ! Je crois… Tu l'as dit à quelqu'un, toi ?

Arcadius : Personne. Cet enfoiré me suit partout, je ne vois que ça.

Alma_83 : Tu me jures que ça ne peut pas être Felix ?

Arcadius : Je suis sûr de moi.

Alma_83 : Alors un mec de son gang ? Ou le type à qui tu as volé la voiture ? Je ne sais pas, moi !

Arcadius : À quoi ça servirait ? Je ne commets aucun crime en sortant avec toi. Ce n'est pas à moi qu'on veut faire peur, Alma… C'est toi qui n'as pas le droit de me voir.

Alma_83 : Alors pourquoi c'est toi qui reçois la photo ? Pourquoi il ne l'envoie pas directement à mon père ?

Arcadius : Sais pas. Peut-être un avertissement ?

Alma_83 : Qu'est-ce qu'on voit sur la photo ?

Arcadius : Pas grand-chose, on est en train de s'embrasser. Mais j'ai une main sous ton tee-shirt, l'autre sur tes fesses… Je te la transfère.

Alma_83 : Je hais cette lumière à déclenchement automatique !

Arcadius : Merci papa Lancaster pour la villa toutes options !

Alma_83 : C'est censé nous protéger…

Arcadius : Oui, sauf des paparazzi.

Alma_83 : Qu'est-ce qu'on va faire, Vadim ?

Arcadius : Je crois que j'ai un plan. Ce week-end, on sort. Tu dis à ta famille, à Clémentine, à tout le monde que tu vas quelque part, n'importe où, mais il faut que ça éveille un peu les soupçons. Je te rejoindrai, on fera attention… Et on verra si quelqu'un nous suit.

Alma_83 : Et si on tombe sur un malade ?

Arcadius : Je te protégerai. Personne ne te touchera si je suis là. Ok ? Pas un seul de tes cheveux. Je promets.

J'ai passé une semaine de schizophrène. À essayer de ne rien changer à mes habitudes, mais à scruter le moindre regard, le moindre inconnu bizarre, à changer de trottoir ou à me mettre à courir dans la rue chaque fois qu'une voiture ralentissait derrière moi. Quand le samedi soir est arrivé, j'avais complètement cédé à la paranoïa.

Comme par hasard, Basile a annoncé aux parents qu'il sortait aussi ce soir. Je suis partie juste avant lui, le cœur battant, persuadée de le prendre en flagrant délit d'espionnage dans les prochaines minutes. Et presque rassurée que ce ne soit « que lui ». J'ai rejoint Vadim en courant sans faire de détour. Mais mon frère ne m'a pas suivie. Mon amoureux, pas convaincu, a décidé d'inverser la vapeur et de rattraper Basile, parti en direction du campus. Après deux ou trois tours de voiture, phares éteints, on a facilement retrouvé sa trace et son petit corps sec, bien droit, poireautant à proximité du gymnase.

– Mais qu'est-ce qu'il vient faire là ? demandé-je naïvement à mon chauffeur.

– À ton avis ? me sourit Vadim en haussant les sourcils.

– Mais c'est le repère de tous les rencards ou quoi ?

– Faut croire. On s'en va ?

– Attends. Juste encore un peu. Je veux savoir qui c'est, dis-je en me concentrant sur le pare-brise.

– Je parie sur une pom-pom girl, c'est pour ça qu'il n'assume pas ! Brittany, Amber ou celle qui s'est fait refaire les seins, là !

– Et comment tu sais ça, toi ?

– Regarde, c'est pas le coach de basket qui arrive ?

– Ouais, c'est ça, change de sujet !

– Non je te promets ! Si ça se trouve, ils dealent de la drogue. Ou des stéroïdes pour ces abrutis de basketteurs.

– C'est le coach-assistant, Zach Powell…

Je n'ai pas le temps de finir ma phrase que le grand métis au polo bleu ciel, jaune et blanc – les couleurs de UCLA – se jette sur mon frère et l'embrasse à pleine bouche. La mienne reste entrouverte, ébahie par cette scène surréaliste. Mon cerveau refuse d'intégrer l'information. Seul l'éclat de rire de Vadim me ramène brusquement à la réalité.

– Lancaster est gay ! s'exclame-t-il en bondissant sur son siège.

– Mon frère est gay, répété-je pour mieux réaliser.

– Tes parents ne vont jamais s'en remettre ! Toi avec un voyou russe et ton frère avec un mec noir !

– Mes parents ne sont pas racistes ! Ils sont tout ce que tu veux mais pas racistes !

– Ok, je retire. Mais ton père va quand même faire une crise cardiaque. Je vais peut-être devenir le gendre idéal, du coup ! rit-il de plus belle.

– Bordel, Basile est gay. Je n'arrive pas à y croire, murmuré-je en continuant à les regarder s'embrasser.

– La bonne nouvelle, c'est que ce n'est pas lui qui nous prend en photo. La mauvaise, c'est que ce n'est pas très légal, un coach et un étudiant…

– Parce que tu t'intéresses à légalité, toi, maintenant ?

– Eh, ne t'en prends pas à moi, Alma !

– C'est de ta faute, si on l'a suivi !

– Mais je n'y suis pour rien si on a découvert ça. Et tant mieux ! Si tu veux mon avis, ça explique pas mal de choses…

– Ah oui et quoi, docteur Arcadi ? m'énervé-je sans raison contre lui.

– Qu'il soit si mal dans ses pompes, déjà. Qu'il ait tout le temps peur de décevoir ton père, aussi. Et qu'il ne supporte pas que tu t'affirmes, alors que lui ne le peut pas.

– Peut-être… C'est aussi pour ça qu'il traîne tant avec les basketteurs, alors, en déduis-je à haute voix.

– Si ça se trouve, il les trouve aussi stupides que moi ! s'amuse Vadim, une étincelle dans l'œil.

– Ça y est, vous allez devenir les meilleurs amis du monde ? ironisé-je du tac au tac.

– Ton frère et moi ? Jamais ! Mais vous deux… Réfléchis, Alma ! Ça vous fait un point commun : un amour impossible ! Ça ferait une super comédie romantique, ça ! Un carton à Hollywood !

– Oui, et ça va faire un super drame familial aussi. Avec

des larmes, des cris, des regards déçus et des longs silences, tout ce qu'on sait faire de mieux chez les Lancaster !

– Il fallait bien que votre petite vie parfaite se complique un peu ! Pas de raison que ce soit toujours les mêmes qui trinquent...

– Ça y est, tu as eu ta petite vengeance, tu es content ?

– Non, j'aurais préféré que Timothy Wallace se pète une jambe. Ou les deux.

– Tu dois me promettre de ne rien dire, pour Basile. Même pas à Felix, personne ne doit savoir.

– Avec tous les secrets que tu as sur moi, je ne m'y risquerai pas, lance Vadim en levant les mains en l'air.

– Quand même, Zach Powell ! Il doit avoir au moins trente ans !

– Oui, et toutes les pom-pom girls sont amoureuses de lui, non ?

– Tu m'étonnes, un métis aux yeux bleus ! Et musclé comme il est... Il a bon goût mon frère ! souris-je enfin, pour la première fois.

– Je te laisse avec eux, si tu veux ? me provoque-t-il, un brin jaloux de ma description.

– Non, toutes les pom-pom girls sont amoureuses de toi, Vadim Arcadi. Et c'est moi qui t'ai eu ! gloussé-je fièrement en lui passant la main dans les cheveux.

La semaine suivante, à la fac ou à la maison, Basile n'a pas semblé différent. Et pourtant, je me suis mise à le regarder différemment. Peut-être avec plus d'empathie ou d'intérêt. Il n'est plus seulement le grand frère pénible et rabat-joie – qu'il reste – il est aussi l'autre victime collatérale de la famille élitiste et rigide dans laquelle on vit. Celui qui n'a que faire des règles et des attentes des autres, c'est Vadim, qui a séché les cours aujourd'hui, sans me donner d'explication. Depuis ce matin, il ne répond à mes textos que de façon lapidaire. Et pour couronner le tout, c'est le dernier jour avant les vacances de Noël, c'est-à-dire que pendant deux semaines je n'aurai même pas la fac comme prétexte pour le voir.

Un long calvaire en perspective...

Son court-métrage est au point mort, le mien n'avance que très doucement – comme ceux de beaucoup d'étudiants – et Mr Abrams a été obligé de prolonger notre projet de premier semestre jusqu'à la fin de l'année scolaire. La présentation des films n'aura lieu qu'au mois de mai. Mais qui sait si Vadim présentera quoi que ce soit : il avait déjà du mal à travailler avec moi, il a encore plus décroché depuis l'attribution de son nouveau binôme.

Arcadi l'ingérable est de retour !

À la fin de la journée, je reçois enfin un message de sa part, composé de plus de trois mots.

[Une gosse de riches m'a dénoncé au directeur. Pour les devoirs. J'ai dû lui rendre son fric et j'ai eu un avertissement. Le dernier, il paraît. Et j'ai intégré un groupe de volontaires pour me racheter. Des travaux de larbin à faire pour la fac avec d'autres punis, comme moi. J'y ai passé la journée. Et là, j'ai Keith sur le dos, je ne peux pas t'appeler. Tu me manques. Ne m'en veux pas. V.]

[Tu as largement battu le record du texto le plus long de l'histoire. A.]

[Ça va, tu le prends bien ! :) V.]

[Non, je te déteste, je savais que ça arriverait. A.]

[Je suis désolé. Mais je m'en sors bien. Je m'en sors toujours ! :) V.]

[Arrête de sourire ! On pourra se voir ou bien tu es séquestré, à ton camp de délinquants ? A.]

[Demain ! :) J'ai un cadeau de Noël pour toi :) Je dois y aller :) Je t'aime :) V.]

Le week-end précédant le réveillon est toujours le pire de l'année ! Ma mère est dans tous ses états parce que rien n'est prêt comme elle le voudrait, mon père peste parce que Georgia est allée passer les fêtes dans sa propre famille et n'est plus là pour aider… mais il ne se porte surtout pas volontaire. Lily est triste que notre grand-mère maternelle n'ait pas pu venir passer Noël à L.A. comme elle l'avait promis, et mes parents refusent de lui dire qu'elle est malade et bien trop faible pour ce voyage. Mes grands-parents anglais font le déplacement, eux, ils doivent arriver à tout moment. Voir débouler Albert et Margaret chez nous, une fois par an, met tout le monde à cran. Ils vont encore donner leur avis sur tout, notamment sur ce qui est mieux en Angleterre, c'est-à-dire à peu près tout. Comme chaque année, Edward Lancaster va retrouver presque instantanément ses vieilles habitudes infectes de grand bourgeois à la sauce *british*. Pour leur plaire, Basile va se montrer encore plus exemplaire que d'habitude, et *Granny* et *Grandpa* vont réaffirmer sans s'en cacher que le fils aîné – héritier oblige – est leur petit préféré. Au moins, Clémentine sera là pour en rigoler avec moi pendant le dîner.

Je n'ose même pas imaginer ce que Vadim penserait de ce réveillon si bien léché. Festin raffiné à table, montagne de cadeaux luxueux sous le sapin, bonnes manières et sourires hypocrites, tout y est pour le faire enrager. Là, tout de suite, je suis bien contente de pouvoir m'échapper de la villa en effervescence, le temps d'une heure – une heure, c'est tout ce que j'ai pu négocier. Mais mon amoureux n'est pas en position de râler, après ses nouvelles frasques et sa journée séchée, il n'a pas intérêt à me reprocher quoi que ce soit.

Le parc est désert à cette époque-là de l'année. Je l'attends sur notre banc, mes jambes se balançant toutes seules comme quand j'avais neuf ans, mes doigts caressant la gravure « Toi + Moi » sur le bois et me rappelant que j'en ai maintenant dix-neuf. C'est avec le visage contrarié que Vadim apparaît enfin, en retard et essoufflé, m'embrassant du bout des lèvres avant de s'affaler à côté de moi.

– C'est tout ?

– J'ai trop de choses à te raconter !

– Tu t'es encore fait arrêter ? Tu as volé une voiture en chemin ? Tu as tué quelqu'un ?

– Non, je ne peux plus bouger une oreille sans que quelqu'un fasse un rapport ! C'est l'enfer ce groupe de volontaires ! grogne-t-il en s'ébouriffant les cheveux.

– Tu m'avais promis d'arrêter les conneries, soupiré-je sans y croire.

– Oui, ben là c'est bien fini ! J'ai ramassé des papiers toute la journée sur le campus. Vidé les poubelles, lavé des trucs, plié des trucs, rangé des trucs, ils nous prennent pour des esclaves !

– Il y a qui dans ce groupe ?

– Que des attardés ! Si tu les voyais, ils font tout ce qu'on leur demande sans broncher.

– C'est à ça que ça sert, Vadim ! Te racheter une conduite et montrer que tu sais bien te comporter ! Tu veux te faire renvoyer de la fac ?

– Arrête, on dirait « Black Mama » en personne ! Non, je vais être sage comme une image, je vais classer les détritus par couleurs si ça leur fait plaisir et je vais même me faire des amis !

– Alors ça, je demande à voir !

– Tu verras ! Il y a une fille qui est plutôt sympa.

– Sympa ? Je veux tout savoir d'elle ! crié-je en attrapant Vadim par le menton pour le tourner vers moi.

– Ok. Blonde, 1 m 75, des seins gros comme ça et des jambes longues comme ça, dit-il en joignant le geste à la parole. Ah et elle est nue quand elle ramasse les trucs !

– Pff. Je sais que tu n'aimes pas les blondes, je n'y ai pas cru une seule seconde ! Alors, c'est qui cette fille ?

– Je ne sais pas, je lui ai parlé cinq minutes ! Cheyenne, elle s'appelle.

– Ce n'est pas un prénom, ça ! C'est une tribu d'Indiens d'Amérique !

– Elle l'est, je crois… On s'en fout, elle est marrante, c'est tout.

Détester Cheyenne : fait ! Éliminer Cheyenne : à faire !

– J'ai une autre grande nouvelle, poursuit Vadim en s'asseyant à califourchon de chaque côté du banc.

– C'était quoi la première ? Ta nouvelle amie marrante et sympa ?

– Bon, tu veux savoir ou pas ?

– Vas-y, réponds-je à contrecœur.

– J'ai vu Keith ce matin. Il a retrouvé Roman.

– Ton frère ?! m'exclamé-je en sautant sur mes pieds.

– Ça fait longtemps qu'il sait où il est, en fait. Mais il pense que c'est le bon moment. Que ça pourrait m'aider, me raccrocher à quelque chose, « faire la paix avec mon passé », il a dit.

– Il a sûrement raison. Alors c'est quoi, la suite ?

– Roman a eu dix-huit ans cette année, il a le droit de choisir s'il veut me rencontrer. Keith l'a contacté pour lui proposer.

– Et il a dit oui ?

– Oui… Mais je ne sais pas si c'est une bonne idée.

– Tu plaisantes ? C'est tout en haut de ta liste, retrouver ton frère ! Tu n'as pas le droit de te défiler, Arcadi !

– On a dit qu'on devait faire tout ça avant de mourir… pas forcément maintenant ! blague Vadim pour éviter le sujet.

– Qu'est-ce qui te fait peur ? murmuré-je en m'approchant de lui pour passer mes bras autour de son cou.

– Rien ! Ça va juste être bizarre. On ne se connaît pas, c'était un bébé quand on a été séparés. Il ne doit même pas se souvenir de nos parents. Et puis il a été adopté par une bonne petite famille américaine, sûrement pourri gâté. Si ça se trouve, je vais le détester !

– Tu détestes déjà quatre-vingt-dix-neuf pour cent des gens, ça ne va pas beaucoup te changer, tenté-je pour le faire sourire.

– Je déteste aussi l'idée d'avoir une famille, je crois.

– Moi, je crois que tu vas adorer ça… chuchoté-je avant de l'embrasser.

– En fait, je pense qu'il n'y a que toi, que je ne déteste pas. Et Felix. Et Keith, parfois.

– Non, il y a Cheyenne aussi !

Vadim sourit puis me rend mon baiser pour me faire taire. Il m'embrasse, je le serre, nous arrêtons de parler pour fusionner. Plus rien d'autre n'existe, plus personne à part nous. Seuls contre le reste du monde : les familles, les frères, les éducateurs, les Indiens d'Amérique.

– Je vais bientôt devoir rentrer, soufflé-je entre ses lèvres.

– Je vais bientôt devoir te kidnapper, tu sais. Et je ne te rendrai jamais.

– Après Noël, alors. Il y a deux générations de Lancaster chez moi qui me tueraient si je ratais ce réveillon.

– Moi, je serais prêt à tuer pour que Noël n'existe pas. Qu'on arrête de faire croire ces conneries aux enfants, qu'on arrête de se gaver de dinde aux marrons alors que personne n'aime ça, et qu'on arrête aussi de se faire des cadeaux juste parce que c'est le jour où il faut.

– Bon, je ne te donne pas les tiens, alors.

– Au pluriel ?! Attends, je peux faire une exception ! se marre-t-il, soudain intéressé.

– Tiens, c'est juste un début…

Je lui tends quatre petits paquets rouge vif que Vadim se met à déchirer sans ménagement. Son sourire s'élargit à mesure qu'il découvre la moto en plastique, la mini-planche de surf, un guide de voyage de la Russie et le petit dictionnaire de français que j'ai choisis pour lui… Esprit de Noël ou pas, j'ai l'impression que ses yeux brillent.

– Tu peux apprendre à moi ? me répond-il en français, avec la faute et un adorable accent américain.

– Je peux faire tout ce que tu veux à toi, me moqué-je gentiment de lui.

– À mon tour, reprend-il en anglais. Mais je crois qu'on a eu la même idée…

Vadim ramasse son sac à dos échoué par terre, fait glisser la fermeture éclair et en sort une grosse peluche soyeuse dans des tons gris et blanc, avec un petit museau noir luisant et des oreilles toutes rondes.

– Ils n'avaient plus de koala vivant au magasin, alors je l'ai pris lui. En attendant l'Australie…

– C'est encore mieux qu'un vrai ! dis-je attendrie.

– Tu devrais rentrer avant que je me mette à aimer Noël.

Mon amoureux me serre encore contre lui, écrasant la peluche entre nos deux corps. Quelques baisers et un « je t'aime » plus tard, je repars chez moi, le cœur gros de l'avoir quitté, mais la tête pleine de ces petits bouts de rêves à réaliser. Et l'estomac noué. Il y a encore une toute petite chose que je voudrais vérifier.

Enfermée dans ma salle de bains, je patiente en me triturant les doigts, assise sur le rebord de la baignoire. La notice indique six minutes. Au bout de trois, deux infimes lignes roses se dessinent sur le bâtonnet posé entre mes pieds. Plus je les fixe et plus elles deviennent foncées. Je me penche en avant pour mieux voir : une larme vient s'écraser sur le carrelage immaculé. Et tous mes rêves viennent de partir en fumée.

Un bébé… Je n'aurais jamais dû l'écrire sur cette maudite liste.

IV

AMOUR ET JALOUSIE

16

LA FÊTE EST FINIE

Overdose. Overdose de foie gras, de saumon, de chocolats. Overdose de sourires forcés, de cadeaux hors de prix dont personne ne se servira, de questions gênantes auxquelles personne ne veut répondre. Overdose de bons sentiments, de bons vœux et de bonnes résolutions. Joyeux Noël et bonne année. Et surtout la santé.

Et surtout pas de bébé…

Le départ de Granny et Grandpa a soulagé tout le monde, même eux, ravis de retrouver leur Angleterre chérie. Tout le monde sauf moi. Tout le temps qu'ils étaient là, j'avais une bonne raison de penser à autre chose, une bonne excuse pour ne pas m'occuper de ça, faire comme si ça n'existait pas.

Ça...

Depuis le test de grossesse positif, je n'ai toujours pas trouvé le courage de le dire à Vadim. Clémentine a deviné, elle, sans que j'aie besoin de prononcer un seul mot. Ma meilleure amie a passé les fêtes chez nous, contente de pouvoir quitter sa chambre d'étudiante sur le campus désert pour une maison douillette et pleine de vie. Mais triste, sans doute, d'imaginer ses parents divorcés passer le réveillon avec leur moitié de famille recomposée. Elle ne s'est pas plainte une seule fois. Clem a dessiné et cousu des robes affreuses avec Lily – qui a décrété que les rayures et les pois allaient bien ensemble, Clem a battu Basile à *Final Fantasy* sur sa nouvelle console – lui a pesté contre sa chance de débutante, Clem a cuisiné avec ma mère et Georgia – qui riaient jaune chaque fois qu'elle trempait son doigt dans les préparations « pour goûter ». Je les ai tous regardés faire, de loin, absente, presque étrangère.

Et nauséeuse.

C'était un matin: Clémentine et moi, enfermées dans la salle de bains, en train de se brosser les dents en même temps, elle en culotte et soutien-gorge, moi enroulée dans une serviette éponge. Clem s'est détaillée devant le grand miroir, de face, de profil, elle a fait un pas de danse puis elle a râlé de son petit ventre potelé en tapant dessus comme sur un tam-tam – et j'ai éclaté en sanglots. C'est là qu'elle a compris. Moi, je n'ai pas compris grand-chose à ce qu'elle m'a dit, à cause du dentifrice dans sa bouche, mais ma meilleure amie a le don de consoler sans même parler. Un coup de hanche rebondie contre la mienne, un câlin et une grimace plus tard, j'ai séché mes larmes. Puis elle m'a convaincue de parler à Vadim avant de décider quoi que ce soit. Elle m'a dit qu'elle le tuerait de ses mains s'il était méchant avec moi et a ajouté qu'elle en avait buté de plus coriaces que ça sur la console.

Qu'est-ce que je ferais sans elle ? Clémentine D'Aragon, un don du ciel.

Même pendant les vacances, Vadim passe ses journées avec son groupe de volontaires à la fac. J'ai décidé d'aller le surprendre sur le campus en fin d'après-midi. Je n'avais pas le courage de lui donner rendez-vous ou de lui dire que j'avais quelque chose à lui annoncer : il ne m'aurait pas lâchée. De loin, je l'ai vu discuter avec une grande brune à la peau mate, corps athlétique, allure un peu garçon manqué, mais de très longs cheveux noirs et brillants qu'elle ramène sans cesse d'un côté. Découvrant au passage une épaule musclée et bronzée dans son débardeur de sport blanc sur un treillis kaki. Un insupportable mélange de féminité et de confiance en soi. Un air à la fois charmant et sauvage, séducteur et indifférent.

Elle me rappelle… Vadim.

Il croise soudain mon regard à quelques dizaines de mètres de là, se passe la main dans les cheveux, prononce encore quelques mots à sa nouvelle amie puis vient à ma rencontre en souriant.

– Alma, qu'est-ce que tu fais là ?! Tu es venue t'assurer que je faisais mon devoir ? me provoque-t-il avant de m'embrasser brièvement sur la joue.

– Hmm… Est-ce que j'ai besoin de te surveiller ? dis-je en désignant la brune du menton.

– Non, rien à me reprocher ! sourit-il malicieusement.

– Vous n'aviez pas l'air hyper occupé. C'est une colonie de vacances, ton truc ?

– C'est ce que font les gens quand c'est la fin de la journée, tu sais, ils arrêtent de travailler, articule-t-il comme si j'étais attardée.

– Qu'est-ce que vous avez fait, aujourd'hui ?

– Tu devineras jamais !

– Quoi ?

– Le gymnase ! Nettoyé les gradins, les vestiaires, les terrains… Tu te rends compte ? Moi, Vadim Arcadi, j'ai récuré les chiottes et les douches des basketteurs ! Je crois que je ne pourrai plus jamais me regarder dans une glace ! surjoue-t-il avec un air dégoûté.

– Attends… Toi, Vadim Arcadi, tu as passé la journée dans les douches avec… cette fille ?

– Qui ? Ah, Cheyenne ! Oui ! Elle s'est encore mise nue. Pour éviter de mouiller ses fringues, tu comprends. Et puis elle a lavé les murs avec son corps. Elle dit que la peau humaine est très efficace contre les…

– Stop, Vadim ! Tais-toi ! J'ai compris, ça va.

Il s'assied sur le rebord d'un muret et m'attire contre lui. Son rire franc s'envole dans les airs pendant que ses bras me serrent. Sa voix se fait plus douce, son parfum m'apaise.

– Viens là. Elle était de corvée de lessive, elle. C'est à moi qu'ils filent les tâches les plus ingrates. Ils veulent que je craque !

– Et elle, elle veut te faire craquer aussi ? dis-je en boudant à moitié.

– Alma, recommence pas. Je n'ai pas le droit de me faire des amis ? Elle est vraiment sympa. Intéressante, pour une fois.

– Intéressante en quoi ? l'agressé-je à nouveau.

– Je ne sais pas. Elle est différente. Débrouillarde, bosseuse, elle n'a peur de rien. Et puis elle est fière de sa culture amérindienne, elle sait des tas de trucs et elle raconte bien les histoires. Elle se fout de ce qu'on pense d'elle. Elle est vraie, voilà.

– Et moi je te parie que ses cheveux sont faux. Une Pocahontas en perruque, voilà ce qu'elle est !

– Tu veux que je te la présente ? Tu pourras tirer dessus, pour voir.

– Pas maintenant. Et puis de toute façon je ne suis pas jalouse. Et puis il faut que je te parle de quelque chose !

– Moi aussi ! s'écrie-t-il, une lueur joyeuse dans le regard. Mais vas-y, commence.

– Non, toi d'abord.

– Tu es sûre ? Bon, j'y vais. Keith m'a dit que je pourrai voir mon frère d'ici un mois. Il va organiser la rencontre pour début février.

– Super ! essayé-je de m'enthousiasmer.

– Tu viendras avec moi ? Je préférerais que tu sois là.

– Promis.

– Bon, en attendant, je dois me tenir bien jusque-là. Et je

n'ai plus le droit de voir Felix, Keith pense qu'on se tire vers le bas. N'importe quoi !

– Je propose qu'on présente Cheyenne à Felix et qu'on ne les voit plus jamais ni l'un ni l'autre ! Deal ? lancé-je en tendant ma main en l'air.

Au lieu de taper dedans, Vadim croise ses doigts entre les miens et m'adresse son irrésistible sourire en coin. Son regard tendre, amoureux, me transperce.

Je ne vais jamais pouvoir lui dire.

– À toi. Tu voulais me parler de quoi ? me chuchote-t-il doucement.

– Rien, ça peut attendre. Je suis trop contente pour ton frère et toi. Tu attends ça depuis si longtemps…

– Ne te défile pas, Lancaster. Je te connais par cœur.

– Ça ne va pas te plaire, je crois.

– Tu peux tout me dire, Alma.

– Je pense que je suis enceinte, lâché-je à toute vitesse, les yeux fermés, pour ne pas le voir me regarder.

– Tu penses ?! s'écrie-t-il en laissant tomber ma main.

– J'ai fait un test de grossesse.

– Quoi ?! Mais quand ?! Pourquoi tu ne m'en as pas parlé ? Depuis combien de temps tu sais ça ?

– Une ou deux semaines, je ne sais plus.

– Tu ne sais plus ? Putain, Alma !

– Il y a eu les fêtes, mes grands-parents étaient là, j'avais toute ma famille sur le dos, et toi tu passes tes journées ici, on ne s'est pas beaucoup vus, j'avais peur, j'étais perdue, commencé-je en sanglotant.

– Ok, ok, ne pleure pas. Pardon d'avoir crié. Mais comment c'est possible ? On a toujours mis des…

– Je sais. S'il te plaît, ne parle pas de ça, murmuré-je en enfouissant mon visage dans son cou.

– Il va bien falloir qu'on en discute, répond-il en me caressant le dos. Nom de Dieu, qu'est-ce qu'on va faire ?

– Je veux juste que tu m'accompagnes. Tu sais, pour…

– Pour quoi ? se crispe-t-il soudain. Ne me dis pas que tu veux…

– Bien sûr que si, Vadim ! J'ai 19 ans, qu'est-ce que je ferais avec un… ?

– Attends, personne ne finit ses phrases, là ! Alma, écoute-moi.

Vadim attrape mon visage à deux mains et l'approche du sien. Je suis incapable de déchiffrer tous les sentiments qui traversent son regard. Il reprend, d'une voix grave et posée, incroyablement calme.

– Tu n'es pas obligée de faire ça. Je sais qu'on est jeunes. Un bébé, ça fait peur. Mais c'est possible !

– Mais qu'est-ce que tu racontes ? Je commence tout juste mes études. Je n'ai pas de boulot, toi non plus. On se connaît depuis quelques mois…

– Je ferai tout ce qu'il faudra ! Je trouverai un vrai travail. Tu peux venir habiter chez moi. Tu continueras à aller à la fac tant que tu pourras. Après tu suivras des cours par correspondance, quand le bébé sera là.

– Et puis un jour tu en auras marre, tu détesteras la vie

qu'on a et tu me quitteras…

– Je ne te laisserai jamais tomber, Alma, jamais ! Oui ce sera dur, on n'aura pas grand-chose… Mais on l'aura lui. Le mélange de Toi + Moi ! Plus personne ne verra nos différences, ils verront ce qu'on a réussi à créer à deux. Tous ceux qui veulent nous séparer, ils ne pourront plus rien contre nous !

– Mais c'est dans les films, tout ça ! C'est beau, tout ce que tu dis, mais ce n'est pas la vraie vie ! La vérité c'est que mes parents vont me tuer. Et après ils te tueront toi.

– Mais si, c'est la vraie vie ! Justement, c'est le début de notre vie ! Le début de nos rêves qui se réalise ! Rappelle-toi, on l'a tous les deux écrit sur notre liste !

– Mais pas tout de suite, pas comme ça ! crié-je en me dégageant de ses bras. Je ne veux pas être une fille-mère, une mère adolescente, une mère étudiante, je ne veux pas être une mère tout court, je ne veux pas, je ne peux pas !

– Tu ne parles que de toi… soupire Vadim en regardant dans le vague.

– Non, c'est pour toi aussi, reniflé-je en passant ma main dans ses cheveux. Je ne veux pas que tu arrêtes le cinéma. Que tu aies un job que tu détestes, ou même deux, que tu oublies ta passion, tous tes rêves, que tu te sacrifies pour un bébé que tu n'as même pas voulu.

– Mais je le veux, moi, ce bébé, me répond-il doucement. On n'a pas le droit de l'abandonner ! De s'en débarrasser parce que ce n'est pas le bon moment. Je n'ai pas eu de parents, mais lui il mérite d'en avoir ! C'est hors de question, jamais je ne lui ferai ça, à ce bébé !

– Mais ce n'est même pas encore un bébé, Vadim ! Arrête

de l'appeler comme ça ! Il n'existe pas ! sangloté-je, à bout de nerfs.

– Il existe dans ma tête ! J'en ai toujours rêvé, tu le sais. Je n'ai jamais eu de famille et tu veux me voler cette chance ? Peut-être la seule que j'aurai jamais ? ! C'est mon tour, Alma ! Tout arrive enfin, pour moi. Retrouver mon frère, vivre avec toi, avoir un enfant… notre enfant, je ne veux rien d'autre au monde ! Tu comprends ? ! hurle-t-il en se brisant la voix.

– On pourrait avoir tout ça… dans dix ans. Pourquoi maintenant ? demandé-je, terrifiée par sa réaction.

– Pourquoi attendre ? lâche-t-il en sautant sur ses pieds.

– Pour nous !

– Mais on sera ensemble ! À trois ! sourit-il, un éclair de joie dans le regard.

– Mais pourquoi je ne te suffis plus ? soufflé-je d'une toute petite voix.

Cette fois, mes larmes coulent à torrents. Je m'attendais à tout sauf à ça. Qu'il prenne peur. Qu'il me quitte sur le champ. Qu'il reste de marbre ou qu'il fuie ses responsabilités, comme l'auraient fait tant de garçons de son âge. Tout mais pas ça. Alors que Vadim me déclare, à sa façon, son amour, son soutien sans faille, son envie de nous construire un avenir : je me sens trahie. Abandonnée. Désaimée. Je ne suis plus que le ventre renfermant l'enfant qu'il a toujours voulu avoir. Il ne me regarde même plus dans les yeux, il ne fixe que mon tee-shirt. Trop tard : il l'aime déjà plus que moi. Je n'existe plus.

Alors je suis partie. J'ai tourné les talons et j'ai marché en direction de la maison. Lentement. Mais il ne m'a pas couru après, comme il le fait toujours. Il n'a pas cherché à me rattraper. Il ne m'a même pas dit qu'il m'aimait. Que je lui suffisais. Alors j'ai continué à marcher et j'ai continué à pleurer jusqu'à ce que je puisse m'enfouir sous ma couette et étouffer mes sanglots dans l'oreiller. Une main discrète a gratté à la porte. J'ai demandé à Lily de s'en aller. Mais c'est Basile qui s'est faufilé dans ma chambre et installé en tailleur au bout de mon lit.

– Je sais qu'on n'est pas très proches, Alma. Mais je t'entends pleurer de l'autre bout du couloir. Est-ce qu'il faut que j'aille casser la gueule à quelqu'un ?

– Non, ça ira, réponds-je en esquissant un sourire.

– Si ! C'est ce que les grands frères font, normalement. Défendre leur sœur. Ou les consoler quand elles pleurent. Mais ça je ne sais pas trop faire. Alors, c'est Arcadi ?

– Pas envie d'en parler. Tu peux me laisser ?

– Si tu veux, cède Basile, déçu. Mais un jour, il faudra qu'on parle du fait qu'on ne se parle jamais, toi et moi.

Il marche vers la sortie et je le trouve presque émouvant. Son grand corps maigre et maladroit, sa coupe de cheveux de petit garçon, ses épaules affaissées par le poids du secret. Alors qu'il saisit la poignée de ma porte, les mots sortent tout seul.

– Je t'ai vu, l'autre soir. Près du gymnase.

– Comment ça ? Quand ? blêmit mon frère.

– Avec Zach Powell.

– Tu as vu quoi exactement ? panique-t-il encore plus.

– Tu sais très bien quoi. Et je m'en fiche, Basile. Tu embrasses qui tu veux. Tu retrouves qui tu veux au milieu de la nuit. Mais tu aurais dû me le dire. Tu serais peut-être moins chiant si tu étais un peu plus heureux.

– Non mais regardez-la, celle-là ! À donner des leçons de bonheur avec le nez bouché et des larmes jusque dans les cheveux !

– Je voulais juste te dire que ça ne me dérange pas. Que tu sois gay. Et je sais que ça doit être difficile à vivre. Avec Tim Wallace et toute la bande.

– Oh, je m'en fous, d'eux. Ils ont un cerveau pour cinq. Et je ne serai pas le premier gay de la fac. Mais si papa apprend ça…

– Il ne peut pas décider à notre place, Basile ! Tu n'en as pas marre qu'il te dicte ta conduite ? Qu'il te parle comme à un chien ? Qu'il te foute la pression, tout le temps ?

– Si… Mais je suis qui, sans lui ? soupire-t-il, triste et las. Je suis censé reprendre le flambeau, marcher dans ses pas…

– Tu es toi, l'interrompé-je. Basile Lancaster. Et tu as le droit d'être qui tu veux. D'aimer qui tu veux. Et moi aussi. Si papa nous déshérite tous les deux, on n'en mourra pas.

– Mouais. C'est ta bonne résolution pour 2002 ? Vivre ta vie comme tu veux ?

– Oui, quelque chose comme ça…

– Mais tu ne pouvais pas choisir un autre mec qu'Arcadi, pour faire ça ? me provoque mon frère en retrouvant ses vieilles habitudes.

– Eh, je te rappelle que tu sors avec un coach de basket

de dix ans de plus que toi !

– Hmm… s'il n'y avait que lui ! me lance-t-il dans un clin d'œil en se ruant hors de ma chambre.

– Quoi ?! Basile ! Reviens ici !

Mon frère, un collectionneur ?

J'entends mon téléphone vibrer dans mon sac à main échoué près de mon lit. Vadim. Je décroche sans prononcer un seul mot.

– Alma ? Tu es là ? Écoute, je n'aurais pas dû te laisser partir. Et je n'aurais pas dû réagir aussi fort. Je m'excuse. Je sais que tu as peur. Moi aussi, j'ai la trouille, tu n'imagines pas. Mais je t'aime, ça non plus tu n'imagines pas comment. Je ne sais pas ce qu'on va faire mais je veux qu'on le fasse ensemble. Tu es toujours là ?

– Oui…

– J'ai regardé sur Internet. Ils disent qu'il faut faire une prise de sang pour savoir si on est vraiment enceinte.

– Tu penses que je te mens ?

– Non, je te crois ! Mais quand on sera vraiment sûr, on pourra en rediscuter. Et on saura combien de temps il reste pour décider. Je connais un labo anonyme et gratuit qui fait ça. Je pourrai venir avec toi.

– D'accord…

– C'est vrai ? Demain matin, alors ? Je passe te chercher.

– Ok.

– …

– Vadim ?
– Oui ?
– Merci.

Le lendemain, nous n'avons pas échangé un seul mot dans la voiture. Pas un non plus dans la salle d'attente du laboratoire. Toujours pas un mot quand je suis ressortie, un pansement blanc sur le bras. J'en ai profité pour faire un test de dépistage et Vadim a fait le même de son côté. En sortant, nous avons marché un peu, nous sommes assis à une terrasse de café, avons commandé deux sodas auxquels pas un de nous n'a touché. Vadim a brisé le silence le premier.

– Ça fait combien de temps ?
– Ça ne fait pas encore deux heures. Ils ont dit qu'ils m'appelaient.
– Je sais. Tu mettras le haut-parleur ?
– Si tu veux. Tu me promets que tu ne sauteras pas de joie si c'est positif ?
– Promis. Tu me promets que tu ne pleureras pas ?
– Impossible.
– Ok.

Le silence s'est imposé à nous, à nouveau. Nous avons attendu et attendu encore, sans rien dire. Ma tête a progressivement glissé sur son épaule, son bras est venu m'entourer puis nous n'avons plus bougé. Jusqu'à ce que mon portable s'anime et nous fasse sursauter tous les deux. J'ai écouté la dame du laboratoire me donner les résultats, je l'ai remerciée puis j'ai raccroché.

– Et le haut-parleur ?! crie Vadim, indigné.
– Pardon. J'ai oublié.
– Alors ?
– C'est négatif, murmuré-je dans un souffle.
– Quoi ? C'est sûr ?
– Aucun doute.
– Et le test de grossesse, alors ?
– Il ne devait pas être fiable. La dame a dit que ça arrivait.
– Tu es contente ?
– Je suis soulagée.
– Pourquoi tu as l'air triste ?
– Je suis désolée. Pour toi. Pour tout ça.
– Au moins on n'aura pas à décider… soupire-t-il en s'emmêlant les deux mains dans les cheveux.
– Nos autres tests sont négatifs aussi, ajouté-je discrètement.
– On peut arrêter les préservatifs alors. Ça fait au moins une bonne nouvelle aujourd'hui.
– Oui, si tu es fidèle, le menacé-je d'un regard noir. Et je vais prendre la pilule, je ne veux pas que ça se reproduise.
– Ça, j'avais bien compris, fait-il tristement.
– Tu sais, un jour je serai la plus heureuse du monde. Quand on apprendra l'autre résultat. Et on pourra tous les deux sauter de joie.
– J'espère bien ! sourit-il en se redressant. C'était un peu vexant que tu ne veuilles pas de mon bébé à ce point-là !
– Et c'était carrément méchant que tu veuilles plus du bébé que de moi !
– Je veux tout ! Toi et quatre ou cinq bébés, lance-t-il en

se jetant sur moi et en me serrant un peu trop fort.

– Deux ça suffirait, non ? me rebellé-je en riant.

– Disons trois.

– Ok. Mais pas trois garçons, hein ! Je ne supporterai jamais de vivre avec quatre Arcadi.

– Je veux bien trois petites Lancaster, moi. Et je serai le roi ! crie-t-il en levant les bras, faisant se retourner toutes les têtes dans le café.

17

CAP DE TOUT

Pas de bébé. La nouvelle année peut enfin commencer. Et miracle : Vadim est exempté de son groupe de travail jusqu'à la fin des vacances. Une semaine entière rien que pour nous deux. Mon bonheur serait parfait si ma mère n'avait pas décidé de rentrer en France sur un coup de tête pour quelques jours. Elle a l'air triste en ce moment. Mon père est aussi absent que distant, ses amies françaises lui manquent et sa propre mère est sur le déclin. Lily a insisté pour partir avec elle, revoir sa grand-mère adorée et la bande de copines qu'elle a laissées derrière elle l'été dernier. Moi aussi, je rêve de revoir Paris. La nuit qui tombe vite en janvier, les vitrines encore illuminées, les magasins bondés et les rues glacées, la foule pressée et les macarons qu'on achète un par un tellement ils sont chers – et tellement ils sont bons. Mettre des gants et un bonnet, entendre parler français dans mon dos, me faire bousculer parce que je ne marche pas assez vite, entrer dans un café brûlant de chauffage, m'asseoir près de la fenêtre et regarder les gens passer. Je voudrais refaire tout ça. Si Vadim venait avec moi, il leur inventerait des vies minables, je rirais, j'essaierais de lui apprendre des mots de français, il s'énerverait, on rirait encore.

Si seulement… Attends, et pourquoi pas ? Mes parents n'accepteront jamais !

– Maman ? Tu fais quoi ?
– Je prépare les bagages, on part demain soir.
– Justement, je me demandais…
– Tu veux venir aussi ? Alma, tu ne pouvais pas le dire avant ?

Ma mère, à genoux devant sa valise encore vide, se place les deux index sur les tempes.

Le moment est peut-être mal choisi…

– Je pensais que peut-être… Enfin si tu voulais bien… On pourrait… inviter Vadim.
– Je te demande pardon ?
– Il rêve de voir la France. Et on est encore en vacances une semaine. Je sais que papa et toi vous ne l'adorez pas mais… Tu pourrais apprendre à le connaître. Et ce serait super pour notre projet de court-métrage ! De pouvoir filmer…

– Je ne sais pas, Alma. Tu t'y prends au dernier moment.

– Oui, pardon. Laisse tomber, c'est sûrement une mauvaise idée. Et puis papa ne voudra jamais.

– Il n'est pas obligé de le savoir. Il n'est jamais là, dit-elle sur un ton aigri.

Si ma mère fait des cachotteries à mon père : l'heure est grave. Mais c'est ma meilleure carte à jouer !

– On pourrait lui dire qu'on part entre filles, toutes les trois…

– Ça ne ferait pas de mal à Basile, de passer du temps seul avec son père. Ils se sont éloignés, ces derniers temps.

– C'est possible. Vadim se fera discret, tu n'auras même pas à t'occuper de lui.

– Hmm… Je te préviens, il dort dans la chambre d'amis.

– Alors, c'est d'accord ?! crié-je en ouvrant de grands yeux.

– Je vais demander à Georgia de s'occuper des billets d'avion. Prends des vêtements chauds, Alma.

– Tu es géniale, maman, merci !

– Et dis à ton Vadim de s'acheter un manteau digne de ce nom !

Je saute au cou de ma mère, qui tombe à la renverse sur la moquette. La voir sourire à nouveau me gonfle le cœur, mais pas autant que ce que je m'apprête à annoncer à mon amoureux. Il ne va pas en revenir. Moi, Alma Lancaster, la raisonnable, la prévisible, qui l'invite pour des vacances surprise de l'autre côté de l'Atlantique.

Alma_83 : Salut Arcadius ! Tu es là ?

Arcadius : Salut Koala. Oui, j'essaie de bosser pour le film. Zéro inspiration, rien, ça me rend dingue !

Alma_83 : J'ai peut-être une solution pour toi. Tu fais quoi demain soir ?

Arcadius : Rien de prévu.

Alma_83 : Et les six prochains jours ?

Arcadius : Non plus. Enfin si, il y a cette fille que je devais voir.

Alma_83 : Quelle fille ? Cheyenne ?

Arcadius : Non, non, beaucoup plus moche.

Alma_83 : Mais qui ?

Arcadius : Alba, Alda, ou un truc comme ça. Une gosse de riches un peu chiante, qui pleure tout le temps.

Alma_83 : Ah, je vois. Chiante et moche ? Mais pourquoi tu la vois ?

Arcadius : Ben je suis un peu obligé, elle est tombée amoureuse de moi, je ne peux plus la décoller !

Alma_83 : Hmm… Donc si elle t'invite à Paris avec elle, tu n'iras pas ?

Arcadius : À quoi ???

Alma_83 : Paris, en France. La tour Eiffel, Notre-Dame, les Champs Élysées, Montmartre…

Arcadius : Tu es encore plus chiante que je le pensais ! Mais quoi ? Quand ?

Alma_83 : On part demain soir. Avec ma mère et ma sœur. Il faut qu'on t'achète un manteau demain. Tu as un passeport ?

Arcadius : Oui, Keith m'en a fait faire un l'année dernière. Alma, c'est sérieux ?

Alma_83 : Oui, à moins que tu aies envie que je me « décolle » un peu…

Arcadius : Jamais de la vie ! Qui a dit ça ? Personne n'a dit ça ! On va à Paris !!!

Vadim a refusé de porter sa doudoune toute neuve en descendant de l'avion au petit matin. Dans le taxi qui nous emmène tous les quatre vers le 17e arrondissement de Paris – où nous avons conservé notre appartement – je le sens grelotter à côté de moi. Mais il continue de répondre à ma mère qu'il n'a pas froid, sans quitter du regard la vitre de la voiture où défilent les paysages urbains, pour l'instant sans intérêt. Il n'y a rien à voir, mais il ne veut pas en manquer une miette. Il se retourne de temps en temps vers moi, juste pour me sourire, puis retourne à sa contemplation. Lily fait la conversation pour nous tous, comptant sur ses doigts les copines qu'elle doit appeler en arrivant et listant à haute voix tout ce qu'elle doit absolument avoir mangé avant de repartir !

Le taxi nous arrête enfin dans la rue Jouffroy d'Abbans, devant l'immeuble haussmannien que je connais bien. Ma sœur se précipite sur la porte d'entrée, profitant de la sortie d'un habitant pour la bloquer avec le pied. Vadim se charge des deux grosses valises, en plus du sac à dos plein à craquer qui lui sert de bagage. Lily et ma mère prennent place dans l'ascenseur étroit, qui grince avant de s'envoler vers le troisième étage. Je me retrouve seule avec Vadim. Enfin. Je n'ai pas le temps de me retourner qu'il me saisit par la taille et m'embrasse fougueusement.

– J'attends ça depuis hier soir, souffle-t-il en décollant ses lèvres des miennes.

– Tu te souviens qu'on ne doit pas s'embrasser devant ma mère…

– Alma, elle sait très bien qu'on ne se serre pas la main quand on se voit !

– Tu as promis !

– Oui, dit-il en se mettant au garde-à-vous. Pas de bêtise, pas de scandale. Politesse et discrétion. Promis. Elle ne se souviendra même pas que j'étais là !

– L'ascenseur est revenu, on y va ?
– On a qu'à y mettre les valises… On monte à pied ! On a le droit de s'embrasser, au moins, dans les escaliers ?
– Oui… Pas cap de me porter jusqu'en haut !
– Alors là ! Les yeux fermés !

Vadim, épuisé, me pose par terre à quelques marches du troisième palier. Ma bouche est gonflée de tous nos baisers échangés, mes joues rougies par la chaleur de nos corps enlacés pendant cette ascension secrète.

– Vous en avez mis, du temps ! La porte refuse de s'ouvrir ! soupire ma mère, légèrement excédée.
– Je peux essayer ? propose Vadim, essoufflé, en lui prenant la clé des mains.

D'un coup d'épaule et d'un tour de clé, il se retrouve au milieu de l'entrée. Il reste dans le passage, immobile, les yeux écarquillés découvrant les meubles anciens, les moulures, les cheminées, les doubles portes vitrées… Lily lui passe devant en courant et en poussant des cris stridents, maman entre à son tour, faisant rouler sa valise sur le parquet ciré. Je prends mon amoureux par la main pour tenter de le rassurer.

– Tu vas t'habituer… Je te fais visiter ?
– Ce n'est pas un appart, ça, Alma ! C'est un musée !
– La décoration « à la française », lui dis-je, amusée, dans la langue de Molière.
– Rien compris.

– Il y a une salle de bains attenante à la chambre d'amis. Tu éviteras de te balader tout nu en sortant de la douche. Tu as un pyjama ?

– Un caleçon et un tee-shirt, ça va ?

– Vadim Arcadi, qu'est-ce que je vais faire de toi ?

– Si je suis tout nu… tout ce que tu veux, me chuchote-t-il à l'oreille.

– Hmm, on va faire du shopping, d'abord ! lui souris-je, excitée par sa voix suave. Maman, on va se balader !

– D'accord ! me lance-t-elle depuis la cuisine ! Accompagnez Lily chez sa copine Jeanne en passant, c'est à deux rues d'ici. Et soyez rentrés pour le dîner.

– Ok, salut m'man !

– Au revoir, madame Lancaster ! tente Vadim en français.

– Oui, à tout à l'heure ! répond ma mère de loin, dans la même langue.

– Pourquoi elle veut savoir si j'ai l'heure ? me demande-t-il à voix basse, paniqué.

– Je t'expliquerai, viens ! lâché-je en pouffant.

Après nous être débarrassés de ma petite sœur, adorable mais surexcitée, Vadim et moi nous engouffrons dans le métro parisien, direction le quartier animé de Saint-Lazare. Trop occupée à l'embrasser encore et encore, je nous fais prendre la mauvaise direction et Vadim n'en finit pas de se moquer de moi. Nous reprenons le métro dans l'autre sens et montons dans un wagon empli de musique. Un Noir d'un certain âge, béret vissé sur la tête et yeux mi-clos, reprend des airs de Bob Marley à la guitare et tente de faire chanter les voyageurs, trop grincheux ou trop timides pour se lancer. Vadim, lui, semble subjugué. Quand le chanteur passe entre les sièges, tendant son béret retourné vers les visages fermés, mon amoureux y glisse un billet d'un dollar tout froissé.

– Je ne sais pas ce qu'il va en faire ici, me moqué-je à mon tour.

– Pourquoi personne ne lui donne ? Je croyais que les gens étaient riches dans ce quartier ! C'est quoi, ces radins ?

– Chut, moins fort. Les gens comprennent l'anglais, tu sais.

– Les gens de Paris, vous sont… pas gentils ! s'écrie-t-il dans un français approximatif.

J'éclate de rire et m'enfonce dans mon manteau, regardant ailleurs pour faire comme si je ne le connaissais pas. Puis je me lève et décide de sortir du métro en l'attrapant par le bras, au moment où la sonnerie retentit. Nous courons comme des fous sur le quai, en gloussant, puis retrouvons l'air libre. Nous marchons lentement vers le boulevard Haussmann, noyé au milieu de la foule de badauds, de touristes, de marchands ambulants. Vadim me prend la main, alors qu'il ne le fait presque jamais à L.A.

C'est ça, la magie de Paris… Ça rendrait romantique n'importe qui !

– On va au cinéma ? me demande-t-il en désignant une affiche du doigt. J'ai envie de voir un film ici !

– Ok, mais après le shopping !

Nous avons traîné dans les Galeries Lafayette, regardé les montres et bijoux hors de prix, j'ai essayé des manteaux de fausse fourrure pour le faire rire, je l'ai perdu dans les rayons puis il est revenu me surprendre avec un chapeau haut de forme sur la tête. Nous avons fini chez H&M, où il a accepté de choisir un pyjama tout simple, un pull à col roulé, trois paires de grosses chaussettes et une chemise un peu habillée pour impressionner ma mère. J'ai admiré son torse de rêve dans la cabine d'essayage, il s'est senti observé et m'a attirée contre lui pour me faire perdre la tête. Je l'ai embrassé, décoiffé, et je me suis enfuie avant de ne plus pouvoir m'arrêter. Près des caisses, on s'est trouvé le même bonnet à pompon, gris pour lui, blanc pour moi, et on les a mis dès la sortie de la boutique. On avait l'air idiot, mais on les a gardés. On ne les a même pas enlevés dans la salle de cinéma. Et on n'a pas beaucoup regardé le film. En tout cas, je serais incapable de le raconter.

L'air frais nous a fouetté les joues après ces deux heures brûlantes. On s'est arrêtés pour boire un chocolat chaud dans un café. Vadim n'a pas inventé de vies aux passants, il s'est contenté d'écouter les conversations autour de nous, d'imiter silencieusement l'air pincé des Parisiens et de souffler sur mes mains pour les réchauffer. Puis on a marché jusqu'à la place de l'Opéra, on s'est assis sur les marches du perron : Vadim deux marches au-dessus de moi, moi calée entre ses jambes et lovée dans ses bras, son menton posé sur mon pompon, quand il ne venait pas m'embrasser dans le cou.

J'ai observé tous ces gens. Et je les ai plaints. Juste de ne pas être nous. De ne pas être aussi amoureux que nous, aussi heureux que nous. Au creux de l'oreille, Vadim m'a dit merci. Merci de l'avoir emmené à Paris, d'avoir choisi des vêtements pour lui, d'avoir raté un film avec lui. Et il m'a dit des tas d'autres choses que je n'oublierai jamais. J'ai essayé de ne pas pleurer, j'ai vraiment essayé, mais c'était trop de bonheur. Alors je lui ai dit que mes yeux pleuraient de froid. Il ne m'a sans doute pas crue, mais on a décidé de rentrer. C'était bientôt l'heure du dîner.

Autour de la table, dans cette salle à manger où j'ai passé quelques années, tout m'est familier. La chaise de mon père est vide, comme elle l'a souvent été. Ma mère est à sa place, Lily à la sienne, assise avec une jambe repliée et l'autre prête à bondir pour aller faire quelque chose de passionnant. La nappe blanche est immaculée, comme toujours – ma mère en a au moins dix de rechange. Mais à la place de Basile, c'est Vadim qui est assis, dans sa jolie chemise, aussi blanche que la nappe. Il a accepté de la rentrer dans son jean, même s'il a retroussé les manches. Il a encore les cheveux mouillés de la longue douche qu'il a prise – pendant que je mourrais d'envie de le rejoindre, en essayant de penser à autre chose. Il dévore la blanquette de veau préparée par ma mère et s'est déjà resservi deux fois de riz. Je suis sûre qu'elle est à la fois flattée, attendrie et gênée par ses mauvaises manières. Ma petite sœur a monopolisé la conversation, en français, décrivant les tenues de Jeanne, de Capucine et Margot, leurs histoires de familles, de profs, de devoirs et toutes leurs histoires de cœur, sans aucune pudeur. Vadim n'a rien compris, mais il a ri de ses mimiques, de ses yeux au ciel et de ses cris d'horreur. Au dessert, ma mère nous a enfin interrogés sur notre journée, en anglais, et nous l'avons racontée sans rentrer dans les détails.

Mon amoureux n'a pas l'air habitué à ces conversations collectives, à ces échanges simples entre adulte et enfants, j'oublie parfois qu'il n'a pas connu ça. Parfois, il me cherche du regard, m'appelle presque au secours, pour savoir quoi répondre, comment agir, jusqu'où aller dans la familiarité. Il reste toujours poli, mais ne peut retenir quelques remarques acides ou quelques vannes en direction de Lily. D'autres fois, il décroche, regarde ailleurs, semble s'assombrir.

Peut-être qu'il repense à son enfance. Peut-être qu'il n'a pas envie d'être là. Peut-être que sa liberté lui manque.

À la toute fin du dîner, Vadim se racle la gorge avant de s'adresser à ma mère. Au prix d'un effort surhumain, il se lance, concentré, sourcils froncés, avec ses quelques mots de français et son irrésistible accent américain.

– Madame Lancaster, je te remercie.

Et en la tutoyant au passage !

– Je t'en prie, Vadim, c'est un plaisir que tu sois là. Et que mes deux filles affichent un si grand sourire, ce soir.

Je lui fais la traduction en chuchotant, même si tout le monde m'entend.

– Oh oui ! poursuit-il. Moi aussi, euh… je suis… très plaisir.

Toute la tablée éclate de rire. Vadim se passe la main dans les cheveux en souriant à son tour, sans comprendre où il s'est trompé. Il reprend en anglais, en fuyant le regard de ma mère, un peu mal à l'aise, préférant se tourner vers ma petite sœur, qu'il a complètement apprivoisée.

– J'ai pas mal de rêves, vous voyez. Et je n'en ai pas réalisés beaucoup. Mais là, grâce à vous, je suis en train d'en cocher trois sur ma liste. Visiter Paris, apprendre le français… commence-t-il en comptant sur ses doigts.

– Et le troisième ? demande Lily, toujours impatiente.

– Faire sourire Alma, chuchote-t-il en se tournant vers moi.

– Dis pas ça, tu vas la faire pleurer ! répond ma sœur en gloussant.

Ma mère porte la main à son cœur, surprise et sincèrement touchée, puis se met à triturer la perle qui pend à son oreille.

– Il se pourrait que je me sois trompée sur toi, Vadim, lâche-t-elle en le fixant intensément.

– Et moi sur vous, reconnaît-il avec son sourire en coin, comme s'il lui parlait d'égal à égal.

Pitié : pas de provocation ! Arcadi, ne gâche pas tout !

– Et personne ne s'est trompé sur moi ? boude Lily, qui commence à se sentir délaissée.

– Non, toi tu es... unique, lance Vadim, à moitié ironique. Si je devais choisir une sœur, j'en prendrais une comme toi.

– Ça me va ! Je te prends aussi ! rayonne-t-elle, pas peu fière du compliment.

Le dîner prend fin, nous regagnons chacun nos chambres, sagement, tous épuisés par cette première journée chargée. Les suivantes ont ressemblé à celle-ci : shopping, visites, balades en amoureux, dîners en famille.

Famille ?! Vadim en fait presque partie. Je ne sais pas lequel de nous deux en est le plus surpris.

Les nuits, elles, ont parfois été différentes : Vadim m'a rendu visite une fois, dans mon petit lit d'adolescente, repartant sur la pointe des pieds, me laissant nue, béate et imprégnée de son odeur. Je me suis faufilée une fois dans la chambre d'amis, le trouvant endormi, si sexy, en caleçon et tee-shirt – qu'il n'a pas gardés bien longtemps. Les autres fois, nous avons trouvé refuge dans des petits cinémas de quartier, à des séances où nous étions les seuls spectateurs.

En six jours, je n'ai pas été séparé de lui plus d'une minute. Nous avons joué aux cartes avec Lily – Vadim l'a laissée gagner, elle s'en est rendu compte et s'est ruée sur lui pour un catch improvisé. Nous avons débattu avec ma mère de l'image des Français aux États-Unis et des Américains ici. De courts instants où il était parfaitement lui-même : vif, sarcastique, passionné, parfois féroce. J'ai vu maman observer mon amoureux, à plusieurs reprises, quand ses arguments faisaient mouche ou quand il me faisait rire. Et je l'ai vue comprendre, peu à peu, ce que je ressentais, pourquoi il était si précieux. Ce jour-là, on s'est embrassés sous ses yeux.

Avant de partir, nous sommes retournés filmer nos endroits préférés de la capitale, nous avons erré dans les rues sans savoir où nous allions, nous nous sommes enlacés à chaque carrefour, chaque feu rouge, parfois au milieu du passage piétons, ignorant les klaxons des conducteurs pressés. Nous avons joué aux grands dans un resto luxueux que ma mère nous a offert, le dernier soir. Nous avons joué aux gamins dans des « cap ou pas cap » à n'en plus finir. Et nous avons repris l'avion. Ivres de bonheur, de souvenirs. Plus amoureux que jamais. Plus forts. Cap de tout.

18

LA VÉRITÉ EN FACE

– Cap de partir en courant ? lancé-je à Vadim en arrivant sur le campus, ce lundi matin.

– Ok, mais il va falloir courir vite. On aura Keith, le directeur de la fac et le chef des volontaires à nos trousses. Prête ?

– Hmm… On doit vraiment retourner en cours, alors ?

– Je crois bien.

– De toute façon, il faisait trop froid à Paris.

– Oui, et on était vraiment ridicules avec ces bonnets à pompons. C'est la dernière fois que tu me fais porter un truc pareil, Lancaster.

– Heureusement que je t'ai filmé avec, là-bas.

– Quoi ?

– Non, non, rien.

– Alma, si tu montres ces images à qui que ce soit…

– Oui ? C'est quoi la suite de ta menace ? attends-je en riant.

– Je dis à tout le monde que tu danses en pyjama avec ta sœur sur les Spice Girls !

– Déjà, c'était *It's Raining Men*, de Geri Halliwell en solo. Et ensuite, toi, tu fredonnais la chanson sous la douche !

– Jamais de la vie !

– J'ai la preuve juste ici, dis-je en tapotant la poche avant de mon sac… avant de m'enfuir en courant.

Vadim se lance à ma poursuite en hurlant, je bouscule quelques étudiants au passage, trébuche et atterris dans les bras de Clémentine, qui attendait sagement le début des cours.

– Alma, fais gaffe ! Tu as failli faire tomber mon croissant !

– Désolée. Salut Clem. Tu fais des infidélités aux Twix ?

– Oui, si je ne peux pas aller en France, puisque personne ne m'invite, je fais venir la France à moi.

– Oh, Clemy chérie ! Ce n'était pas prévu, je te le jure, ça s'est décidé au dernier moment.

– Ben, lui, il a eu le temps de venir, pourtant ! lâche ma meilleure amie en adressant un regard noir à Vadim.

– Salut D'Aragon ! lui sourit-il de toutes ses dents.

– C'était déjà un miracle que ma mère accepte, j'avais peur qu'elle change d'avis si je t'invitais aussi, essayé-je pour me faire pardonner.

– Je m'en fous. Moi aussi, j'ai une vie, lance-t-elle en haussant les épaules. D'ailleurs, j'ai un nouveau mec.

– Quoi ? Qui ? Comment ? m'exclamé-je en sautant sur mes pieds.

– Ah, ben tout d'un coup elle t'intéresse, hein, ta vieille copine Clémentine ? dit-elle avec son air de peste… en s'empêchant de sourire.

– Bon, je vous laisse, les filles ! nous interrompt Vadim. Ce n'est pas que ça ne m'intéresse pas, mais… Si, c'est exactement ça, en fait !

– C'est ça, du vent, Arcadi ! Va retrouver tes amis. Ah mince, tu n'en as pas, quel dommage… le provoque Clem avec une moue faussement attristée.

– Clémentine D'Aragon, tu es un « trou du cul », articule-t-il en français, très fier de lui.

Ma meilleure amie pouffe, à la fois étonnée et moqueuse, mon amoureux tourne les talons et va s'adosser contre un mur de la salle de cours, sortant son téléphone portable pour envoyer des messages à je ne sais qui.

Cheyenne ?

Parano ?

De toute la journée de cours, je n'ai pas réussi à soutirer à Clémentine le nom de sa nouvelle conquête. Soit elle me fait « payer » mon séjour à Paris sans elle, soit elle n'est pas très fière de l'identité de l'intéressé. Andrew Clark, son complice de grignotage compulsif ? Cassius Banks, le retour du basketteur à dreadlocks ? Aaron Goldberg, le frère aîné de la première de la classe, qu'elle rêvait d'épouser ? Ou un autre étudiant que je ne connais pas ? Je sais juste qu'elle a passé les vacances à aller à des fêtes sur le campus, qu'elle ne sait pas toujours comment elle est rentrée. Bref, tout est possible.

Même après une semaine entière de cours, je ne suis toujours pas parvenue à la faire parler. Louche, très louche. En tout cas, elle a passé presque toutes ses soirées avec lui, répondant à peine à mes SMS et arrivant parfois à la fac avec les yeux cernés et un sourire niais sur les lèvres. Vadim, lui, a passé presque tout son temps libre à travailler avec son groupe de volontaires... Et donc avec sa Pocahontas. Il m'a raconté des bribes de leurs conversations, j'ai fait semblant de trouver ça inintéressant, il m'a juré qu'il ne la voyait pas en dehors des travaux pour la fac et je lui ai promis de ne pas devenir une petite amie flippée, jalouse, suspicieuse, possessive... Tout ce qu'il déteste.

Tout ce que je suis. C'est quand même bizarre, du volontariat scolaire qui termine aussi tard. Et Clem n'est même pas là pour imaginer des scénarios rocambolesques avec moi !

Alors j'ai passé nombre de mes soirées chez Abrams, content des images que j'ai pu tourner à Paris, impressionné par mon travail qui avance dans le bon sens, et un peu aigri dès que le sujet tournait autour de Vadim Arcadi. Caleb était souvent dans les parages, un peu plus détendu qu'avant, du moins avec moi, mais toujours aussi dur et critique envers son père. Avec un peu de recul, c'était plutôt marrant d'assister à ce spectacle : l'entendre parler comme jamais je n'oserais m'adresser à mon père, même en rêves ; voir mon prof, si intraitable avec ses élèves, s'écraser face à son fils de vingt ans, juste pour ne pas rompre le lien fragile qui se tisse à nouveau entre eux depuis peu.

– Tu passes pas mal de temps ici, non ? me demande Cal un soir, alors que je m'apprêtais à partir.

– Oui, j'ai un projet à finir. Ton père a accepté de m'aider jusqu'à la fin.

– Tu parles ! À qui tu veux faire croire ça ? ricane-t-il dans sa barbe.

– Qu'est-ce que tu insinues ? dis-je en levant les sourcils.

– Que mon père t'aide uniquement pour avoir de la compagnie et qu'il sait que je t'aime bien et que ça me fera venir plus souvent ici.

– Hmm… peut-être. Je sais que tu détestes cette idée, mais finalement, tout le monde est content, non ?

– Pas vraiment… Ce que ça n'explique pas, c'est pourquoi, toi, tu viens ! Tu n'as pas mieux à faire ? Il en dit quoi ton mec ?

– Rien. Il n'est pas du genre jaloux.

– Et toi ?

– Moi… je lui laisse sa liberté, il me laisse la mienne, c'est très bien comme ça.

– Ton nez s'allonge, Alma… La vérité c'est que tu ne sais pas trop ce qu'il fait de ses soirées, que tu meurs d'envie de le harceler de questions, mais que tu ne veux pas l'étouffer, alors tu viens ici pour tuer le temps et penser à autre chose.

Et peut-être essayer de le rendre un peu jaloux. Voilà, tout s'explique.

– Ok, je te retourne la question : tu es censé voir ton père un week-end sur deux, en ce moment c'est plutôt deux soirs sur trois. Alors, c'est quoi ton excuse ?

– Toi.

Silence gênant. Silence beaucoup trop long…

– Mais ne t'en fais pas, reprend Caleb, pas gêné du tout. Je ne te demanderai pas de sortir avec moi tant que mon père pensera que c'est grâce à lui, tout ça.

– Ah oui, c'est vrai qu'il essaie de te caser avec une nouvelle étudiante chaque année.

– Oui, et il n'y arrivera pas non plus cette fois. Hein… ?

Je ne sais pas si cette question attendait une réponse, je suis partie avant qu'un nouveau silence tombe comme une chape de plomb sur la pièce. Abrams Junior et Hitch, le vieux basset, m'ont observée m'en aller avec le même regard : fatigué, triste, blasé, ou les trois à la fois.

J'ai couru chez Vadim, juste pour vérifier qu'il y était. Quand j'ai vu la lumière à sa fenêtre, depuis la rue, j'ai été soulagée une demi-seconde… avant de me demander s'il était seul. S'il a terminé ses travaux pour ce soir, pourquoi ne m'a-t-il pas appelée ?

Cheyenne. Il est avec elle. Il me trompe. Depuis tout ce temps. Je vais le tuer.

Alors je suis montée, j'ai toqué à la porte et j'ai arrêté de respirer. Vadim n'a pas ouvert : il a entrouvert de cinq centimètres à peine.

Elle est forcément là, derrière lui, nue, cachée quelque part. Je vais la tuer.

– Ah, c'est toi, Koala ! Je te ferais bien entrer, mais dans à peu près cinq secondes, tu vas faire la gueule.

– Ah oui ? Je tue qui en premier ? dis-je d'une voix blanche, qui se voulait agressive, mais qui est à peine audible.

Vadim s'efface pour me laisser pénétrer dans son studio. J'avance à pas lents et mal assurés, la main glissant sur le mur pour m'éviter de tomber en cas de choc émotionnel trop violent.

– Alma Lancaster, ça fait un bail ! Dans mes bras, Frenchie ! s'écrie Felix en me voyant arriver, avec un enthousiasme largement exagéré !

– …

– Ben, cache ta joie ! fait le Latino en laissant retomber ses deux bras grands ouverts.

– Je t'avais dit que tu ne serais pas contente, intervient Vadim avec son sourire en coin.

– …

– Je sais que Keith ne veut pas qu'on se voie, mais merde, c'est mon meilleur ami ! Tu imagines si on t'interdisait de voir Clémentine ?

– …

– D'ailleurs, comment va ma rouquine préférée ? demande le tatoué, sur un ton de séducteur raté.

– Je ne suis pas en prison, personne n'a le droit de me dire qui je peux voir ou pas, reprend Vadim, passablement énervé.

– Tu sais ce que fait Keith ? Il nous sépare pour pouvoir nous contrôler, insiste Fe.

– Diviser pour mieux régner, c'est comme ça qu'on dit, parlé-je pour la première fois.

– Ah, ben, tu as retrouvé la parole, toi ?

– Oui, mais Keith a peut-être de bonnes raisons de faire ça, monsieur Coups-Fourrés. La dernière fois, ça s'est plutôt mal terminé, ajouté-je en fixant Felix.

– Cette fois, c'est fini les conneries, essaie de me rassurer Vadim. Je vais à la fac, je ne sèche aucun cours, j'ai arrêté le trafic de devoirs, je pointe tous les jours à ce foutu camp de volontaires, je ne vais pas tout foutre en l'air.

– N'empêche qu'on est à sec, mec, toi comme moi.

– Arrête de te reposer sur les autres et trouve-toi un boulot, Alonso ! lancé-je en le fusillant du regard.

– Tu sais où je me les mets, tes conseils, Lancaster ?

– En parlant de boulot, il faut que je te raconte un truc de dingue, Alma !

– Bon, moi, j'y vais, j'ai déjà entendu cette histoire trois fois.

Felix se traîne jusqu'à l'entrée, son baggy frottant bruyamment entre ses jambes, puis claque la porte en hurlant quelques mots d'espagnol.

– Ça veut dire : « J'étais super content de te voir, merci pour tes encouragements, porte-toi bien et à très vite ! » rigole Vadim en traduisant à sa façon.

– Tu m'as manqué, ris-je à mon tour avant de l'embrasser. Alors, c'est quoi ton histoire ?

– Tout à l'heure, je marchais dans la rue, une blonde me tape sur l'épaule et m'arrête.

– Une blonde comment ?

– Dans les quarante ou cinquante ans, bronzée, liftée, siliconée… Tout ce que j'aime !

– Ok, ça va. Et ?

– Et elle commence à me dire que je suis mignon, qu'elle adore mes cheveux, mon sourire, mes yeux…

– Une cougar ?

– Non ! Attends c'est pas fini. Elle me demande si j'ai déjà fait des photos et me dit que je pourrais me faire pas mal d'argent avec cette gueule-là, raconte Vadim en se pointant du doigt.

– Des photos… du mannequinat ?

– Je crois. Regarde, elle m'a donné sa carte. Elle est à la fois agent de stars et directrice de casting.

– Michelle Kerry, Talents Agency…

– Elle m'a dit de passer à son agence demain.

– Demain, on doit rencontrer ton frère…

– Je sais, j'irai après. Non, mais je vais sûrement refuser son job, en plus. Des vieilles belles qui te regardent sous toutes les coutures, des publicitaires prétentieux, des photographes qui se prennent pour Dieu, je vais tous les détester.

– Non, tu devrais accepter. Tu rencontreras peut-être des

gens intéressants, des réalisateurs, ça peut t'ouvrir des portes.

– Ça m'étonnerait. Non, c'est surtout qu'apparemment, c'est très bien payé. Fe n'avait pas tort tout à l'heure. Il faut que je trouve un moyen de gagner un peu d'argent.

– Je l'ai déjà dit cent fois, tu sais que je peux t'en donner…

– Ok, fin de la discussion, dit-il en se levant d'un bond.

– Attends ! lancé-je en le rattrapant. Ce qu'ils peuvent être susceptibles, ces top models…

Je le rejoins dans la cuisine ouverte et l'enlace par-derrière, à la taille. Vadim se retourne, entoure mes épaules de ses bras et pose son front contre le mien.

– Je savais que j'étais tombée sur le bon numéro, lui chuchoté-je en souriant. Tu te souviens, la première fois qu'on s'est parlé ? Je ne disais rien, je regardais ton visage, de profil. Je n'en revenais pas qu'un mec aussi détestable puisse être aussi beau.

– Et moi je n'en revenais pas qu'une fille comme toi soutienne mon regard. Alors que toutes celles dans ton genre avaient peur de moi.

– Je pourrais passer ma vie à te regarder, Vadim Arcadi.

– Mouais, on en reparle dans vingt ans, Alma Lancaster. Autant en profiter maintenant… murmure-t-il en m'embrassant langoureusement dans le cou.

– Non, on en reparle demain, il faut que je rentre. Tu passes me prendre à 10 heures ?

– Ok. Ça fait dix-sept ans que j'attends ça. Mais maintenant que c'est là, je crois que je n'ai jamais eu aussi peur de ma vie.

– Je sais. Mais dis-toi qu'il doit être encore plus nerveux que toi. Il va rencontrer son grand frère, tu dois être un mythe pour lui.

En entrant dans le bureau de Keith, la ressemblance entre les deux Arcadi m'a frappée. Roman est un peu plus petit que Vadim, ses cheveux épais sont un peu plus clairs et coupés courts, mais ils ont les mêmes traits fins, les mêmes yeux gris, à la fois doux et froids, la même bouche charnue, plus qu'un air de famille : un air mélancolique, un peu absent, un peu en colère, difficile à cerner. À l'initiative de l'éducateur, les deux frères se sont retrouvés il y a dix minutes, seul à seul, avant qu'on nous fasse entrer, moi et une femme très chic d'une cinquantaine d'années : j'ai appris ensuite qu'elle était la mère adoptive de Roman. Roman Carter.

Pendant les deux heures qu'a duré l'entrevue, Vadim était tendu. Je le voyais se crisper à mesure qu'il égrenait ses souvenirs d'enfance et que son frère avouait ne se rappeler de rien. Roman a été ému de découvrir ses parents sur les vieilles photos que Vadim avait apportées avec lui. Mrs Carter a souligné la beauté de Jane Howard King, la « mère de naissance » des garçons – comme elle l'a désignée, puis la discussion s'est reportée sur le présent. La scolarité brillante de Roman, son dix-huitième anniversaire, sa petite amie, ses activités sportives et ses futures études de médecine, pour suivre la voie de son père. À ce dernier mot, Vadim s'est raidi encore davantage. Il n'a plus répondu que du bout des lèvres aux questions qu'on lui posait. Le malaise était palpable. Roman, poli et bien élevé, ne savait pas comment réagir au récit de l'enfance chaotique de son frère aîné. La mère, affectée par cette injustice, s'est presque excusée de ne pas l'avoir adopté lui aussi, et a juré qu'elle ignorait qu'ils étaient deux. Keith a rapidement mis fin à ces retrouvailles étranges, en rappelant que ce n'était la faute de personne et qu'il faudrait du temps pour digérer toutes ces nouvelles. Les frères se sont quittés sans effusion, d'une poignée de main distante, sans parler de se revoir, et Vadim en est sorti secoué. Déçu. Dégoûté. Il m'a remerciée d'être venue avec lui, m'a demandé de le laisser seul et m'a dit qu'il m'appellerait après son rendez-vous chez Michelle Kerry. Je lui ai dit que je l'aimais. Je ne crois pas qu'il m'ait entendue.

Je n'étais pas vraiment d'humeur pour un déjeuner familial et apparemment, les autres Lancaster non plus. Depuis une heure, ma mère cumule les sous-entendus aigris sur les absences répétées de mon père, qui se sent obligé de rappeler qu'il travaille dur pour nous offrir ce cadre de vie. Marie Lancaster a dû manger du lion au petit déjeuner et elle a décidé de ne pas se laisser faire. Avec son éternel sourire et son ton doucereux, elle assure fermement à l'homme d'affaires assis au bout de la table que personne ici ne veut rien d'autre qu'un père et un mari.

Tous aux abris !

En un éclair, le ton monte, les remarques méprisantes fusent, mon père se dresse en renversant sa chaise, les deux poings vissés sur la table. Je crains pour la vaisselle. Basile essaie d'intervenir mais se fait moucher aussitôt, pendant que je fixe mon assiette. Georgia n'ose même pas entrer pour apporter le dessert.

Ce repas ne finira jamais.

Mon portable émet un son depuis ma poche, je le sors discrètement pour lire le message que je viens de recevoir.

[J'ai décroché un contrat. Une pub pour un shampooing. Pas de quoi être fier mais tu verras bientôt ma tête sur le cul des bus. Enfin, si tu veux toujours être avec l'égérie Shiny spécial cheveux bouclés. Qu'est-ce qu'il ne faut pas faire pour les beaux yeux d'Alma Lancaster… V.]

Mes lèvres ont envie de sourire, mais ce n'est vraiment pas le moment. Mon cœur fait un bond dans ma poitrine quand mon père m'ordonne sèchement de ranger mon téléphone. Lily fond en larmes. Elle a repoussé son assiette devant elle et a croisé les bras sur sa poitrine. Ses yeux humides vont de l'un à l'autre de ses parents qui recommencent à se déchirer. Je sens ma sœur bouillir intérieurement. Et puis ce qui devait arriver arriva : la *drama queen* de 12 ans explose.

– On s'en fout, de vos histoires ! Vous êtes nuls ! Vous vous disputez tout le temps ! Vous ne vous intéressez même plus à nous ! lâche-t-elle dans des cris stridents.

– Lily, ne te mêle pas de ça, intervient papa. Et arrête de faire le bébé, j'en ai assez de voir pleurer toutes les femmes de cette famille.

– C'est de ta faute, si tout le monde pleure ! Tu ne penses

qu'à toi ! Et tu ne vois même pas ce qui se passe sous tes yeux ! Basile est gay et il a tellement peur de toi qu'il n'ose pas te le dire. Alma est toujours avec Vadim, il est venu avec nous en France et tu ne sais pas comment on était heureux là-bas ! Et si tu continues, maman va retourner vivre à Paris ! Et j'irai avec elle ! Voilà, tu es content ?

Mais elle a pété les plombs ! Au secours ! Bâillonnez-la !

Avant que mon père ait le temps de réagir, Basile a jeté sa serviette dans son assiette, quitté la table et couru vers la porte d'entrée que l'on a entendu s'ouvrir et se claquer. Les yeux furieux de mon père se dirigent maintenant vers moi. Il a l'air trop choqué pour parler. Je profite de cette seconde d'hésitation pour me lever à mon tour, tirer ma petite sœur par le bras et monter avec elle à l'étage. Enfermées dans ma chambre, on échappera à la tempête paternelle. Et je vais pouvoir lui faire sa fête. Avant ça, je me précipite sur mon portable pour envoyer un texto à Vadim.

[Trop fière de toi. Mais c'est le chaos ici. Ma dingue de sœur a tout balancé à mon père. Pour nous. Pour Basile. Il vient de s'enfuir de la maison. Tu peux essayer de le rattraper en voiture ? J'ai peur qu'il fasse une connerie…]

[Ok, je suis déjà parti.]

19

DES DUELS, UN DUO

Si janvier avait plutôt bien démarré, ce mois de février est une plaie. Vadim a récupéré Basile et l'a ramené de force à la maison, mais mon frère dévasté n'ouvre plus la bouche depuis son *coming out* imposé par Lily. J'ai de la peine pour lui. Ma mère s'est montrée compréhensive et a passé la semaine à essayer de l'apaiser. Mon père, fidèle à lui-même, a préféré déserter : il s'est plongé dans le travail, s'est rarement montré à la maison et, quand il était là, faisait comme si rien de tout ça n'était arrivé.

Edward Lancaster, Oscar du meilleur acteur dans le rôle de l'autruche.

Résultat : mes parents sont au bord du divorce. Lily s'en veut à mort et essaie de se faire pardonner – mais c'est loin d'être gagné. Vadim, lui, est plus traumatisé qu'il ne veut bien le dire de ses retrouvailles « ratées » avec son frère Roman. Il refuse tout bonnement d'aborder le sujet. « Sans intérêt. »

Vadim Arcadi, Oscar du meilleur acteur dans le rôle de Pinocchio.

À côté de ça, il continue ses travaux dans le groupe de volontaires de la fac et continue donc à fréquenter sa Cheyenne, sur laquelle il a toujours des choses passionnantes à raconter. Je me fous éperdument de sa rapidité à tondre les pelouses ou de son habileté à réparer des choses dont même les garçons ne viennent pas à bout… mais je veille.

Cheyenne Brooks, Oscar de la meilleure actrice dans le rôle du faux garçon manqué qui devient le meilleur ami de ton mec avant de te le voler…

Heureusement que Vadim est devenu le petit protégé de Michelle Kerry, directrice de casting et découvreuse de talents – selon sa propre expression – bien décidée à lui dégotter des *shooting photos* et des publicités qui feront de lui une star – toujours selon elle.

Michelle Kerry, Oscar de la meilleure actrice dans le rôle de la businesswoman *pleine de promesses qu'elle ne tiendra jamais.*

Clémentine, elle, est toujours aussi distante, soit qu'elle n'a pas avalé ma petite trahison parisienne, soit qu'elle est trop occupée avec son nouvel amant, qui semble particulièrement… endurant. Mais qui souhaite toujours rester anonyme, ce qui me paraît chaque jour un peu plus louche.

Clémentine D'Aragon, Oscar de la meilleure actrice dans le rôle du cœur d'artichaut qui s'embarque toujours dans des situations impossibles et qui refuse qu'on l'aide à en sortir.

Celui qui est tout sauf distant, c'est Caleb. Après plusieurs visites chez Abrams, où j'ai passé plus de temps à papoter avec le fils qu'à travailler avec le père, j'ai fini par décliner certaines invitations devenues un peu trop nombreuses, un peu trop fréquentes et un peu trop insistantes. Tous les deux se sont vexés, Cal avec panache – quelques mots d'esprit et des smileys dans un texto – Mr Abrams avec un peu plus de froideur et une petite leçon de morale sur l'engagement au passage.

Abrams, père et fils, Oscar des meilleurs acteurs dans les rôles des vampires qui jettent leur dévolu sur le premier humain qui les accepte comme ils sont… et le sucent jusqu'au sang !

Du coup, cette nouvelle matinée de cours n'augure rien de bon. Mon court-métrage avance bien, je devrais être largement dans les temps pour la présentation du mois de mai, et je ne suis pas peu fière d'avoir fait certains choix moi-même, sans mon mentor pour décider à ma place. Mais lui n'a pas l'air d'apprécier cette soudaine émancipation. Je sais aussi que le film de Vadim et son binôme Phoebe McPherson n'a pas bougé d'un pouce : il est toujours à l'état de projet. J'ignore si Clem travaille ou si elle laisse la brillante Hannah Goldberg tout faire à sa place, mais elle s'en sortira forcément avec les honneurs, comme chaque année depuis la maternelle. Et c'est sans doute le cadet de ses soucis.

Quand Abrams nous fait entrer dans la salle, ses cernes ont encore foncé d'un ton. Sa barbe de trois jours en a maintenant six ou sept et elle semble dure et râpeuse – j'ai l'impression de l'entendre crisser quand il passe sa main dessus. Ses joues sont encore plus creusées que d'habitude, peut-être la fatigue, ou peut-être que son trio préféré tabac-whisky-café a définitivement remplacé la nourriture. Sa mauvaise humeur se lit dans les deux sillons qui affaissent sa bouche, sa contrariété dans la ride profonde qui rapproche ses sourcils. C'est un jour sans, à n'en pas douter. Au moment de m'asseoir, j'espère à la fois ne pas en être la seule responsable et ne pas être la seule à en faire les frais ce matin.

– Les portables, les bavardages, les Twix, les miroirs pour se remaquiller : terminé ! Vous me rangez tout ça. Le cours a commencé, nom d'un chien !

Ok, sentence collective. Tout le monde va en prendre pour son grade.

– Aujourd'hui, je veux voir le travail des binômes Scott-Perkins, Garcia-Lopez et Arcadi-McPherson. Vous avez intérêt à me donner quelque chose à me mettre sous la dent !

– Garcia-Lopez, c'est une seule personne, monsieur, lance une petite brunette au fond de la classe.

– Eh bien, que ce jeune homme choisisse entre ses deux noms, bon sang !

– Euh… C'est une fille, monsieur. Joanna Ga…

– Bon, et où est-elle cette Jennifer Lopez ? Et pourquoi ne parle-t-elle pas en son nom ?

– Ben… c'est moi, monsieur ! continue la brunette de moins en moins assurée.

– Parfait, c'était un suspense insoutenable, Garcia-Machin ! Quelqu'un d'autre a des remarques inintéressantes à faire ?

– Hmm, moi, lâche Vadim depuis le dernier rang.

– Je n'en attendais pas moins de vous, Arcadi. Allez-y.

– Je voudrais pouvoir bosser seul sur mon court-métrage.

– Ha ! ha ! ha ! rit le prof en se forçant. Et moi, je voudrais ne plus avoir d'étudiants incapables et qui se croient tout permis. Malheureusement, la vie se charge de vous rappeler qu'on ne peut pas prendre ses rêves pour des réalités. D'autres questions ?

– Attendez. Vous avez laissé Alma travailler de son côté. Jude est seul, aussi. Il y a des critères à remplir ou bien c'est juste à la tête du client ? provoque Vadim pour relancer les négociations.

– Ah, l'injustice ! Ça faisait longtemps que vous ne m'aviez pas joué cette carte-là, Arcadi. Attendez, je sors les mouchoirs et je réfléchis.

– Ce n'est pas parce que vous essayez de m'humilier que

vous avez répondu à la question. Qu'est-ce qu'il faut faire pour obtenir vos petits privilèges ? continue Vadim, de plus en plus insolent.

– Il faut commencer par venir en cours. Éviter les graffiti, les rébellions, les convocations chez le directeur, par exemple, ça peut aider.

– C'est bizarre, parce qu'Alma était avec moi pour tout ça, souligne Vadim, le sourire en coin, satisfait de pointer une contradiction du doigt.

– Lancaster ! s'écrie Abrams en tapant du poing sur son bureau, puisqu'Arcadi a l'extrême élégance et l'immense courage de citer votre nom, de vous jeter dans l'arène et de se servir de vous comme bouclier, levez-vous et expliquez à votre ami ignare que normalement, ce sont les hommes qui protègent les femmes.

– Hmm… je n'ai pas besoin d'être protégée, monsieur, réponds-je du tac au tac, sans me lever.

Qu'est-ce qui m'a pris de dire ça ?

Tous les regards se sont braqués vers moi. Mais je ne vois que les yeux de Vadim, gris, sombres, intenses et perçants, pleins de surprise, d'abord, puis de fierté, qui me disent de ne rien lâcher.

– Ce qui serait élégant, par contre, c'est qu'on soit tous logés à la même enseigne. Je ne veux pas travailler seule si les autres ne peuvent pas, continué-je d'une voix presque calme.

Je ne me reconnais pas...

Un murmure monte dans la salle, certains étudiants acquiescent, d'autres se filent des coups de coude, Vadim sourit de toutes ses dents, Abrams me fixe longuement, perplexe.

– Arcadi, Lopez, Garcia et tous les autres, bossez seul, à deux, à trois ou ne bossez pas du tout : ça m'est parfaitement égal. Mais arrêtez de me faire perdre mon temps. Au boulot ! Et Lancaster, à mon bureau !

Je m'approche lentement et arrive jusqu'à la table en bois foncé. De l'index, le prof me fait signe d'avancer un peu plus, encore un peu plus, il penche la tête jusqu'à ce que sa barbe drue me frôle la joue et que sa bouche soit à proximité de mon oreille.

– Alma, c'est la première et la dernière fois que vous me parlez sur ce ton-là. Il me semble que vous n'êtes plus la même depuis quelque temps. Et que vous faites les mauvais choix. Laissez-moi vous donner un dernier conseil et rendez-vous service : fréquentez un peu plus Caleb et un peu moins Arcadi, ça pourrait vous changer la vie.

Je retourne à ma place sans rien répondre, perturbée, choquée par cette recommandation qui ressemble à s'y méprendre à une menace. Et qui n'a rien à faire dans une salle de cours.

Tu parles d'un mentor...

Je n'ai pas raconté cette petite scène chuchotée à Vadim. Ça l'aurait rendu fou. Ni à mes parents, ce soir-là à table : ils avaient quelque chose d'important à nous annoncer. J'ai immédiatement pensé à leur séparation, à ce que l'on deviendrait si la famille explosait. Basile n'a pas bronché, Lily a attendu, bouche ouverte, que la sentence tombe. C'est ma mère qui a pris la parole. Pour nous dire qu'elle et papa avaient pris une grande décision afin de ressouder la famille. Un dîner où chacun d'entre nous pourrait inviter la personne de son choix, sans aucune restriction. Maman a ajouté qu'elle serait heureuse de revoir Vadim et ravie que Basile leur présente « quelqu'un ». Mon père n'a pas desserré les lèvres, mais il a acquiescé de la tête, sans doute pour le principe – ou pour faire plaisir à sa femme.

Et qui sait, peut-être pour sauver son mariage ?

Ma sœur a sauté de joie à cette idée, j'ai lâché un « ok » du bout des lèvres, un peu sceptique, et mon frère a répondu qu'il n'avait personne de spécial à amener. C'est comme ça que ce grand dîner de l'ouverture d'esprit s'est transformé en séance de torture rien que pour Vadim, qui sera donc la seule pièce rapportée. J'ai bien tenté d'inviter Clémentine pour faire diversion, mais ma meilleure amie m'a reproché de la prendre pour un bouche-trou et m'a dit qu'elle avait de toute façon réservé sa nuit à quelqu'un. Je n'ai même pas eu besoin de lui demander à qui.

Un dîner grandiose en perspective.

Il m'a fallu user de tous mes charmes et de toutes mes moues chagrines pour convaincre Vadim de ne pas refuser l'invitation des Lancaster. Non pas que ce dîner me ravisse, mais je n'avais pas envie de décevoir ma mère et ses bonnes intentions, ni de passer à côté de la chance de convaincre mon père du bien-fondé de cette relation. Et ne plus avoir à me cacher ! Le jour J, mon amoureux n'avait toujours rien décidé. Jusqu'à ce que j'évoque la possibilité de découcher la nuit de la Saint-Valentin, qui tombe vendredi prochain, en inventant un mensonge plus gros que moi.

Qu'il ne me reste plus qu'à trouver.

Quand Georgia a fait entrer Vadim, j'ai tout de suite aperçu la chemise blanche que l'on avait achetée ensemble à Paris. Mais elle n'était pas rentrée dans son pantalon. Il m'a embrassée sur la joue en arrivant dans le salon, a tiré sur la queue-de-cheval de Lily en guise de bonjour et a fait un signe de la main aux autres. Mon père ne s'est pas fait prier pour lancer les hostilités.

– Alors comme ça, vous servez de garde du corps à mon épouse et mes filles quand elles rentrent en France ? a-t-il demandé avec son accent anglais encore plus chic que d'habitude.

– Je crois que les femmes de cette famille se défendent très bien toutes seules, Mr Lancaster. Pourquoi, vous voulez m'embaucher ?

– Non, je préfère quand le travail est déclaré, a lâché mon père avec un regard lourd de sous-entendus.

Le ton était donné. Pendant le reste du dîner, Vadim s'est montré plutôt courtois, gentil, parfois drôle, sauf quand Edward Lancaster faisait son show, cherchait la petite bête ou le testait. Mon amoureux lui a tenu tête sans jamais perdre son sang-froid, même si certaines réponses respiraient le culot, l'insolence ou la provocation. Il a réussi à parler de son nouveau travail – sans rentrer dans les détails – et du tremplin qu'il espérait pour percer dans le cinéma. Mon père a aussitôt requalifié ça de « job d'appoint » et d'opportunités à créer plutôt que les attendre.

À la fin de la soirée, Vadim avait définitivement conquis ma mère et ma petite sœur. Basile se laissait progressivement amadouer et se détendait peu à peu, jusqu'à blaguer avec nous. Quand nous nous sommes retrouvés tous les trois seuls dans la cuisine, au moment de débarrasser, mon frère nous a même juré en chuchotant qu'il n'était pour rien dans l'histoire des photos volées. Puis mon paternel a tenu à raccompagner Vadim jusqu'au portail pour s'entretenir avec lui. J'ignore ce qu'ils se sont dit. Mais au moment de me souhaiter bonne nuit, papa m'a embrassée sur le front, avec un sourire franc que je ne lui avais pas vu depuis longtemps.

– C'est un sacré numéro que tu nous as dégoté, Alma, m'a-t-il chuchoté, assis sur le rebord de mon lit. Il a une force de caractère qui est plutôt rare pour votre âge. J'accepte que vous sortiez ensemble, mais je l'ai à l'œil, il est prévenu.

Puis il s'est levé, a marché en direction de la porte et s'est arrêté net sur le seuil de ma chambre, en me fixant comme si j'avais grandi d'un seul coup et qu'il ne le réalisait que maintenant.

– Au fait, je lui ai donné mon accord pour qu'il t'emmène quelque part à la Saint-Valentin. Une seule nuit. Pas loin d'ici. Et je veux l'adresse et le numéro de l'hôtel. Bonne nuit, ma chérie.

J'ai souri à mon tour, me retenant de faire des bonds de joie dans mon lit. Cette nuit-là, j'ai dormi comme un bébé. Juste après avoir envoyé un dernier message à Vadim.

[Je ne sais pas comment tu as réussi tout ça. Faire rire mon frère. Impressionner mon père. Le convaincre de m'emmener en week-end. Je n'aurais même pas à lui mentir ! Tu es le meilleur ! Je t'aime dix milliards. A.]

***

– Salut, ma Valentine. Prête ?
– Salut chauffeur. Alors, tu m'emmènes où ?
– Surprise ! Mais je n'ai pas eu beaucoup le choix, avec les critères de ton père… Il a été dictateur, dans une autre vie, non ?
– On s'en fout ! Même si on doit dormir dans ta voiture, ce sera la meilleure Saint-Valentin de la terre !
– Ben ça tombe bien : prends un duvet sur la banquette arrière, on reste garés devant chez toi !
– Quoi ? C'est ça ton plan romantique ?
– Je croyais que je te suffisais…

– Oui… Mais toi + moi + un hôtel cinq étoiles, ça m'irait aussi !

– Il n'en a que quatre, ça conviendra quand même à la princesse Lancaster ?

– Ah, ah, je le savais ! crié-je en lui sautant au cou.

Après seulement vingt minutes de route, Vadim se range le long du trottoir d'Ocean Avenue, face à la baie de Santa Monica. Un voiturier se charge d'aller garer le pick-up pourri et fait mine de ne pas remarquer le contraste entre le délabrement de la voiture et le faste de l'hôtel. La scène est plutôt comique. Dans le grand hall d'entrée, d'immenses palmiers typiques de la Californie grimpent jusqu'au plafond, dans un décor à la fois kitsch et luxueux. Après un rapide passage par l'accueil – et un regard appuyé de l'hôtesse, qui nous a sans doute trouvés trop jeunes pour une nuit d'hôtel à ce prix-là – l'ascenseur nous amène à notre suite. Il s'agit en fait d'une grande pièce ouverte dans laquelle trône un lit king size et, juste à côté, un petit canapé et une table basse faisant office de salon *lounge*. Une baie vitrée s'ouvre sur une jolie terrasse avec vue directe sur l'océan Pacifique. J'aperçois au loin la grande roue illuminée sur la jetée de Santa Monica. Là où a eu lieu notre deuxième rendez-vous : celui où tout à basculé. C'est si romantique que j'en reste sans voix.

– C'est difficile de t'impressionner, toi, hein ! soupire Vadim en s'étalant sur le lit, les bras en croix, le regard rivé au plafond.

Je le rejoins en m'allongeant sur lui, mes mains plongées dans ses cheveux, mes lèvres dans son cou.

– Tu plaisantes ?! J'adore ta surprise ! J'aime tout ! Je suis trop contente d'être ici.

– Pas la peine d'en faire des tonnes. Je sais que Mr Lancaster t'a habituée au luxe depuis toute petite. Et que tu as dû voyager dans des endroits plus bien incroyables que celui-là.

– Peut-être. Mais en famille. Dans des chambres que je partageais avec mon frère rabat-joie et ma sœur hystérique. C'est la première fois que je vais à l'hôtel avec mon… amant.

– Ton quoi ? Alors là, tu rêves ! Beau-papa m'a dit de me tenir à carreaux.

– Tu es sûr de ça ? murmuré-je avant de lui mordre le lobe de l'oreille.

– Arf, grogne-t-il en se crispant. Les filles à papa ne sont jamais aussi sages qu'elles en ont l'air…

Je me mets à glisser le long de son corps, en descendant vers le bas. Ma bouche s'arrête au-dessus de la ceinture de son jean. Mes mains relèvent un peu le tee-shirt, j'embrasse la peau douce de son ventre et de deux doigts, fais céder son bouton.

– Qu'est-ce que tu fais, Alma Lancaster ? demande-t-il dans un souffle.

– Joyeuse Saint-Valentin, Vadim Arcadi…

Je n'ai absolument aucune idée de ce que je dois faire, comment, jusqu'où, combien de temps, vite ou doucement…

Mais je me surprends à apprécier le pouvoir que j'ai sur lui. Ses soupirs qui accélèrent en même temps que ma bouche. Ses grognements qui montent en même temps que son sexe. Je l'embrasse, le goûte, le suçote, puis l'avale, timidement d'abord, plus goulûment ensuite, euphorisée par son plaisir. Son plaisir que je maîtrise entièrement. Son plaisir qui devient le mien, quand je le vois perdre la tête. Une douce chaleur se répand en moi pendant que je le dévore. Nos mains se rejoignent quand il atteint le point de non-retour. J'ai l'impression de jouir en même temps que lui.

Quand mon amoureux rouvre les yeux, en se redressant pour s'appuyer sur les coudes, il me regarde comme si je n'étais plus tout à fait la même, avec son éternel sourire en coin.

– Et moi qui pensais que ça devait être romantique, la Saint-Valentin.

– C'est quoi ça, un reproche ? dis-je, vexée.

– Non, surtout pas ! C'est juste... étonnant ! s'explique-t-il maladroitement.

– Étonnant bien ou étonnant nul ? demandé-je, inquiète.

– Étonnant génial ! Viens par là ! m'invite-t-il en tapotant sur le lit près de lui.

– Non, je vais prendre l'air...

– Alma !

Vadim me rejoint sur la terrasse en s'adossant à la rambarde juste à côté de moi.

– Tu boudes ?
– Non.

Si !

Je suis atrocement gênée, déçue de sa réaction, pleine de rancœur pour lui et de regrets de l'avoir fait…

– À quoi tu penses, alors ?
– J'essaie de me souvenir de toi, au bout de la jetée de Santa Monica, quand tu essayais de me séduire, de me convaincre de rester un peu plus tard… Quand tu n'étais pas encore un goujat.
– Ok, je suis désolé d'avoir dit ça. Je ne m'y attendais pas, c'est tout. Tu te souviens que toi, à ce deuxième rencart, tu avais tellement peur que tu as fait tomber tous les Skittles dans l'eau ? Tu n'étais pas encore cette fille qui fait des choses folles avec sa bouche en arrivant dans une chambre d'hôtel…
– Mais dis-le carrément, si tu préférais l'ancienne Alma !
– Mais arrête ! J'ai trouvé ça incroyable, vraiment. Tu es douée, tu sais… Je ne sais même pas pourquoi on s'engueule, là.
– On ne s'engueule pas, on vient juste de gâcher notre première Saint-Valentin.
– Ok, on y va !
– Où ça ?
– Au bout de la jetée. Comme la première fois. Pour que tu te souviennes.

Vadim me prend par la main, me tire brusquement pour me faire traverser la pièce de force, attrape la carte de la chambre au vol et claque la porte. Une fois dehors, il se met à courir si vite que son élan m'emporte. J'essaie de suivre son rythme, l'air frais du soir me fouette le visage. Il nous faut quelques minutes pour atteindre le ponton qui surplombe l'océan. Je suis hors d'haleine. Il est à peine essoufflé.

– Alors, tu te souviens, maintenant ?
– Non, pas encore très bien, dis-je en minaudant.

Il se penche en avant, prend mon visage entre ses mains, arrête ses lèvres à quelques centimètres des miennes.

– Pendant ce rencart, j'ai eu cent fois envie de faire ça. Mille fois.

Vadim m'embrasse tendrement, sa bouche se mêlant à la mienne de la plus délicieuse des façons. Puis notre baiser s'éternise, se fait plus profond. Le meilleur des pardons.

– Dis… murmuré-je d'une petite voix.
– Oui ?
– Pour tout à l'heure. J'ai peut-être un peu surréagi. Et mal interprété ce que tu m'as dit.
– Ah bon ? se moque-t-il ironiquement.
– Je pensais te faire plaisir, me lancé-je dans une explication entrecoupée de baisers. Et j'ai pris du plaisir aussi. Alors je n'ai pas compris. Ça m'a rendue susceptible. Voilà. Désolée.
– Alors tu le referas ? me demande-t-il d'un air coquin.

– Dans tes rêves, Arcadi ! réponds-je en mentant.
– Viens, j'ai une idée ! s'écrie-t-il en saisissant ma main une nouvelle fois et en reprenant sa course folle.

Nous parcourons le ponton à l'envers, puis, quand il se termine, mon athlète bondit sur le sable. Je l'imite et le suis sur la plage, en direction de l'océan.

– Un bain de minuit, c'était sur la liste de tes rêves, non ? m'interroge-t-il, tout sourire.
– Oui, mais il est 22 heures, ça ne marche pas, dis-je secouant vigoureusement la tête.
– C'était sur ta liste, oui ou non ? me défie-t-il un peu plus.
– Oui… Mais je n'ai jamais parlé d'un bain à 15 degrés. On est en février, Arcadi ! Je vais mourir de froid !
– Ce n'est pas un bain de minuit dans les règles de l'art, mais je vais être sympa, je te laisse tes vêtements. Alors, cap ou pas cap ?
– Pas cap !
– Ok, tu l'auras cherché !

Vadim me saute dessus, un bras autour de ma taille, l'autre sous mes genoux, il me soulève du sol et se met à courir, entrant dans l'eau en hurlant, pendant que je me débats. Une seconde plus tard, il nous fait plonger tous les deux. L'eau glaciale me saisit, je remonte à la surface en poussant un cri strident. Et en le traitant de tous les noms au passage. Son visage est hilare, il m'éclabousse pour me faire taire puis vient me prendre dans ses bras. Je grelotte, il m'embrasse, je le maudis, il me serre et continue de rire.

Je lui tape sèchement sur le bras, furieuse d'avoir été jetée à l'eau de force. Mais heureuse de l'avoir fait – ce que je n'avouerai jamais !

Nous sortons de l'eau péniblement, remontons encore un peu sur le sable et nous retrouvons adossés contre l'un des gros pylônes qui soutiennent le ponton. Là, à l'abri des regards, Vadim se colle contre moi, m'embrasse avec passion. La température remonte d'un cran. Ses mains suivent toutes les courbes de mon corps, moulées dans mes vêtements trempés. Son pull fin épouse aussi son torse et je peux sentir sous mes doigts tous les muscles de ses pectoraux, de ses épaules, de son dos. De ses cheveux ondulés, des gouttes perlent sur mon visage, rendant nos baisers salés. Plus intenses encore. Nos mains s'aventurent sous les tissus collés. Sa peau est fraîche, la mienne a la chair de poule, mais à l'intérieur : deux volcans qui grondent.

Le bassin de mon amant s'agite. Il vient le plaquer contre le mien en m'attrapant par les fesses. Je sens sa bosse dure frotter contre mon jean, descendre et remonter. Son impatience m'excite encore plus. D'une main virile, il soulève ma cuisse le long de sa jambe et se rapproche encore un peu du but. Cette fois, les frottements atteignent mon intimité et me font lâcher de longs soupirs de désir.

– Je ne veux pas avoir l'air d'un goujat… mais j'ai urgemment envie de toi.

– Ici ? dis-je en regardant autour de moi.

– Non, viens. Dépêche-toi !

Trempés jusqu'aux os, nous courons à nouveau sur le sable jusqu'à retrouver le bitume d'Ocean Avenue. Nous entrons dans le hall de l'hôtel, désert, à l'exception de l'hôtesse d'accueil et son regard réprobateur. Ses petits yeux plissés suivent les traces mouillées que nous laissons derrière nous, à chaque pas. Les « floc floc » que font nos chaussures gorgées d'eau se mêlent à nos rires étouffés, qui l'agacent encore plus. Nous courons jusqu'à l'ascenseur et nous nous imbriquons à nouveau, avant même que les portes ne se soient refermées. Revoilà la bosse, peut-être encore plus dure que tout à l'heure. Revoilà les mains, fraîches, pressées, qui me décoiffent, me déshabillent, me désirent. Revoilà les lèvres, chaudes, avides, qui m'embrassent, me mordent, me dévorent. Revoilà notre étage, notre chambre, la carte qui ne veut pas glisser dans la fente tellement les doigts de Vadim tremblent.

En entrant dans la suite, nous courons et sautons partout, nous débarrassant difficilement de nos vêtements alourdis par l'eau, collés à nos jambes et à nos bras, qui s'en vont finalement après d'intenses efforts et des bruits de ventouse qui nous font partir dans un immense fou-rire. Une fois nu, Vadim se rue dans la salle de bains et allume à fond le robinet d'eau chaude de la douche. Je n'ai pas quitté son érection des yeux pendant que je me débarrassais de ma petite culotte réfractaire. Je le rejoins sous l'eau brûlante, me colle à nouveau à lui, l'embrasse et le caresse. Re-bonjour la bosse. Le jet chaud et puissant qui sort du pommeau nous agresse la peau.

– Trop d'eau ! crié-je à Vadim en riant. Je n'en peux plus de toute cette eau !

Mon amant surexcité rit aussi et prend les choses en main. Il éteint brusquement le robinet, me pousse hors de la douche en me tenant par la taille et m'allonge sans ménagement sur le carrelage de la salle de bains. Son corps encore humide s'étale sur le mien, lourd, tendu, brûlant de désir. J'écarte les jambes pour l'accueillir. Son sexe dressé tâtonne pour trouver le chemin. Ces frôlements m'électrisent. Sans attendre une seconde de plus, Vadim me pénètre en plongeant son regard dans le mien. Nous soupirons à l'unisson, de plaisir et de soulagement.

– Je suis un con, lâche-t-il dans un sourire, logé au creux de moi.

– Pourquoi tu dis ça ? demandé-je en plantant mes ongles dans ses fesses.

– Une Saint-Valentin, ça n'a pas forcément besoin d'être romantique, dit-il en me pénétrant à nouveau, plus fort cette fois.

– Surtout pas ! approuvé-je en savourant cet assaut.

– C'est tellement cliché, le romantisme, commente-t-il en haletant, dans un nouvel élan.

– Tellement ! soufflé-je en le recevant.

– Mais j'ai cru que tu avais envie de ça, ajoute-t-il, les yeux fermés, s'introduisant profondément en moi.

– Non, j'ai envie de toi… réponds-je en gémissant.

– J'ai adoré ton entrée en matière, tu sais…

– Et j'adore ce que tu es en train de faire…

Pendant les minutes qui suivent, Vadim poursuit son va-et-vient brûlant, prononçant une nouvelle phrase de sa voix grave à chaque coup de rein. Cette conversation surréaliste, sensuelle, salace, m'excite tout autant que le reste. Le rythme s'accélère, les mots se succèdent, essoufflés, entrecoupés de soupirs, de râles, de cris aigus, de grognements virils. Je lui réponds à chaque fois, mais le plaisir me submerge et je ne sais plus rien dire d'autre que « encore ». Il ne se fait pas prier pour continuer. Je ne retiens ni mon orgasme ni mes gémissements, je m'abandonne à mon fougueux amant, à son corps déchaîné, à ses mots si bien trouvés, à cette nuit d'hôtel qui n'appartient qu'à nous. À cette Saint-Valentin qui ne ressemble à aucune autre. C'est mon prénom que Vadim crie quand sa jouissance arrive et je ne l'ai jamais trouvé plus joli que dans sa bouche à lui.

Après avoir mis nos vêtements à sécher et enfilé l'un des peignoirs moelleux suspendus dans la salle de bains, je rejoins Vadim dans la chambre pour lui donner l'autre. Debout au milieu de la pièce, il est nu ou presque : sur sa tête, la charlotte de douche qui entoure ses boucles folles ; sur ses mains, en guise de moufles, les deux chaussons au sigle de l'hôtel ; sur son sexe, encore à demi dressé, est accroché le petit panneau « *Do not disturb* ». Alors que j'éclate de rire, il me prend le peignoir des mains, en défait la ceinture et se la noue autour du cou comme une cravate.

– Je crois que je suis prêt, déclare-t-il fièrement. Tu me trouves comment ?

– Très chic !

– Je trouve aussi, sourit-il en époussetant les épaulettes de sa veste imaginaire.

– J'aimerais beaucoup, mais alors vraiment beaucoup que l'alarme incendie se déclenche là maintenant et que tu sois obligé de sortir comme ça.

– Tu crois que je ne suis pas cap ?

– Si, si, je sais que tu es cap, pas la peine de me le prouver !

– On sort sur la terrasse au moins ! Que les gens puissent admirer ma dernière création !

– Non, Vadim, je pense que ce n'est vraiment pas nécessaire, crié-je en le rattrapant.

– Mesdames et messieurs, voici la nouvelle tendance printemps-été 2002, se met-il à déclamer en tournant sur lui-même.

Heureusement, à cette heure avancée et à cette époque de l'année, les voitures et les passants se font rares sur Ocean Avenue.

– Ça te monte vraiment à la tête, cette histoire de mannequinat ! me moqué-je en posant le peignoir autour de ses épaules.

– Qu'est-ce que tu veux, je suis un artiste incompris…

Vadim s'affale sur une chaise en soupirant. Je le débarrasse de son petit panneau et m'assois sur ses genoux, de profil. J'en profite pour faire disparaître la charlotte et pour jouer avec ses ondulations brunes. Au loin, la grande roue du Santa Monica Pier pose ses reflets fluo à la surface de l'océan. La nuit est calme, presque silencieuse. J'observe tout autour de moi pour graver ces images dans ma mémoire.

J'aperçois une lumière bleutée près de nous, en contrebas. Je me lève pour me pencher par-dessus la rambarde de la terrasse.

– Il y a une piscine, Vadim, viens voir !

– Bien sûr qu'il y a une piscine ! Je t'ai choisi un hôtel quatre étoiles, je te rappelle !

– Non mais à l'extérieur ! Une piscine en plein air, juste face à la plage.

– Je sais, je croyais que tu en avais marre de l'eau…

– Oui, mais celle-ci doit être chauffée.

– Et c'est pile la bonne heure pour un bain de minuit, chuchote-t-il en lançant à demi-mot son défi.

– Je ne descends que si tu enfiles le peignoir en entier. Et que tu le fermes avec la ceinture !

– Je ne me baigne avec toi que si tu enlèves le peignoir. Un bain de minuit dans les règles de l'art, cette fois.

– Seulement s'il n'y a personne.

– Ok. Cap ?

– Cap !

En entrant dans l'ascenseur, en peignoir blanc et chaussons assortis, Vadim prépare le coup et suggère de contourner l'accueil pour éviter de croiser l'hôtesse à l'humeur de chien. En arrivant à pas de loup au bord de la piscine déserte, un panneau indique qu'il est interdit de s'y baigner la nuit. Je lis attentivement les lignes écrites en petit, mais Vadim vient plaquer sa main contre mes yeux et me fait marcher jusqu'au bord de l'eau. Il me murmure d'enlever mes chaussons et dénoue lui-même la ceinture de mon peignoir. Je le sens qui tombe à mes pieds. Mon complice, déshabillé lui aussi, m'embrasse dans la nuque et me conseille au creux de l'oreille de faire le moins de bruit possible. Je m'assois sur le rebord de la piscine en essayant de maîtriser ma maladresse puis me laisse glisser délicatement dans l'eau tiède. Vadim m'y rejoint d'un mouvement souple et discret. En apnée, il nage jusqu'à l'autre extrémité, vers un angle de la piscine où personne ne peut nous voir. Je prends mon temps pour arriver jusqu'à lui, profitant de la douce impression de légèreté – due à ma nudité. Accoudé au rebord, mon beau brun aux boucles dégoulinantes observe le paysage. Face à nous, la plage s'étend à perte de vue. L'océan a l'air aussi noir que la nuit qui nous entoure.

Je me rapproche de Vadim, pose mon menton sur son bras musclé et regarde dans la même direction que lui.

– Il était quand même pas mal, ce deuxième rencart à Santa Monica, lui chuchoté-je en repensant à nos débuts.
– Oui, c'est mon piège à filles. La jetée, l'océan, les Skittles, ça marche toujours, s'amuse-t-il sans me regarder.

Je mords dans son biceps jusqu'à ce qu'il crie « aïe ».

– Et elle était quand même pas mal, cette Saint-Valentin, non ? me demande-t-il en se tournant vers moi.
– Qui a dit qu'elle était terminée ? réponds-je en m'agrippant à son cou et en entourant ses hanches de mes jambes.
– Alma Lancaster, tu me surprendras toujours ! sourit-il avant de fondre sur moi pour m'embrasser.

Nos deux corps nus enlacés tourbillonnent sur place dans ce petit recoin abrité de la piscine découverte. Je flotte dans les bras de mon Vadim, légère, sereine, libre comme l'air. Face à nous : l'immensité de l'océan. Au-dessus de nos têtes : l'infini du ciel. En nous : un amour grand comme ça. Sans limite.

20

LOIN DES YEUX, LOIN DU CŒUR ?

Samedi midi. Après d'ultimes câlins en travers du lit et un dernier regard vers la jetée de Santa Monica depuis la terrasse, nous avons finalement rendu la chambre. L'hôtesse d'accueil s'est montrée encore plus grincheuse que la veille, Vadim a réglé la note et lui a glissé en partant, avec son plus grand sourire :

– Mademoiselle, vous devriez faire un boulot que vous aimez. Ça vous aiderait peut-être à supporter le bonheur des autres. Et ça vous rendrait plus jolie.

Elle devait avoir dix ans de plus que nous et elle donnait l'impression d'avoir du répondant, avec son air hautain. Mais la jeune femme a piqué un fard puis a ravalé ses larmes avant de s'excuser pour aller se cacher dans le bureau des employés.

L'effet Vadim Arcadi sur toute la gente féminine : de 7 à 77 ans.

Mon amoureux m'a déposée devant chez moi à l'heure fixée par mon père, nous avons convenu de nous retrouver aussitôt sur la messagerie instantanée pour faire durer cette nuit magique. J'ai embrassé mes parents, mais esquivé leurs questions, j'ai semé Lily dans les escaliers et lui ai fermé la porte de ma chambre au nez. Le temps de me débarrasser de mes vêtements tout raidis par leur bain de mer, de sauter sous la douche et d'enfiler un long tee-shirt bleu nuit qui m'arrive à mi-cuisse, je me suis affalée sur mon lit et ai allumé l'ordinateur.

Alma_83 : Je suis là !

Arcadius : Moi aussi, je viens d'arriver.

Alma_83 : Je viens de penser à un truc : on n'a pas fait gaffe au photographe…

Arcadius : Si, moi tout le temps. Impossible qu'on se soit fait prendre en photo. On était toujours dans le noir total et cachés derrière quelque chose.

Alma_83 : Wow. Voleur de voitures, trafiquants de devoirs, top model et maintenant agent secret du FBI ! Impressionnée !

Arcadius : Si seulement ! Ça me rend dingue de ne pas savoir qui a fait ça.

Alma_83 : Ça fait longtemps qu'il n'y a pas eu de nouvelle photo en tout cas.

Arcadius : Oui, parce qu'on fait attention. Du coup, c'est forcément quelqu'un de proche de nous. Quelqu'un qui sait qu'on sait. Et qui se fait discret depuis qu'on cherche à le démasquer.

Alma_83 : Tu crois ? Mais Basile nous a juré que ce n'était pas lui. Ni Timothy. Et toi tu m'as juré que ça ne pouvait pas être Felix. Il reste qui ?

Arcadius : Je ne sais pas. Peut-être moins proche que ça. Un ami d'un ami. Mais surtout, quelqu'un qui aurait un intérêt à nous séparer.

Alma_83 : Tu peux aussi rayer mon père de la liste, maintenant. Enfin, je crois.

Arcadius : Tu ne voudrais pas fouiller un peu chez Abrams, la prochaine fois que tu iras ?

Alma_83 : N'importe quoi ! Notre prof de cinéma, un paparazzi qui nous suivrait la nuit ? Il ne peut même pas marcher dix mètres sans être essoufflé !

Arcadius : En tout cas il me déteste. Et il déteste l'idée que tu lui échappes, alors qu'il croit t'avoir tout appris et tout donné.

Alma_83 : Ok, il est fou, mais pas à ce point-là !

Arcadius : Et je suis sûr qu'il te caserait bien avec son fiston… Comment il s'appelle, déjà ?

Alma_83 : Caleb…

Arcadius : Ou alors c'est lui. Ce pauvre raté, qui n'a pas envie de finir seul comme son père.

Alma_83 : Quel rapport avec nous ? Non, je l'ai rencontré bien après les premières photos. Jusqu'à peu, il ne savait même pas que tu existais…

Arcadius : Donc tu lui parles de moi :)

Alma_83 : Oui, et j'espère bien que tu as raconté toute ma vie à Cheyenne. Que tu la saoules tous les jours avec tout ce que je fais, ce que je dis, ce que tu aimes chez moi, ce qui t'agace un peu mais que tu adores quand même…

Arcadius : Hmm… Je crois que je ne vais pas répondre à cette question.

Alma_83 : Où est-ce que tu as vu un point d'interrogation ? C'est un ordre, Arcadi !

Arcadius : Je te la présenterai, bientôt. Tu pourras lui montrer toi-même toutes les qualités qui te rendent si irrésistible.

Alma_83 : Bien dit. Mais sans façon.

***

La semaine qui a suivi, nous sommes retournés en cours, mais je n'ai pas remis les pieds chez Abrams. J'ai bossé seule sur mon court-métrage, continuant à monter mes images filmées à Paris, à Los Angeles et à Santa Monica. Vadim sous toutes les coutures. Tous les lieux que nous avons fréquentés ensemble. Les bons souvenirs et les mauvais. Tous mes doutes, mes peurs, mes chagrins, mes sentiments débordants, mes bonheurs violents, mes émois. Un condensé de Toi + Moi.

Vadim, lui, a poursuivi ses travaux de volontaire à la fac en plus des cours. Il me parle un peu moins de Cheyenne : je ne sais pas si je dois m'en réjouir ou m'en inquiéter. Il a aussi participé à son premier *shooting* pour la marque de shampooings Shiny. Michelle Kerry a dit qu'il avait fait du super boulot et que le publicitaire était époustouflé par les photos. Vadim, lui, a détesté ça. Il a passé une soirée entière à tout descendre en flèche, à critiquer la terre entière. Et à vouloir déménager en Russie pour ne jamais voir son visage en poster géant sur les bus de la ville. Il a aussi voulu déchirer le chèque de son premier cachet, mais il y avait trop de zéros. Et Michelle Kerry l'a contacté pour un nouveau casting, une publicité filmée cette fois, un projet avant-gardiste avec un jeune réalisateur montant que Vadim aime bien. Alors il a décidé d'y aller, juste pour voir, juste pour cette fois.

Entre l'emploi du temps chargé de mon amoureux, la distance que je veux maintenir entre les Abrams et moi, et Clémentine qui consacre cent pour cent de son temps libre à son mec fantôme – dont je commence à douter de l'existence – je n'ai pas eu d'autre choix que passer beaucoup de temps chez moi. Et découvrir, effrayée, l'ambiance qui règne à la maison. Ma mère passe sa vie à appeler mon père pour savoir où il est, quand il rentre, s'il sera là pour dîner et si non, pourquoi. Lui passe sa vie à ne pas lui répondre ou à lui raccrocher au nez, évoquant des réunions importantes, des gros contrats en cours et des négociations qui nécessitent de ne pas être dérangé. Maman raccroche à son tour, vexée, s'en prenant à la première qui passe par là : Lily parce qu'elle ne range rien, Georgia parce qu'elle range trop ou moi parce qu'elle n'a plus l'habitude de me voir aussi souvent. Parfois, la gorge serrée, elle me conseille de ne pas rester enfermée à la maison, de profiter de ma jeunesse, de ne pas perdre mon temps parce qu'il passe trop vite, d'aimer Vadim tant que la passion est là, mais de ne jamais me retrouver aux crochets d'un homme, même par amour, jamais.

Sauf que, par amour, je crois que je ne pourrais rien refuser à Vadim.

Un soir, mon père n'est pas rentré du tout. C'était un samedi, alors il n'avait pas de raison d'être au bureau. Ma mère l'a harcelé sur son portable, jusqu'à minuit passé. Basile a suggéré d'appeler la police. Et puis une voix a décroché, une voix de femme, très jeune, qui a gloussé avant de raccrocher. Ma mère a fondu en larmes. J'ai essayé de la consoler, mon frère a maladroitement pris la défense de mon père, nous disant de ne pas faire de conclusions hâtives. Maman nous a envoyés nous coucher, en nous demandant de ne pas nous mêler de ces histoires de « grandes personnes ». Mais elle a pleuré comme une petite fille dans son lit, une bonne partie de la nuit. Je pouvais l'entendre depuis ma chambre. Alors j'ai envoyé un message à Vadim, je n'ai pas pu m'en empêcher.

[Ma mère vient d'apprendre que mon père la trompait. Si tu me fais ça un jour, je te tue. Et ta maîtresse avec. A.]

[Pauvre Marie. Ton père cache bien son jeu. Tu veux que je le tue moi-même ? V.]

[Non. Je t'aime. A.]

Le dimanche, mon père n'était toujours pas rentré. Mais il a fait livrer un énorme bouquet de roses blanches à ma mère. Je ne sais pas ce que disait le petit carton, mais elle a pleuré à nouveau en le lisant. Elle a pourtant mis les fleurs dans un joli vase, qu'elle a posé sur la table de la salle à manger. Puis elle s'est assise à la place de mon père, et est restée là sans bouger. En regardant par la fenêtre, comme si c'était la seule chose à faire. L'attendre.

Mais comment peut-elle accepter ça ?!

Soudain, je me suis sentie de trop. Je lui ai fait un bisou et j'ai couru chez Vadim. Besoin de le voir, de le sentir, de le serrer. Je lui ai tout raconté. On s'est assis par terre, adossés à son canapé-lit. J'ai caressé ses cheveux. Il a posé sa grande main sur ma nuque, comme il le fait souvent. Ça m'a apaisée. Puis il a essayé de blaguer, en disant que c'était ça, l'avantage de ne pas avoir de parents : ne pas devoir s'occuper d'eux comme des enfants. On a passé tout l'après-midi à se câliner, à se demander comment on serait, à quarante ou cinquante ans. À quoi ressemblerait notre couple, notre famille. Quel genre de parents on deviendrait. On n'avait aucune réponse. On s'est engueulés parce que Vadim ne proposait que des prénoms russes pour nos enfants. Je l'ai traité d'égoïste. Il m'a traitée de raciste. J'ai fait mine de partir, il m'a retenue en me portant et en me jetant sur le canapé. J'ai essayé de me rebeller, il m'a fait taire en m'embrassant. Nos vêtements se sont retrouvés disséminés dans l'appartement. Ça aussi, ça m'a apaisée. On a fait l'amour pour conjurer le sort. Je crois que ça a marché. J'ai reçu un coup de fil de ma mère qui m'a appris, d'une voix légère, que mon père rentrait ce soir, et qu'on devait tous être là pour le dîner.

Alors que je suis en train de me rhabiller, trois petits coups discrets sont frappés à la porte. Vadim enfile son jean et son tee-shirt et va ouvrir en me disant de ne pas bouger. Je n'entends pas ce qui se dit, et ces chuchotements me donnent un mauvais pressentiment. Une fois assez vêtue pour me montrer, j'approche sans bruit dans l'entrée. Je la découvre, sur le seuil de la porte, et la détaille de bas en haut : des talons haut perchés, des jambes nues, une peau ambrée, nue jusqu'en haut des cuisses, une sorte de trench en daim marron, ouvert. Une culotte en dentelle noire, encore de la peau, un soutien-gorge noir pigeonnant, encore de la peau, de longs cheveux noirs ramenés sur le côté et enfin, le visage de Cheyenne. Cette bouche carnassière, ce regard espiègle, cette moue à la fois sauvage et minaudeuse. Vision d'horreur.

Elle lui a sorti le grand jeu…

Quand l'exhibitionniste m'aperçoit dans le couloir, elle referme brusquement son manteau et recule d'un pas.

– Tu n'es pas seul ? Je peux repasser plus tard, fait la brune sans aucune gêne.

– C'est ce que j'essayais de t'expliquer, marmonne Vadim, une main dans les cheveux.

– Et à moi, tu peux m'expliquer ce qu'elle fait là ? Habillée comme ça ? interviens-je à mon tour sans la quitter des yeux.

– Pas la moindre idée, se défend-il du tac au tac.

– Tu m'avais dit que tu ne faisais rien de ta soirée, je voulais te faire une petite surprise, minaude-t-elle encore.

– Hmm… c'est réussi, répond-il gêné. Cheyenne, voici Alma dont je t'ai parlé. Alma, Cheyenne. Je crois que les présentations sont faites.

– Et maintenant quoi ? On se fait une soirée tous les trois ?! rétorqué-je, hors de moi.

– Bon, je vois que je dérange, sourit-elle sans se départir de son air si confiant.

– Tu as vu juste, lui lancé-je en aboyant.

– Je file, alors. On se voit demain, Vadim. Bonne nuit, Emma !

La porte se referme. J'hésite une seconde entre le gifler, me mettre à pleurer et ramasser toutes mes affaires pour m'en aller. Je choisis encore une autre option. Parce que j'ai un besoin vital d'explications.

J'ai l'impression de mourir sur place.

– Tu lui as tellement parlé de moi qu'elle ne connaît même pas mon prénom !

– Elle a dû se tromper, soupire Vadim, qui essaie de limiter les dégâts.

– Menteur ! Elle ne connaît même pas mon existence : elle débarque chez toi en sous-vêtements comme si elle était sûre de ne trouver personne !

– Ok, elle t'a sûrement appelée Emma exprès, pour t'énerver. Mais c'est vrai que je lui ai dit que je ne faisais rien ce soir. Tu es passée à l'improviste, on n'était pas censés se voir…

– Mais je rêve ! C'est qui, ta copine attitrée ? Il faut que je vérifie les plans de Pocahontas avant de savoir si je peux venir chez toi ? dis-je en haussant la voix.

– Non, ce n'est pas ce que je voulais dire. Alma, calme-toi.

– Attends, elle connaît ton adresse, ton emploi du temps, elle ose se pointer ici à poil et elle parle même de repasser plus tard comme si ça n'était pas un problème ?! hurlé-je de toutes mes forces. Et il faut que je sois calme ?

– Elle est complètement imprévisible, cette fille. Je sais que c'est dur à encaisser, mais ça lui ressemble bien, de faire ça.

– Mais vas-y, Vadim, enfonce-toi ! Tu n'essaies même pas de cacher que tu trouves ça génial, comme idée.

– Je n'ai jamais dit ça. Tu ne veux pas essayer de te calmer, qu'on puisse…

– Je suis sûre que ce n'est pas la première fois !

– Quoi ?

– Hier, vous êtes des potes de vestiaire et aujourd'hui elle débarque en femme fatale ? Mais tu me prends pour une conne ? Si ça se trouve, vous êtes ensemble depuis le début ! On a arrêté les préservatifs parce qu'on est censé être fidèles ! sifflé-je, horrifiée, en réfléchissant à haute voix.

– Alma, tu fabules, là. Ou alors tu prêches le faux pour savoir le vrai. Je déteste ça.

– Moi, c'est toi que je déteste ! Tu m'expliques ou c'est terminé ! crié-je de plus belle.

– C'est ce que j'essaie de faire mais…

– Tu es censé me jurer que tu m'aimes et qu'il ne s'est rien passé ! Mais énerve-toi, Vadim ! Tu ne bouges pas, là, tu restes froid, avec ton putain de petit sourire en coin ! Je ne mérite pas mieux que ça ? braillé-je en devenant hystérique.

– Il ne s'est jamais rien passé entre Cheyenne et moi, commence Vadim en me fixant de ses yeux gris glacés. C'est la première fois qu'elle vient ici. C'est la première fois que je vois ses sous-vêtements. Et c'est la première fois qu'elle me fait ce genre d'avances. Elle t'a provoquée parce qu'elle a vu que ça marchait. Et elle va toujours au bout de ses idées, elle est comme ça.

– Et tu adores ça chez elle, hein? murmuré-je, la voix pleine de larmes. Réponds-moi sincèrement.

– Oui… J'aime bien sa personnalité, admet-il en regardant ailleurs.

– Tu es pire que mon père! Toi, tu n'es même pas désolé, réponds-je, dépitée.

– Je l'aime bien, mais je t'aime toi! Et je ne te ferai jamais ça, se rattrape-t-il aussitôt.

– Et comment tu veux que je te croie? Tu n'as même pas bougé le petit doigt pour moi quand elle était là…

– Ok, je vais l'appeler! Je mets le haut-parleur, mais tu ne dis rien, pour qu'elle pense qu'elle me parle seul à seul. Il n'y a que comme ça qu'elle dira la vérité.

– Vadim, non, je n'ai pas envie de jouer à ça. Je dois rentrer…

– Ça prendra deux minutes. Donne-moi juste deux minutes.

Il pianote sur son portable, attend la tonalité et pose le téléphone à plat sur la table basse devant nous.

– Allo, Cheyenne?

– C'est moi. Ta copine est partie?

– Oui.

– Je peux revenir, alors, lâche-t-elle dans un grand rire tonitruant.

Humiliation suprême: deuxième prise!

Vadim pose la main sur la mienne et me supplie du regard de ne pas partir. Pas encore. Je m'accroche bêtement à cet infime espoir.

– Tu ne dis plus rien, Arcadi ? Ce n'est pas un soutien-gorge et une culotte qui t'ont traumatisé, si ?

– Non, je suis juste surpris. Et je pense que tu ne devrais pas faire ça. J'aime Alma.

– C'est bon, détends-toi ! Je ne sais pas ce qui m'a pris. Je m'ennuyais, j'avais envie de m'amuser un peu ce soir. Je pensais que ça te ferait rire.

– Donc ce n'était pas une proposition sérieuse ?

– Oh, je ne sais pas trop ce que c'était. Ce qui était fun, c'est de ne pas savoir à l'avance ce que ce serait…

– Ça n'aurait rien été de plus, tu sais. Jamais.

– Oh là là ! je ne sais pas ce que tu as, mais tu es chiant à mourir ce soir. Je te laisse. J'espère que je n'ai pas foutu le bordel entre ta nana et toi. Bye Arcadi !

Quelques minutes plus tard, je pars de chez Vadim les yeux rouges, le cœur en morceaux… mais un peu recollés. J'ai décidé de lui faire confiance, mais je ne lui ai pas encore pardonné sa lâcheté sur ce coup-là. Je déteste m'engueuler avec quelqu'un qui ne veut pas s'engueuler avec moi. Basile fait ça tout le temps, et ça me donne envie de le frapper. Vadim a presque admis qu'il n'avait pas assuré, mais il m'a aussi reproché mon besoin permanent d'être rassurée. On a décidé de ne pas en reparler pour éviter de tout relancer. Quant à cette Pocahontas exhibitionniste, je crois qu'elle est définitivement folle. Une allumée. Dont je me méfie comme de la peste.

J'ai passé chaque jour de la semaine suivante à attendre Vadim à la fin de ses travaux de volontaires. Et à l'embrasser à pleine bouche en m'assurant que Cheyenne admirait la scène. Elle m'a fait des petits signes de la main, de loin, nos échanges se sont arrêtés là. Puis, quand il en a eu assez, mon amoureux m'a gentiment demandé si je pouvais redevenir sa petite amie plutôt que sa garde rapprochée. Je me suis d'abord vexée, puis j'ai trouvé ça louche, et enfin j'ai fini par accepter.

Qu'est-ce que je ne ferais pas pour lui…

Pendant cette semaine, Vadim a enchaîné les castings. Il a tourné sa publicité et Michelle Kerry lui a annoncé peu après qu'il avait été « repéré ». Je n'ai pas bien saisi ce que ça signifiait jusqu'à ce que les propositions affluent. J'étais surexcitée mais il les a toutes refusées. Jusqu'à celle-ci. Il m'a dit qu'elle l'intéressait, qu'il n'allait pas accepter, mais qu'il voulait quand même m'en parler. Ça non plus, je n'ai pas bien compris.

– Youri Karaïev, tu vois qui c'est ?

– Le réalisateur russe que tu adores ? Oui, tu m'en parles tout le temps.

– C'est de lui que vient la proposition. Il m'offre un petit rôle dans son prochain long-métrage.

– Génial ! Vadim, tu ne pouvais pas rêver mieux ! m'exclamé-je en sautant partout dans son appartement. Attends, pourquoi tu fais la gueule, là ?

– Je vais refuser, lâche-t-il d'une voix sourde.

– Bah, voyons ! Donne-moi une seule bonne raison !
– Le tournage a lieu en Russie. Il doit durer trois mois. Et il commence demain.

Mon sang se glace. Ça fait trois excellentes raisons. Trois mois sans lui. Trois mois… C'est la moitié de ce qu'on a vécu.

La fin du monde.

– Trois mois, ce n'est pas si long, dis-je doucement, en essayant d'y croire.
– Non, Alma, je n'irai pas.
– Pourquoi ? fais-je semblant de ne pas comprendre.
– Je ne te laisse pas. Pas trois mois.
– Je t'interdis de dire ça. Tu y vas !
– Non, c'est hors de question. Fin de la discussion.
– Pour une fois, ce n'est pas toi qui décides. Vadim, tu m'as fait réaliser combien de rêves depuis qu'on se connaît ? Je n'ai même plus assez de doigts pour les compter. Maintenant c'est ton tour. Ça, c'est ton rêve à toi, je ne te laisserai pas le gâcher. Tu dois foncer.
– Et c'est tout ? Ni chaud, ni froid ? me demande-t-il en levant les paumes au ciel.
– Non, ça me brise le cœur, murmuré-je en sentant mes larmes monter. Tu n'es même pas parti que tu me manques déjà. Je ne sais même pas comment je vais survivre, ici, sans toi.
– Ok, je ne pars pas, me coupe Vadim.
– Tais-toi, réponds-je en collant mon index sur ses lèvres. Tu y vas. Et de toute façon, si tu restes, je te quitte. On sera

dans la même ville mais je ne t'adresserai plus la parole.

– Je crois que ce sera toujours mieux que 10 000 kilomètres de distance.

Ce chiffre me donne le vertige. J'ai la tête qui tourne, les jambes qui fourmillent, le cœur qui faiblit.

Ne pas le montrer. Ne pas le retenir. Le laisser partir.

– Vadim, si « Toi + Moi » est ce que je crois, on a toute la vie devant nous. Ce n'est pas trois petits mois qui vont nous séparer. Rappelle-toi, ils ont tous essayé : Timothy, mon frère, Felix, mon père, Abrams, Pocahontas, tous ! Ce n'est pas la Russie qui va y arriver ! Et peut-être que je pourrai venir te voir ? soufflé-je en me jetant dans ses bras et en laissant mes larmes couler.

Je ne crois pas un mot de ce que je viens de raconter.

– Je serai tellement fière de toi, là-bas ! continué-je quand même.

– Tu vas avoir tellement froid, là-bas ! blague-t-il pour ne pas craquer.

– Tu as intérêt à revenir, Arcadi ! sangloté-je pour de bon.

– Plutôt mourir que ne pas revenir, Lancaster !

– Alors, t'es cap ?

– Cap... répète-t-il, les yeux brillants, avant de m'embrasser.

Je sens le sol se dérober sous mes pieds. Mes larmes se mêlent à ce baiser, j'ai l'impression de suffoquer. Qu'on m'arrache une jambe ou un bras. Qu'on me coupe en deux. Toi + Moi, Moi + Toi, qu'est-ce qu'il me reste sans ça ? Qu'est-ce que je suis, sans l'autre partie ? Qu'est-ce que je vais devenir, si je ne peux pas me nourrir de lui ? Une petite chose incomplète, bancale, vide. L'Alma d'il y a six mois, timide, éteinte, fragile, qui se laissait porter par la vie. Sans Vadim, je tombe.

V

INTIMITÉ

21

LES SACRIFICES

Vadim est parti tout à l'heure. Je n'ai pas eu le courage de l'accompagner à l'aéroport. C'est sans doute mieux comme ça : qu'il ne me voie pas pleurer, qu'il ne me voie pas regretter, que je ne me ridiculise pas à le supplier de rester.

Mais qu'est-ce qui m'a pris de le pousser à s'en aller ? Ah oui, ses rêves… Ah oui, mon amour pour lui…

Déjà, dans son appartement, nos adieux ont été déchirants. Je n'ose même pas imaginer la scène dans un terminal bondé. Je crois que j'aurais été capable de me cacher dans sa valise, de me glisser sous ses vêtements pour embarquer avec lui, ou de déclencher l'alarme incendie juste pour lui dire au revoir mieux que ça, pour le voir et l'embrasser encore une fois.

Non, c'est mieux comme ça. Que je pleure seule dans ma chambre, avec personne pour me raisonner, me consoler, me dire d'arrêter, de me calmer. Mon oreiller, lui, il a déjà tout vu. Je peux le tremper de larmes, le mettre en boule, le retourner, recommencer : il absorbe tout en silence. À l'heure qu'il est, Vadim doit avoir décollé. Direction la Russie. À dix mille kilomètres de moi. Et pour trois mois ! Mes sanglots bruyants reprennent de plus belle. Mon oreiller encaisse sans broncher.

– Alma, chérie, je peux entrer ?
– Non, maman, pas maintenant !
– Et moi ? ajoute la timide voix de Lily.
– Non, partez ! Laissez-moi !

Elles ne m'écoutent ni l'une ni l'autre et se faufilent à pas de loup dans ma chambre. Ma petite sœur se tapit à l'extrémité de mon lit, les genoux relevés sous le menton, elle essaie de se faire la plus petite possible. Ma mère, elle, s'assoit discrètement à côté de moi, ses mains dégageant les cheveux collés sur mes joues mouillées. Je me retourne brusquement pour lui tourner le dos.

– Alma, écoute-moi. Je pense que tu es assez grande pour que nous ayons cette conversation. Et puisque Lily est là, autant qu'elle l'entende aussi. Vous savez que votre père n'est pas toujours le mari parfait. Je crois que ses maîtresses ne sont plus un secret pour personne.
– Des maîtresses… au pluriel ? s'indigne Lily en chuchotant.

– Peu importe combien il y en a, combien il y en a eu et combien il y en aura. La seule chose qui compte, c'est ce que je vais vous dire maintenant. Je me suis posé ces questions des milliards de fois, des questions que toutes les deux vous vous poserez forcément un jour : est-ce que mon amour est assez fort pour supporter ça ? Est-ce que mon amour est assez grand pour dépasser ça ? Est-ce que, par amour, je suis capable de pardonner ? Prête à me sacrifier ?

– Tu ne devrais pas, reniflé-je en me retournant.

– Si, Alma. L'amour fait faire des choses inouïes. L'amour emporte tout sur son passage : la raison, les principes, les douleurs, les promesses. C'est tellement puissant qu'on ne peut même pas l'imaginer avant. C'est normal que ça vous semble inconcevable. Mais votre père et moi, on s'aime depuis trente ans.

– Ben il a une drôle de façon de t'aimer, lâche ma sœur à la moue boudeuse.

– On ne s'aime pas toujours comme on veut, soupire ma mère. Mais Alma, c'est à toi de te poser la question, maintenant : renoncer ou continuer à aimer ? Fuir ou accepter de souffrir ? Tu t'es sacrifiée pour Vadim, c'est la plus belle preuve d'amour. Mais tu ne peux pas passer les trois prochains mois à lui en vouloir. Si ton amour pour lui est assez fort, assez grand, tu dois juste l'attendre, supporter son absence et l'aimer deux fois plus à son retour. Si c'est au-dessus de tes forces, c'est que cet amour-là n'en vaut pas la peine. Il n'y a que toi qui saches.

Ma mère se lève, les yeux embués de larmes, me pose un baiser au sommet du crâne et passe la porte de ma chambre.

La pièce redevient silencieuse. Jusqu'à ce que Lily s'enfuie en hurlant comme une furie :

– Je n'aimerai jamais personne ! Personne ! Jamais !

Ma Lily, si tu savais…

Les mots de ma mère m'ont sonnée. J'essaie de reprendre mes esprits, je me redresse dans mon lit, ferme les yeux et visualise le beau visage de Vadim. Surtout, ne rien oublier. Ses cheveux fous, ses yeux perçants, son sourire en coin et la petite cicatrice qui lui barre la lèvre. Je pourrais dire exactement où elle est, au millimètre près. De nouvelles larmes perlent sur mes cils.

Ça ne s'arrêtera donc jamais ?!

On frappe doucement à ma porte. Georgia passe seulement la tête, comme elle le fait souvent, mais quelque chose cloche dans son regard. Il n'a pas l'empathie habituelle, la tendresse que je lui connais, cette douceur presque maternelle chaque fois qu'il arrive quelque chose à l'un de nous trois.

– Alma, il y a quelqu'un pour toi. Je l'ai fait monter, tu ne m'en voudras pas.

Sûrement Clémentine. Elle se souvient enfin qu'elle a une meilleure amie.

– Pas cap d'arrêter de pleurer ?

Cœur qui bat. Je connais cette voix. Cœur qui s'emballe. Je la connais trop bien. Cœur qui explose. Je connais ce visage, je le voyais dans ma tête il y a une minute à peine.

– Vadim ! hurlé-je en lui sautant dans les bras.

– Tu as raison, il allait faire beaucoup trop froid en Russie, commence-t-il en souriant. Et je ne peux pas apprendre le russe alors que je commence à peine le français, ça n'a pas de sens. Et puis j'ai un court-métrage à finir ici. Je suis sûr que j'aurais trop manqué à Abrams. À qui il allait pouvoir s'en prendre, hein ? Et puis j'ai un frère avec qui je m'entends tellement bien, ça aurait été dommage de perdre cette immense complicité ! Enfin bon, ça fait plein de très bonnes raisons de ne pas aller me les cailler.

– Alors tu restes ? demandé-je, incrédule.

– Oui, Michelle Kerry me trouvera d'autres publicités. Pas besoin de ce film, j'ai un brillant avenir dans les shampooings !

– Stop les sarcasmes, Arcadi ! Pourquoi tu es là ? Jure-moi que tu ne le regretteras pas.

– Toi + Moi, me chuchote-t-il à l'oreille. Sur ce coup-là, je n'étais pas cap…

Nous sommes restés près d'une heure collés l'un contre l'autre, enlacés, emmêlés, à s'embrasser, à se respirer, à se dire qu'on s'aimait et qu'on ne devait jamais être séparés. Entre deux déclarations, Vadim a continué l'ironie en listant toutes les choses qu'il ne pouvait pas laisser ici. Je n'en faisais jamais partie. J'ai joué le jeu et juré de ne jamais révéler à Felix, Keith ou qui que ce soit d'autre pourquoi il était revenu. Pourquoi il n'était en fait jamais parti.

Pour moi…

Après l'euphorie de ces retrouvailles, c'est le malaise qui m'a envahie. J'étais heureuse d'avoir mon amoureux près de moi, mais je me sentais coupable de sa présence à L.A., coupable de ses rêves qui ne se réaliseraient peut-être jamais, et surtout… redevable. Quand on se sacrifie pour quelqu'un qu'on aime, c'est dur, très dur, mais on peut en être fier. Quand c'est l'autre qui se sacrifie pour soi, on n'a plus le beau rôle. On ne peut que le remercier, sans cesse, et essayer de lui rendre, un tout petit peu, cette preuve d'amour.

Pendant dix jours, j'ai essayé d'être la meilleure petite amie du monde. De rendre Vadim heureux chaque fois que je le pouvais. Mais je crois que ça l'agaçait, l'oppressait même. Il m'a dit plusieurs fois qu'il était content d'être là, qu'il ne regrettait pas, que je n'avais pas besoin de faire tout ça. Alors, par peur de l'étouffer, je l'ai laissé respirer. Je l'ai laissé vivre sa vie, sans trop m'en mêler. Il a revu Felix de plus en plus souvent et je ne lui ai pas rappelé ses engagements auprès de Keith. Il a passé du temps avec Cheyenne après ses journées de volontariat et je n'ai même pas râlé. Il a annulé, la veille, une deuxième rencontre avec son frère Roman et je n'ai pas essayé de l'en dissuader. Il n'a pas beaucoup avancé sur son film, pris par ses castings et ses photoshoots, et je n'ai jamais remis en question son sens des priorités. J'ai compris, chaque jour un peu plus, ce qu'avait voulu dire ma mère : Aimer, c'est un peu se sacrifier. C'est laisser l'autre vivre, même si ça doit nous coûter. C'est le prix à payer pour avoir Vadim à mes côtés.

Un jour, alors que je m'apprête à rentrer chez moi, Timothy Wallace me rattrape à la fin des cours en me tapant sur le bras. On ne s'est pas vraiment parlé depuis des mois. Je l'avais presque oublié. Il n'a pourtant pas changé d'un poil : toujours aussi grand, toujours aussi musclé, toujours aussi blond et bien coiffé.

– Salut Alma. Comment ça va ?
– Oh, salut Tim. Bien et toi ?

Politesses de rigueur. Jusque-là, tout va bien.

– Ça roule. Quoi de neuf ? me lance-t-il, l'air innocent.
– Pas grand-chose. Toi ?

La conversation commence déjà à s'essouffler…

– J'ai entendu dire que ça n'allait pas trop, c'est pour ça que je te demande.
– Ah. Tu as mal entendu alors, tout va bien.

Les « on-dit », ingrédient indispensable des discussions pourries.

– Tu sais, on ne s'est pas séparés en très bons termes, mais ça ne veut pas dire que je ne me soucie pas de toi.
– C'est gentil, mais tu n'as pas de soucis à te faire, ça va.

Répéter trois fois la même chose : passage obligé des conversations sans fond.

– En fait, il y a une rumeur qui court sur le campus. Sur Arcadi et toi. Il paraît qu'il a voulu te quitter et rentrer en Russie.
– Eh ben tu pourras dire à tout le campus que Vadim devait aller là-bas pour un tournage. Il a décroché un rôle dans un film de Youri Karaïev, mais tu ne dois pas connaître. Et finalement il a renoncé… pour plein de raisons.

Grrr. Je ne peux même pas lui clouer le bec avec la vraie raison : moi !

– Justement, il paraît qu'il est resté ici pour une fille, une Indienne, euh… pas très fréquentable, tu vois, poursuit Timothy avec son air supérieur qui me donne envie de le frapper.
– Faux. Sur toute la ligne. Mais pourquoi ce que fait Vadim t'intéresse tout à coup ?

Traduction : tu ne veux pas aller jouer au basket et me foutre la paix ?

– Ce n'est pas ce qu'il fait mais ce qu'il TE fait, Alma. Je ne voudrais pas qu'il te manque de respect, c'est tout.

– Je ne suis pas sûre que Vadim ait des leçons de respect à recevoir de toi. Ou de qui que ce soit d'autre.

Prends ça dans les dents, basketteur de malheur !

– Ok, ne te braque pas. Je voulais juste te dire que j'étais là. Et que… je… je tiens toujours à toi.

– Tim, je n'ai pas besoin que tu sois là pour moi. Je vais y aller.

Mais qu'est-ce que j'ai pu lui trouver… ?

– Ah au fait ! Je crois qu'on s'est inscrit au même programme pour *Spring Break* ! Basile et toi, vous allez au camp de Catalina, non ?

– Hmm… Lui oui, moi peut-être, je n'ai pas encore décidé.

Oh. Mon. Dieu.

Non seulement c'est décidé, signé, payé, acté depuis des mois – sur l'insistance de Clémentine D'Aragon, qui avait envie d'un trip sauvage, ressourçant, en communion avec la nature – mais je n'ai toujours pas réussi à convaincre Vadim de s'inscrire avec moi. Une semaine sans lui, c'est déjà un calvaire, mais une semaine de camping dans une réserve protégée avec un grand frère, un ex et une meilleure amie qui se souvient à peine que j'existe ces temps-ci : autant me pendre tout de suite. Il faut que je règle ça. Ce soir !

En rentrant à la maison, je ne salue personne, attrape une bouteille d'eau dans le frigo, fonce dans ma chambre, me tape le petit orteil contre l'angle de ma table de chevet, m'écroule sur mon lit en hurlant tous les gros mots que je connais. Une fois presque remise, j'allume mon ordinateur, tout en envoyant des messages depuis mon portable. À Vadim et à Clémentine pour leur demander de se connecter d'urgence à la messagerie instantanée.

J'en ai peut-être un peu trop fait…

Clemy : Qu'est-ce qu'il y a ?

Alma_83 : Salut Clem. Moi aussi, je suis contente de te parler…

Clemy : Déballe ton sac, je suis pressée !

Alma_83 : Tu as rencard avec Mister Mystère ?

Clemy : Quelle perspicacité !

Alma_83 : Il ne souhaite toujours pas dévoiler son identité ?

Clemy : Toujours pas. Je te préviendrai quand ce sera le cas, Alma, ce n'est pas la peine de me demander tous les jours.

Alma_83 : Franchement, je ne comprends pas. Soit tu sors avec quelqu'un de ma famille et je ne vois pas qui, vu que tu n'es pas vraiment le genre de mon frère et que mon père est déjà bien occupé… Soit ton mec anonyme est moche, plein de boutons, avec des bagues sur les dents et un strabisme divergent… et tu n'oses pas le montrer, c'est ça ?

Clemy : Je sais très bien que c'est toi, la plus belle de nous deux, mais il n'y a pas qu'Alma Lancaster qui peut se taper des canons.

Alma_83 : Mais arrête avec ça, n'importe quoi ! Allez, dis-moi !

Clemy : Non !

Alma_83 : On se disait tout, avant ! Et on se voyait tout le temps ! Pourquoi est-ce que ça a changé ?

Clemy : Quand tu passais tout ton temps avec Arcadi, je ne t'ai pas fait de crise de jalousie, moi !

Alma_83 : Euh… si !

Clemy : Bref, n'insiste pas, s'il te plaît. Tu voulais me dire quoi ?

Alma_83 : Tu te souviens qu'on s'est inscrites au camp de Santa Catalina pour *Spring Break* ?

Clemy : Ah oui. Je ne crois pas que je vais y aller. J'ai d'autres plans.

Alma_83 : Non, Clem ! Tu ne peux pas me faire ça !

Clemy : Mais ce que tu peux être égoïste ! Tout ne tourne pas autour de la merveilleuse petite Alma ! J'ai le droit d'avoir une vie, moi aussi !

Alma_83 : Oui... Mais pas entre le 22 et le 28 mars, je t'en supplie !

Clemy : Je ne sais pas, on verra. Il faut que j'y aille ! À plus !

En seize années d'amitié, je crois que c'est la première fois que Clémentine me parle comme ça. Ses crises passagères, ses phases révolutionnaires, ses lubies éphémères, je les connais par cœur, je les supporte, elles font même partie de son charme. Mais une telle distance, une telle indifférence, ça, jamais. Je ne la reconnais même pas.

Qui peut bien être en train de la changer comme ça ?

Arcadius : J'ai eu ton message. C'est grave ?

Alma_83 : Ah ! Euh... non, pas vraiment.

Arcadius : Je dois essayer de deviner ou tu lâches le morceau ?

Alma_83 : Si je te dis printemps, réserve, vie sauvage... tu me réponds ?

Arcadius : Non ! Je ne vais pas passer une semaine à observer des fleurs et sauver des renards.

Alma_83 : Mais pas du tout ! Pense à l'océan, l'air pur, les nuits à la belle étoile… la liberté !

Arcadius : Si tu veux qu'on aille dormir dehors, on peut faire ça ce soir ! Je n'ai pas besoin d'un guide et de vingt étudiants pour me tenir compagnie. Ils veulent juste se donner bonne conscience ! En fait, ils vont faire comme tous les autres à *Spring Break* : picoler, parler fort et coucher avec n'importe qui.

Alma_83 : Ok… Timothy sera là.

Arcadius : Cet abruti de Wallace ? Et c'est censé me faire changer d'avis, ça ?

Alma_83 : Je ne sais pas. Tu te fous que je passe une semaine seule avec lui ? Sans toi ?

Arcadius : Ça fait bien deux semaines que tu me laisses voir Cheyenne… sans toi.

Alma_83 : Qu'est-ce que ça veut dire, ça ?

Après Clémentine, lui ?! Mais qu'est-ce qu'ils ont tous aujourd'hui ? Et qu'est-ce que Pocahontas vient faire là ? Et pourquoi je pleure, moi ?

Arcadius : Tu n'es plus la même depuis que je suis rentré de l'aéroport. Alors que je suis revenu pour toi ! Tu essaies de m'éloigner de toi, je ne sais pas pourquoi. On dirait que tu t'effaces, même !

Alma_83 : Pour te laisser de l'espace, de l'air, pour que tu fasses tout ce que tu as envie de faire !

Arcadius : Mais j'ai eu le temps de faire tout ça quand j'étais jeune, stupide… et célibataire.

Alma_83 : Tu as envie de l'être à nouveau… ?

Arcadius : Mais putain pas du tout, j'ai envie de retrouver Alma ! Que tu sois jalouse, que tu aies peur, que tu m'engueules, que tu me pousses, que tu m'arrêtes. Que tu te battes un peu pour moi !

Alma_83 : C'est Cheyenne qui t'a dit tout ça ? Que je ne me battais pas assez pour toi ?

Arcadius : Non, c'est moi qui ai dit ça à Cheyenne. Quand elle m'a demandé ce qui m'avait plu chez toi.

Alma_83 : Tu lui as répondu quoi ?

Arcadius : Ton intensité, ta passion, même si tu essayais de la cacher, ton esprit de contradiction, ta soif d'aventures, tes prises de position. Je ne sais pas, tu voyais grand, tu voyais plus loin que les autres.

Alma_83 : Et tu dis tout ça au passé…

Arcadius : Mais parce que tu t'éteins à nouveau, Alma ! Tu obéis, tu suis le mouvement, tu t'oublies, tu dis oui à tout. Avant c'était ton père, Abrams, maintenant c'est moi. Tu fais juste ce que tu crois que j'attends de toi.

Alma_83 : Je ne sais pas quoi dire, là…

Arcadius : Eh bien crie ! Dis-moi que j'ai tort ! Que je suis un con, que je n'ai rien compris !

Alma_83 : Tu es un con, Arcadi. Tu es un con qui a tout compris. J'ai eu tellement peur de te perdre que je n'ose toujours pas croire que tu es revenu pour moi. Et maintenant que tu es là, je ne veux plus toucher à rien parce que j'ai peur de tout casser. J'ai tellement peur de ne pas te suffire que je te laisse te nourrir des autres. Et j'ai tellement peur de Cheyenne, je la trouve tellement belle, passionnée, sûre d'elle, tout ce que je ne suis pas… Mais si elle essayait de te voler à moi, je te jure que je lui arracherais les cheveux un par un, et même les yeux. Parce que je t'aime plus que tout, plus que moi ! Mais si c'est une fille comme elle que tu veux…

Arcadius : Bordel, Alma, c'est toi que je veux ! C'est cette Alma-là !

Alma_83 : Même si je suis en train de pleurer toutes les larmes de mon corps sur le clavier de l'ordinateur ?

Arcadius : Oui. Et même si je dois aller à un foutu camp de préservation de la faune et la flore de Catalina Island. Et même si je dois mettre mon poing dans la gueule d'un basketteur géant pour lui rappeler que tu es à moi.

22

LES FOLIES DU PRINTEMPS

Je ne sais plus quand et surtout je ne sais plus comment il a fait, mais Abrams m'a fait promettre de passer chez lui pour bosser sur mon court-métrage avant les vacances de printemps. Mon prof avait peur que je prenne du retard ou que je néglige mon travail pendant cette semaine de coupure qui fait généralement des ravages chez les étudiants de l'UCLA. Le cliché du *Spring Break* californien : fêtes gigantesques au bord d'une piscine, beuveries, débauches et j'en passe. Toujours est-il que les vacances commencent demain et que je suis condamnée à une séance de travail ce soir, en compagnie de monsieur Donneur de Leçons et son vieux basset patibulaire, qui se ramollit un peu plus chaque jour et sent chaque jour de moins en moins bon.

Sauf que c'est aussi ce soir que Vadim doit boire un verre avec Roman, après des jours et des jours de négociations pour le convaincre de donner une autre chance à son frère. Et bien entendu, j'avais promis de venir aussi, ça faisait partie du deal. Nous partons demain matin aux aurores pour Santa Catalina Island, ma valise n'est pas prête et j'ai encore deux soirées à caser en une.

J'inspire par le nez, j'expire par la bouche…

Juste après avoir prévenu mon amoureux que j'aurai un peu de retard – en restant le plus vague possible – je sonne chez Mr Abrams à 18 heures précises – en espérant pouvoir m'échapper une heure plus tard. Et j'ai déjà tout prévu : prétexter un dîner familial, la tradition de veille de vacances scolaires chez les Lancaster, pour se retrouver tous ensemble avant que chacun parte de son côté.

Ça se tient, non ?

C'est Caleb qui vient m'ouvrir, le visage encore plus crispé que d'habitude. Pendant une demi-seconde, je me demande s'il est arrivé quelque chose à son père – un infarctus, un accident de voiture, une crise de nerfs ? – rien de grave mais suffisamment pour que nous soyons obligés de reporter.

Parfait, je deviens une garce… Il ne manquait que ça à mon palmarès.

La seconde suivante, en entrant, je comprends que Mr Abrams n'est même pas présent. Hitchcock est couché au pied de son fauteuil, l'air désespéré, les paupières rouges et lourdes, couinant et implorant qu'on lui rende son maître.

– Ce chien est un boulet, il se laisse mourir dès que mon père n'est pas là. Enfin, « son » père ! soupire Caleb en enjambant le chien.

– Qu'est-ce que tu veux, il faut toujours un fils préféré ! me moqué-je.

– Oui, et j'ai tout de suite su que ce ne serait pas moi ! ironise-t-il à son tour.

– Ton père rentre bientôt ? On est censé travailler et je n'ai pas beaucoup de temps devant moi, tenté-je d'une petite voix.

– Tu peux t'en aller quand tu veux, il va rentrer tard.

– Ah ? Il m'a oubliée ? Bizarre, ça ne lui ressemble pas. Un rencard ?

– Non. Enfin, si, un peu. Disons que c'est bien à cause d'un rencard, mais pas pour lui… s'embrouille Cal en regardant ses pieds.

– Je crois que je n'ai pas tout suivi, dis-je, très doucement, en commençant en fait à comprendre.

– En fait, euh… Comment dire ? Je n'arrivais pas à te demander de sortir avec moi quelque part, donc mon père m'a proposé de t'inviter ici. Voilà. Tu vas te foutre de moi, et en plus je lui suis redevable à vie, je crois que je suis fini.

Mais ils sont malades, ces deux-là !

– Attends, est-ce qu'il faut que j'appelle la police… ? essayé-je de blaguer, sans conviction.

– Non, je ne vais pas te séquestrer. C'était juste une excuse pour que tu viennes et que je puisse te parler. Ou t'offrir un verre. Ou quelque chose comme ça.

– Une sorte de traquenard, quoi ?

– Euh… on peut le voir comme ça. Mais je te jure qu'à l'époque, ça avait l'air d'une bonne idée, se justifie Caleb avec un sourire gêné. Tu peux partir, hein, je comprendrai !

D'abord choquée, je m'adoucis en le voyant remonter frénétiquement ses lunettes sur son nez. Lui qui est d'ordinaire si bourru, grognon, si indifférent à ce qui l'entoure, si déterminé à se foutre de tout : son malaise est presque touchant.

– Je crois que c'est le rencard le plus bizarre qu'on ne m'a jamais proposé de ma vie, dis-je en riant pour essayer de détendre l'atmosphère.

– Oui… Bizarre, c'est le mot qui revient tout le temps quand on parle de moi. Mais je pensais que toi, tu me voyais différemment, lance-t-il, déçu.

– Non mais je t'aime bien, Cal, vraiment ! Mais pas comme ça, quoi…

– Ah non, s'il te plaît, ne te justifie pas, c'est encore pire ! D'ailleurs, ne parle plus, je vais tout balancer d'une traite sinon je n'y arriverai pas. Mais il faut que ça sorte ! Tu fais semblant de m'écouter et après tu pourras t'en aller. Ok ?

– Hmm… Ok.

Je commence à avoir vraiment peur, là...

Est-ce que le fils Abrams ne serait pas encore plus fou que le père ?

– Je voulais juste te dire, reprend Caleb à toute vitesse, que j'avais bien aimé ta façon de me regarder. De me prendre comme je suis. De comprendre ce que je dis. Et à un moment donné, je ne sais pas, j'ai cru que j'étais amoureux de toi. Et je me suis dit que je ne risquais rien à te dire tout ça. Je n'avais rien à perdre, tu vois. Enfin, sauf ma dignité, comme en ce moment. Mais je ne suis plus à ça près. Voilà, c'est tout, je crois que je t'ai tout dit. Ça me ferait plaisir que tu répondes quelque chose, comme ça je n'aurai par l'air de parler tout seul, mais tu n'es pas obligée.

– Alors, hmm... Je suis désolée si je t'ai laissé croire que je te regardais d'une certaine façon...

– Ah non ! m'interrompt-il subitement. Les excuses c'est plus que ce que je peux supporter ! Merci d'être venue, Alma, de m'avoir écouté, tout ça. Et oui, d'accord, pas besoin d'insister, je passerai le bonjour à mon père pour toi. À plus !

Il vient vraiment de me mettre à la porte ? Il faut vraiment que ce garçon voie un psy...

Il est 18 h 20 quand je me retrouve dans la rue, sonnée par cette scène surréaliste, peinant à croire ce que j'ai entendu. Mais presque pas en retard pour rejoindre Vadim et Roman, qui doivent s'être retrouvés au Sunset Café. Quand je m'approche de leur table, dix minutes plus tard, la conversation bat son plein et les deux frères ne me voient même pas arriver. Si le plus jeune a toujours son air poliment distant, voire méfiant, mon amoureux, lui, parle d'une façon passionnée, sa main plongée dans les cheveux. Je ne perçois que des bribes de sa dernière phrase.

– … aucun souvenir ? Comment ils sont morts ? Tu ne sais pas du tout ce qui leur est arrivé, hein ?
– Hey *brother* ! salué-je à la manière des jeunes Américains, en pensant faire un trait d'esprit.

Complètement raté, vu comme ils me regardent tous les deux…

– Ah, Roman, tu te souviens d'Alma ? bredouille Vadim pour refaire les présentations.
– Oui, salut ! me dit l'adolescent en me serrant cordialement la main, comme s'il avait cinquante ans.

Re-bonjour, choc des cultures…

– Alors, vous reparliez du passé, de votre enfance ? souris-je pour les inviter à continuer.
– Oui, Vadim me racontait un peu… Mais j'avais un an, je ne me souviens de rien, s'excuse le plus jeune frère. Pour être honnête, je n'ai pas l'impression d'avoir eu une autre vie avant mon adoption.
– Et pourtant, il y a tellement à savoir… bougonne Vadim dans sa barbe.
– Ben vas-y, lui dis-je pour l'encourager, en posant une

main dans son dos.

– Alma, s'il te plaît, tu ne voudrais pas nous laisser ? Il faut que je lui parle seul à seul, c'est important.

Vadim me fixe de ses yeux perçants, si intenses qu'ils en deviennent gris foncé. Quand il me lance ce regard, je sais que l'heure est grave, que ça ne sert à rien de discuter. Ce que je ne sais pas, c'est ce qu'il va bien pouvoir lui raconter. Et pourquoi le secret qui entoure la mort de ses parents est encore si douloureux. Et pourquoi il décide soudain de le révéler à ce frère qu'il connaît à peine alors qu'il a toujours refusé de m'en parler. J'abandonne là les deux Arcadi, maudissant les liens du sang et espérant secrètement tirer les vers du nez à Vadim pendant notre séjour à Catalina.

Il est 18 h 40 quand mes deux soirées tombent définitivement à l'eau. Un peu tôt pour un vendredi soir qui s'annonçait si chargé. Je vais avoir largement le temps de préparer ma valise… Et peut-être d'embêter Lily, il faut bien que je me défoule sur quelqu'un !

Les petites sœurs ne sont-elles pas faites pour ça ?

***

Le lendemain matin, mon beau brun a l'air plus léger. Il s'excuse même de m'avoir fait venir pour rien au café et repartir aussi vite. Mais je ne peux pas profiter de cet avantage, puisque la conversation glisse rapidement sur les sept jours atroces qu'il va passer par ma faute. Pendant le trajet en ferry jusqu'à l'île préservée, nous prenons soin d'éviter Basile – qui fait exactement la même chose que nous –, Timothy – qui n'arrête pas de nous fixer – et même Clémentine – qui semble d'une humeur de chien, pendue au téléphone.

Bienvenue sur Santa Catalina Island, petite île montagneuse située au large de San Pedro, dans le comté de Los Angeles, et surtout réserve naturelle qui recherche, chaque année, des volontaires pour « protéger, explorer et restaurer » son écosystème. Volontaires dont une vingtaine d'étudiants de l'UCLA font partie, cette fois, pour le bonheur des uns et le malheur des autres.

Nous nous répartissons dans les tentes dispersées sur le terrain de camping sauvage face à l'océan Pacifique. Des paysages sensationnels, un panorama à trois cent soixante degrés qui donne le tournis et, malheureusement, des tentes pour quatre personnes. Des rangers habillés en kaki de la tête aux pieds nous expliquent longuement les règles et consignes de sécurité, puis fournissent à chacun un « kit » complet contenant : sac de couchage, lanterne et bois de chauffage pour les feux de camp. On nous communique le programme des six prochaines journées. À côté de moi, Vadim soupire. J'entends Clem chuchoter – assez fort pour qu'on l'entende – que le vert kaki est un cadeau empoisonné pour le teint. Je glousse. Et je vois ma meilleure amie rire de savoir que j'ai ri.

Entre nos missions au jardin botanique, au musée ou au mémorial de Catalina, nos leçons sur le climat océanique tempéré, le langage des dauphins ou la disparition des renards, nos randonnées pour aller observer quelques rares bisons ou les bébés aigles dans leur « nursery », il ne nous reste pas beaucoup de temps libre. À part pour le traditionnel feu de camp du soir où chacun échange ses impressions, drague un peu, baille beaucoup. Avec Vadim, on fuit ces veillées dès que l'on peut, pour aller prendre un bain de minuit ou se cacher derrière un gros rocher pour s'aimer… sauvagement. Clémentine serait fière de notre « communion avec la nature ».

Avec elle, le dialogue s'est restauré tout seul, un soir, alors que mon amoureux et moi revenions de l'une de nos escapades secrètes : il ne restait plus grand monde autour du feu, à part Basile qui flirtait discrètement avec un mec, Timothy à moitié endormi mais qui tenait absolument à être le dernier à aller se coucher, et une ou deux filles au rire niais qui tenaient absolument à regarder Tim dormir. Silencieusement, Vadim a agité une brindille sur la joue du basketteur et a crié « Aaaaraignée ! ». Tout le monde a ri quand il s'est réveillé en sursaut. Sauf lui. Et Clémentine est partie dans un fou rire dont elle n'arrivait pas à se remettre, continuant à imiter, entre deux soubresauts, le hurlement du géant blond. Il a fini par aller s'enfermer dans sa tente en grognant, suivi par ses deux groupies qui trottinaient derrière lui. Clem en a profité pour s'adresser directement à moi, ce qu'elle n'avait pas fait depuis longtemps.

– Non mais sérieusement, Alma, comment tu as pu ?

– Je me le demande aussi tous les jours, enchérit Vadim.

– C'est vrai qu'il n'est pas très malin, ajoute Basile, qui s'était presque fait oublier.

– Tu changes de camp, toi maintenant ? intervient Clem en fixant mon frère.

– Ça dépend de quel camp tu parles… provoque mon amoureux avec un regard plein de sous-entendus.

– Ah bon, on balance les dossiers ? menace Basile en rendant son regard à Vadim.

– Attendez, qu'est-ce que vous me cachez, tous les trois ? s'interroge Clémentine à haute voix.

– Alors là, tu es mal placée pour parler de cachotteries, toi ! rétorqué-je à ma meilleure amie.

– Ok, une confidence chacun, mais tout ce qui se dit et tout ce qui se passe à Catalina reste à Catalina ! prévient mon frère.

– Vas-y, commence, toi ! dis-je pour lui donner du courage.

– Bon… Alma et Vadim le savent déjà, puisqu'ils m'espionnent la nuit, fait-il en nous fusillant du regard, avant de se retourner vers Clémentine. Je te connais depuis toujours ou presque, tu es un peu ma troisième sœur, alors je peux te le dire : je crois que je suis gay.

– Quoi ? hurle-t-elle en écarquillant les yeux et en gardant la bouche ouverte.

– Non, j'en suis sûr, en fait, précise Basile, l'air soulagé.

– Toi, le mec psychorigide, le fils parfait… Gay ? C'est la meilleure nouvelle de l'année ! Et toi, tu es qui alors ? lance-t-elle en désignant le grand brun calé à côté.

– Isaac. Isaac Sanders. On suit les mêmes cours. C'est lui qui m'a traîné ici.

– Tu joues au basket ? demande Vadim en fronçant les sourcils.

– Non, mais j'aime bien regarder…

– Ça va, tu es accepté.

– Bon à toi, Clem ! dis-je pour changer de sujet et éviter que mon frère et son copain soient plus mal à l'aise qu'ils ne le sont déjà.

– Ok… je suis gay ! Et je voue un amour inconditionnel à Alma Lancaster depuis que j'ai trois ans et demi ! C'est pour ça que je n'ai jamais pu te saquer, Arcadi !

– Pff, très drôle ! Balance des infos sur le fantôme qui te sert de mec, insisté-je en riant.

– Qu'est-ce que je peux vous dire ? Il est très beau… Plus âgé que moi… Merveilleux amant… énumère-t-elle avec les yeux brillants.

Et je n'ai rien pu lui soutirer de plus ce soir-là. Tout le monde tombait de sommeil, le feu de camp n'était plus qu'un tas de cendres et je commençais à grelotter dans les bras de Vadim. Il s'est moqué en parlant des vingt degrés qu'il avait fait toute la journée, mais je suis sûre qu'on en avait perdu au moins dix à la nuit tombée. Isaac et Basile ont rejoint leur tente déjà occupée, et ont dû s'endormir aussi frustrés que Vadim et moi, nous embrassant en silence pour ne pas réveiller nos deux voisins de chambrée.

Le lendemain, c'est déjà l'avant-dernier jour sur le camp, mais surtout la dernière soirée, la dernière nuit sur cette île un peu magique, sauvage, coupée de tout. Clémentine n'avait pas tort quand elle disait que ce *Spring Break* serait ressourçant. Des liens se sont tissés entre tous les étudiants, des amitiés se sont créées ou réveillées, des amours sont nées, comme toutes ces fleurs écloses à l'arrivée du printemps. La nature fait bien les choses. Le hasard aussi, qui nous a permis d'être tous réunis ici.

Tous, y compris Timothy Wallace, qui a fait la gueule toute la journée alors que nous avions quartier libre. Entre baignades dans l'océan, football improvisé avec un sac de couchage roulé en boule, pique-nique sur le sable et séance de tyrolienne géante en hurlant de peur, tout le monde s'amusait, courait, riait, jusqu'à la veillée où nous nous sommes même mis à chanter. Depuis une heure, Clémentine nous assomme avec sa voix de crécelle hystérique, nous amuse avec ses chorégraphies endiablées, puis je la vois s'éloigner avec Vadim. Je me demande ce qu'ils mijotent, mais je me réjouis surtout que mon amoureux et ma meilleure amie se rapprochent enfin. Tim aussi en profite soudainement pour se rapprocher et venir s'asseoir à côté de moi.

– Alma, tu es sûre de toi ?

– De quoi tu parles ?

– Arcadi. C'est vraiment lui que tu veux ?

– Tim, tu as bu ?

– Peut-être un peu, mais ce n'est pas la question. On s'entendait bien, non ?

– Je ne crois pas qu'on devrait avoir cette conversation.

– Si. Réponds-moi. On était bien ensemble ou pas ?

– Non, je ne pense pas que je sois une fille pour toi. Et vice versa.

– Tu te trompes, Alma. Passer cette semaine avec toi, ça m'a rappelé tout ça. Les bons souvenirs. J'étais vraiment amoureux de toi, moi. Et tu m'aimais aussi, je m'en souviens très bien ! Ose me dire le contraire.

– Parfois, on croit ressentir des choses…

– On pourrait les ressentir à nouveau ! me coupe-t-il en posant sa main sur mon bras.

– Tim, tu devrais vraiment t'arrêter là…

– Mais non ! Donne-nous juste une autre chance, murmure-t-il en approchant son visage du mien.

– Tu as entendu ce qu'elle a dit ? Écarte-toi, Wallace ! Et lève-toi, je ne vais pas frapper un mec à terre, gronde Vadim, que je n'ai pas vu surgir.

– Tu veux qu'on se batte pour elle, Arcadi ? bégaye Timothy en se relevant péniblement.

– Non, tu tiens à peine debout, abruti ! Et Alma a déjà choisi. Va te coucher, ça t'évitera de te ridiculiser.

Basile s'interpose et éloigne Tim qui balance ses poings dans les airs comme un pantin désarticulé. Vadim me serre dans ses bras et me guide jusqu'à notre tente, avant de me chuchoter :

– Clémentine et sa voisine de tente vont dormir à la belle étoile ce soir. Elles ont prêté leur place à nos copains de chambrée. On ne devrait pas être dérangés…

Mon amoureux ouvre la fermeture éclair et me fait entrer la première. Il a déposé une lanterne aux quatre extrémités de la tente, déplié nos sacs de couchage en un large nid douillet, et des dizaines de petites fleurs blanches écrivent « Toi + Moi » sur toute la largeur des duvets.

– Tu as vu ce que tu as fait de moi ? Écolo ET romantique, ironise Vadim avec son sourire en coin.

– Alors c'est ça que vous maniganciez tous les deux ? dis-je, émerveillée.

– Elle est futée, ta copine. Tu devrais la garder, celle-là.

– C'est noté. Mais c'est toi, Vadim Arcadi, que je veux garder toute ma vie !

– Noté aussi, me sourit-il avant de m'embrasser.

La nuit ne fait que commencer… Et Catalina Island, je ne suis pas prête de t'oublier.

– Tu as froid ? me murmure Vadim en passant ses mains sous mon pull fin.

– Presque pas, réponds-je en frissonnant au contact de ses doigts.

– Tu te souviens de notre première fois ? Comme on avait pris notre temps pour enlever nos vêtements, un par un, chacun notre tour ?

– Oui, comme si c'était hier, soufflé-je en posant mes paumes sur ses pectoraux.

– Ça m'avait vraiment beaucoup excité, je crois.

– Tu veux que je me déshabille pour toi ? lui susurré-je à l'oreille.

– J'adorerais ça…

Vadim fait un pas en arrière, glisse sa main dans la mienne et me fait tournoyer, lentement, jusqu'à ce que je me retrouve dos à lui. Mon amoureux sait que j'aurai plus de courage, moins de pudeur, si je ne vois pas ses yeux gris pénétrant. Tout doucement, je remonte mon pull le long de ma taille et sens l'index de Vadim suivre sa course, glisser sur mes côtes, accompagner la disparition de ce premier vêtement qui échoue sur le sol de la tente. Puis je déboutonne mon pantalon en lin, descends la braguette et sens le tissu fluide dégringoler tout seul jusqu'à mes pieds.

– Pas trop vite, fais-moi mourir d'envie… lâche-t-il dans un souffle chaud qui balaye ma nuque.

Cette petite phrase me donne des frissons et pourtant, une douce chaleur commence sa lente ascension dans mon corps. Je dégage mes chevilles du pantalon pressé de s'en aller, puis me penche pour le ramasser, dans un mouvement que j'espère sensuel, lascif, comme j'ai pu le voir dans les films. Les grognements de mon amoureux me le confirment, ainsi que sa main, posée délicatement sur mes reins avant que je me relève.

– J'aimais beaucoup cette vue… murmure-t-il de sa voix grave.

Cette voix, elle me transporte à chaque fois. Elle pourrait appartenir à un homme de quarante ans, deux fois son âge. Mais elle n'est pas rauque, fatiguée, elle est juste profonde, chaude, posée, elle ne tremble jamais. Je n'aurais pas pu imaginer qu'un garçon de vingt ans soit aussi viril, sans jouer les machos, aussi sexy, sans en faire trop, aussi sensuel et sûr de lui. Je ne le vois pas, je ne fais que l'entendre, le sentir derrière moi, mais déjà, mon désir s'affole.

– Ne t'arrête pas, continue, pour moi…

Je m'exécute avec le plus grand plaisir, dégrafant lentement mon soutien-gorge vert amande. L'index de Vadim revient s'immiscer entre le tissu et ma peau, suivant la ligne de ma colonne vertébrale, remontant jusqu'à mes épaules et s'emparant d'une bretelle pour la faire glisser. Le soutien-gorge tombe à mes pieds et une main volage s'aventure devant, dessine la courbe de mon sein, frôle le téton, avant de disparaître en soupirant.

– C'est un supplice, Alma…

Sa voix était presque inaudible, cette fois. Et je commence aussi à perdre ma maîtrise, luttant contre mon envie de me retourner et me jeter sur lui. J'accélère un tout petit peu le rythme, glissant mes deux pouces dans l'élastique de mon *shorty*. Le coton vert clair entame sa descente, doucement mais sûrement, jusqu'à ce que la main intruse revienne, délicate mais ferme, pour le glisser le long de ma jambe, puis de l'autre, et m'en débarrasser totalement.

– Tu es sublime…

Vadim est à genoux, derrière moi, caressant mes cuisses, mes fesses, glissant sa langue au creux de mon genou, mordillant dans un recoin de chair. Il profite de mon petit sursaut de douleur pour me retourner face à lui. Je baisse les yeux pour admirer son visage, il redresse la tête pour observer mon corps nu, un éclair de désir puissant lui traverse le regard. Je m'apprête à dire quelque chose mais sa bouche fond sur mon entrejambe. Il me regarde toujours, pendant que ses lèvres me happent. Je pousse un gémissement aigu quand sa langue s'infiltre en moi, suivie d'un doigt.

Son manège me rend folle, je m'agrippe à ses épaules, il plonge dans mon intimité, je m'emmêle dans ses cheveux, il s'écrase contre mon clitoris en empoignant l'une de mes fesses. J'ai peur de crier trop fort, mais ce plaisir sauvage me dépasse, m'emporte, me soulève. Je ne tiens plus que sur une jambe, c'est Vadim qui a suspendu ma cuisse sur son épaule et me dévore de plus belle. Je jouis en tremblant comme une feuille, l'orgasme explosant dans ce corps que je ne contrôle plus. Que mon amant serre, soutient, enroulant ses bras autour de moi, toujours enfoui dans mon intimité.

– Ne bouge pas. Ne bouge surtout pas… lui intimé-je, essoufflée.

– C'était pour me faire pardonner de la Saint-Valentin, murmure-t-il en dégageant son visage. Moi aussi, je peux commencer les nuits romantiques par… ça.

– D'accord… Quand tu veux… Mais tu as bougé ! râlé-je

en riant. Et ça, je ne vais pas te le pardonner aussi facilement !

– Ok, qu'est-ce je dois faire ?

– Donne-moi ton tee-shirt, j'ai froid.

Vadim se relève, se déshabille et me rhabille aussitôt avec le tee-shirt kaki au logo de Catalina Island Conservancy, qu'on nous a offert hier pour nous remercier de notre engagement.

– C'est tout ? me demande-t-il, torse nu et tellement sexy.

– Les baskets et le bermuda aussi : oust, je ne veux plus les voir !

– Je n'aime pas beaucoup ce ton, Lancaster… bougonne-t-il en obéissant quand même.

– Le boxer ! Et que ça saute ! continué-je sur le ton des rangers qui ont exaspéré Vadim toute la semaine.

– Et maintenant quoi ? me provoque-t-il, paumes vers le ciel, son corps nu à ma disposition.

– Allonge-toi. Et n'écrase pas les fleurs, s'il te plaît. Respecte l'œuvre de Mère Nature ! répété-je comme je l'ai entendu sans cesse pendant le séjour.

– Tu vas voir ce que je vais en faire, de tes fleurs ! grogne Vadim en me saisissant par la taille et en me plaquant sur les sacs de couchage.

Nous roulons en riant sur notre matelas douillet fait de duvets et de petites fleurs blanches écrasées. Une des lanternes se renverse dans un coin de la tente, Vadim la relève de justesse et je profite de cette distraction pour l'immobiliser sur le dos, assise à califourchon sur lui. Il pourrait me faire valser d'un seul mouvement mais il reste figé, comme prisonnier.

– Alors, ranger ! Tu as d'autres ordres à me donner ? me défie-t-il en plissant les yeux.

Je ne lui réponds pas, me contentant de me pencher en avant pour embrasser son torse, ses pectoraux musclés, ses tétons durcis par le froid... ou peut-être par l'excitation. Ses mains viennent spontanément se poser sur mes cuisses et remontent le long de mes hanches, sous le tee-shirt trop grand pour moi. Pendant que je l'embrasse, mes doigts partent à la recherche de son sexe, emprisonné sous moi. J'ai à peine le temps de le libérer qu'il se dresse entre nous, venant frôler mon intimité nue sous le tissu. Ces infimes frottements font grimper mon désir en flèche et changent les yeux doux de Vadim en un regard sauvage, profond, perçant l'obscurité comme ceux d'un fauve ayant repéré sa proie. Dehors, la nuit est silencieuse, je n'entends que la respiration accélérée de l'animal tapi sous mon corps. J'ignore lequel de nous deux va fondre sur l'autre en premier. Nous nous observons longuement, sans détour, nous humectant les lèvres chacun à notre tour.

Sans que je me sois aperçue de leur sournoise avancée, je sens soudain des griffes se planter dans mes fesses. Puis me soulever. Quand mon prédateur me repose, c'est en glissant son sexe bandé dans ma féminité. Je lâche un gémissement, lui un râle, et nous restons ainsi, sans bouger. Puis les larges mains s'emparent de mes hanches et les font rouler doucement, d'avant en arrière. La flèche plantée en moi me brûle de plaisir. J'ondule dans des mouvements plus amples, délicieusement lents. Les mains baladeuses grimpent sous le tissu jusqu'à mes seins, les soupèsent, les caressent, les empoignent, dans un *crescendo* divin. Mes gémissements accélèrent en même temps que les roulements de mon bassin.

D'un geste brusque, Vadim fait disparaître mon tee-shirt au-dessus de ma tête. Mes cheveux en bataille s'éparpillent sur mon visage, il les dégage puis passe un pouce sur mes lèvres. J'entrouvre la bouche puis mords dans la pulpe de son doigt. La réaction de mon amant surpris ne se fait pas attendre. Son pouce endolori vient agacer mon téton érigé, puis l'index s'en mêle pour le pincer, l'exciter : je me délecte de cette punition.

Nos sexes s'imbriquent de plus en plus profondément, ils s'épousent, se ventousent, ne se quittent jamais, si ce n'est pour mieux s'unir encore. Mes gémissements deviennent des petits cris plaintifs quand Vadim saisit mes fesses et les pétrit, les malmène, pour m'enfoncer encore plus fort sur lui. Il grogne bruyamment de ce plaisir intense, débridé. Je crois que ça n'a jamais été aussi bon. Nos corps désinhibés s'animent et se déchaînent à un rythme dément. J'oublie tout. La tente, le camp, les autres étudiants. Je ne regarde que lui, Vadim Arcadi. Ma bête sauvage. Sa crinière brune, ses yeux brillants, ses muscles tendus, son sexe puissant impossible à arrêter. Un orgasme violent me surprend pendant que je l'admire : il me coupe le souffle, me paralyse, je le laisse me posséder encore, me retenant de hurler pendant qu'il se déverse en moi, jouissant dans un râle rauque, caverneux, que je ne lui avais jamais entendu. Nous nous écroulons l'un sur l'autre, épuisés et repus, tous les deux sonnés par ce corps-à-corps effréné, plus torride qu'il n'a jamais été.

– Vadim ?

– Hmm… ?

– Je voudrais te dire quelque chose que je ne t'ai jamais dit…

– Oh non, laisse-moi profiter encore un peu, souffle-t-il en souriant.

– C'est important !

– Ok, je t'écoute, lance-t-il en se redressant sur un coude.

– Tu ne vas pas me croire, mais…

– Mais quoi ? fronce-t-il les sourcils en commençant à s'inquiéter.

– Je… meurs de chaud ! hurlé-je en m'écroulant sur lui.

Vadim éclate de rire, me fait rouler dans ses bras en me traitant de menteuse, de comédienne et de manipulatrice. Tout à coup, ses yeux gris s'illuminent, il tire à lui un sac de couchage, m'enroule dedans comme un burrito mexicain, dézippe la fermeture éclair de la tente, sort et me jette sur son épaule comme un sac à patates.

– Qu'est-ce que tu fais ? m'époumoné-je en essayant de chuchoter.

– Quand Alma Lancaster a trop chaud, il n'y a qu'une seule

solution, me répond-il en courant vers la plage.

– Vadim, repose-moi, crié-je en me débattant. Tu es fou ? Tu es complètement nu !

– Il fait nuit noire, tout le monde dort, on s'en fout ! Et toi, tu vas te mettre toute nue aussi ! dit-il en me déballant du sac de couchage comme une poupée de chiffon.

– Non, non, non ! hurlé-je encore à voix basse.

– Si, si, si ! Cap pour un dernier bain de minuit ? lance-t-il en entrant dans l'eau.

– Je n'ai même pas dit cap !

– Ne crie pas, ça va réveiller tout le monde ! me conseille-t-il avant de me jeter dans l'océan quelques mètres devant lui.

Vadim plonge à son tour et vient me repêcher sous l'eau pour nous faire remonter à la surface. Je tambourine de mes poings ridicules sur son épaule solide, puis essaie de l'éclabousser pour faire cesser son rire.

– Ça y est, tu es rafraîchie, Lancaster ?

– Oui, et je vais me plaindre aux rangers demain à la première heure !

– Pour quel motif ?

– Déjà, tu m'as fait porter un duvet comme vêtement ! Ensuite, tu m'as portée comme un sac à patates ! Après ça, tu as essayé de me noyer et en plus ça te faisait rire ! Et enfin, j'avais chaud, c'était trop bon, tu sais comme j'aime avoir chaud, et maintenant je me gèle !

– Hmm, il vaut mieux que je te réchauffe à nouveau, alors… suggère-t-il en plaçant mes jambes autour de sa taille.

– Tu peux toujours rêver, Arcadi ! ronchonné-je en me laissant faire.

– Tu es sûre… ? insiste-t-il en m'embrassant dans le cou.

– Je ne sais pas encore, minaudé-je en faisant la tête.

Cette fois, Vadim m'embrasse sur les lèvres. Doucement d'abord, puis langoureusement. Ce long baiser mouillé fait déjà monter la température d'un cran. Je glisse mes bras autour de sa nuque, plonge mes mains dans ses boucles trempées qui le rendent encore plus séduisant. Le baiser s'éternise pendant que je flotte dans les bras de mon amant, dont le sexe ne tarde pas à poindre sous mes fesses. Ce garçon est insatiable ! Mon corps endolori en demande encore. Dans l'eau, je me sens légère et Vadim me porte sans aucune difficulté. Il me rapproche un peu plus de lui, ses bras musclés me serrent, j'ai l'impression qu'ils pourraient me briser. Mais je m'abandonne à cette étreinte, bercée par le clapotis de l'eau tout autour de nous.

– Tu as bien fait de me traîner ici, m'avoue Vadim au creux de l'oreille.

– Ah oui ? Tu es devenu un écolo dans l'âme ? me moqué-je doucement.

– Non, je suis devenu un bison en rut ! grogne-t-il en me mordant le lobe.

– Hmm hmm, un renard rusé qui a réussi à me faire prendre un bain de minuit contre mon gré ?

– Aussi. Et un aigle qui tombe à pic pour fondre sur sa proie ! dit-il en me faisant tournoyer dans l'eau.

– Tu es une espèce en voie de disparition, Arcadi. Un cancre du fond de la classe, qui n'écoute rien mais retient tout. Un rebelle qui enfreint les règles mais qui porte le tee-shirt des rangers. Un faux raté qui réussit tout ce qu'il fait. Un cynique qui arrive à rendre toutes les nuits romantiques.

– Non, je crois que je préfère rester sur le bison en rut !

Vadim m'embrasse à nouveau en glissant sa large main dans ma nuque. L'autre descend sous mes fesses pour caresser mon intimité. Sous l'eau, mes sensations sont différentes, décuplées. Pendant que sa langue s'immisce entre mes lèvres, se mêle à la mienne dans une volupté salée, son sexe en érection me cherche… et finit par me trouver. Je plonge une main dans l'eau pour le guider, écarte un peu plus les cuisses et le laisse me pénétrer, lentement, savourant chaque centimètre gagné. Après le feu sous la tente, notre corps-à-corps aquatique me fait planer. Je perds peu à peu la tête et la penche en arrière, de plaisir. J'aperçois les milliers d'étoiles qui scintillent dans la nuit noire, et la lune, pâle et pleine, qui éclaire les yeux gris de Vadim. Ces deux iris délavés dans lesquels je ne me lasse pas de me noyer.

Cette nuit, l'océan est notre lit. Notre terrain de jeux infini. Le témoin de cet amour dévorant, cette alchimie, ce petit aimant en chacun de nous qui nous attire vers l'autre, irrésistiblement. À cet instant, je me demande si cette passion fougueuse pourra durer. Un an, dix ans, cinquante. Est-ce qu'on fera l'amour partout, tout le temps, quand on sera devenu des adultes ? Est-ce qu'on s'engueulera autant ? Est-ce qu'on se défiera toujours ? Est-ce qu'on réussira à relever tous les défis de la vie ? La routine, le travail, les enfants, l'ennui… Est-ce qu'il existe une chose, une toute petite chose, un grain de sable, une goutte d'eau, qui pourrait nous séparer ? Peut-être. Mais rien qui ne m'empêchera jamais de l'aimer.

Je me love contre Vadim, l'étreins un peu plus fort. M'enroule autour de lui comme une liane. L'embrasse à perdre haleine. L'accueille tout au creux de moi. Fusionne avec lui, pour continuer à ne faire qu'un… au moins cette nuit.

23

LES CHOSES AU CLAIR

Team-Tim : Salut Al' !

Oh non, pas lui, pas Timothy ! Je voulais parler à Vadim !

Team-Tim : Tu es dans le coin ?

Mais pourquoi toute la fac s'est inscrite sur cette messagerie ?!

Team-Tim : Al' ?

Et pourquoi les Américains ont toujours besoin de se donner des surnoms ?!

Ils boivent des sodas gigantesques, mangent des burgers à quatre étages... mais raccourcissent tous les mots !

Team-Tim : Bon, soit tu es là et tu m'ignores, donc je passe pour un con... soit tu n'es pas là, et je passerai pour un con quand tu liras ça.

Perspicace, Wallace ! Mais comment peut-on choisir un pseudo aussi narcissique ?

Team-Tim : Ça fait une semaine qu'on a repris les cours et je ne t'ai pas vue sur le campus.

Peut-être parce que je te fuis, abruti !

Team-Tim : Et depuis une semaine, je repense à la dernière nuit sur le camp...

Team-Tim : En fait je n'arrête pas d'y penser.

Team-Tim : Je suis désolé si je m'y suis mal pris.

Team-Tim : J'avais un peu trop bu.

Mais c'est trop compliqué d'écrire tout d'un seul coup et de cliquer une seule fois sur « Envoyer » ?

Team-Tim : Mais ça n'empêche pas que je pensais tout ce que je disais.

Team-Tim : Tu me manques, Alma.

Team-Tim : Je pourrais me comporter mieux si tu me laissais une chance.

Et le voilà qui recommence…

Team-Tim : C'est parce que ça me rend dingue de te voir avec lui.

Team-Tim : Je ne suis plus moi-même, ces temps-ci.

Team-Tim : Même en match, je rate tous mes shoots. Les gars ne me reconnaissent plus.

Pauv' chou…

Team-Tim : Voilà, je vais te laisser.

Team-Tim : Si tu as envie qu'on aille boire un verre, disons demain soir après les cours…

Team-Tim : Je suis dispo.

Team-Tim : À plus, Al'. Biz.

Apparemment, il a besoin d'une petite piqûre de rappel… Opération « Non, c'est non » !

Alma_83 : Salut Timothy. Je pensais avoir été claire à Catalina. Mais je préférerais qu'on en reste là. Je suis heureuse avec Vadim et il faut que tu respectes mon choix. On peut rester amis, si c'est possible pour toi. Sinon, je comprendrai. Je suis sûre que tu trouveras une fille bien. Prends soin de toi.

Déconnexion. Lâche, mais efficace !

Du coup, je ne peux pas me reconnecter pour parler à Vadim, je vais devoir me contenter d'un texto. Mais j'aurais aimé lui dire que sa Cheyenne peut aller se rhabiller. Que je suis prête à me battre pour lui. À dire non, une bonne fois pour toutes, à Caleb, à Timothy. Même si ça doit leur faire de la peine. Même si c'est à l'opposé de ce qu'ils attendent de moi. Même si les conséquences me font peur. Je rédige mon message en marchant dans la rue, levant régulièrement la tête pour éviter les poteaux.

Je les connais trop bien…

[Salut Ranger ! C'est Alma, pas l'ancienne, pas la timorée, l'autre ! Enfin, celle du tout début. Et celle de maintenant aussi. Je vais chez Mr Abrams ce soir, j'ai des choses à régler. A.]

[Règle-lui son compte de ma part. Que ma force soit avec toi. V.]

[Arcadi, JE SUIS TON PÈRE ! A.]

N'importe quoi ! Au secours ! Effacer ça !

[Désolée, mauvaise blague. Supprime ce message. Tu ne l'as jamais lu. Je ne l'ai jamais écrit. J'ai honte. Pardon. A.]

[Non, c'était drôle. Spontané. Direct. Irréfléchi. Et maladroit. Je crois que je déteins sur toi… V.]

[Dark Lancaster contre Abrams Père et Fils : j'y vais. Tu prends les paris ? A.]

[Je mise tout sur toi. Mais régler quoi, au fait ? Qu'est-ce que le fiston vient faire là ? V.]

[Je te raconterai… A.]

[Je n'aime pas trop tes points de suspension, Princesse Leia. Qu'est-ce que tu me caches ? V.]

[J'adorerais continuer la métaphore cinématographique mais je suis devant chez eux. Et j'ai besoin de mes deux mains pour tenir le sabre laser. A.]

[Tant que tu ne fais rien d'autres de tes mains… À demain, jedi ! V.]

– Bonsoir Mr Abrams, lancé-je sur un ton un peu trop enjoué en voyant mon prof ouvrir la porte.

– Alma, qu'est-ce qui vous amène ? marmonne-t-il de sa voix enrouée.

– J'ai rendez-vous avec Caleb. Il est arrivé ?

– Oui, oui, il est là. Je ne savais pas. Entrez ! m'invite-t-il, la voix soudain éclaircie. Je vais m'enfermer dans mon bureau, Hitch et moi devons travailler !

– Papa, combien de fois il faudra te répéter que ce truc puant est un chien ? Pas ton collègue de travail, ton assistant, ton ami imaginaire : juste un vieux chien ! lance Caleb depuis le salon.

Génial, il a l'air de bonne humeur…

– Salut, lancé-je timidement en entrant dans la pièce.

– Salut Alma. Il est trop tard pour un café, non ? Un jus de fruits ? Un soda ?

– Un verre d'eau, ça ira.

– Ok, c'est pour boire de l'eau et faire cette tête-là, que tu voulais me voir ?

– Oui, enfin non. Je voulais juste te parler, souris-je pour avoir l'air un peu plus détendue.

– Et ben je t'écoute… lâche-t-il en soupirant, déjà blasé.

– Je pense que tu commences à me connaître, me lancé-je sans trop savoir par où commencer. Je n'aime pas faire de la peine aux gens. Pas forcément par gentillesse, d'ailleurs, un peu par lâcheté.

– On est tous comme ça, je crois, m'encourage-t-il. Et donc ?

– Et je ne sais pas si j'ai été très claire, l'autre fois. Quand tu m'as dit… ce que tu m'as dit.

– Que j'étais tombé amoureux de toi ? m'interrompt-il comme si c'était la chose la plus banale à entendre.

– Voilà… Et… Moi je suis amoureuse de Vadim. Vraiment. Et je voulais que tu le saches. Et aussi que tu comprennes que ça n'a rien à voir avec toi. C'est juste que je suis avec lui. Ça ne remet pas en question qui tu es ou…

– Tu recommences à essayer de m'épargner, là ! me coupe-t-il à nouveau.

– Non, pas du tout ! me justifié-je en haussant la voix. Je te dis la vérité. Peut-être que si j'étais célibataire, je verrais les choses différemment. Mais…

– Ah donc tu es venue me dire que dans d'autres circonstances, à un autre moment ou même dans une autre vie, tu aurais pu t'intéresser à moi ? Et je suis censé me consoler avec ça ? siffle-t-il en riant amèrement.

– Caleb… essayé-je pour l'apaiser.

– Ah non ! Ne commence pas à prononcer mon prénom comme tous ces psys qu'on essaie de me faire voir.

– Tu vas me couper la parole à chaque… ?

– Sors de chez moi ! Enfin, de chez lui. Ça fait des mois que je traîne ici, juste pour toi. Alors que je déteste venir dans ce trou qui pue le tabac ! Je le déteste et son clébard aussi ! Non, en fait c'est moi qui vais partir ! Tu pourras lui dire que la fête est finie. Que je ne remettrai plus les pieds dans son taudis. Tu lui diras aussi que dans une autre vie, il aurait pu avoir un fils, et ma mère aurait pu ne pas le quitter, toi tu aurais pu vouloir de moi et ce basset aurait pu ressembler à quelque chose. Mais pas dans cette vie-là, raté, dommage !

Caleb se traîne jusqu'à la porte d'entrée, la referme derrière lui et ne la claque même pas. Pendant tout son monologue, il affichait un rictus bizarre, entre le sourire et le masque de douleur. Et puis il riait tout seul, très fort, entre chaque phrase, comme s'il se trouvait encore plus grotesque que la situation. J'ai eu l'impression d'assister au spectacle d'un clown triste qui ne fait plus rire personne. Même lui. Je me retrouve seule, interdite, assise tout au bord du fauteuil. Le profond malaise reste comme en suspens dans la pièce, j'ai un peu la nausée, je ne sais pas pourquoi je ne m'en vais pas. L'arrivée de Mr Abrams dans le salon me fait sursauter.

– J'espère que vous êtes fière de vous, Lancaster.

– Pardon… ?

– Ça ne vous suffisait pas de lui dire non une fois ? Il a fallu que vous reveniez ici, parler d'Arcadi, briser Caleb en plus petits morceaux, pour être sûre qu'il ne revienne jamais.

– Je voulais juste être honnête, monsieur…

– Non, vous vouliez vous prouver des choses à vous-même, Lancaster ! me crie-t-il en me toisant du regard. Et vous êtes venue faire votre petit numéro, comme Arcadi vous l'a appris ! Provoquer les gens, les narguer avec ce que vous avez et ce qu'ils n'ont pas, les blesser en vous cachant derrière le prétexte de l'honnêteté.

– Pourtant, c'est vous qui m'avez enseigné ça, réponds-je à voix basse. Être soi-même, ne pas tricher. Tout dire, tout montrer. Toucher du doigt la vérité. Même celle qui fait mal.

– Il s'agit de mon fils, Lancaster ! Pas de votre petit ami ou de votre petit film de pacotille, dit-il sur un air atrocement méprisant.

– Alors occupez-vous de votre fils ! Au lieu de me piéger pour que je le fasse à votre place ! rétorqué-je en perdant mon sang-froid, avant de m'enfuir en courant vers la porte et de la claquer le plus fort que je peux.

Pas aussi digne que Caleb, mais ça soulage !

Le lendemain, à la fac, j'ai passé la journée à craindre le cours d'Abrams. J'ai fait un résumé de notre altercation à Vadim, il m'a répondu qu'il était fier du grand jedi que j'étais devenu. Mais en entrant dans cette salle de classe, je ne suis plus aussi sûre de moi. Je regrette presque d'avoir été aussi franche, avec lui comme avec son fils. Je vais forcément le payer. Et sans doute aujourd'hui.

– Surtout, n'oubliez pas de faire comme tous les jours depuis plus de six mois : ne pas vous asseoir, ne pas vous taire et retarder le cours, braille Mr Abrams, les bras levés vers le ciel. Allez-y ! Continuez ! Après tout, nous ne sommes qu'au mois d'avril, il vous reste encore trois mois pour gâcher votre année.

Après avoir obtenu rapidement le silence, le professeur rejoint son bureau, s'assied et croise ses mains devant lui en soupirant.

– Maintenant que j'ai votre attention, je vais en profiter puisque ça ne va pas durer plus de dix minutes avec les bébés que vous êtes, j'ai plusieurs annonces à faire : primo, vous présenterez vos courts-métrages à la mi-mai.
– Mais vous aviez dit début juin, monsieur ! se plaint Hannah Goldberg en pleine crise de panique.

– Les gens ne sont pas à votre disposition, figurez-vous ! J'ai réuni un jury de six personnes cette année : trois de vos professeurs, dont moi, et trois réalisateurs de renom qui ont fait leurs classes ici. Je sais que je vous demande l'impossible, mais tâchez de ne pas me faire honte.

– Eh ben merci du soutien ! marmonne Andrew Clark dans sa barbe.

– Tiens, vous n'avez pas la bouche pleine pour une fois ! Les distributeurs de cochonneries sont vides, aujourd'hui ? le provoque Abrams en gonflant ses joues.

L'étudiant ne répond pas, se contentant de regarder ailleurs, passablement énervé de cette moquerie. À deux rangées de lui, Clémentine farfouille dans son sac à main et en sort discrètement, la faisant dépasser d'un centimètre à peine, une barre Snickers. Cette petite mise en scène redonne instantanément le sourire à ce pauvre Andrew.

– Deuzio, reprend le prof, le poste d'assistant est désormais vacant.

– Moi, monsieur, moi ! s'écrie Nicki Scott en secouant énergiquement le bras.

– Et tertio, ce poste est suspendu jusqu'à nouvel ordre, déclare-t-il en fusillant la blonde du regard.

Tous les yeux de la classe convergent vers le premier rang, où je suis assise. Pas besoin de me retourner pour savoir qu'ils sont braqués sur moi. Pas besoin d'un miroir, non plus, pour savoir que je suis rouge écarlate.

– Laisse tomber, Nicki, tu n'es pas assez bien pour son fils, lance Vadim à voix haute.

– Vous pouvez répéter, Arcadi ? s'insurge Abrams qui commence à virer à la même couleur que moi.

– Moi ?! Je n'ai rien dit du tout ! Vous avez entendu quelque chose, vous ?

La moitié des étudiants reste impassible, l'autre moitié fait « non » de la tête ou baragouine quelque chose en allant dans son sens. C'est assez pour que Mr Abrams ne s'aventure pas plus loin. Juste une dernière remarque teintée d'ironie pour la route.

– Arcadi, je vous félicite pour l'éternel courage dont vous faites preuve. Lancaster, je vous remercie pour votre engagement et votre loyauté au cours de ces mois d'assistanat. Maintenant que les discours des Oscars sont terminés, au boulot !

Je me tasse un peu plus sur ma chaise et ravale mes larmes. Pas parce que j'ai été virée – ça me laissera du temps libre et je n'aurai plus à supporter ce tyran – mais pour l'humiliation suprême que je viens de subir. Quelques petits papiers m'arrivent en boule : en provenance de Vadim, de Clem et même d'Andrew. Des mots d'amour, des blagues, des messages de soutien, tout ce dont j'ai besoin.

Respirer, ne pas pleurer. Tenir le coup jusqu'à la fin du cours, c'est tout.

En sortant, je me précipite dehors au cas où Mr Abrams aurait la bonne idée de me retenir. Ce qu'il ne fait pas. Le lien est définitivement rompu. Mon amoureux et ma meilleure amie se liguent pour m'emmener au Sunset Café me changer les idées.

J'ai l'air si mal que ça ? Ah oui, je ne peux rien leur cacher…

– Il faut que je me fasse humilier en plein cours pour que tu veuilles à nouveau traîner avec moi ? demandé-je à Clémentine pour l'embêter.

– Non, ce cours était tellement déprimant que j'ai envie de te voir renverser un verre pour égayer la journée, me répond-elle de son air moqueur.

– *Touchée* ! arbitre Vadim en souriant.

– D'accord… Je suis certaine que ton mec, c'est Andrew Clark ! Un : Il est anormalement gentil avec moi, deux : tu acceptes de lui filer ton chocolat et trois : il te répond en te faisant les yeux doux. Sûre que c'est lui !

– Ouch… coulée ! commente Vadim en éclatant de rire.

– Jamais de la vie, nie-t-elle, le nez dans son milk-shake.

– Prouve-le, la défié-je en attrapant son verre et en la menaçant de lui jeter à la figure. Je l'ai déjà fait, tu le sais !

– Je confirme ! se marre Vadim en observant la scène.

– Ok. Mon mec n'a pas un poil de graisse, que du muscle. Et ce n'est pas un gamin de la fac. Oh et puis tant pis… C'est Keith, voilà.

What the … ?

– Keith… Keith Johnson ? Mon Keith ?! souffle Vadim qui ne rit plus du tout.

– Oh ça va Arcadi, il n'est pas à toi ! Et il a le droit d'avoir une vie en dehors de son boulot !

– Clem, tu plaisantes, hein ? Je suis sûre qu'elle plaisante, lâché-je pour m'en convaincre.

– Pas du tout ! Il n'est pas aussi austère qu'il en a l'air, tu sais. En fait, il est plutôt fun, très tendre, et c'est un amant incroyable !

– Aaaahhh, passe-moi les détails ! s'écrie Vadim en se bouchant les oreilles des deux mains.

– Il est éducateur, pas prêtre, ce n'est pas la peine de prendre ton air dégoûté !

– Non mais attends, dis-je en reprenant mes esprits, vous êtes ensemble ou c'est juste pour… passer du bon temps ?

– C'est beaucoup de bon temps, rit-elle en minaudant, mais je crois que ça pourrait devenir sérieux.

– Non, je t'arrête tout de suite, D'Aragon. Ça ne peut pas, ça ne doit pas devenir sérieux. Keith, ce n'est pas un mec pour toi.

– Tu donnes des leçons de « qui peut être avec qui », toi, maintenant ?

– Non… Je sais qu'il peut se montrer généreux, rassurant, solide… Mais ce n'est pas forcément le type parfait que tu crois.

– Qu'est-ce que tu racontes ? s'indigne Clémentine. Il s'occupe de jeunes en difficulté, il a dédié sa vie à ça ! Il passe son temps à courir aux quatre coins de la ville, même en pleine nuit, pour sortir des mecs comme toi de la merde !

– Comme lui avant, précisé-je pour le principe. Pourquoi

tu dis ça, Vadim ? Je pensais que tu l'admirais, que tu lui devais beaucoup…

– Il m'a aidé à un moment de ma vie, Felix aussi. Et je lui en suis reconnaissant. Mais… il n'est pas devenu éducateur par hasard. Il faisait partie des mecs comme ça, avant…

– Et alors ? s'énerve Clem. Non mais je rêve, Arcadi qui juge les gens sur leur passé ! C'est l'hôpital qui se fout de la charité !

– Je dis juste, fait Vadim en essayant de se maîtriser, que Keith est un type très malin, qui parle bien, qui a beaucoup d'influence sur les autres, qui est capable de te faire faire n'importe quoi et surtout de te faire croire que c'est pour ton bien. Et je te dis ça parce que tu es la meilleure amie d'Alma : méfie-toi, c'est tout. Le reste je m'en fous !

– Et moi je vous dis juste que je n'ai jamais été aussi heureuse de ma vie ! Et Alma, me chuchote-t-elle, assez fort pour que Vadim entende, tu devrais plutôt te méfier de lui, c'est louche un mec qui retourne autant sa veste !

Je tombe des nues. J'apprends d'abord que ma copine d'enfance sort avec un trentenaire bodybuildé et apparemment très porté sur le sexe. Et ensuite que mon amoureux n'a pas une confiance aveugle en cet homme que je prenais pour son père de substitution. Je sais qu'il le trouve trop dur, trop strict, qu'il lui en veut de l'éloigner de Felix, mais j'ai l'impression que ça va encore plus loin. Que Vadim n'a pas tout dit. Et si j'en crois le sourire radieux de Clémentine et sa façon de défendre Keith bec et ongles : elle est vraiment amoureuse. Pourvu qu'il ne lui fasse pas de mal…

24

LES MAUVAISES FRÉQUENTATIONS

Apparemment, la réaction de Vadim n'a rien changé à la passion de Clémentine pour son beau Black. Elle est à nouveau « overbookée », partant en courant dès la fin des cours et revenant au petit matin, le visage fatigué mais souriant, les yeux cernés mais brillants. Je n'ai plus vraiment de meilleure amie, mais je la sais heureuse, moi qui avais si peur qu'elle me reproche un jour notre départ précipité aux États-Unis. Au moins, elle vit son rêve américain.

Et elle ne le vit pas à moitié…

Je n'ai plus non plus de prétendant névrosé ou insistant, Caleb n'ayant donné aucun signe de vie depuis quinze jours et Timothy m'ignorant superbement sur le campus, se consolant sûrement avec la *pom-pom girl* toujours collée à ses baskets. Si je mets de côté Mr Abrams – qui ne m'adresse plus la parole à part pour critiquer avec virulence mon travail – il n'y a plus qu'une seule personne en travers de mon chemin.

Le chemin sinueux, plein de côtes, de pentes et d'obstacles, qui me mène à Vadim Arcadi.

Cette personne a les cheveux les plus longs et les plus brillants que j'ai vus de ma vie, les yeux les plus noirs et les plus durs qui puissent appartenir à une fille, les muscles les plus saillants et les formes les plus parfaitement proportionnées dans un corps féminin. Cette personne a aussi l'assurance dont je rêverais, le cran qui me manque parfois, la froideur d'une pierre et la familiarité des garçons quand ils se rencontrent la première fois. Son seul défaut, si elle en a un, doit être son manque de sang-froid : je crois qu'on peut facilement la faire sortir de ses gonds. Et à ce moment-là : tous aux abris !

C'est en tout cas l'effet que Cheyenne m'a fait quand j'ai réuni tout le courage que j'avais pour aller lui parler un soir, aussi brièvement que discrètement, pour que Vadim ne s'en aperçoive pas. Je lui ai demandé un tête-à-tête, une discussion seule à seule, un rendez-vous dont personne ne devrait connaître ni l'heure ni le lieu. Elle a accepté spontanément, sans laisser paraître aucune émotion sur son beau visage ambré. J'ignore si elle a respecté notre pacte ou même si elle viendra, mais je l'attends nerveusement dans ce parc, à l'endroit précis qu'elle a choisi, mon visage à moi passant par toutes les couleurs et toutes les expressions.

Quand Pocahontas arrive, elle m'apparaît plus fine que dans mon souvenir et encore plus belle. Son bermuda rouge cerise n'a pas le même nombre d'ourlets à chaque jambe, et je me demande si c'est un style étudié ou un détail dont elle se fiche complètement. Je ne l'en admire que plus. Son débardeur gris chiné près du corps – porté sans soutien-gorge – ne va pas très bien avec le bas, mais l'ensemble est plutôt charmant, décalé, difficile à qualifier. Et surtout, elle me fixe dans les yeux tout le temps qu'elle avance vers moi, épreuve insurmontable pour tout être humain – qui a naturellement tendance à regarder ailleurs pour éviter la gêne ou l'idée de mettre l'autre mal à l'aise. Cheyenne n'a pas ces codes. Ou bien elle a choisi de ne pas les respecter.

– Salut Emma !

– C'est Alma.

– Je sais, je voulais savoir si tu allais me reprendre, cette fois.

– Oui, je réponds plus facilement aux gens qui portent des vêtements.

– Ah c'est vrai, tu n'avais pas beaucoup aimé ma petite blague, je crois.

– J'ai toujours du mal à croire que c'en était une. C'est d'ailleurs pour ça que je suis là.

– Franche, directe, j'aime ça. On s'assied ?

Je me dirige vers le banc le plus proche, mais l'Amérindienne choisit la pelouse, à quelques mètres de moi, s'y affale avec son air de « Moi, je ne bougerai pas » et m'oblige à la rejoindre. Je m'assieds en tailleur pendant qu'elle s'allonge complètement, les jambes et les bras en étoile, les yeux fermés pour mieux profiter du soleil d'avril.

À quel moment va-t-elle se rappeler que je suis là ? À moins que ce soit un autre de ses petits tests... ?

Il faut que je parle la première. Je triture des brins d'herbe entre mes doigts, prépare une phrase dans ma tête et me lance, prononçant d'autres mots que ceux qui étaient prévus.

– Je voulais te parler de Vadim. Vadim et moi. De nous, quoi.

– Et en quoi ça me concerne, ça ? lance Cheyenne en se redressant enfin pour me faire face.

– Je ne sais pas ce que tu espérais l'autre soir quand tu as débarqué chez lui, mais je voudrais que ça ne se reproduise pas, lâché-je à toute vitesse.

– Ah... Et je ferais ça pour tes beaux yeux, Al-ma ? dit-elle en insistant sur mon prénom.

– Non, par respect. Vadim m'a dit que c'était une valeur importante pour toi. Alors j'aimerais que tu me respectes, moi. Que tu respectes le fait qu'on est un couple et qu'il y a suffisamment de gens qui ont essayé de nous séparer pour que tu ne viennes pas en rajouter.

– Hmm... genre *La Belle et la Bête* ? Jasmine et Aladin ? L'amour impossible, tout ça...

– Oui, comme Pocahontas et...

Pas la moindre idée... Mais pourquoi j'ai voulu faire mon intéressante, moi ?

– Pas la peine de te fatiguer, Vadim m'a dit que tu me surnommais comme ça, reprend Cheyenne en souriant. Tu sais ce que ça veut dire, Pocahontas, dans la langue de Powhatan ?

– Euh... non.

C'est vrai ça, j'aurais pu réviser mon indien avant de venir !

– « Petite dévergondée », me traduit-elle en me narguant. Tu pourras vérifier.

– Ah, ben ça te va encore mieux que je ne le croyais ! réponds-je, agacée.

– Je ne voulais pas le croire, mais il m'avait bien dit que tu avais de la repartie.

– Vadim ? demandé-je, juste pour qu'elle confirme le compliment

– Il est vraiment amoureux de toi, tu sais. Il n'y en a pas beaucoup, des gars qui défendent leur copine au lieu de rire comme des idiots aux blagues des autres.

– Oui, et c'est pour ça que je ne veux pas le perdre, murmuré-je, sincèrement touchée. Je ne veux pas que tu nous mettes en danger, insisté-je en parlant un peu plus fort.

– C'est ton âme sœur, personne ne peut te la voler, déclare solennellement Cheyenne en s'allongeant à nouveau.

– Tu crois ce que tu viens de dire ?

– Oui, mais ça m'amusait de te faire peur. Et d'essayer

de le déstabiliser. Mais c'est un roc, cet Arcadi.

– Alors tu as tenté ta chance, maintenant tu peux t'effacer.

– Non. Je ne reçois d'ordre de personne. Mais c'est plutôt courageux de venir me dire tout ça, défendre ton territoire, éliminer la rivale… Tu serais presque remontée dans mon estime.

– Ah. Je suis censée te dire merci ?

– Non plus. Mais j'aime bien les filles déterminées dans ton genre, alors qu'elles ressemblent à des petits moineaux fragiles. Mais surveille-le bien, ton mec, il les attire comme des mouches. Et n'oublie pas qu'un homme, un jour ou l'autre, c'est toujours rattrapé par ses vieux démons.

– Merci du conseil. Si je peux t'en donner un : je sais que tu aimes bien montrer que tu n'as peur de rien, mais tu la trouverais peut-être, ton âme sœur, si tu acceptais de faire un peu moins peur.

Je me relève et pars sans me retourner. Je n'attends pas qu'elle me donne la permission ou me rembarre une nouvelle fois pour avoir le dernier mot. Je la laisse là, allongée dans l'herbe et j'imagine dans ma tête que je viens de la terrasser, qu'elle ne peut même pas se relever. C'est sans doute faux, mais ça fait du bien à ma fierté.

Et dire que je ne pourrai même pas raconter mon exploit à Vadim…

J'arrive à la maison juste à l'heure du dîner et suis étonnée d'entendre la voix de mon père résonner dans la salle à manger. Ça fait bien longtemps qu'il n'est pas rentré si tôt du travail et qu'il n'a pas participé à un repas familial.

– Alma, on ne rentre pas juste pour se mettre les pieds sous la table. Tu pourrais aider ta mère, de temps en temps.

Bizarrement, ce genre de phrases ne m'avait pas manqué…

Du regard, ma mère m'invite à ne pas relever et Basile et Lily, déjà attablés, semblent aussi nerveux que moi. Il y a quelque chose dans l'air. Je m'installe et mon père reprend aussitôt la parole :

– Votre mère, qui est un ange, comme tout le monde ici le sait, m'a demandé de ressouder la famille : votre présence est donc exigée à tous les dîners, sauf autorisation exceptionnelle.

Edward Lancaster : spécialiste du « Faites ce que je dis, pas ce que je fais » !

– Par ailleurs, j'ai décidé de m'intéresser d'un peu plus près à vos vies. Basile et Alma, vous êtes presque des adultes, vous faites vos propres choix, je les respecte. Lily, ma chérie, ton tour viendra. Pour l'instant, tu fais ce que dit maman.

C'est en jouant les tyrans qu'il compte nous souder ?

– Donc, j'ai pris la liberté de téléphoner aux parents d'Isaac Sanders pour que nous les rencontrions rapidement.

– Papa ! s'exclame Basile, outré, en entendant le nom de son nouveau *boyfriend*, supposé secret.

– Pas besoin de hausser le ton, ils ont été enchantés de ma proposition et viennent dîner ici jeudi soir. Avec Isaac, bien entendu.

– Lily, je vais te couper la langue, marmonne mon frère en direction de la petite dernière.

Mon père, cet homme qui résout tous les problèmes à coup de dîners mondains.

Je vois Basile s'adoucir un peu, esquisser un sourire, je suis certaine qu'il est en train de remercier intérieurement sa petite sœur qui a toujours les oreilles qui traînent et qui ne sait jamais garder un secret. Si la vérité sort de la bouche des enfants, Lily ne peut s'empêcher de la hurler. Pour le meilleur comme pour le pire.

– Enfin, poursuit mon père, j'ai rencontré Keith Johnson, l'éducateur de Vadim, pour en savoir un peu plus sur ce rebelle chevelu en blouson de cuir qui espère s'accaparer ma fille.

C'est mon tour… Pourquoi son regard s'assombrit ? Il est tombé sur Clémentine au lit avec Keith, ou quoi ?

– Il a été très honnête avec moi. Et malheureusement, il semble que ce jeune homme soit irrécupérable.

J'ai dû mal entendre.

– De l'aveu même de son éducateur, il est imprévisible, ingérable, il ne supporte aucun cadre et a encore des problèmes à régler avec la justice.

– N'importe quoi, il était innocent ! intervient Lily qui sait décidément tout.

Je reste bouche bée.

– Il est hors de question que ma fille aînée fréquente un garçon qui ne respecte pas les lois et qui est capable de la mettre en danger. Je ne laisserai pas une chose pareille arriver. Votre mère s'est peut-être laissée amadouer par sa verve et son joli minois mais avec moi ça ne passe pas. Alma, tu comprendras donc que je t'interdis de le voir, c'est ferme et définitif.

Je ne vais pas pouvoir retenir longtemps mes larmes de couler…

– Tu sais quoi, papa ? Je préférais encore quand tu ne t'occupais que de toi.

Je quitte la table et monte m'enfermer dans ma chambre pour que personne ne me voie pleurer. J'entends encore la voix grave de mon père, qui doit être en train d'empêcher ma mère de venir me consoler. Et de justifier ses actes dégueulasses par l'amour inconditionnel qu'il porte à ses enfants. Tu parles. Mon monde s'écroule à nouveau, comme il y a sept mois, aux balbutiements de Toi + Moi. Quand tout le monde essayait de nous séparer. Cette fois, ils peuvent toujours essayer. Je verrai Vadim en cachette, je fuguerai, je m'exilerai en Russie, je me ferai adopter par une autre famille, tout mais pas être privée de lui.

[Besoin urgent de te parler. Tu peux te connecter ? A.]

[Je peux t'appeler ? Venir te voir ? Qu'est-ce qui se passe ? V.]

[Non, sur la messagerie stp. Fais vite. A.]

Je sèche mes larmes qui se sont taries plus vite que d'habitude, allume mon ordinateur et patiente en me rongeant l'ongle du pouce.

Arcadius : Je suis là.

Alma_83 : Mon père a rencontré Keith.

Arcadius : Hein ? Pour quoi faire ?

Alma_83 : En savoir plus sur toi.

Arcadius : J'aime pas ça. Et… ?

Alma_83 : Il t'a descendu.

Arcadius : Quoi ???

Alma_83 : Il a dit que tu étais irrécupérable, imprévisible, ingérable et d'autres trucs comme ça.

Arcadius : Attends, je vais sauter par la fenêtre, je reviens. Mais c'est quoi, ce bordel ?!

Alma_83 : Et aussi que tu avais encore des ennuis avec la justice.

Arcadius : Je vais le tuer, ce Keith. Je te jure que je vais le tuer !

Alma_83 : Mais pourquoi il fait ça ? Il ne veut pas que tu t'en sortes, ou quoi ? Je ne comprends pas…

Arcadius : Je t'avais dit qu'on ne pouvait pas lui faire confiance ! Ce type, il veut contrôler tout et tout le monde.

Alma_83 : Mais tu es sous contrôle ! Tu n'as jamais été plus sérieux que depuis que tu es avec moi !

Arcadius : Oui et il ne supporte pas que ce soit grâce à quelqu'un d'autre que lui.

Alma_83 : Mais non, il y a forcément une autre raison…

Arcadius : Je vais le buter. Felix est là. Il dit qu'il m'aidera.

Alma_83 : Commencez pas à vous monter la tête, tous les deux. On se fout de ce qu'il a dit. Ça ne changera rien.

Arcadius : Tu vas devoir me voir en cachette ? Toujours rentrer tôt ? Regarder autour de toi ? Trouver un mensonge à chaque fois ? Ça change tout, Alma !

Alma_83 : Je ferai tout ce qu'il faudra. Je ne sais pas ce que je peux faire d'autre…

Arcadius : Te servir de Clémentine. Demande-lui de faire parler Keith, ce qu'il pense vraiment de moi, ma relation avec toi, mon amitié avec Fe.

Alma_83 : Non, je ne peux pas faire ça à Clem. Si ça se trouve, il profite déjà de sa naïveté. Je ne veux pas me mêler de leur histoire. Elle m'en voudra s'il la quitte !

Arcadius : Il le fera de toute façon, crois-moi. Qu'est-ce qu'on a à perdre ?

Alma_83 : Moi, une amitié de plus de quinze ans !

Arcadius : Alors tu préfères risquer de me perdre moi que ta meilleure copine ?

Alma_83 : Je vais faire comme si tu ne m'avais jamais posé cette question.

Arcadius : Alma, tu es allée remettre Cheyenne à sa place, tu ne vas quand même pas avoir peur de ton amie d'enfance ?

Alma_83 : Comment tu sais ça, toi ?

Arcadius : Je sais tout… Sauf ce que Keith trafique dans mon dos. D'Aragon est connectée, parle-lui, s'il te plaît. Essaie, au moins ! Fais-le pour moi.

J'hésite une minute, me remémorant les phrases assassines de mon père. Mais aussi le bonheur et la fierté de Clémentine quand elle nous a avoué l'identité de son amant secret. Mais encore le lourd passé de Vadim, qui ne mérite pas qu'on s'acharne encore sur lui. Je suis tiraillée, déchirée entre famille, amour et amitié. Dans ce combat inégal, je sais d'avance qui va l'emporter.

Alma_83 : Tu es là ?

Clemy : Non, c'est le clavier qui tape tout seul…

Alma_83 : Tu fais quoi ?

Clemy : ernfkjdfusgtvox

Alma_83 : ???

Clemy : Ben oui, c'est ça de parler avec un clavier ! Il s'exprime comme il peut.

Alma_83 : Tu peux lui dire de me passer ma meilleure amie ?

Clemy : Qu'est-ce que qu'elle veut ?

Alma_83 : Lui parler. De Keith.

Clemy : Si c'est pour me dire qu'il est trop vieux pour moi, oublie tout de suite.

Alma_83 : Non, son âge est très bien, j'adore son âge !

Clemy : Tant mieux. Alors quoi ?

Alma_83 : Il se fait peut-être des films, mais Vadim a l'impression que quelque chose ne tourne pas rond…

Clemy : Ton mec devrait arrêter de fumer la moquette de son studio. Il voit le mal partout. Bientôt il verra des gens morts comme le gamin flippant de *Sixième sens*.

Alma_83 : Keith est allé raconter à mon père que Vadim était mauvais pour moi.

Clemy : Pff… Pourquoi il aurait fait ça ?

Alma_83 : C'est justement ce qu'on cherche à savoir.

Clemy : En même temps, ce n'est pas un enfant de chœur, Arcadi. Keith a peut-être juste parlé un peu de son passé et ton père a extrapolé.

Alma_83 : Possible. Mais la prochaine fois que tu le verras, tu ne veux pas lui demander discrètement pourquoi il essaie de l'éloigner de moi ?

Clemy : Je ne suis pas ton détective privé, Lancaster !

Alma_83 : Tu te mets à m'appeler par mon nom de famille, toi aussi ? Tu fréquentes trop d'Américains !

Clemy : Oui, surtout un… Et j'ai mieux à faire que de parler, quand je le vois. D'ailleurs je file, je vais être en retard.

Alma_83 : Efface la conv…

Je n'ai pas le temps de finir de taper ma phrase qu'elle s'est déjà déconnectée. Vadim a disparu de la messagerie, lui aussi. Sûrement pour aller se défouler avec Felix dans la rue, casser quelques trucs ou échafauder des plans pour se venger de Keith. Quant à moi, je n'ai plus qu'à préparer des mensonges et des alibis pour mes futurs rencards clandestins. Tout ça m'épuise. Pourquoi le bonheur se fait toujours la malle quand il vient à peine de s'installer ? Pourquoi est-ce aussi compliqué d'avoir dix-neuf ans ?

Là, tout de suite, je rêve d'en avoir trente, de dire non à mon père, de dire oui à Vadim et merci à la vie. De l'avoir mis sur mon chemin et d'avoir passé le plus dur : les virages, les bosses, les creux. Tout ce qui a rendu Toi + Moi si précieux.

Plus qu'une dizaine d'années à attendre. Je vais plutôt dormir un peu…

25

LE POIDS DU REGARD

Il me reste quinze jours pour boucler mon court-métrage. J'appréhende déjà mon passage devant le jury, les regards critiques et plus ou moins bienveillants des professeurs, d'un Mr Abrams pas forcément objectif et surtout de cinéastes reconnus dans le métier. C'est eux que je veux impressionner, ou même juste toucher. Un demi-sourire ou un léger hochement de tête et je serai déjà la plus heureuse. Même si je ne suis pas mécontente de mon travail, il y a toujours des petits détails à changer, un montage à refaire, un son à retravailler, une scène à couper, une musique à ajouter… Je pourrais y passer vingt heures par jour, je n'aurais toujours pas envie d'arrêter. La passion du cinéma m'a prise aux tripes, je deviens accro, obsédée, et le sujet de mon film – Vadim – ne m'aide pas vraiment à décrocher.

Mais il faut que je pense à dormir si je veux arriver à me maîtriser pendant la présentation. L'oral, ce n'est pas vraiment mon domaine de prédilection. Je pleure déjà facilement en temps normal, mais en situation de stress et sans mes huit heures de sommeil, vous pouvez être sûr que je vais m'effondrer. Et pas joliment comme dans les films, hein, pas silencieusement, avec une petite larme qui coule gentiment sur la joue, non, avec des sanglots, des reniflements, un visage tout déformé et une voix qui n'arrive plus à articuler. Un désastre. J'en ai déjà cauchemardé trois fois.

Et au milieu de tout ça, il faut encore que je trouve le temps d'aller en cours. La bonne nouvelle, c'est que les travaux de volontaire de Vadim ont pris fin – pour lui permettre de réviser et passer ses examens. Il a retrouvé sa liberté, Cheyenne a disparu du paysage et on a enfin des moments à nous – même si c'est toujours en cachette de mes parents. Lui, il n'a pas l'air particulièrement angoissé par son court-métrage : je ne sais pas trop où il en est, mais j'ai reçu la consigne stricte d'arrêter de lui demander.

Oui, je l'ai peut-être un peu harcelé…

J'ai envie qu'il réussisse, que tout le monde découvre son talent, sa finesse, son génie quand il tient une caméra entre ses mains. Mais plus que tout, j'ai envie de savoir de quoi parle son film, je déteste ses petites cachotteries. Qu'il ne le dise à personne, soit, mais même pas à moi ? C'est un scandale.

Il faut vraiment que je dorme, je deviens infernale...

En ce début mai à Los Angeles, la température avoisine les vingt-huit degrés. Les étudiants ont sorti les shorts et les petites robes, les esprits sont guillerets, légers, même Basile a l'air détendu – sans doute l'effet Isaac Sanders. Mon frère et le grand brun ne se quittent plus, même sur le campus, où les langues commencent à se délier. En arrivant à la fac ce matin, je les aperçois au loin avant de remarquer l'attroupement qui se forme peu à peu autour d'eux. J'approche tranquillement, jusqu'à ce que Clémentine coure vers moi, les yeux affolés, me tire par le bras et me dise de me dépêcher.

– Alors Lancaster, on décide de changer d'ami sans prévenir personne ?

– C'est quoi cette nouvelle amitié, on peut savoir ?

– C'est Catalina Island qui t'a fait basculer de l'autre côté ?

– Alors, c'est pour nous mater que tu venais voir les matchs de basket ?

– Miss Lancaster, tu nous avais caché ça !

– Tu les aimes barbues, tes copines ? Fallait nous le dire avant !

– Retourne dans ton placard, on veut pas de ça à l'UCLA !

– Dégage, Langayster ! Et emmène ton *boyfriend* avec toi.

– Hey, Tim, il ne t'a jamais fait des avances quand tu sortais avec sa sœur ?

Voilà les phrases horribles qui fusent en direction d'Isaac et Basile, littéralement encerclés pas un groupe de garçons excités, dont Timothy et d'autres basketteurs. Le cercle se referme progressivement, les gestes obscènes se mêlent aux insultes. Clémentine s'égosille, mais personne ne l'entend, Sanders en repousse quelques-uns physiquement, mais ils reviennent aussitôt à la charge. Le visage de mon frère est rempli de haine, mais il reste muet. Tout comme moi, outrée par la violence des mots, effrayée par la bagarre qui pourrait exploser à tout moment. Et je sais que Basile détesterait que j'intervienne, comme s'il avait besoin de sa petite sœur pour le défendre.

– À vingt contre deux, toujours aussi courageux les gars ! clame Vadim en entrant subitement dans le cercle.

– Arcadi, il ne manquait plus que toi ! Tu es de ce bord-là, aussi ? Tu as prévenu Alma ? le provoque Tim en se marrant.

– Qu'est-ce que tu veux, Wallace ? Qu'on compare la taille de nos muscles pour savoir lequel de nous deux est le plus hétéro ?

– En attendant, je ne sors pas avec la petite sœur d'un homo, moi, répond Timothy, toujours hilare.

– En attendant, ce n'est pas Vadim qui est revenu en rampant et qui s'est pris trois râteaux… rétorqué-je pour le faire taire.

– Chut, Alma. Il n'avait sans doute pas raconté ces petites scènes émouvantes à ses fans, le nargue Vadim.

– Ferme-la, Arcadi ! Si j'avais su que les Lancaster avaient ce genre de déviance, je n'aurais jamais posé mes mains sur elle. Ça me dégoûte ! s'écrie le basketteur en se frottant les paumes.

– Ouais, c'est ça, c'est parce qu'elle ne t'a jamais laissé faire ! lance Clémentine qui s'était fait oublier.

– En fait, si tu n'as jamais réussi à toucher une fille, c'est peut-être toi qui devrais sortir du placard, Wallace. Tu ne serais pas jaloux de Sanders, par hasard ? suggère Vadim en souriant.

– Non, je ne suis pas comme toi, Arcadi, je ne touche pas à n'importe quoi : des gays, des Indiennes…

– Mais personne ne réagit ? m'indigné-je à ces propos insultants en fixant les autres étudiants. Vous êtes tous des lâches !

– Bande de moutons, tous des pourris ! me rejoint ma meilleure amie.

– Dis-moi, Wallace, à part une balle de basket, tu n'as jamais eu grand-chose entre les mains, si ? ajoute le Russe sans s'énerver, toujours avec son sourire en coin.

– Timothy est homophobe, raciste… et puceau ! hurle Clem à la cantonade.

– Je pense que vous devriez vous chercher encore un peu, les gars. Nous on se tire de là ! conclut Vadim en entourant mon frère de son bras, en m'attrapant la main et en s'éloignant, avec Clémentine et Isaac sur nos pas.

Tous les cinq, on décide de sécher le cours suivant pour aller se remettre de nos émotions au Sunset Café. Ma meilleure amie est hystérique, Basile un peu sonné, Isaac Sanders reconnaissant et Vadim, lui, est déjà passé à autre chose, regardant par la fenêtre pour éviter les mercis embarrassés des deux garçons. Mon frère s'en veut terriblement de n'avoir rien dit, presque pas réagi. Et soudain, il réalise à voix haute qu'il y a peu, il était lui aussi un petit con de ce genre, il faisait partie de cette bande infecte. Moi, je me rejoue la scène dans la tête, outrée par l'humiliation qu'il a subie alors qu'il essaie juste de vivre sa vie, d'être lui-même, enfin. Je suis impressionnée, aussi, par le cran de mon amoureux, ses répliques assassines, et le sang-froid dont il a fait preuve, pour une fois. Un peu gênée, quand même, de la façon dont Tim et lui ont parlé de moi, d'une partie de ma vie privée. Et fortement agacée que Cheyenne ait été citée. Mais les longs doigts de Vadim croisés entre les miens, son pouce caressant la peau fine de ma main, la chaleur qui émane de son corps et les effluves de son parfum m'apaisent rapidement. Et c'est l'amour, la fierté, l'admiration qui l'emportent. Encore.

Mon amoureux est un justicier des temps modernes. Il faudrait que j'ajoute ça à mon court-métrage…

15 mai 2002. J'ai l'impression que ma vie se joue aujourd'hui. Mon court-métrage est prêt, j'ai presque réussi à dormir. Manger, en revanche, c'est tout bonnement impossible. Je sais que Vadim a passé toute la nuit à finir le sien. En plus, avec son nom de famille en tête de la liste par ordre alphabétique, il est le premier à passer ce matin. Clémentine D'Aragon suit vers 10 heures avec son binôme. Mon tour arrivera à 14h30. Si je ne suis pas morte de stress d'ici là. Dix minutes de présentation, cinq minutes de film et quinze minutes de questions-réponses avec le jury. Devant toute la classe.

Rester debout. Sourire. Ne pas pleurer. Ne pas s'évanouir.

Le court-métrage de Vadim a laissé toute la salle bouche bée. Il l'a appelé *Home*. Aucun acteur, aucun dialogue, simplement des images, sublimes, et une voix off, la sienne, belle, froide et profonde. En l'espace de cinq minutes, intenses, très denses, il évoque l'immigration d'un homme, de la Russie aux États-Unis. Puis les errances d'un enfant, de famille en famille, la recherche des origines, la quête d'une patrie, d'un foyer, d'un endroit où il serait « chez lui ». Le film dérive ensuite sur des voyages intérieurs, la façon dont le jeune héros apprend à s'évader, dans sa tête, en imaginant des histoires, en dirigeant des passants, en s'enfuyant toujours, pour rester libre. Libre mais seul. Enfin, une rencontre, une fille. Sans visage ni prénom. Et la voix off qui raconte, lentement, que pour se sentir à sa place, enfin, vraiment, il ne faut pas chercher un endroit, une maison, un pays. Il faut juste trouver quelqu'un. Quelqu'un qui donne envie de ne plus fuir. Quelqu'un à qui s'attacher, à qui donner un peu de sa liberté. Quelqu'un que l'on pourrait suivre au bout du monde : on se sentirait toujours chez soi.

Mon cœur tambourine dans le silence de l'auditorium. Mes larmes coulent dans l'obscurité. Je m'étais promis de ne pas pleurer.

Quand les lumières se rallument, les autres étudiants me regardent, touchés eux aussi. Clémentine pose sa main sur mon genou, je vois qu'elle a les yeux rougis. Le jury félicite

Vadim et ne lui pose que peu de questions. Vu comme il répond du bout des lèvres, sans se forcer, sans chercher à leur plaire, j'ai l'impression qu'il essaie de tout gâcher. Mais les profs et les réalisateurs le libèrent rapidement, complimentant encore une fois la qualité de son travail, son rythme, son réalisme, sa lumière crue, ses choix sans concession. Puis l'étudiant suivant est appelé. La pression est montée d'un cran dans les rangs du jeune public nerveux. Vadim se faufile entre les fauteuils et vient me rejoindre silencieusement, sans un mot ni un regard. Il attend que les lumières s'éteignent à nouveau pour m'embrasser dans le cou et me susurrer des mots d'amour à l'oreille. Trois petits mots magiques qui n'ont jamais eu autant de sens.

Quand vient mon tour, après une pause déjeuner rapide et les derniers encouragements de mon amoureux et de ma meilleure amie – pour qui ça s'est bien passé aussi puisqu'elle a fait rire toute l'assemblée – j'ai l'impression de ne plus savoir comment respirer. Je balbutie quelques mots de présentation en lisant mes notes, sautant une ligne sur deux, expédiant cette épreuve pour que le film démarre au plus vite. Les membres du jury ont l'air sceptique. Je me mortifie dans le noir, quand *Lui + Moi* commence.

Je n'ai pas non plus d'acteurs à proprement parler. Juste Vadim, sa beauté insolente, son sourire en coin, sa voix, parfois. Son regard qui transperce la caméra, comme il me transperce moi. De temps en temps, les cris de ma sœur, les pas lents de ma mère, le rire de Clémentine, tous les sons qui ont peuplé ma vie ces derniers mois. Tous ces gens que j'aime et que j'ai filmés à leur insu. Et puis mes émotions, mes sentiments filmés sous toutes les coutures. Le bonheur insolent de l'amour. La peur viscérale de le perdre. Le désir, l'absence, la passion, tous les souvenirs, tous les endroits où Vadim et moi sommes allés un jour : la fac, la plage, les rues de L.A. et celles de Paris, la nature sauvage de Catalina ; la salle de cours, ma chambre d'adolescente, son studio de garçon ; le parc où l'on se retrouvait, le banc gravé, les cafés déserts, la place, les petites marches que l'on a tant usées. Tout à coup, ce court-métrage que je voulais poétique, épuré, minimaliste, me semble bêtement romantique, bourré de clichés et de musiques tristes, un film d'amour presque muet, complètement démodé. J'hésite à partir en courant pendant qu'il fait encore noir. Mais je perçois des hochements de têtes et des chuchotements approbateurs pendant la dernière image : Vadim de dos, ses boucles flottant dans le vent, marchant, les mains dans les poches, jusqu'au bout de la jetée de Santa Monica. La caméra qui essaye de le rattraper, dans un bruit de respiration essoufflée, puis qui s'arrête, le laissant s'éloigner, devenir un minuscule point noir à l'horizon.

La lumière revient et mes yeux s'écarquillent. Comme si ce n'était pas mon travail, j'écoute le jury me parler de ce film sur l'initiation, la découverte de l'autre, de soi, la violence sourde d'un premier amour. Ils décryptent mes images, mes bandes sons, me questionnent sur le choix de mes plans, mes décors, mais j'ai l'impression qu'ils parlent à quelqu'un d'autre. Ils s'immiscent pourtant dans ce que j'ai de plus personnel, de plus profond. Je les laisse y entrer, complimentant ma subtilité, ma poésie, mon parti pris, la frontière ténue entre intimité et voyeurisme, que je n'ai jamais franchie. Ils me félicitent d'avoir su filmer l'amour, à mon âge, avec ma pudeur, ma délicatesse, ma sensibilité. Me disent que j'ai réussi à mettre en scène l'éphémère, l'insaisissable, tout ce que l'on essaie de retenir et qui nous file entre les doigts. Tout ce pour quoi le cinéma existe. Je n'en crois pas mes oreilles.

Dans un clin d'œil, l'un des réalisateurs présents dans le jury ajoute que là, tout de suite, il aimerait avoir vingt ans à nouveau. Les étudiants rient derrière moi. Je souris aussi, sans trop savoir pourquoi. Est-ce qu'il me drague ? Je ne réalise toujours pas. J'aperçois Clémentine, debout, en train de gesticuler. Quand je la rejoins enfin, soulagée que tout ça soit terminé, elle me demande si j'ai apprécié sa danse de la victoire. Vadim me murmure qu'il n'a jamais été aussi fier de moi. Et qu'il ignorait que je l'avais autant filmé. Il évoque en souriant des droits que je devrais lui reverser. Et me prévient que je n'ai pas intérêt à tomber amoureuse du « raté » qui vient de « m'embobiner ».

À la fin de cette journée riche en émotions, nous allons tous fêter ça au Sunset Café, se congratuler les uns les autres, consoler les plus déçus, relâcher enfin la pression dans une ambiance festive, amicale, parfois euphorique. Je suis frustrée de ne pas pouvoir prolonger la soirée avec mon amoureux, mais je rentre chez moi gonflée d'une fierté que je ne connaissais pas. Et d'un bonheur inouï : mes études, mes amours, mes amitiés, rien ne pourrait être plus parfait. Au dîner, je raconte brièvement à mes parents la petite remarque enthousiaste du cinéaste et les félicitations reçues par le jury, ils insistent pour visionner mon film et je continue à leur dire non.

Il faut croire que j'ai gagné en assurance…

Je me précipite dans ma chambre pour retrouver Vadim, Clem et les autres sur la messagerie instantanée. Je suis sûre qu'ils sont déjà tous plongés dans des conversations animées, eux qui n'ont pas à subir l'incontournable dîner en famille. Alors que je suis en train de me connecter, la petite icône sous forme d'enveloppe m'indique un mail non lu. Je me dépêche de cliquer. Pas de texte, juste une photo. Parfaitement nette. Au milieu d'un salon, Vadim est accroupi, son visage à moitié masqué par un autre corps, debout, face à lui, jambes écartées. Un corps parfait. Celui de Cheyenne.

Coup de poignard dans le cœur. Je suffoque, je meurs. Et allez, va-t'en encore, le bonheur ! C'était trop beau pour durer…

VI

EN PLEIN CŒUR

26

CASE DÉPART

[Je te faisais confiance. Tu m'as trahie. Je ne te le pardonnerai jamais. A.]

Dans l'obscurité de ma chambre, la lumière criarde de l'écran de mon ordinateur me brûle les yeux. Mais mon regard ne peut pas se détacher de ce mail cruel, cette nouvelle photo anonyme, les corps de Cheyenne et Vadim si beaux, si proches, si atroces. Mes larmes troublent ma vision. Peu importe, je connais déjà l'image par cœur. Elle est imprimée sous mes paupières, tatouée sur ma peau, gravée dans mon cœur. Au burin.

Salaud d'Arcadi. Je te maudis.

Je n'ai pas la force de courir chez Vadim pour lui hurler ma haine. Encore moins de lui faire une scène devant tous les autres au Sunset Café, s'il y est encore. Pas la force de l'appeler et de supporter son ton nonchalant, indifférent, soupirant, comme chaque fois que je lui fais un reproche. De toute façon, il niera. Ou pire, il rira. Il ne se donnera même pas la peine de s'expliquer, de me rassurer : il plaidera sa liberté. Et il critiquera, avec un sourire dans la voix, mon éternel sentiment d'insécurité.

La faute à qui, hein ?

Je n'ai pu rédiger que ce message, les doigts tremblants, la poitrine serrée, les joues trempées. Trois phrases toutes faites, qu'il va trouver banales, clichées. Puis j'ai balancé mon portable au bout du lit. Comme si n'importe laquelle de ses réponses me décevait déjà. Il n'y a rien qu'il pourrait dire. Je le connais si bien. Et pourtant, le Vadim de la photo, je ne le connais pas.

[Tu viens de faire un cauchemar ? Tu délires ? Tu prends de la drogue ? C'est mal ! V.]

Qu'est-ce que j'avais dit ?

[Ça ne fait rire que toi. A.]

[Mais de quoi tu parles, Koala ? Il faut que j'appelle un médecin ? V.]

[Épargne-moi tes blagues. Pas le moment. Je sais tout. A.]

[Et moi, je ne sais rien du tout. Si tu pouvais t'expliquer, ce serait plus simple pour communiquer. V.]

[Trop lâche pour avouer. La photo parle d'elle-même. A.]

[Si tu ne réponds pas au téléphone, je débarque chez toi. Décroche ! V.]

[Non. Je ne veux pas te voir. Plus jamais te voir. A.]

Ça fait au moins quinze minutes que Vadim ne m'a plus rien envoyé. Pas de réponse à mon dernier texto. Il est capable de l'avoir pris au pied de la lettre. De disparaître, juste pour respecter ma volonté. Ce qu'il peut être buté !

Surtout, ne pas céder. Ne pas le supplier.

[Devant chez toi. Soit tu sors discrètement et on peut discuter. Soit je saute le portail, je casse une fenêtre et ce sera bien moins discret. Ton choix. V.]

Qu'il casse ce qu'il veut, ce n'est plus mon problème. L'alarme va hurler dans tout le quartier. Et c'est mon père qui sera là pour l'accueillir, en attendant l'arrivée des flics. Vadim devra bien prendre ses responsabilités.

Oui, j'ai envie qu'il paye. Qu'il souffre.

[Alma, ne m'oblige pas à faire une connerie. Parce que je vais la faire. Même si ça doit m'envoyer en taule. V.]

Non, je ne peux pas le laisser faire ça.

[Ne casse rien. Je descends. Je te donne deux minutes, pas une seconde de plus. A.]

[Je t'attends. V.]

Juste avant de me faufiler hors de ma chambre, je prends en photo l'écran d'ordinateur à l'aide de mon portable. Juste pour pouvoir lui montrer, si les mots venaient à me manquer. Je ne croise personne sur mon passage, ouvre et referme la lourde porte de la villa le plus silencieusement possible, fais un petit détour pour ne pas déclencher la lumière automatique sur l'allée qui mène au portail. Je trouve Vadim assis sur le trottoir, une grosse pierre serrée dans son poing.

– C'est avec ça que tu comptais casser une fenêtre ? Ma maison est blindée, lâché-je sur le ton le plus méprisant que je puisse employer.

– Fous-toi de ma gueule si tu veux, mais parle-moi, Alma.

– Je n'ai rien à te dire. Tiens, dis-je en lui tendant mon téléphone et en regardant dans la direction opposée.

– Putain… Qui t'a envoyé ça ? Encore un mail anonyme ? siffle-t-il entre ses mâchoires serrées.

– Le problème ce n'est pas qui, Vadim, mais quoi ! recommencé-je à pleurer, heurtée de plein fouet par le souvenir de la photo.

– Écoute-moi sans m'interrompre, s'il te plaît. Je te dis tout, après tu pourras décider de me croire ou pas. Je sais ce que cette photo a l'air de montrer. Mais il ne s'est rien passé. Jamais. Oui, je suis allé chez elle, une fois.

– Ça fait déjà un mensonge, murmuré-je avant de le laisser continuer.

– Elle avait trop bu, je l'ai juste ramenée chez elle. Et oui, elle a essayé de me séduire, ce soir-là.

– Deuxième mensonge.

– Je n'ai jamais menti, j'ai juste choisi de ne pas te le dire. Pour que tu ne te fasses pas de fausses idées.

– Mensonges par omission, ça ne fait aucune différence. Et ça n'explique pas ta tête entre ses cuisses, espèce de…

– Mais regarde ! m'interrompt-il en approchant mon portable à deux centimètres de mon visage. Elle est habillée, moi aussi ! Elle a juste fait tomber un vase qui s'est brisé par terre. Elle était saoule ! Ou peut-être qu'elle l'a fait exprès ! Mais je me suis seulement penché pour ramasser les morceaux de verre. Et quand elle en a profité pour mettre sa main dans mes cheveux, je suis parti sur le champ. Je te le promets ! J'aurais dû comprendre que tout était calculé.

– Qu'est-ce que ça veut dire ? Que tu es la victime d'une terrible machination ? Laisse-moi rire, Arcadi ! C'est l'excuse la plus nulle que tu pouvais trouver. Cheyenne t'a toujours voulu. Et elle a fini par t'avoir. Fin de l'histoire ! éructé-je en lui arrachant mon téléphone des mains.

– Putain, Alma, réfléchis ! Si elle m'avait eu, je n'aurais aucune fringue sur cette photo ! Et comme par hasard, l'enfoiré de photographe est encore pile au bon endroit, au bon moment, avec le bon angle qui peut faire croire n'importe quoi !

– Ou alors tu t'apprêtais à la déshabiller. Et le photographe qui t'a suivi a juste attendu que tu craques et tu l'as fait ! Et il m'envoie ça pour m'ouvrir les yeux sur qui tu es vraiment. Tu me dégoûtes, Vadim !

– Non, c'est moi qui ouvre les yeux ! lance-t-il en s'adossant au muret, comme s'il avait le souffle coupé. Toutes les photos, cette obsession de vouloir nous séparer, et même Cheyenne, depuis le début, c'est un coup monté. Et je pense enfin savoir qui est derrière tout ça. Ce que j'ai pu être con !

– Je crois que le mot est faible, ajouté-je pour couper court à son monologue.

– Alma, il faut que tu me croies ! Je ne reverrai plus jamais Cheyenne, je te le jure. Elle est dans le coup, j'en suis sûr ! J'ai besoin de preuves, mais bientôt tu comprendras tout.

– En attendant, je ne comprends rien…

Vadim s'approche et tente de glisser ses mains sur mes joues. Ce geste me fait taire, je recule et me détourne, je ne peux pas le laisser faire.

Mais j'ai tellement envie qu'il le fasse… Et tellement envie de le croire.

– Je te demande de me faire confiance, une dernière fois, chuchote-t-il en me regardant droit dans les yeux.

Je peux sentir son souffle sur mon visage, son parfum un peu passé, la chaleur qui émane de son corps.

Et ma carapace en train de se fissurer…

– Moi je te demande de t'en aller, lui réponds-je en baissant le regard.

– N'abandonne pas, Alma. Pas encore. Toi + moi, c'est plus fort que ça.

– Je vais y penser. Pars, s'il te plaît.

– Je t'aime…

J'ai déjà le dos tourné quand il prononce ces trois mots. Un frisson glacé me parcourt, malgré la douce chaleur de ce soir de mai. L'amour de Vadim Arcadi craquelle mon armure et s'insinue dans toutes mes fissures. Il bouscule mes certitudes. Il chamboule mon monde, encore.

J'ai mal à l'intérieur. Mais peut-être un petit peu moins que tout à l'heure.

Le lendemain, à la fac, je retrouve Clémentine à qui je préfère ne rien dire. Elle insiste une bonne centaine de fois pour comprendre ce qui ne va pas, en critiquant ma mine affreuse, en me traitant de rabat-joie alors que tous nos courts-métrages ont été des succès et que l'année scolaire touche à sa fin. Je prétexte une migraine, du stress et des révisions tardives pour les derniers examens. Ma meilleure amie lève les yeux au ciel pour toute réponse puis m'entraîne par le bras dans la salle de cours. Mr Abrams est déjà arrivé. Vadim, lui, débarque quelques minutes plus tard, sans se presser ni s'excuser de son retard. Il s'écroule sur sa chaise au dernier rang, le prof soupire en l'observant, mais c'est moi qu'Arcadi fixe, un étrange rictus sur les lèvres. Entre le sourire et la hargne. Son regard s'excuse autant qu'il me provoque. En tout cas, il vérifie qu'il m'atteint toujours.

– Apparemment c'est contagieux, l'air bizarre ! s'esclaffe Clem en chuchotant à peine.

– D'Aragon, vous voulez faire profiter toute la classe de la blague débile du *fortune cookie* qui vous fait glousser de si bon matin ? lance Abrams, apparemment de bonne humeur.

– Euh… non, mais je mangerais bien un cookie si vous avez ! répond-elle, les yeux brillants.

– Clark ? Vous avez des provisions qui nous aideraient à la faire taire ? blague le prof en s'adressant à Andrew.

– Je m'en occupe, m'sieur !

– Parfait. Pendant que ces deux-là prennent leur petit déjeuner, je vais prononcer quelques mots que vous n'entendrez plus jamais sortir de ma bouche, alors souvenez-vous en !

– On vous aime aussi, monsieur Abrams ! pouffe Nicki Scott d'une voix aiguë, avant que toute la salle éclate de rire.

– Je n'irai pas jusque-là, sourit-il à son tour, mais je vous félicite tous pour votre travail. Le jury a été impressionné et, nuls comme vous étiez en septembre dernier, c'était inespéré. J'ai trouvé la plupart de vos courts-métrages intéressants, certains très aboutis, d'autres m'ont même laissé sans voix (un regard pour Vadim) et Dieu sait que je ne me tais pas souvent (nouveaux rires dans la classe). Certains se sont malheureusement laissés aller à la facilité (un regard appuyé vers moi), mais…

– Je crois que je suis loin d'être un cas facile, l'interrompt Vadim en provoquant à nouveau les rires des étudiants.

– Le justicier est de retour sur son cheval blanc ! applaudit Abrams ironiquement.

– Non, Alma n'a pas besoin d'un chevalier servant, répond le provocateur, elle préfère être seule.

– Et je préfère aussi qu'on ne parle pas de moi à la troisième personne quand je suis dans la pièce, rétorqué-je en me retournant, sourcils froncés, vers le fond de la classe.

– On ne vous dérange pas, tous les deux ? demande le prof. Si vous voulez que je vous départage, je peux le faire ! C'est Arcadi qui a eu la révélation du cinéma. Lancaster s'est contentée de faire un joli documentaire. Je me suis sans doute trompé en début d'année, mais ça arrive, même aux meilleurs !

– Vous avez raison sur une chose, monsieur : vous ne vous taisez pas assez souvent, lâché-je sans réfléchir, déclenchant une nouvelle salve de rires.

– Cette année aura au moins servi à vous endurcir, Alma. Défi relevé ! s'incline Mr Abrams dans une révérence théâtrale.

– Pas tout à fait, ajoute Vadim en me provoquant. Mais l'année n'est pas encore terminée…

L'été approchant, l'épreuve des courts-métrages passée, l'ambiance n'a jamais été aussi détendue en cours. Pourtant, je n'ai jamais ressenti une telle tension. Sauf peut-être les premières fois que j'ai adressé la parole à Vadim, il y a huit mois de ça.

Retour à la case départ… ou presque.

Les jours qui suivent, il passe son temps à me fixer bizarrement, à me lancer des piques, à me défier, comme au tout début. Comme si son seul moyen de regagner ma confiance était son petit numéro de charme rebelle et sûr de lui qui m'a fait craquer la première fois. Et ça marche, il le sait. Mais je résiste. Je ne sais toujours pas si je dois le croire. La photo où il est accroupi face à Cheyenne me soulève encore le cœur chaque fois que je la regarde. D'un autre côté, la théorie du complot commence à faire son chemin dans ma tête. On en a tellement bavé que plus rien ne pourrait m'étonner.

Est-ce que je suis simplement une fille aveugle et naïve, tombée amoureuse d'un mec à problèmes ? Qui me cache des choses et fout la pagaille partout où il passe ? Que je devrais fuir, comme tout le monde me le conseille depuis le début ? Ou est-ce que quelqu'un lui veut vraiment du mal ? Mais qui ? Et pourquoi ? Des questions, toujours trop de questions. Et Vadim, qui n'a jamais de vraies réponses, à part de vagues promesses, des phrases incompréhensibles entrecoupées de gros mots et de grognements de colère. Sa rage me touche, m'attriste, mais les zones d'ombre sont encore trop nombreuses, trop sombres. Je le croirai quand il arrêtera de faire tant de mystères. Quand j'aurai une preuve de la vérité sous le nez. Il n'y a que lui qui peut se faire pardonner.

Et pas juste en s'amusant à me provoquer !

Je suis en train de réviser pour la dernière épreuve de l'année quand j'entends ma mère pleurer dans sa chambre. Ma première pensée ? Mon Don Juan de père a encore frappé.

Mais en entrant dans leur chambre, je le vois qui enveloppe sa femme de ses bras et pose un baiser sur sa tempe. Deux valises remplies à la va-vite jonchent la moquette. Ma mère m'aperçoit et me tend une main pour que j'approche.

– Qu'est-ce qui se passe ? Vous me faites peur…

– Ta grand-mère, chérie. C'est la fin, explique doucement mon père. On va rentrer en France aujourd'hui en espérant arriver à temps.

– Moi aussi, je veux venir ! Mais j'ai encore un exam à passer, lâché-je en réfléchissant à haute voix.

– Les études sont plus importantes, Alma. Tu pourras nous rejoindre dès que tu auras fini. Mamie est plus forte qu'on ne croit, je suis sûr qu'elle va tenir le coup.

– Tu dis ça pour que je ne culpabilise pas… dis-je en sentant les larmes monter.

– Ton père a raison, renifle maman en me frottant le dos. Vous restez ici jusqu'à la fin des cours, Basile et toi. Vous êtes assez grands. Et puis Georgia sera là. On emmène Lily, tant pis pour l'école.

– On compte sur vous pour vous comporter en adultes en notre absence, d'accord ? On se voit très vite, ajoute mon père en me faisant une place dans ce câlin à trois.

– Dites à Mamie de m'attendre…

Le soir même, mes parents nous ont appelés de Paris pour nous prévenir d'un léger mieux dans l'état de santé de ma grand-mère. « Elle est toujours aussi vieille, mais elle est repartie pour un tour ! » a beuglé Lily à l'autre bout du fil. Tous les trois ont décidé de rester en France quelques jours.

Une heure plus tard, regonflée par cette bonne nouvelle, j'invite Clem à la maison et propose à mon frère de faire venir Isaac pour une mini-soirée improvisée. J'hésite à prévenir Vadim. Il ne le mérite pas. Mais on n'a jamais la villa pour nous tout seuls. Et cette petite fenêtre de liberté dans la vie bien réglée des Lancaster risque de ne jamais se reproduire ! Dix minutes d'hésitation et ma meilleure amie fait retentir la sonnette. Au moins cinq fois. D'Aragon, alias « Pas-de-problème-que-des-solutions » m'aidera sans doute à prendre une décision.

– Salut Georgette ! s'exclame gaiement Clémentine en embrassant Georgia sur le seuil de la porte. J'ai trouvé ce jeune voyou en train de rôder autour de la maison… On le laisse entrer ou on appelle la police ?

– Je ne rôdais pas, j'allais sonner quand cette furie m'a doublé.

– Alma, tu aurais dû voir ça ! Arcadi qui fait les cent pas sur ton trottoir comme un chat qu'on a oublié dehors.

– Oui, la tigresse, il y a des gens civilisés qui réfléchissent avant d'appuyer sur une sonnette comme une forcenée. Faut revoir tes manières, la Française !

– Mais qui t'a invité, toi, d'abord ? Je croyais que vous vous faisiez la gueule, demande Clem en me regardant.

– C'est moi, mens-je en souriant. Mais vous me fatiguez déjà, tous les deux. Entrez et taisez-vous.

Georgia referme la porte pendant que Clémentine se rue dans la cuisine, sa pièce préférée. Vadim passe lentement devant moi, son visage affreusement proche du mien. Je ne bouge pas d'un centimètre. Ses lèvres, douces et pleines, ne m'embrassent pas : elles s'étirent en un sourire qui me fait tomber à la renverse.

– Oh non, pas lui ! s'écrie Basile, moqueur, en apercevant Vadim dans l'entrée.

– Et si, Lancaster ! Je suis là… et je compte bien y rester !

27

TOUS POUR UN

– Georgia ! Et si c'est nous qui te préparions un bon petit plat, pour une fois ? lance Clémentine, surexcitée, en ouvrant toutes les portes de placard… sans en refermer aucune.

– Tu es ici chez toi, sourit la gouvernante qui connaît ma meilleure amie depuis l'enfance.

– Ça, intervient Basile, ça veut dire : « Je sais que tu vas mettre le chaos dans ma cuisine, mais ai-je vraiment le choix ? »

– Merci pour la traduction ! Au fait, est-ce que tu as déjà touché une casserole de toute ta vie, Lancaster Junior ? lui balance Clem avec sa tête de peste.

– On ne commanderait pas des pizzas, plutôt ? proposé-je. Pour que ce soit aussi un peu les vacances de Georgia.

Clémentine, qui est effectivement « chez elle », se rue sur les prospectus de livreurs, sachant exactement où ils se trouvent. N'importe qui les jetterait à la poubelle ou, au mieux, les aimanterait sur le frigo avec des *magnets* gagnés dans des paquets de céréales. Ma mère, elle, les range soigneusement dans une vieille boîte en métal, la même depuis quinze ans. La rousse survoltée les sort un à un avant de trouver son bonheur, saute d'un bond pour s'asseoir sur le plan de travail et se lance dans l'étude approfondie de la carte de Vito's. Oubliées les bonnes manières, terminés les dîners à table et à heure fixe : la villa Lancaster prend soudain des airs de location de vacances entre copains. Ce qui n'est jamais arrivé et me remplit soudain d'une sensation étrange, entre une envie d'exulter, de profiter de cette liberté nouvelle, et une petite pointe d'angoisse de voir mon quotidien bouleversé.

Marie Lancaster m'aurait-elle transmis son gène de l'ordre et de la discipline ? Horreur ! Tu as 19 ans, Alma ! Pas 49 !

En écoutant ma petite voix intérieure, je réalise que cette scène doit se produire régulièrement dans de nombreux foyers et que je n'ai peut-être pas vécu une enfance tout à fait comme les autres. À cet instant, je me sens comme une gamine qui vient d'arriver en colo et ne sait pas encore si elle doit se comporter comme à la maison, ou si elle a le droit de dire des gros mots et d'être tout ce qu'elle n'est pas d'habitude. Une gamine qui se demande aussi si le beau garçon silencieux qui se tient derrière elle va oser briser la glace. La sonnette retentit à nouveau, m'extirpe de mes pensées et me fait me retourner brusquement, par réflexe, pour aller ouvrir. Je me retrouve nez à nez avec Vadim. Littéralement. Il ne dit toujours rien mais ses mains se glissent très lentement sur ma taille. Son sublime visage, imperturbable, se rapproche encore un peu et je sens mon souffle s'accélérer. Au loin, j'entends mon frère accueillir Isaac, mais mes oreilles bourdonnent. Vadim entrouvre les lèvres, je ne sais pas s'il s'apprête à parler ou à m'embrasser.

Qu'il fasse ce qu'il veut, mais qu'il le fasse, vite !

Nous n'avons pas été aussi proches depuis des jours et, à force de lui faire la gueule, j'en avais presque oublié comme c'était bon. Comme nos aimants s'étaient manqués. Comme nos corps savaient toujours se retrouver en premier, avant que nos cœurs ou nos esprits nous y autorisent. Il n'y a rien au monde qui me fasse autant de bien que le sentir contre moi. S'il pouvait s'approcher encore un tout petit peu…

– C'est bon, je veux une hawaïenne ! braille Clémentine en brandissant le prospectus au-dessus de sa tête et en me faisant sursauter.

– Tu ne veux pas plutôt aller à Hawaï, là, tout de suite ? lui suggère Vadim en soupirant puis en laissant retomber ses mains.

D'Aragon, la fille qui ne casse pas du tout l'ambiance...

– Bon, pourquoi il est là, lui ? Pourquoi vous vous réconciliez au lieu de choisir une pizza ? Et pourquoi vous vous êtes engueulés au départ ? Je veux tout savoir ! piaille Clem en sautant sur ses pieds.

– Alma, j'aimerais mieux te parler seul à seul...

– Ah non ! Si vous faites encore des secrets, je pars et je prends le livreur en otage !

– Moi aussi j'en ai marre des mystères, Vadim, dis-je doucement en glissant une main dans ses cheveux. Et si on se disait vraiment les choses ?

– Comme tu veux, cède-t-il. De toute façon, il faut aussi que je te parle, D'Aragon.

L'heure avait l'air tellement grave – comme le visage de mon amoureux – que nous avons tous reculé au maximum cette discussion. En étudiant le menu, en décidant d'attendre la commande, en nous installant sur la terrasse, d'abord dans le salon de jardin puis en tailleur, à même le sol, pour éviter les taches de sauce tomate. Quand il n'y a plus rien eu à faire, Vadim s'est enfin lancé, les doigts emmêlés entre ses boucles.

– Ça va vous sembler difficile à croire... Et même moi je n'y croyais pas... Je n'ai pas encore de preuve, mais je suis sûr de moi. Et je ne vous en parlerais pas si ce n'était pas le cas...

– Accouche, Arcadi ! l'interrompt Clem, impatiente.

– Je pense que le type qui nous suit depuis le début et qui nous prend en photo… c'est Keith.

– Ha ha ha ! Tu as une belle carrière qui t'attend au FBI, toi !

– Je suis sérieux, Clémentine. Je sais que tu es amoureuse de lui et je suis désolé de te faire ça… mais il n'est pas celui que tu crois. Et pour avoir une preuve, j'ai besoin de toi. Que tu fouilles chez lui. Je suis sûr que tu vas trouver les photos volées ou d'autres trucs.

– Attends, Vadim, on parle bien de ton éducateur, ton mentor, ton deuxième père ? demandé-je, estomaquée. Pourquoi tout à coup, il devient l'ennemi numéro un ?

– On a toujours eu des relations compliquées, tous les deux. Oui, Keith m'a sorti de la merde plus d'une fois. Mais crois-moi, ça a un prix. Et il est le premier à me rappeler que j'ai une dette envers lui.

– Il te fait chanter ? murmuré-je comme si l'on était sur écoute.

– C'est du délire, tout ça ! s'affole ma meilleure amie en balançant une croûte grignotée sur le carton ouvert devant elle.

– Je sais que je ne vous en dis pas assez, mais le peu que vous savez, je suis prêt à vous le jurer sur la tombe de mes parents. Et pour les preuves que vous attendez, il n'y a que Clem qui peut m'aider…

– Mais pourquoi je ferais ça pour toi, Arcadi ?

– Il faut que tu le fasses… pour toi, tenté-je, effrayée. Si c'est vrai, ce type est un malade et tu ne devrais plus le voir. Ou juste une dernière fois…

– Non, mais si c'est vraiment le salaud que tu décris, tu

imagines ce qu'il va me faire, s'il me trouve en train de fouiller ? ajoute-t-elle en fixant Vadim.

– Felix et moi, on viendra avec toi !

– Ah, ben oui, tout de suite, c'est hyper rassurant de savoir que ce loser d'Alonso est dans le coup.

– Tu fais ce que tu peux, tu regardes un peu dans ses papiers, dans ses tiroirs, il doit bien garder ça quelque part. Si ça tourne mal, tu cries. On sera juste en bas de chez lui.

– Vadim, s'il lui arrive quoi que ce soit… soufflé-je, en réalisant les risques.

– Ça n'arrivera pas ! Clem, tu peux juste être une petite amie curieuse qui a envie de le connaître mieux. Ou qui cherche un truc qu'elle a perdu. Il faut que tu sois le plus naturel possible. Tu le vois quand ?

– Après-demain. Mais je n'ai pas dit oui ! se défend Clémentine en piochant une nouvelle part d'hawaïenne. Je ferai ce que je pourrai.

Quand l'appétit va… Clem va !

– C'est tout ce que je te demande, répond mon amoureux, dont le visage se détend enfin.

Vadim a passé les deux nuits suivantes chez moi, s'acclimatant peu à peu à l'espace, aux enfilades de pièces dont il ne comprenait pas la fonction, aux douches à multijets dont il ne comprenait pas le fonctionnement, et je ne me suis pas fait prier pour le rejoindre partout et lui montrer comment faire.

Il faut bien mettre les invités à l'aise, ma mère me l'a toujours répété !

Nous avons rarement croisé Basile et Isaac, enfermés dans la chambre de mon frère la plupart du temps, et – Dieu merci – silencieux. Georgia a fermé les yeux sur à peu près tout ce qu'elle a vu et – surtout – ce qu'elle n'a pas vu. La villa Lancaster commençait dangereusement à devenir un paradis sur terre. Il se peut même que j'aie prié une ou deux fois pour que mes parents ne reviennent jamais. Mais ils ont confirmé leur retour pour dans trois jours. Juste le temps de passer mon dernier examen, de préparer l'anniversaire surprise de Vadim et d'attendre le compte rendu de Clémentine qui passe la soirée chez Keith.

Mon rôle consiste à appeler ma meilleure amie vers vingt-deux heures, la suppliant de me rejoindre en prétextant une énième dispute avec Vadim. Clem devra observer la réaction de l'éducateur quand elle lui racontera ce coup de fil, et peut-être essayer de le faire parler. Avant ça, espérons qu'elle ait le temps de fouiller un peu. Mais bizarrement, je n'y crois pas. Et vu comme elle était nerveuse en partant, je crains le pire. Je n'ai pas pu résister à l'envie d'accompagner Vadim et Felix, et nous voilà tous les trois, serrés dans le pick-up pourri garé non loin de chez Keith.

Deux heures plus tard, nous voilà à nouveau quatre, réunis au Sunset Café. Personne n'a eu besoin de crier ou d'intervenir et Clémentine a même réussi à remplir sa mission. Elle semble sonnée quand elle entame son récit en jouant avec la paille de sa limonade.

– J'ai regardé dans tous ses tiroirs pendant qu'il était sous la douche. Rien. Mais dans son portable…

– Quoi ?! hurlent les deux copains presque en simultané.

– Il y avait des textos bizarres d'une certaine Brooke. Je n'ai pas eu le temps de tout lire mais ils parlaient du camp de volontaires à la fac.

– Brooks, c'est le nom de famille de Cheyenne, explique doucement Vadim.

– Putain, tu avais raison, mec ! lâche Felix en ouvrant grand la bouche. Il la connaît, c'est lui qui a arrangé votre rencontre !

– J'en étais sûr, poursuit mon amoureux, pensif. Comme une sorte d'appât. La fille qui me ressemble sur tous les plans, qui se retrouve au camp avec moi alors qu'on ne l'a jamais vu sur le campus avant ça, qui fait tout pour devenir mon amie et qui me pose plein de questions sur Alma.

– Et qui essaie de te séduire pour t'éloigner de moi, ajouté-je, amère.

– Alors, moi aussi, je me suis fait avoir ? murmure Clem dans un long soupir. Keith sort avec moi juste pour vous atteindre, pour avoir des infos ? Je suis dégoûtée, il était tellement gentil avec moi. Pourquoi aucun mec ne peut m'aimer pour de vrai ?!

– Ça ne veut pas dire qu'il ne t'apprécie pas, la rassuré-je comme je peux.

– Tu parles ! Au mieux, je suis sa couverture pour qu'il

passe pour un mec normal, au pire je suis son indic. Et je ne le savais même pas ! Je lui ai parlé de vous, plein de fois ! Je suis tellement nulle !

– Ce n'est pas de ta faute, poulette, essaye Fe pour l'apaiser. Arrête de pleurer, tes taches de rousseur vont s'effacer.

– C'est la première fois que je t'entends dire une phrase pas débile, renifle Clem en souriant.

– C'est de notre faute à nous, s'excuse Vadim. On aurait dû tout vous dire depuis le début. À chaque fois que Keith nous a aidés à sortir d'un mauvais pas, il nous a demandé quelque chose en échange. Au début, on pensait que c'était juste pour lui rendre service : transporter des trucs, trafiquer des trucs, on ne savait jamais rien, on était juste un maillon de la chaîne. Mais quand on a compris qu'il se faisait du fric sur notre dos et qu'il trempait dans des trucs louches, on a décidé de refuser ses missions avec Fe. Mais il sait tellement de choses sur nous qu'il peut nous faire plonger quand il veut. Toutes les fois où il nous a servi d'alibi, où il a menti pour nous : il n'a qu'à claquer des doigts pour nous envoyer en prison.

– Mais allez voir la police ! Dénoncez-le ! m'insurgé-je, naïvement.

– Il a des potes bien placés, parmi les flics de L.A., me répond mon amoureux, dépité. Tu penses qu'ils vont croire deux petits délinquants plutôt que lui ? Et Keith est assez malin pour ne jamais se salir les mains. C'est les ados dont il s'occupe qui font tout le sale boulot. Cet enfoiré contrôle tout et tout le monde.

– Et tant qu'on faisait ce qu'il disait, il nous protégeait !

se justifie le Latino. Quand tu es jeune et que tu n'as rien, c'est déjà bien.

– C'est depuis qu'on essaie de se rebeller qu'il est furax, continue Vadim. Il nous empêche de nous voir, de gagner notre propre argent, il nous suit partout, il nous menace de nous balancer. Il ne supporte pas qu'on lui échappe.

Je n'en crois pas mes oreilles. Dans ce café rempli d'étudiants, où les soucis des uns et des autres se résument à quelques résultats d'examens et quelques peines de cœur, j'écoute mon amoureux parler de flics « ripoux », d'éducateur véreux, de menaces et de harcèlement, de trafic et de prison. Tous les quatre, nous décidons de ne rien faire de plus pour le moment. Trop dangereux. Les garçons nous demandent de ne révéler ça à personne. Et à Clémentine de continuer à fréquenter Keith, comme si de rien n'était, pour ne pas éveiller ses soupçons. C'est sans doute pour elle que ce sera le plus difficile.

Quant à Vadim, je le vois bouillir à l'intérieur. Soulagé qu'on le croie enfin et qu'il ait la preuve qu'il espérait tant, mais empli d'une haine presque incontrôlable. Son craquant sourire en coin s'est transformé en un rictus dur, presque méchant. Demain, après le dernier examen de l'année, nous fêterons son anniversaire. Je crois que je vais annuler ma petite fête surprise. Et après-demain, mes parents rentreront et la vie devra reprendre son cours normal.

Normal ? Est-ce que ma vie l'a jamais été depuis que j'ai rencontré Vadim Arcadi ?

***

– Tu t'en es bien sorti ? demandé-je à mon beau brun en sortant de l'épreuve.

– Je n'ai rien rendu, je m'en fous, me répond-il en bougonnant.

– J'imagine que tu te fous aussi d'avoir vingt-et-un ans, alors ?

– Complètement. Et pas de cadeau, pas de fête, pas de gâteau, je ne veux rien !

– Qu'est-ce que tu dirais d'une petite soirée tranquille, juste toi et moi ? lui soufflé-je à l'oreille de ma voix la plus douce.

– Ça, ça me va, concède-t-il en retrouvant le sourire.

– C'est notre dernière nuit de liberté, tu sais… continué-je à le provoquer.

– Ah oui, les tyrans, le retour ! On va chez moi, alors. Ils seraient capables de rentrer plus tôt que prévu !

– Tu sais ce que je préfère chez toi, Arcadi ? Ton romantisme à toute épreuve, me moqué-je en laissant tomber mon ton sexy.

– J'aimerais bien te faire taire avec une bonne repartie, Lancaster, mais ce que je préfère chez toi… je ne peux pas le dire en public.

Le temps d'arriver à son studio, Vadim s'est à nouveau rembruni. Je sais ce qui le préoccupe, mais j'espérais pouvoir lui redonner le sourire, au moins ce soir. À peine entré, il balance ses clés et fonce s'écrouler sur son canapé, la tête la première. Je l'observe, allongé sur le ventre, le tee-shirt légèrement relevé dans sa chute. Et en silence, je me régale de ce fessier bombé et de la peau dorée qui apparaît au-dessus de la ceinture de son boxer.

– Arrête de me mater ! m'ordonne-t-il en grognant.

– Jamais de la vie, j'aime trop ce que je vois ! réponds-je en souriant.

– Arrête de sourire, je t'entends ! continue le grincheux.

– Jamais non plus ! hurlé-je en sautant à califourchon sur lui, m'asseyant sur ses fesses.

– Arrête de faire ça, ronchonne-t-il pour de faux quand je glisse mes mains sous son tee-shirt.

– Je vais te faire passer l'envie de râler, moi, dis-je en me penchant sur lui pour mordre dans son cou.

– Et moi, je vais enfin pouvoir te faire taire ! gronde-t-il en se retournant brusquement pour m'embrasser.

Je déteste voir Vadim souffrir. Ses yeux dans le vague, ses sourcils froncés, son visage fermé, tout ça me serre le cœur. Mais quand sa rage se transforme en férocité sexy, en virilité sauvage, mon cœur fond. Moi qui le trouvais trop dur, trop brusque, trop froid, quand on s'est rencontrés, je réalise que rien ne m'excite plus chez lui. J'étais le cliché de la fille fragile qui demande de la douceur à son amant, je suis devenue le cliché de la fille faussement farouche qui ne demande qu'à être domptée. Et c'est peut-être ça, la magie de Vadim Arcadi : il fait de moi ce qu'il veut. Il grogne ? J'accours. Il sourit ? Je craque. Il boude ? Je me jette sur lui. Il se jette sur moi ? Je ne résiste pas.

– Alma Lancaster, es-tu là ? lâche-t-il en me forçant à le regarder dans les yeux.

– Oui, ne t'arrête pas, soufflé-je en essayant de l'embrasser à nouveau.

– Ton esprit aussi ? recule-t-il, suspicieux.

– Oui, je pensais à toi.

– À moi, quoi ?

– Je t'imaginais en dompteur de fauves, avec des bottes, un fouet…

– Et le fauve, c'est censé être toi ?

– Grrr… imité-je en montrant les dents.

– Tu peux faire mieux que ça, me défie-t-il de sa voix rauque.

Je lui arrache son tee-shirt et plante mes ongles dans la peau douce de ses épaules. Je sens ses muscles se tendre. Je fais glisser ma langue le long des traînées rouges qu'ont laissées mes griffures. Je le vois s'apaiser un instant et je mords à pleines dents au même endroit. Cette fois, c'est son sexe qui se tend sous le jean noir. Je vais y poser la main pour entendre ce grognement que j'aime tant. Sans perdre le nord, Vadim fait passer mon débardeur au-dessus de ma tête et l'envoie valser à l'autre bout du studio. Des mèches de cheveux décoiffés me retombent sur les yeux. Il les éloigne d'abord de mon visage puis défait brusquement l'élastique qui retient ma queue-de-cheval.

– Les lions, ça a une crinière, non ? lâche-t-il en empoignant ma chevelure d'une main.

– Oui, mais ça n'aime pas qu'on tire dessus, réponds-je en agitant la tête pour me débattre.

– Ok, je vais devoir me servir de mon fouet, sourit-il en faisant claquer ma bretelle de soutien-gorge d'un bruit sec.

Mon désir monte en flèche face à cette démonstration d'autorité. Je le laisse défaire mes agrafes pendant que je m'occupe du bouton et de la braguette de son jean. Après quelques roulés-boulés chaotiques sur le canapé, tous nos vêtements sont éparpillés, certains gisent sur le sol, certains ont atterri sur la table basse, d'autres ont renversé la lampe de chevet. Sa nudité me bouleverse, comme à chaque fois. Ce mélange de force et de finesse, ce torse imberbe et ces pectoraux dessinés, ces abdominaux apparents et cette ligne brune qui descend sous son nombril, ce sexe dressé qui me regarde de haut et que je ne me lasse pas de contempler. Vadim m'observe, lui aussi, je sais que mon corps lui plaît, qu'il me désire, et cette ardeur décuple mon envie de lui. Mais aussi mon envie de jouer, de le faire languir, de me faire désirer.

Je décide de fuir le canapé et m'élance dans le salon. Il ne faut que trois enjambées à mon dompteur pour me rattraper, au moment ou j'atteins le comptoir de la cuisine américaine. Par-derrière, son bras entoure ma taille et d'un geste ferme, il me plaque dos à lui.

– Tu comptais aller où, comme ça ?

Je tente de m'extirper, mais sa main descend entre mes cuisses et s'immobilise.

– Apparemment, tu n'as pas encore été dressée…

Son murmure grave et son souffle chaud me font frissonner. Puis son majeur glisse lentement entre mes lèvres. Je pose une main par-dessus la sienne pour qu'il appuie un peu plus fort. Il se met à me caresser comme il sait si bien le faire. Peut-être mieux encore. Je tente une percée entre nos corps serrés pour atteindre son sexe tendu contre mes fesses. Il m'en empêche et accélère le rythme de ses caresses. Mes gémissements suivent l'allure. L'autre main de mon amant fougueux saisit mon sein et le malaxe. Mon téton pointe sous ses doigts, mon clitoris gonfle sous les autres, je perds la tête et je dois me cramponner au bar de la cuisine pour ne pas tomber. Mon plaisir grimpe encore quand Vadim embrasse et me mordille le cou, la joue, l'oreille. Ses mains expertes me font décoller. Je plonge l'une des miennes en arrière, dans ses cheveux bouclés, l'autre s'accroche au comptoir. Je ne sais plus où je suis, où il est, ce qu'il fait, j'aime tout, partout, je tremble, je crie, j'en veux encore, je jouis.

Nos deux corps épuisés glissent lentement vers le sol, nous nous lovons l'un contre l'autre sur le parquet du studio.

– Ce n'est pas toi qui es censé recevoir des cadeaux, ce soir ? haleté-je en savourant encore la brûlure de mon intimité.

– Je sais être patient, répond-il en souriant. C'est l'une des qualités premières pour dompter des animaux sauvages.

– Je sais être docile, si on me le demande gentiment… dis-je en remontant une jambe le long de sa cuisse.

– Alors ferme les yeux, retourne-toi, me susurre-t-il de sa voix la plus sensuelle.

– Vos désirs sont des ordres, acquiescé-je en roulant lentement sur le côté puis en m'allongeant sur le ventre.

De profil, Vadim replie un coude et pose sa tête sur sa main pour prendre le temps de m'admirer. Son index part de ma nuque, court le long de ma colonne vertébrale, dessine la courbe de mes fesses et poursuit vers ma cuisse, puis il remonte et recommence en sens inverse. Le simple contact de la pulpe de son doigt m'électrise. Il se penche pour embrasser mon épaule et poser des dizaines d'autres baisers sur mon dos, mes flancs, mes reins. Mon amant se fait doux, léger, quand il vient s'allonger sur moi. Je frémis, excitée de ce qui m'attend. Peut-être un peu effrayée, aussi. Il continue à me caresser et je sens son sexe dur se promener derrière moi.

Levrette… ce mot qui me faisait tant rougir quand j'entendais mes copines en parler. Et qui m'attire tant, aujourd'hui… Encore la magie Arcadi.

– Est-ce que tu as envie de ça ? s'enquiert-il, comme s'il avait deviné ma nervosité.

– Oui… Je crois…

– Je veux que tu sois sûre, Alma, chuchote-t-il tendrement.

– Je veux tout découvrir. Avec toi.

L'un de ses genoux vient écarter légèrement mes cuisses. Ses doigts pianotent à l'entrée de ma féminité, je me tortille de désir. Il en introduit un, puis après un court va-et-vient, un deuxième le rejoint, je gémis de plaisir. Quand Vadim me croit prête – et je le suis sans aucun doute, à en croire mon intimité trempée – il me pénètre en douceur. Je retiens mon souffle. Je découvre des sensations nouvelles, délicieuses. Sans y réfléchir, je me cambre un peu, c'est encore meilleur. Mon amant prévenant coulisse en moi avec une lenteur exquise. Puis il se penche vers mon visage, pose une main sur ma joue, me tourne vers lui et m'embrasse langoureusement. Sa langue, d'abord timide, devient passionnée en même temps que ses coups de reins s'intensifient. J'oublie tout, dans quel sens je suis, cette fièvre inédite me donne le tournis.

Puis Vadim se redresse et s'empare de mes hanches. Il les relève légèrement, je me laisse faire. Ma timidité, ma pudeur, toutes mes peurs ont disparu. Je veux m'offrir à lui. Ce n'est pas mon esprit qui parle, c'est mon instinct, mon désir brûlant. Dans cette position, j'ai l'impression d'être à sa merci. Il caresse mon dos et s'approche à nouveau. Son sexe tendu s'enfonce en moi, je lâche un petit cri de surprise. Il recommence et gagne du terrain. Je me fais plus bruyante à chaque nouvelle percée. Je ne l'ai jamais senti si loin entre mes cuisses, si ardent en me prenant. Mes profondeurs l'accueillent, encore et encore et j'ai le souffle de plus en plus court. Il me répond par des râles de plaisir intense. J'ai l'impression qu'il ne m'a jamais autant possédée. Et je prends mon pied.

– Encore… m'entends-je soupirer malgré moi.

– Attends-moi, Alma… grogne-t-il dans mon dos, en accélérant encore la cadence.

Il me transperce et l'orgasme me submerge. Une vague violente, différente. Profonde. Inouïe. Je sens Vadim se crisper aussi. Il rugit. Je l'écoute jouir et m'abandonne à lui. Je pourrais croire que les murs du studio tremblent. Mais ce sont nos deux corps imbriqués qui vibrent sur le parquet. Avant de s'y écrouler.

– Joyeux anniversaire, murmuré-je, essoufflée.

– Avec toi, je veux bien le fêter tous les jours ! dit-il en écarquillant ses yeux brillants.

– Je rêve ou tu as l'air heureux, Vadim Arcadi ?

– Je le suis, confesse-t-il. Mais ne le dis à personne, je veux continuer à pouvoir faire la gueule.

– Promis. Cite-moi trois choses de ta vie qui sont mieux maintenant qu'à vingt ans.

– Hum… toi, toi et toi, s'amuse-t-il avant de m'embrasser.

– Non, des trucs concrets, des choses positives qui te

sont arrivées cette année !

– D'abord, j'ai rencontré Alma Lancaster. Même si c'est une petite bourge effrayée et coincée.

– C'était ! l'engueulé-je à moitié.

– Ensuite, j'ai cloué le bec à ce donneur de leçons d'Abrams. Même si je devrais sans doute le remercier de t'avoir poussée vers moi.

– Oui, on peut dire que c'est un peu grâce à lui, tout ça.

– Et quoi d'autre ? Ah oui, j'ai commencé une grande carrière d'acteur, mannequin, homme-objet. Génial, hein ?

– Tu préférerais devenir dompteur, avoue !

– Oui ! C'est décidé ! Je vais passer le reste de ma vie à fouetter une lionne indomptable ! rit-il en me claquant la fesse.

– Non, toi tu feras du cinéma, décidé-je en jouant avec ses boucles en bataille. Tu es trop beau pour rester derrière la caméra.

– Je ne sais pas, bredouille-t-il en redevenant sérieux. En tout cas, avant, je n'avais envie de rien. Et maintenant, j'ai envie de faire de grandes choses. Et c'est en partie parce que tu crois en moi. Voilà ce qui a changé dans ma vie en un an. Ce que tu as changé !

– Hum… Je crois que ça nous fait une bonne raison de fêter encore ton anniversaire ! m'écrié-je en grimpant sur lui.

– Cap ? me lance Vadim en me faisant rouler dans ses bras sur le parquet froid.

Nous restons là un moment, enlacés, à se piquer des baisers sur les lèvres, les joues, le bout du nez, à rire comme des gamins, à s'aguicher, se défier, se serrer. Incapables de se détacher. Mon amoureux s'arrête et m'observe, comme s'il réalisait tout à coup que j'étais nue sous ses yeux.

– Qu'est-ce qu'il y a ?

– J'adore ce grain de beauté, là, juste sur ton sein, chuchote-il en y passant un doigt.

– Et moi je suis amoureuse de ta cicatrice, là, dis-je avant de passer ma langue sur le trait rose qui fendille sa lèvre ourlée.

– Ton nombril, aussi. Je crois que c'est le plus parfait que j'ai jamais vu, continue-t-il son inspection.

– Je pourrais dire pareil de ton… Mais je n'en ai jamais vu d'autres, pouffé-je, un peu honteuse, en m'enfouissant dans son cou.

– J'ai connu d'autres filles, tu sais, m'apaise-t-il en caressant mes cheveux. Mais je n'ai vraiment fait l'amour qu'avec toi.

– Moi, j'ai l'impression de le faire à chaque fois pour la première fois. Tellement c'est bon, fort, fou, tellement je n'en reviens pas.

– Ça a été quoi, pour toi, la meilleure fois ?

– Je ne sais pas, elles ont toutes été meilleures ! avoué-je en toute sincérité.

– Alors imagine que ce soit la dernière fois, tu voudrais faire quoi ? m'interroge-t-il en fronçant les sourcils.

– Dans tes rêves, Arcadi ! Tu ne te débarrasseras pas de moi ! Ce ne sera jamais la dernière fois !

– Allez, un peu d'audace, quoi ! Tu as tous les droits ! Je

suis à toi ! me provoque-t-il de son regard gris acier.

– Ok… Alors je te mets au défi d'être le fauve en cage, cette fois. C'est moi qui te dompte. Tu n'as pas le droit de bouger. Pas le droit de me toucher.

– Tout mais pas ça ! Ça va être l'enfer, Alma ! C'est mon anniversaire, tu te souviens ? se défend-il en s'assombrissant, plus sexy que jamais.

– Tu as dit que tu ne voulais pas le fêter. Et tu as dit que j'avais tous les droits. Cap ou pas ? réponds-je en lui plaquant fermement les deux épaules au sol.

Ce petit jeu me plaît beaucoup. Pas parce que je prends le pouvoir, mais parce que je sais d'avance qu'il ne supportera jamais de ne pas l'avoir. Et que, par défi, il va essayer de tenir le plus longtemps possible. Et finir par perdre le contrôle. C'est sans doute le moment que j'attends le plus impatiemment.

Mais avant ça, tu vas subir, Arcadi… Et moi, je vais te regarder souffrir…

Assise à califourchon sur mon beau brun, je me penche en avant pour l'embrasser. Tout près. Mais je ne lui fais surtout pas ce plaisir. Trop facile. Je repars en arrière et recommence une deuxième fois. À la troisième, il commence à grogner. La quatrième fois, j'immisce ma langue entre ses lèvres. Par réflexe, Vadim lève les mains pour venir les poser sur mes cuisses et se retient au dernier moment. Il les repose sagement sur le parquet en souriant sous mon baiser. Le bout de ma langue glisse alors dans son cou, entre ses pectoraux, et remonte le long de sa pomme d'Adam, son menton, pour s'introduire à nouveau dans sa bouche entrouverte. Je me retire avant que le plaisir ne dure trop longtemps. Et j'entame une nouvelle descente, encore plus lente, mes cheveux lâchés traînant le long de son torse. Ma langue finit sa course à la naissance de son pubis. Un râle lui échappe et ses deux mains, prêtes à m'agripper, plongent avec rage dans ses cheveux emmêlés.

– Je ne vais pas supporter… lâche-t-il entre ses dents, les mâchoires serrées.

– J'arrête, alors ? proposé-je en me redressant.

– Non ! Surtout pas ! gronde-t-il en me fixant. Vas-y, rends-moi fou, Alma. Je suis sûr que tu adores ça.

– Tu n'imagines même pas, dis-je en me penchant à nouveau.

Ma bouche affamée retrouve son festin de la soirée. Vadim Arcadi, nu, à ma merci. Je mordille son épaule, parcours son buste de mes ongles, pose mes lèvres sur ses tétons, sur son ventre, descends toujours plus bas. Je peux sentir chacun de ses muscles se tendre sous ma bouche et sous mes doigts. Son sexe, lui, n'a pas attendu que je le touche pour se tendre vers moi. Pendant un court instant, cette érection me trouble, me fait oublier mon petit jeu dangereux. Une douce chaleur se répand entre mes jambes. Moi aussi, je vais devoir attendre…

– Assez duré ! me surprend Vadim en se redressant brusquement.

Assis face à moi, il me ceinture d'un bras et me soulève à peine. D'une main, il me rapproche de lui, de l'autre, il guide son sexe bandé vers mon intimité. En l'espace d'une seconde, sans que j'aie le temps de comprendre, de me défendre : il est en moi. La seconde suivante, mes cuisses entourent sa taille, il m'attrape les fesses et me fait onduler sur lui. Je m'accroche à son cou. Le rythme est intense, le plaisir immense. Trop tard pour protester. J'ai perdu, il a gagné. Ses yeux gris et fiévreux plongent dans les miens. Il jubile. Je l'embrasse à perdre haleine. Mon fauve se déchaîne, grogne, le regard sombre, tous les muscles bandés. Je rends les armes. M'abandonne à sa force, à sa fougue, à son désir sauvage, sa passion presque animale.

Je ne pourrai jamais le dompter… Et même si je le pouvais, je ne le voudrais jamais.

28

CONTRE LE RESTE DU MONDE

Boum.

Je me retourne sous la couette en ronchonnant. Le corps nu de Vadim me tient chaud. Trop chaud.

Boum boum.

J'entrouvre à peine les yeux, la faible lumière qui filtre à travers les rideaux du studio me dit qu'il est tôt. Trop tôt.

Boum boum boum !

Le bras de Vadim s'abat sur ma poitrine. Il saute sur ses pieds en se frottant le visage d'une main. Je ne comprends rien.

Les « boum » se succèdent à nouveau. Les battements de mon cœur résonnent encore plus fort. Vadim enfile un jean. Les chiffres rouges du réveil indiquent 06:02. Mon cerveau embrumé n'imprime toujours pas.

– Ne bouge pas, ne parle pas, me chuchote mon amoureux, un doigt sur les lèvres, une main dans ses cheveux en bataille.

Son regard était trop noir quand il s'est dirigé vers l'entrée. Quelque chose ne va pas.

– Police, ouvrez la porte ! hurle une voix sourde.
– Ça va, pas la peine de la défoncer, soupire Vadim d'une voix mal réveillée en tournant le verrou.

Trois hommes et une femme en jeans, tee-shirts et gilets sans manche noirs envahissent le petit appartement. Ils portent tous un badge de la Los Angeles Police Department. Et le mot « police » écrit en capitales blanches au dos de leur gilet. Je me redresse précipitamment, plaque la couette autour de moi, par réflexe.

– Mademoiselle, on vous donne une minute pour vous habiller. Pas une de plus, me lance un jeune flic noir en se retournant pour me laisser un semblant d'intimité.
– Vous, contre le mur ! aboie un autre type en plaquant sa main sur le torse nu de Vadim.
– Vous ne me touchez pas, lui répond-il, menaçant. Qu'est-ce que vous foutez chez moi à six heures du mat' ?

– Je serais vous, je changerais de ton, intervient la femme avec son air pincé et sa tresse serrée à la Lara Croft.

Je n'ai toujours pas bougé. Lara Croft me vient en aide en ramassant sur le sol ce qu'elle croit être à moi. Elle me lance le tee-shirt gris chiné de Vadim. Je l'enfile sans broncher. Il est assez long pour que je puisse m'extirper de la couette sans être trop dénudée. Je cherche des yeux mon pantalon blanc, qui a dû valser à l'autre bout de la pièce hier soir. Je n'aperçois que nos sous-vêtements éparpillés sur le parquet, mon débardeur rouge chiffonné sur la lampe de chevet renversée, mon soutien-gorge qui pend de la table basse par une bretelle. Ce spectacle me fait rougir de honte. Et je réalise enfin ce qui est en train de se passer.

– Nous avons un mandat de perquisition, lâche le type face à Vadim en sortant une feuille pliée de l'intérieur de son gilet et en lui agitant sous le nez.

Il a les cheveux ras, le visage rouge et luisant de sueur et porte un bouc poivre et sel fourni. Je ne sais pas si c'est le chef, mais c'est sans aucun doute le plus vieux et le plus coriace de la bande. Il est plus petit que mon amoureux, mais il a relevé la tête d'un air méprisant et il se tient si près de lui que j'ai l'impression que les poils drus de son menton chatouillent celui de Vadim. Je me rapproche de lui à pas très lents et glisse ma main autour de son poing serré. Qu'il desserre pour croiser ses doigts entre les miens.

– Mademoiselle, je vais vous demander de vous écarter, lance le Bouc en pointant de l'index nos mains enlacées. Vous ne pouvez ni vous toucher ni communiquer de quelque manière que ce soit pendant toute la durée de la procédure.

Il récite sa petite phrase en parlant bien trop fort pour quelqu'un se tenant à cette distance. Et son faciès est agité de tics. Je regarde Vadim qui ne quitte pas le policier des yeux. Je sais qu'il a envie d'exploser. Je sais qu'il est en train de réunir toutes ses forces pour se contenir. Et je sais que le flic rougeaud n'a qu'une envie : que Vadim craque et qu'il puisse le coller violemment au mur.

– Fais ce qu'il dit, Alma. Monsieur a l'air nerveux, dit calmement Vadim en le regardant toujours.

– Pantalon ! crie Lara Croft en me lançant le vêtement qu'elle vient de retrouver je ne sais où.

J'essaie de le rattraper, mais il m'échappe et s'échoue à mes pieds. La policière ne peut réprimer un sourire moqueur face à ma maladresse. Je me penche pour ramasser et enfiler mon pantalon blanc. Le simple fait d'avoir baissé la tête m'a rempli les yeux de larmes. Quand je me relève, elles coulent silencieusement sur mes joues.

– Qu'est-ce que vous lui voulez ? murmuré-je en m'essuyant le visage du revers de la main.

– Nous allons procéder à la fouille du domicile et vous allez vous tenir bien tranquilles tous les deux, braille le Bouc comme si on était sourds ou débiles, au choix.

– Vous n'êtes pas obligé de hurler, répond doucement Vadim. Et vous pouvez fouiller tout ce que vous voulez, vous ne trouverez rien ici.

– Ce n'est pas ce qu'on nous a dit, sourit le Bouc en baissant d'un ton et en remplaçant le volume trop élevé par un air trop sûr de lui.

Pendant une dizaine de minutes, deux des hommes retournent tout sur leur passage : le canapé-lit, le contenu de l'armoire de Vadim, les placards de la cuisine ouverte, les tiroirs de son bureau. À cet instant, je me fais la réflexion qu'ils ressemblent plus à des cambrioleurs qu'à des policiers. À ce détail près qu'ils portent des gants en latex jauni comme ceux qu'on voit dans les hôpitaux. Je trouve cette intrusion violente, dérangeante, j'ai l'impression qu'ils salissent mon nid d'amour avec leurs sales pattes en plastique. J'en ai la nausée.

Mais Vadim n'a pas l'air inquiet. Il n'y a que son beau visage qui réussit à m'apaiser un peu, et le verre d'eau que m'a apporté Lara Croft pour essayer d'être gentille. Pendant une seconde, j'ai envie de lui jeter au visage comme j'ai balancé ma limonade à la tête de Brittany Smith, la pom-pom-girl qui fricotait avec mon mec au Sunset Café.

Ça me semble si loin, le temps où je relevais ses défis juste pour le voir sourire… Le temps où mon seul problème était de savoir si Vadim Arcadi m'aimait bien ou se foutait de moi. Et pas de savoir ce que Vadim Arcadi pourrait cacher dans son appart qui intéresse tant quatre flics de la LAPD.

Depuis la salle de bains, une voix au timbre triomphal retentit jusqu'ici. Elle me glace le sang. Puis le jeune flic noir réapparaît dans le salon, un paquet blanc de la taille d'une boîte à chaussures entre les mains.

– On dirait bien qu'on a trouvé quelque chose, fanfaronne le Bouc en s'approchant de son collègue.

– D'où vous sortez ça ? gronde Vadim, sourcils froncés et mâchoires serrées.

– Scotché sous le lavabo, répond le jeune, très fier de sa trouvaille.

– Hmm, pas très original, rétorque le Bouc, à la fois moqueur et déçu.

– Il n'y a jamais rien eu sous ce lavabo ! Je n'ai même pas de scotch, commence à s'énerver Vadim en s'approchant du paquet.

Il est retenu par Lara Croft, qui se plante devant nous. Son corps massif nous empêche de voir clairement ce que fabriquent les trois autres, penchés sur la table où repose maintenant le paquet blanc. Des tests, sûrement. Je prie intérieurement pour que ce soit du sucre, de la farine, une mauvaise blague de Felix Alonso, tout mais pas ce que je crois. Ce que je crains.

Le Bouc se redresse enfin, retourne Vadim et le plaque face au mur comme il a rêvé de le faire depuis qu'il a pénétré dans l'appartement. Le cliquetis des menottes retentit et le métal brillant entoure les poignets de mon amoureux. Mes larmes coulent à nouveau.

– Qu'est-ce que vous faites ? hurlé-je en me précipitant vers lui.

La fliquette s'interpose à nouveau en posant ses mains sur chacune de mes épaules. Le Bouc se remet à brailler pour couvrir mes cris :

– Vadim Arcadi, vous êtes en état d'arrestation. Vous avez le droit de garder le silence. Tout ce que vous direz pourra être utilisé contre vous. Vous avez le droit à un avocat. Si vous n'en avez pas les moyens, un avocat d'office pourra vous être accordé par la cour. Avez-vous compris ce que j'ai dit ?

– Ce truc-là n'est pas à moi, Alma ! Je te le jure ! s'époumone Vadim en tournant son visage vers moi.

– Avez-vous compris ce que j'ai dit ? reprend le Bouc encore plus fort.

– Je suis sûr que c'est Keith ! Il a dû venir cacher ça ici quand j'habitais chez toi ! continue mon amoureux dans ma direction.

– La ferme ! lâche le Bouc en plaquant la tête de Vadim contre le mur.

– Ne lui faites pas de mal ! m'écrié-je dans le brouhaha général.

– On l'emmène, prenez l'identité de la fille !

– Non ! m'égosillé-je dans une longue plainte qui me casse la voix.

– Taisez-vous, si vous ne voulez pas qu'on vous arrête aussi, me conseille Lara Croft. Et ne rendez pas les choses plus compliquées.

Le Bouc et l'autre policier franchissent le seuil de la porte en tirant Vadim sous chaque bras. Il retourne une dernière fois son visage défait vers moi en se débattant violemment.

– Ne leur dis rien, Alma ! Ne te mêle pas de ça ! Promets-moi !

Ses derniers mots me font l'effet d'une gifle. Il pense à sauver ma peau au moment où la sienne risque le plus gros. Là, tout de suite, je l'aime plus fort que je ne l'ai jamais aimé. Et on vient de me l'arracher.

Mon Vadim… Mon maudit Arcadi… Eh, la terre entière, vous n'en avez pas marre de me le prendre ?! Vous avez intérêt à me le rendre…

– Nom, prénom, adresse et numéro de téléphone, m'interroge le jeune Noir, un stylo et un petit calepin à la main.

– Alma Lancaster… Qu'est-ce qui va lui arriver maintenant ? demandé-je en me précipitant à la fenêtre.

– Vous allez rentrer chez vous et vous tenir à la disposition de la LAPD. Il se peut que l'on vous contacte dans les jours qui viennent. Adresse et numéro de téléphone, insiste le flic.

– Si vous voulez un vrai conseil, intervient Lara Croft en me forçant à la regarder : changez de fréquentation. Une fille comme vous n'a rien à faire dans cet appartement avec ce…

– Vous ne savez pas qui il est ! l'interromps-je en voyant Vadim se faire pousser à l'intérieur d'une voiture de police stationnée dans la rue.

Ses yeux gris transparents ont juste le temps de regarder en l'air, vers la fenêtre, vers moi. Il m'a vue, je le sais. Il a vu que je l'avais vu. Et je n'ai rien pensé à lui dire, à lui hurler. Je suis mortifiée. Je laisse mes coordonnées aux policiers qui finissent par s'en aller, remets un peu d'ordre dans le studio, ramasse mes sous-vêtements et quelques affaires dont Vadim pourrait avoir besoin. Est-ce que je pourrai seulement les lui apporter ? Et quand ? Qu'est-ce que je suis censée faire maintenant ?

Arrêter de pleurer, pour commencer. Trouver de l'aide, ensuite. Appeler Clémentine, Felix. Eux, ils sauront quoi faire. Et rentrer chez moi, passage obligé. Retrouver mes parents. Être à la maison avant eux. Ne pas éveiller leurs soupçons. Garder ma liberté…

Après quelques effusions avec ma mère et ma sœur, quelques questions pénibles de mon père, qui veut savoir ce que je compte faire de mon été, quelques cadeaux venus de France à déballer, je prends des nouvelles de ma grand-mère et lâche de vagues réponses pour me débarrasser au plus vite des retrouvailles familiales. Je prétexte un rendez-vous avec Clem, annonce que je passerai la journée avec elle et ne rentrerai que tard ce soir, fête de fin d'année oblige. Rien de tout ça n'est un mensonge, pour une fois. Mais mes parents pourraient le croire. Pas aujourd'hui : Marie Lancaster est d'une incroyable bonne humeur – un séjour à Paris lui fait toujours le même effet – et déclare gaiement que j'ai bien le droit de décompresser après cette année de cours éprouvante.

Ma pauvre maman, elle n'a même pas idée.

Je retrouve Clémentine attablée avec Felix au fond du Sunset Café. Tous les deux ont répondu sur le champ à mes textos paniqués et ne me laissent même pas m'asseoir avant de m'assaillir de questions. Je leur raconte en tremblant la scène de l'arrestation et la drogue cachée chez Vadim. Aucun d'eux ne met en doute son innocence. Alonso s'agite et se met à beugler des insultes en espagnol, en prononçant Keith tous les trois mots.

– Moins fort ! lâche ma meilleure amie, agacée. On a tous fait espagnol en première langue !

Le café est bondé d'étudiants surexcités, certains par la fin des examens, d'autres par leurs futures vacances payées par leurs généreux parents, tous par la prometteuse soirée qui doit se tenir sur le campus pour tous les élèves de première année. Personne ne nous écoute. Personne ne semble remarquer que seuls nos trois visages dans l'assistance n'affichent pas de large sourire.

– On va tous aller parler à la police, Alma ! reprend Clem. On sait trop de choses sur Keith, il y a bien quelqu'un qui va nous écouter.

– Tu rêves D'Aragon, lui répond son voisin, désespéré.

– Ça me révolte ! Comment un éducateur d'adolescents peut mener une double vie, franchement ?

– Regarde, même toi tu t'es fait avoir ! poursuit Alonso. Il t'a balancé deux ou trois belles phrases, il t'a montré ses muscles et bam ! vous étiez au lit.

– C'est bon, pas la peine de me le rappeler. Il faut que je quitte cet enfoiré ! Tu viendras avec moi, Alma ?

– Ho ! quelqu'un se rappelle que Vadim vient de se faire arrêter ? dis-je en les fusillant du regard. Comment on le sort de là ?

– Moi je ne peux rien faire, se défend le Latino. Si je vais parler aux flics, ils vont me boucler aussi.

– Alors tu le laisses plonger tout seul ? Ton meilleur ami, ton frère de cœur ou je ne sais pas quoi ? Après tout ce qu'il a fait pour toi ? sifflé-je de colère.

– Tu crois vraiment que je pourrai l'aider, quand on pourrira dans deux cellules séparées ? Réfléchis, Lancaster, au lieu de m'agresser !

– Toi, réfléchis, Alonso ! Cherche une solution !

– Je ne fais que ça ! me lance-t-il, plein de rage.

– On pourrait lui trouver un avocat, suggère Clémentine pour tenter d'apaiser la tension.

– Mon père en connaît… chuchoté-je en pensant aussitôt aux conséquences que ça impliquerait.

– Ton père ? ronchonne Felix d'un air dégoûté. Tout ce qu'il va faire, c'est l'enfoncer encore plus !

J'éclate en sanglots. Certains étudiants se retournent pour me regarder pleurer. Puis reprennent aussitôt leurs conversations pleines de rires, de cris et de tapes sur l'épaule. Tout m'oppresse. Leur bonheur. Leur niveau sonore. La soirée qui se prépare. Et Vadim que j'imagine seul, en garde à vue ou dans une salle d'interrogatoire, qui doit devenir fou et que personne ne doit croire. Cette pensée me tord le cœur, les entrailles.

La journée passe sans qu'aucun de nous trois ne baisse jamais les bras. Les bonnes idées fusent, les mauvaises aussi, on s'envoie balader, on râle, on désespère, Vadim occupe chacune de nos pensées. Quelques sodas plus tard, nous faisons le pacte solennel de prouver son innocence, coûte que coûte. On ne sait juste pas encore comment. Nos trois mains superposées tremblent de peur, mais Felix nous promet qu'on va y arriver. Ni Clem ni moi ne le croyons, mais c'est la seule chose à laquelle je peux me raccrocher. Nous trois. Seuls contre le reste du monde. Pour lui.

En attendant, il faut bien aller à cette fête. Ne pas laisser les langues se délier en notre absence. Les rumeurs vont si vite à la fac. Si l'on veut défendre Vadim Arcadi, ça commence aujourd'hui. Sur le campus, les étudiants déjà arrivés sont regroupés autour des pompes à boisson installées là pour l'occasion. Une sono crache les tubes de l'année 2002. Les gobelets en carton jaune passent de main en main. Certains ajoutent discrètement de l'alcool dans les sodas offerts par l'université. Quelques profs sont présents aussi, je ne sais pas si c'est pour célébrer l'année écoulée ou pour jouer les chaperons. J'ai déjà envie de m'en aller.

– Félicitations, les deux Françaises ! Vous avez survécu ! nous lance Timothy Wallace, arrivé avec toute sa bande.

– Qu'est-ce que vous foutez là ? Vous n'êtes même pas en première année, leur rétorque Clémentine, déjà à cran.

– T'inquiète pas, on s'en va, on a une fête ailleurs, avec autre chose que du coca dans les verres, ajoute un basketteur en déclenchant l'hilarité des autres.

– On voulait juste vérifier, pour Arcadi…

– Vérifier quoi ? aboyé-je, soudain remontée.

– Ben, tu dois le savoir mieux que nous, Alma, répond Tim faussement embêté. Qu'il est bien retourné en prison.

– Et pour de bon cette fois ! surenchérit un de ses copains.

– Il n'y a jamais mis les pieds, vous ne savez pas ce que vous racontez !

Mais comment ils savent ça ?

– Eh, les gars, à force de coucher avec des pom-pom-girls, vous devenez encore plus commères qu'elles ! Ça va, votre virilité le vit bien ? demande Clem avec sa voix de peste et son air dédaigneux.

– À force de coucher avec personne, tu deviens encore plus aigrie qu'avant, D'Aragon ! lui balance Cassius Banks, l'un de ses ex de début d'année.

– Foutez-leur la paix ! entends-je mon frère prononcer derrière moi. Allez, dégagez !

– Tiens, v'là le frère Lancaster ! Tu te tapes Arcadi, maintenant, ou vous faites un truc à trois avec ta sœur ?

Coups de coudes, salves de rires gras. Basile ne prend pas la peine de leur répondre, m'éloigne par les épaules du cercle qui s'est formé autour de nous. Clémentine leur crache encore quelques injures avant de nous rejoindre.

– Alma, tu devrais rentrer…

– Pourquoi ? Je n'ai rien à me reprocher ! Vadim non plus ! me défends-je face à mon frère.

– C'est vrai ce qu'ils disent ? Il est en prison ?

– Non ! Il s'est juste fait arrêter ! crie ma meilleure amie avant de réaliser sa gaffe en portant sa main à sa bouche grande ouverte.

– Putain, je t'avais dit que tu ne pouvais pas lui faire confiance ! Il n'est pas fait pour toi, Alma, il faut que tu arrêtes là ! Avant que ça devienne encore plus grave que ça, me conseille Basile en me caressant le bras.

Je me dégage d'un geste sec. Mes yeux s'embuent à nouveau. La colère coule à toute allure dans mes veines et se met à gronder dans ma gorge.

– Quand je pense que Vadim a pris ta défense ! Il a empêché ces gars-là de vous piétiner, Isaac et toi ! Il t'a poussé à t'assumer comme tu es ! Mais finalement, tu es aussi lâche qu'eux, Basile ! Tu me dégoûtes ! Et tu sais quoi ? Je ne le quitterai jamais. JAMAIS DE LA VIE ! éructé-je avant de me mettre à courir en direction de la sortie.

29

L'UN CONTRE L'AUTRE

Je ne reconnais pas le numéro qui s'affiche sur mon portable. Je décroche quand même, tout en continuant à marcher lentement dans la rue. Entendre la voix de Vadim prononcer « Alma, c'est moi » me coupe le souffle. Je m'arrête net et dois m'adosser contre un mur pour ne pas tomber. Je m'y laisse glisser doucement jusqu'à ce que le trottoir me retienne. Assise par terre, les jambes repliées contre ma poitrine, je l'écoute me dire qu'il va bien. Qu'il a été transféré dans un centre de détention en attendant son procès. Qu'il est inculpé pour détention illégale de drogue. Qu'avec ses précédentes condamnations, il risque une longue peine de prison. Que son avocat commis d'office est un brave type, mais qu'il ne pourra sans doute rien pour lui.

Il me demande de ne pas pleurer – je renifle. Et de ne rien tenter pour le sauver – je proteste. Il me dit aussi, un sourire atroce dans la voix, que celui qui aurait pu le sortir de là, autrefois, c'est Keith. Mais qu'aujourd'hui, c'est ce même Keith qui l'a envoyé tout droit où il se trouve. J'ai l'impression qu'il baisse les bras. Cette idée me révolte. Je lui demande quand je pourrai venir le voir. Il me répond qu'il ne préfère pas. J'insiste en le menaçant de tas de choses impossibles, ridicules et en l'appelant Arcadi, comme toutes les fois où je l'envoie balader d'habitude. Comme si, même dans cette situation extrême, notre petit jeu suffisait. Vadim rit et me promet de m'inscrire sur la liste de ses visiteurs. Il m'explique que ça prend du temps et que je devrai venir en voiture avec Felix parce que la prison se trouve à près d'une heure de Los Angeles.

Puis mon amoureux baisse la voix pour me murmurer que je lui manque. Je l'imagine, entouré d'autres détenus en uniforme, se faire discret pour prononcer ces mots, comme s'ils étaient interdits, tabous, dans l'enceinte d'une prison. Ils le sont sûrement. Cet univers est tellement loin du mien. Une boule se forme dans ma gorge. Un nœud dans mon estomac. Je me sens vide. J'ai l'impression de perdre prise. Que Vadim m'échappe encore un peu plus à chaque minute. Je parle doucement, moi aussi, pour lui dire à quel point je l'aime. Lui promettre qu'on ne le laissera jamais tomber, Fe, Clem et moi. Il me demande d'arrêter. Me dit qu'il doit raccrocher, ses dix minutes sont passées.

Quatre interminables jours plus tard, Felix est au volant du pick-up appartenant à son meilleur ami. Le voir assis là, à ma gauche, est un coup de poignard supplémentaire dans mon cœur meurtri. Plus rien ni personne n'est là où il devrait être : Alonso conduit une voiture qui n'est pas la sienne, Clémentine se tortille sur la place minuscule du milieu – se plaignant à haute voix, juste pour tuer le temps, de la chaleur dans l'habitacle, de l'absence de banquette arrière et de la conduite hasardeuse du chauffeur – Vadim pourrit en prison à la place d'un autre, je suis seule, sans mon âme sœur, mon roc, et cette fois, c'est moi qui dois tenir le coup pour lui. Je ne sais pas si je saurai faire. Le trajet jusqu'à la prison n'en finit pas. Les contrôles et l'attente dans les couloirs non plus. Après avoir passé une heure sur la route brûlante, la climatisation du bâtiment me glace le sang. Mes jambes sont fébriles, mes bras ont la chair de poule : au moins, Vadim pourra se moquer de me voir trembler en plein mois de juin.

Enfin, le Vadim libre que je connais l'aurait fait. Comment sera le Vadim enfermé ? Je n'en ai aucune idée.

Notre tour arrive, nous nous serrons tous les trois sur de petits tabourets en bois face à une vitre, d'autres visiteurs nous imitent de part et d'autre de la petite guérite. J'étais prévenue qu'on ne pourrait avoir « aucun contact physique avec le détenu » – comme c'est le cas pour tous ceux en attente de leur procès, mais la barrière vitrée me semble tout à coup insupportable. Une irrépressible envie d'y enfoncer mon poing pour la briser en mille morceaux m'électrise toute la main. Mais Vadim apparaît à ce moment précis, dans un pantalon orange flottant sur ses hanches et un tee-shirt blanc au logo de la prison. Un agent lui retire ses menottes et lui fait signe de s'asseoir. Cette vision rouvre un peu plus la plaie béante de mon cœur.

Vadim me dévisage, pose rapidement son regard sur Felix puis sur Clémentine et revient se plonger dans le mien. Pendant près d'une minute, il ne quitte pas mes yeux que je sens se remplir de larmes. Il baisse la tête quand il les voit rouler sur mes joues. J'essaie de me reprendre et décroche le téléphone fixé sur le côté. Il m'imite, presque à contre cœur.

– Je t'avais dit ne pas venir. Te voir comme ça, c'est pire que la prison.

– C'est la clim qui me pique les yeux, tenté-je en me forçant à sourire.

Fe m'arrache le téléphone des mains pour parler à son copain.

– On n'a qu'une heure, putain ! Mec, ils te traitent bien là-dedans ?

– Ça va, pas à me plaindre.

– Dis-moi ce que tu veux que je fasse ! Tu as besoin d'argent ?

– Non, je n'ai le droit à rien jusqu'à l'audience.

– C'est prévu pour quand ?

– D'ici quelques jours, d'après mon avocat.
– Ça se présente comment, ton affaire ?
– Mal. Il veut que je plaide coupable pour éviter le procès et limiter les dégâts.
– Tu vas le faire ?
– J'en sais rien, souffle-t-il en s'ébouriffant les cheveux.

Je n'entends que faiblement leur conversation en approchant mon oreille du combiné. J'essaie de lire sur les lèvres de mon amoureux, mais je le regarde plus que je ne l'écoute. Les traits si fins de son visage. Ses yeux perçants, fatigués. Sa peau de bébé sur ses joues creusées. Une petite coupure sur sa mâchoire, sans doute causée par un rasoir bon marché. Ses boucles désordonnées que je ne peux même pas toucher. Ses lèvres douces, qu'il desserre à peine pour parler, que j'ai tant envie d'embrasser. Et le pire : ne pas pouvoir le sentir.

Le coude de Clem s'enfonce à deux reprises dans mes côtes, puis Felix me tape sèchement sur l'épaule avec le téléphone avant de me le tendre.

– Réveille-toi, Lancaster ! Il a besoin de toi, ici et maintenant ! Pas demain, pas ailleurs ! C'est tout ce que tu auras, alors tu fais avec et tu essaies de remonter le moral de mon pote ! crache-t-il en se levant brusquement de son tabouret.
– On vous laisse tous les deux, me chuchote ma meilleure amie, une main en soutien contre mon dos. Ça va

aller ? On t'attend sur le parking, ok ? Ça me fait mal de le reconnaître, mais l'autre abruti a raison : ne gâche pas les minutes qu'il te reste avec lui.

Je les observe s'éloigner, porte le combiné à mon oreille et essaie de retenir une nouvelle vague de larmes avant de pouvoir regarder Vadim en face.

– Encore la clim qui te pique les yeux ? sourit-il au bout du fil. Je peux leur demander d'éteindre, si tu veux. C'est un peu chez moi, ici !

– Je voudrais être plus forte, pour toi. Mais je n'y arrive pas, reniflé-je en lui montrant mes yeux rougis.

– Je ne te demande rien, Alma. C'est pour ça que je ne voulais pas que tu viennes. Tu n'as pas à subir tout ça.

– Toi non plus ! Tu n'as rien à faire là ! Et ça me tue, cette injustice ! Il faut que tu sortes, Vadim !

– Je ne peux pas, soupire-t-il. Je suis coincé, c'est comme ça.

– Mais pourquoi tu baisses les bras ? Ce n'est pas toi ! Vadim Arcadi, c'est un dompteur de fauves, un rebelle, un sale gosse qui n'a peur de rien !

– Oui, et regarde où ça m'a mené…

– Mais non ! Tu t'es battu toute ta vie, tu ne vas pas arrêter ! Pas maintenant !

– C'est ma parole contre la sienne, c'est perdu d'avance, lâche-t-il d'un ton résigné.

– Non, Felix et Clémentine peuvent témoigner, moi aussi ! Et Cheyenne, elle sait la vérité ! On peut faire tomber Keith, il suffit de le vouloir ! Mais pour ça il faut que tu le veuilles aussi !

– Alma, s'il te plaît, écoute-moi. J'étais déjà seul dans ma vie, je suis encore plus seul ici. Je n'ai pas de famille pour m'aider. Pas de relations haut placées. Mon meilleur ami ne vaut rien devant un juge. Et tout ce que j'ai pu faire avant va se retourner contre moi. La seule chose que j'avais, c'est toi. Et je ne veux pas que tu sois mêlée à ça. Hors de question. Je veux que tu partes d'ici et que tu m'oublies.

– Pourquoi tu dis ça ? marmonné-je, sonnée. Pourquoi tu cherches à me faire encore plus mal ? Et Toi + Moi, ça ne compte pas ?

– Je ne regrette rien. Putain, si tu savais comme je t'… s'interrompt-il en court de phrase. Mais à choisir, j'aurais préféré ne jamais te rencontrer plutôt que ça finisse comme ça. J'en crève, d'avoir tout gâché. Pars, s'il te plaît. Et ne reviens pas.

– Vadim, ne me fais pas ça…

Je le vois se lever derrière la vitre qui nous sépare, faire signe à l'agent qui attend derrière lui. Il a le dos tourné. Je ne vois même plus ses yeux, qui pourraient me dire la vérité. Le contraire de ce qu'il vient de me balancer. Ma main s'abat violemment sur la paroi vitrée. Je ne pleure plus. Je suis happée dans un tourbillon de colère et de désespoir.

– Vadim ! répété-je dans un cri déchiré.

Je passe les deux jours qui suivent au fond de mon lit, roulée en boule dans un coin de ma chambre ou à faire les cent pas dans la rue, dans le parc, sur la petite place. Comme si tous les endroits qui ont abrité mon amour pouvaient m'apporter la solution inespérée pour le sauver. J'attends fébrilement la réponse à ma demande de visite au centre de détention – s'il ne m'a pas retirée de la liste. Je ressasse les dernières paroles de mon amoureux – si je peux encore l'appeler comme ça. Clémentine vient parfois me tenir compagnie. Elle me promet que l'audience n'a pas encore eu lieu, qu'on l'aurait su, que Vadim va forcément changer d'avis, que ça ne peut pas se terminer comme ça. Elle n'en sait rien. Elle est aussi impuissante et presque aussi désespérée que moi.

Ma meilleure amie m'annonce qu'elle a quitté Keith. Elle est allée lui dire en face quel salaud il était. Apparemment, l'éducateur a ri. Il l'a remerciée pour ses « bons et loyaux services », lui a dit de retourner avec sa « bande de voyous », que son « plan fonctionnait à merveille », qu'il n'avait plus besoin d'elle, ni d'eux. Elle se maudit de ne pas avoir eu l'idée d'enregistrer toute la conversation. Je ne suis même pas sûre que ça aurait changé quelque chose.

– Eh ! me dit-elle avec un bon coup de hanche contre la mienne. Ce n'est pas Cheyenne, là-bas ?

– Où ça ? m'agacé-je en cherchant des yeux à toute vitesse.

– Sur le trottoir, en face, avec le short jaune fluo et les tongs de piscine. Non mais c'est quoi, ce look ? Elle fait un défilé pour Décathlon ?

Par pur réflexe, je plante Clem et ses considérations vestimentaires pour me lancer à sa poursuite. La Pocahontas en short se met à courir, elle aussi, à la seconde où elle m'aperçoit. Elle doit courir deux fois plus vite que moi en temps normal, mais elle n'a pas mes tennis et elle a encore moins ma rage. Je la rattrape à un carrefour en l'agrippant par ses longs cheveux qui battent l'air.

– Lâche-moi !

– Ou sinon quoi ? rétorqué-je, à bout de souffle.

– Contrairement à toi, je sais me servir de mes poings, me menace-t-elle en tirant sur ses cheveux retenus dans ma main.

– Je veux juste te parler, dis-je en relâchant ma prise. Vadim est en prison et il va y rester des années si on ne fait rien. Je sais que tu connais Keith et que tu étais dans le coup. Mais tu es ma dernière carte, Cheyenne, tout ce qu'il me reste.

– Je ne suis rien du tout, se défend-elle en reculant. Et toi aussi, tu devrais rester en dehors de ça.

– Mais pourquoi tout le monde refuse de se mouiller ? Pourquoi tout le monde trouve ça normal qu'il prenne à la place de Keith ? Pourquoi personne ne veut que cet enfoiré paye pour ce qu'il a fait ? m'indigné-je, les paumes vers le ciel.

– Parce que personne ne peut, chuchote-t-elle en se rapprochant à nouveau de moi. Il est intouchable, ok ? Tu ne le connais pas, il est capable de tout.

– Mais tu as peur de lui ou quoi ?

– Fais gaffe à toi, Lancaster ! me lance-t-elle avant de

ramasser ses tongs à une main et de repartir en courant, pieds nus sur le bitume.

***

Le lendemain matin, je me trouve à nouveau dans le pick-up entouré de Felix et Clémentine. J'ai accepté de prendre la place du milieu. J'aurais accepté n'importe quoi quand j'ai appris que ma demande de visite avait été acceptée. Ce qui signifie que l'audience n'a pas encore eu lieu et, surtout, que Vadim veut encore me voir.

À moins que ce soit pour me répéter les horreurs de la dernière fois. J'en tremble déjà.

Face à la vitre, le Latino échange quelques mots avec son copain, Clem prend le téléphone pour lui dire de tenir bon – et de penser à se couper les cheveux, un de ces jours – puis ils nous laissent en tête à tête, comme on l'avait convenu sur le trajet. Je ne sais pas si c'est mon imagination, mais je trouve Vadim amaigri, plus pâle, presque éteint. Ses boucles brunes lui retombent sur le front comme s'il portait le plus lourd des fardeaux. Une épée de Damoclès visible au-dessus de sa tête.

– Ne me refais jamais ça, Arcadi, partir sans te retourner, commencé-je, les yeux secs et la voix déterminée.
– Ne me refais jamais ça, Lancaster, hurler mon prénom en pleurant. Je n'en ai pas dormi pendant deux nuits.

Ses yeux gris s'emplissent d'une petite lueur de colère, de chagrin, de douleur. De provocation, peut-être aussi. Je ne sais pas ce que c'est, mais ça l'anime et ça le rend plus beau que jamais. Au moins, je ne lui suis pas complètement indifférente.

Cet idiot a failli réussir à me le faire croire…

– J'ai parlé à Cheyenne, hier. Keith s'est servi d'elle, aussi. Elle a l'air de le craindre, elle ne parlera jamais.

– Je te l'ai déjà dit, mais tu ne m'écoutes pas, Alma. Il n'y a aucune solution.

– Si ! Il y en a une, c'est toi qui ne veux pas l'entendre. Mon père connaît d'excellents avocats qui pourraient te sortir de là. C'est aussi simple que ça.

– Je t'ai déjà dit non. Et qui paiera, de toute façon ?

– Moi ! Nous ! On s'en fout !

– Je ne m'en fous pas, moi !

– C'est quoi ? De la fierté ? Vadim Arcadi qui s'est fait tout seul et qui préfère crever seul plutôt qu'accepter l'aide de quelqu'un d'autre ? Même la mienne ? m'énervé-je en le voyant s'entêter.

– Je t'ai déjà fait assez de mal comme ça, je veux que ça s'arrête. Que ce soit dehors ou en prison, je veux pouvoir me regarder tous les jours dans la glace et me dire que je n'ai pas brisé ta vie. Que tu n'es pas malheureuse à cause de moi.

– Mais tu crois que je pourrai être heureuse, sans toi ? Tu crois qu'il suffit que je claque des doigts pour t'oublier ? J'en mourrai, si tu restes ici ! Laisse-moi t'aider, je t'en supplie.

– Non, tout ce que tu feras, ça aura des conséquences, Alma. Tu es la plus belle personne que j'ai jamais rencontrée. Tu es un diamant brut, une âme pure, si je te salis, je ne m'en remettrai jamais. Tu mérites d'avoir la plus merveilleuse des vies. Je ne supporte pas d'imaginer une seule seconde que tu risques de la gâcher pour moi. Non, je ne pourrai pas vivre avec ça.

– Ma vie a changé le 8 octobre 2001 vers dix heures du matin. Quand tu as posé tes yeux sur moi pour la première fois. Quand tu m'as provoquée et que j'ai fait semblant de te résister. Tout ça, je l'ai choisi, Vadim ! J'ai laissé ma vie basculer ! J'ai pris le risque parce que j'étais déjà folle de toi ! Et regarde ma vie : elle n'a jamais été aussi belle, aussi incroyable depuis neuf mois ! Tu ne sais même pas tout ce que tu m'as apporté. Cette liberté, cette folie, tous ces bonheurs-là, c'est à toi que je les dois ! Je t'aime plus que tout, plus que moi-même et je ne te laisserai pas te sacrifier pour moi. Jamais ! JAMAIS DE LA VIE !

Mes larmes coulent, mais ma voix ne faiblit pas. Toutes ces choses que j'ai sur le cœur, il faut qu'elles sortent, il faut qu'il sache. Et encore, ces mots ne sont rien à côté de ce que j'ai à l'intérieur. Ce feu qui brûle, ces flèches emplies de son poison à lui, cet amour violent, infini, qui me blesse et qui me tord, mais sans lequel je ne suis rien.

Je ne me souviens même plus comment était ma vie avant lui.

– Regarde-nous, sourit-il en venant coller son front contre la vitre. On a passé des mois à se battre, seuls contre tous, pour… Toi + Moi. Et maintenant, on se bat l'un contre l'autre. Je ne te laisserai pas gagner, Alma Lancaster. Promets-moi que tu ne feras rien, que tu ne parleras pas à ton père…

– Je n'ai rien à perdre, moi. Si tu ne veux plus te battre, je le ferai pour toi. Je t'aime, Vadim. Et ça, il n'y a rien qui m'en empêchera. Pas même toi.

Je pose mon front contre le sien. Une vitre nous sépare. Peut-être une vie entière. Je le regarde une dernière fois. Je grave son visage dans ma mémoire. Je me lève doucement. Je pars, avec sa vie entre mes mains et la sensation que mes yeux lui disent adieu.

Et que mon cœur lui appartient.

30

SEULE CONTRE TOUS

– Papa ?
– Hmm ?
– Je peux te parler ?
– Je suis occupé.
– C'est important.
– Alma, ça ne peut pas attendre ? Je…
– Non. Vraiment pas.

Ma voix se brise et mon père daigne enfin lever la tête de son épais dossier. En apercevant mon visage défait, il retire ses lunettes et les pose à l'envers sur le tas de feuilles haut de vingt centimètres.

– Qu'est-ce qui se passe ? marmonne-t-il en se massant l'aile du nez.

Les rares conversations sérieuses que j'ai avec mon père concernent mes études ou mon avenir et c'est toujours lui qui les initie. En général il parle, j'écoute et les seules réponses correctes se résument à « oui » et « d'accord ». Ce soir, il a l'air aussi mal à l'aise que moi de me voir débarquer dans son bureau. Je me suis arrêtée sur le pas de la porte, je sais qu'il n'aime pas être dérangé quand il travaille. Du bout des doigts, je triture l'encadrement en bois en attendant d'être invitée à entrer. Mais je ne sais pas où aller, ou m'asseoir, par où commencer.

– Si tu as des problèmes, je suis là pour t'aider, poursuit-il en s'enfonçant dans son siège en cuir.

– Ce n'est pas moi. C'est… Vadim.

– Étrange, pourquoi cette réponse ne m'étonne pas ?

Une autre fois, ce ton de Monsieur-je-sais-tout m'aurait fait abandonner. Je serais repartie d'où je venais en murmurant « peu importe » ou « laisse tomber », mon père m'aurait demandé de surveiller mon langage et j'aurais souri pour que la discussion s'arrête là. Mais j'ai plus besoin de lui à cette minute précise que pendant toutes celles écoulées les dix-neuf dernières années. C'est ici que tout se joue : dans ce bureau austère face à ce paternel intraitable, qui considère la tristesse comme une faiblesse et les problèmes des autres comme étant forcément des broutilles.

– Lui, il n'a pas de père. Personne pour l'aider, tenté-je en jouant la corde sensible.

– Son éducateur m'a semblé être un homme très bien, capable de gérer toutes sortes de situations avec des garçons comme lui, me répond-il sans cacher son mépris.

– Pas cette fois. C'est plus grave que ça.

– Alma, soupire-t-il en me rejoignant sur le seuil de la porte. Tu comprends pourquoi j'ai cherché à t'éloigner de ce Vadim ? Il y a toujours un problème, avec lui. Et c'est toujours un peu plus grave à chaque fois. J'espère que tu ne t'es pas encore attiré des ennuis.

– Moi non. Mais lui… il est en prison, craqué-je enfin en cachant mon visage entre mes mains.

Entre deux sanglots, je raconte toute l'histoire à mon père, qui hésite entre exploser et me consoler. Furieux, il refuse d'abord de me croire. Fait les cent pas dans son bureau. Croise et décroise les bras. Au fur et à mesure de mon récit, Edward Lancaster baisse la garde : pas par compassion à l'égard de Vadim, juste parce qu'il ne supporte pas de voir souffrir sa fille.

– Tu… l'aimes… Tu l'aimes vraiment… à ce point ?

Mon père est un orateur né, un champion des grands discours. Sauf peut-être dans un seul domaine : l'amour.

– Il n'est pas parfait, mais il est tout pour moi, avoué-je en essuyant mes larmes. Il faut que tu le sortes de là, papa.

– « Tout » ? répète-t-il, incrédule, en relevant les sourcils. Tu n'es pas un peu jeune pour ça ?

– Vadim est tout pour moi et je suis prête à tout pour lui, insisté-je en soutenant le regard de mon père, pour qu'il y voie toute ma peine, toute ma sincérité, tout ce que je n'ai jamais osé lui dire jusque-là.

– J'ignorais que c'était si fort entre vous, s'adoucit Edward pour la première fois, juste avant de reprendre son masque dur et méfiant. Mais pourquoi est-ce que je lui ferais confiance ? Il n'a jamais cessé de défier mon autorité, de braver les règles qu'on avait fixées.

– Peut-être, mais il n'a jamais menti. C'est le garçon le plus loyal, le plus droit, le plus vrai que je connais. S'il te plaît, aide-moi !

– Si je dois intervenir, et je n'ai pas encore dit que je le ferais, précise mon père, c'est en étant sûr à cent pour cent qu'il est innocent, Alma. C'est pour réparer une injustice. Pas pour protéger un petit délinquant qui ne sait pas prendre ses responsabilités.

– Je te promets qu'il n'a rien fait. C'est Keith qui a tout orchestré. Si ça se trouve, il y a plein d'autres ados qu'il fait semblant de sauver et qu'il s'amuse à manipuler. C'est le pire des enfoirés !

– Langage, Alma !

– Désolée. Mais on ne peut pas laisser Vadim en prison ! Je ne me le pardonnerai jamais, recommencé-je à sangloter. Et si tu ne fais rien, je ne te le pardonnerai jamais non plus !

– Je suppose que je pourrais appeler mon ami Douglas…

– Oui, je t'en supplie !

– Mais rien n'est gratuit dans la vie, commence-t-il à me faire la leçon. Si je lui demande cette faveur, je lui en devrai une en retour. Quant à toi, ce que tu me demandes a aussi un prix.

– Tout ce que tu veux, m'emballé-je, soulagée.

Grosse erreur…

– Je ferai en sorte d'éviter la prison à Vadim à une seule condition : tu le quittes sur le champ, tu rentres en France et tu ne le vois plus jamais.

– Papa…

– Sans discussion, me coupe-t-il fermement. Ce garçon te tirera toujours vers le bas, il n'est pas fait pour toi.

– Mais tu ne peux pas…

– Je ne le fais pas pour te punir, mais pour assurer ton avenir, Alma. Un jour, tu me remercieras.

– …

Le voilà, le sacrifice dont parlait Vadim. Les conséquences sur ma vie. La contrepartie. Qui m'arrive comme une gifle en plein visage. Qui me laisse sonnée. Sans voix.

Le prix à payer pour sa liberté. Cette fois, c'est sûr : on va me le prendre pour ne jamais me le rendre. Le prix à payer pour avoir eu la chance de l'aimer.

– D'accord, susurré-je d'une minuscule voix, les poings serrés, le cœur en miettes et les yeux fermés.

Derrière mes paupières closes, le visage de Vadim. Sublime. Celui que j'ai regardé intensément au parloir de la prison, avant de m'en aller. Comme si mon inconscient savait ce qui se jouait. Comme si on était déjà en train de me l'arracher. Et comme si je l'avais déjà accepté.

– Je voudrais juste le voir une dernière fois.

– Ça ne sert à rien de t'imposer ça, répond mon père en m'entourant d'un bras. Il est temps que tu commences à penser à toi.

Le surlendemain, mes valises sont bouclées. Mon billet d'avion réservé. Tous mes souvenirs rangés dans une petite boîte en carton : les photos, le koala en peluche, les petits messages griffonnés sur des bouts de papier, tout ce qui me raccroche à Vadim Arcadi. Aux neufs plus beaux mois de ma vie. J'ai passé deux nuits blanches à lui écrire la plus longue des lettres, sans plus pouvoir m'arrêter. J'ai tant de choses à lui dire, mais je sais que je ne pourrai pas lui reparler. J'ai obtenu de pouvoir assister à son audience, aujourd'hui, mais c'est terminé, je ne pourrai plus l'approcher. Le toucher, le sentir, l'embrasser. Cette pensée m'emplit d'un vide immense. J'ai l'impression de ne même plus exister. D'être le fantôme de celle que j'ai été. Celle que Vadim m'a permis d'être.

Dans la salle bondée du tribunal, Felix et Clémentine m'entourent sur le banc en bois. Ma meilleure amie a glissé sa main dans la mienne, lui fait craquer ses doigts de nervosité. Mon père m'attend sur le parking, il me conduira à l'aéroport quand j'aurai la preuve qu'il a tenu sa parole. Et j'honorerai ma part du marché. Je partirai sans me retourner.

Si mes jambes veulent bien me porter. Si j'arrive encore à respirer.

Vadim entre dans la salle par une petite porte latérale. Il a ses vêtements d'avant : jean noir, tee-shirt gris, chaussures mal lacées. Je reconnais tout ce que j'ai toujours aimé : son corps long et musclé, ses épaules carrées, ses gestes virils mais pleins de grâce, sa démarche lente, presque nonchalante, son visage d'ange et son air sombre, dur, torturé. Cette vision m'apaise et m'écorche à la fois : parce qu'il est à nouveau lui-même – loin du prisonnier en pyjama orange qui baissait la tête et acceptait son sort sans broncher, mais aussi parce que je sais, à cet instant, que je ne pourrai jamais cesser de l'aimer.

Un cinquantenaire élégant en costume trois-pièces pose une main délicate derrière le dos de Vadim pour l'inviter à s'asseoir à ses côtés. Ce dernier esquive son geste en se retournant violemment et reste debout, balayant la salle du regard. Deux yeux gris ténébreux tombent dans les miens. Ils me transpercent. Je retiens mon souffle et broie les doigts de Clémentine dans ma main. L'avocat se met à sortir des dossiers, à feuilleter des pages et écrire quelques notes d'un énorme stylo doré. Il a l'air de savoir parfaitement ce qu'il fait.

Et moi, je ne sais plus rien. Pourquoi j'ai fait ça. Pourquoi je suis là. Pourquoi Vadim me fixe comme si je l'avais trahi. Pourquoi il y a tant de colère, de haine contenue dans ce regard noir. Je me lève, mue par je ne sais quelle force extérieure. Il faut que la douleur cesse. Il faut que je parte ou je vais hurler. Il ne faut pas que je pleure. Il faut qu'il comprenne que j'ai fait ça pour lui, de mon plein gré. Que je n'ai aucun regret. Que je veux lui offrir ce qu'il a de plus cher, le plus beau cadeau que je ne pourrai jamais lui faire : sa liberté. Et qu'en échange, je veux bien rendre ce que je chéris le plus au monde. Lui. Vadim Arcadi. Mon amoureux, mon amant, mon ami. Toute ma vie.

De grosses larmes chaudes roulent sur mes joues. Elles n'ont jamais eu un goût aussi amer. À quelques mètres de moi, Vadim entrouvre la bouche. Je sais qu'il a envie de rugir, de tout envoyer balader. En le regardant, intensément, je glisse un doigt sur mes lèvres pour lui intimer de se taire. De ne pas tout gâcher. En réponse, ses yeux me supplient d'arrêter de pleurer. Dans cette salle bondée, il n'y a plus que lui et moi. Debout, face à face. Bien trop loin, mais encore trop près. Je dois partir. En silence, mes lèvres articulent les trois mots que je suis venue lui dire pour la dernière fois : je t'aime. Ses mains plongent avec rage dans ses cheveux bouclés. Son beau visage tremble. Son regard s'éclaircit, humide et gris. Je m'y noie encore. Pour comprendre qu'il cède, lâche enfin prise, me rend ma liberté, à son tour. Son ultime preuve d'amour.

Toi + Moi est gravé quelque part ici, en Californie. Mais je l'emmène avec moi à Paris, gravé dans mon cœur pour le reste de ma vie.

Ça fait plus d'un mois que je suis rentrée en France. Toute la famille m'a rejointe peu après, quittant définitivement L.A. pour Paris. Mais la plus belle ville du monde ne m'a jamais semblé aussi terne, aussi laide. Ça tombe bien, c'est à peu près à ça que ressemble ma vie. Clémentine doit arriver aujourd'hui et le taxi la déposera directement ici. À ce qu'elle m'a dit, ma meilleure amie ne veut pas être aux États-Unis si je n'y suis pas. Je crois plutôt qu'elle ne veut plus m'entendre pleurer au téléphone. Qu'elle n'en peut plus de mes questions sans réponses, de mes souvenirs, mes regrets, mes idées noires, et surtout de l'interdiction formelle qu'elle a de me raconter quoi que ce soit en provenance de là-bas. Le tourbillon D'Aragon ne va pas tarder à s'abattre dans ma chambre et quelque chose me dit qu'elle va vouloir rattraper le temps perdu. Et me secouer jusqu'à ce que je n'aie plus de larmes à pleurer.

– Lancaster, ne te cache pas, c'est moi que v'là ! hurle Clem depuis la porte, ses deux énormes valises lâchées aux pieds de ma mère en entrant dans l'appartement.

– Première règle si tu veux rester en vie : on ne s'appelle plus jamais par nos noms de famille ! dis-je en me traînant pour la rejoindre.

– Deuxième règle : on s'alimente quand on veut rester en vie ! plaisante-t-elle tristement en pinçant mon bras amaigri.

Elle me saute dans les bras et manque de me faire tomber en arrière. Je lui rends son câlin, sa joie de vivre et son énergie m'ont manqué. Mais pas sa lourdeur et ses excès dans tout ce qu'elle fait.

– Tu m'étrangles ! La troisième règle de survie, ce n'est pas de laisser l'autre respirer ?

– Ok, ok ! Il faut que je te raconte tout, s'excite-t-elle en se dirigeant vers ma chambre comme si elle était chez elle.

Elle l'est.

Ma copine survoltée s'affale sur mon lit à plat ventre, pendant que je m'installe par terre en tailleur. Mes yeux plongent automatiquement dans le vague, comme à chaque fois que je me souviens douloureusement de… lui. Dans cette chambre, dans ce lit, venu me rejoindre en cachette au milieu de la nuit. Notre escapade romantique à Paris. Clémentine me balance un oreiller en pleine tête pour me sortir de ma torpeur. Je m'y agrippe et le respire, comme s'il y avait la moindre chance qu'il contienne encore d'infimes relents de Paco Rabanne.

« Dans tes rêves ! » me lancerait Arcadi. Tout. Tout me ramène à lui.

– Bon, on commence par l'ombre qui plane dans cette pièce ? Après ça, on y verra peut-être plus clair, se lance Clem en soupirant.

– Vas-y…

– Vadim a été libéré. L'avocat de ton père a assuré ! Il a réussi à prouver que Keith avait tout manigancé, le coup de la drogue et tout le reste. Il a même convaincu Cheyenne de témoigner ! Ah oui, et toutes les photos de vous deux ont été retrouvées ! Keith avait engagé une espèce de paparazzi qui vous suivait partout et qui a avoué. Mais l'autre, il continuait à nier ! C'est un malade mental, je te jure ! Mais comment j'ai pu sortir avec lui ? Bref, il a pris vingt ans ferme.

– …

– C'est des bonnes nouvelles, non ? C'est ce que tu voulais ! insiste Clémentine devant mon absence de réaction.

– Oui… Tu l'as revu, toi ? demandé-je d'une petite voix.

– Keith ? Oui, oui, on a dîné aux chandelles et après on s'est fait un petit ciné pour tout oublier… ironise-t-elle en acquiesçant de la tête.

– Non, Vadim ! crié-je en prononçant son prénom pour la première fois depuis un mois.

– En coup de vent, à sa libération. Impossible de lui parler, Alonso n'arrêtait pas de lui sauter dessus et de crier des trucs inintéressants. Mais je lui ai donné ta lettre.

– Merci. Tu ne sais pas s'il l'a lue ?

– Non, s'excuse-t-elle presque. Mais il ne l'a pas déchirée sous mes yeux ! C'est déjà un hyper bon point, ça, hein ?

La suite des nouvelles de l'UCLA me laisse indifférente. La nouvelle copine de Timothy. La fin de saison triomphale de l'équipe de basket. Le *boyfriend* de Basile, Isaac Sanders, qui s'est tapé son ex – le coach-assistant Zach Powell – la veille de son départ. La nouvelle paire de seins de Brittany Smith, la *pom-pom-girl* écervelée. La nouvelle coupe de cheveux de Jude Lee, mon ancien binôme, qui a troqué le casque Playmobil pour une crête de punk. Le Sunset Café qui se vidait à mesure que les vacances avançaient. Mr Abrams qui errait encore sur le campus, alors que les cours étaient terminés depuis longtemps. Clémentine semble nostalgique. Je suis juste effarée de réaliser à quel point la vie continue. Sans moi. Sans lui.

Comment je suis censée reprendre la mienne ?

Les jours défilent et je n'ai toujours aucune nouvelle. Si Vadim a lu ma lettre, il n'a pas eu envie de me répondre. Je lui en écrirai d'autres, je le sais. Peut-être qu'il ne me pardonnera jamais. Peut-être qu'il m'a déjà rayée de sa vie. Peut-être qu'il est même allé effacer ce qu'il a gravé un jour, à l'époque où il m'aimait. Il me semble que ça fait une éternité.

Il ne se passe pas une journée sans que j'aille piocher dans ma boîte à souvenirs. Je regarde les trois Polaroïd que Vadim m'a offerts pour mon anniversaire : le banc en bois, les petites marches de la place, le mur du café. J'y passe les doigts pour essayer de sentir en relief les lettres gravées. Pour m'assurer que Toi + Moi a bien existé.

FIN

Éditions Addictives

Déjà parus dans la collection « Adult Romance »

Rose M. Becker
Protège-moi… de toi

Phoebe P. Campbell
Tes ordres sont mes désirs – volumes 1 à 3
Promets-moi ! Au mariage du milliardaire
Oui, je le veux ! Au mariage du milliardaire
Lui résister… ou pas – volumes 1 et 2

Anna Chastel
Toute à toi

Olivia Dean
À lui, corps et âme – volumes 1 et 2

Emma M. Green
Cent facettes de Mr Diamonds – volumes 1 et 2
Toi + Moi – volumes 1 à 3
Coffret *Toi + Moi*
Jeux interdits
Jeux insolents
Fallait pas me chercher ! – volumes 1 et 2

Kim Grey
Ma vie, mes rêves et lui

Megan Harold
Tout pour lui – volumes 1 et 2
Sublime-moi !
Coffret *Tout pour lui*

Kate B. Jacobson
Aime-moi. Corps et âme
Révèle-moi – volumes 1 et 2

Lucy K. Jones
Mr Fire et moi – volumes 1 et 2
Envoûte-moi !
Encore !

Nina Marx
Soumets-moi ! – volumes 1 à 3

Diamonds Private Club
Prétentieux, insolent, mais irrésistible – volumes 1 et 2

June Moore
Déshabillez-moi ! – volumes 1 et 2
Étreinte – volumes 1 à 3

Heather L. Powell
Je te veux – volumes 1 et 2
Le Jeu du milliardaire

Hannah Taylor
Désire-moi ! – volumes 1 et 2
Je suis à toi

Déjà parus dans la collection « Comédie »

Rose M. Becker
Le Bébé, mon milliardaire et moi
Désirs & Désastres
Sex Friends, et plus si affinités

Eva M. Bennett
Sex Friends, Chloé et Alistair
Sex Friends, Lucy et Arthur

Lola Dumas
Lui, moi et le bébé

Juliette Duval
Ma rockstar, son chat et moi

Emma M. Green
Call me Baby – volumes 1 et 2
Call me Bitch
Bliss. Le faux journal d'une vraie romantique – volumes 1 et 2

Emma M. Green et Felicity Stuart
Love me if you can
Kiss me if you can

Mina Shepard
Je t'aime… toi non plus
Mon milliardaire, mon mariage et moi

Chloe Wilkox
Prête à tout ?

Déjà parus dans la collection « Suspens »

Olivia Dean
Tous ses désirs – volumes 1 et 2

Megan Harold
Juste toi et moi – volumes 1 et 2

Lisa Swann
Dark Fever. Sublime mais dangereux
Possédée – Tout pour toi
Adore-moi ! – volumes 1 et 2
Résiste-moi !

Lindsay Vance
Kidnappe-moi

Chloe Wilkox
Ordonne-moi ! – volumes 1 à 3

Déjà parus dans la collection « Midnight »

Amber James
Moonlight. Bloody Lily – volumes 1 et 2

Alice H. Kinney
Dark Light. Vampire Brothers
Dark Light. À lui pour toujours

Sienna Lloyd
Mords-moi !
Mords-moi ! Captive du vampire – édition augmentée avec textes inédits

Chloe Wilkox
Soul Lights – volumes 1 et 2

Déjà parus dans la collection « Désirs »

Amber James
Contrôle-moi
Emprise

Déjà parus dans la collection « Les intégrales »

Emma M. Green
Toi + Moi. L'intégrale

Nina Marx
Rock You. L'intégrale de la trilogie *Soumets-moi !*

June Moore
Étreinte. L'intégrale

Déjà paru dans la collection « Rainbow »

Stuart Evans
Roméo & Jules

À paraître dans la collection « Adult Romance »

Amber James
Addictive Love (octobre 2016)

Olivia Dean
Désir – Divine insolence (novembre 2016)

À paraître dans la collection « Comédie »

Rose M. Becker
Noël, mon milliardaire et moi (octobre 2016)

Emma M. Green
Coffret *Call me Baby/Call me Bitch* (octobre 2016)

Kim Grey
Sexy Comédie. Recherche (fausse) fiancée (novembre 2016)

À paraître dans la collection « Suspens »

Megan Harold
Insupportable… mais à tomber (novembre 2016)

À paraître dans la collection « Les intégrales »

Lisa Swann
Adore-moi. L'intégrale (novembre 2016)

Auteure : Emma M. Green
Édisource
100, rue Petit, 75019 Paris
Imprimé par FINIDR – Lipova cp. 1965 – 73701 Cesky Tesin,
République tchèque
Dépôt légal : septembre 2014 – Achevé d'imprimer : août 2014
Réimprimé en juillet 2016
ISBN : 978-2-37126-001-6
N° Sofédis : S544460
Réf. contrats : ZALV_001, ZALV_002, ZALV_003, ZALV_004, ZALV_005, ZALV_006